夜遇
蓦然回首

NIGHT ENCOUNTER
TURN AROUND AND FIND MY LOVE

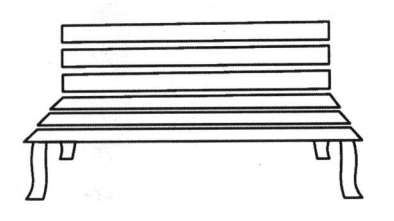

李瑞雪 著

北方文艺出版社

图书在版编目（CIP）数据

夜遇：蓦然回首 / 李瑞雪著. —— 哈尔滨：北方文艺出版社，2019.10
　ISBN 978-7-5317-4262-3

Ⅰ.①夜… Ⅱ.①李… Ⅲ.①长篇小说 – 中国 – 当代 Ⅳ.①I247.5

中国版本图书馆 CIP 数据核字 (2019) 第 149331 号

夜遇：蓦然回首
YEYU MORANHUISHOU

作　者 / 李瑞雪

责任编辑 / 富翔强　　　　　　　　**封面设计** / ［俄］Dina Tsyuy

出版发行 / 北方文艺出版社　　　　　网　　址 / www.bfwy.com
邮　　编 / 150080　　　　　　　　　经　　销 / 新华书店
发行电话 / (0451) 85951921 85951915　地　　址 / 哈尔滨市南岗区林兴街 3 号
印　　刷 / 北京洲际印刷有限责任公司　开　　本 / 880×1230　1/32
字　　数 / 300 千　　　　　　　　　印　　张 / 10.5
版　　次 / 2019 年 10 月第 1 版　　　印　　次 / 2019 年 10 月第 1 次印刷
书　　号 / ISBN 978-7-5317-4262-3　　定　　价 / 48.00 元

序

《夜遇》的最初雏形,缘于一位喜欢我文字的读者。

"我应该选择死亡还是选择堕落?"对于这样的信任,我吃惊不小,当然,我不敢有丝毫的怠慢。

"堕落!"我毫不犹豫地回答,我不想说生命有多么的宝贵和珍贵,相信对方能够那样问,答案自然早已了然。

我和对方都陷入了沉默,我们没再对关于"堕落"两个字进行任何意义上的探讨,我的回答和对方的默然接受让我们在电脑的两端各自为自己的唐突和草率不寒而栗,但我不后悔,我为这样的结果感到欣慰,尽管我并没有给出什么好的答案,但这关于生存还是毁灭的问题,哈姆雷特也曾经提出过。

这不仅仅是某一个人的困惑,更是人性里最真实的声音。我只能遵循救命要紧的原则,两害相权取其轻,至于对方的堕落与否,无论是现在还是将来,都需要一段时间和过程,但我想说的是,如果再爱一次就叫堕落的话,那么,我们每个人的爱都应该是不纯洁的。因为,终其一生,每个人都在寻找爱,而我和对方心照不宣的"堕落",不过是司空见惯却又没人肯面对的婚外情。

有人一定会说,又不是什么绝对的单项选择,这种情况出现时,为什么不进行正确的情感疏导?让提出问题的一方,从另一种意义上明了自己的责任和义务,我想,但凡问题会如此简单地处理,婚外情就不会泛滥到今天这种程度,而且,如果将婚外情完全定性为"堕落",

我相信，这世上，到处都是堕落之人。

那天，我在日记本的右下角写下了《有关风月的那场遇见》的标题，是对生存的意义和价值的具体探索和思考。

那一天是2008年8月28日。

半年后，当我想起那个连开头都没有的小说时，我将它的名字正式改为《夜遇》。于是，一个被丈夫冷落，又缺乏知己和好友的女人，在夜半离家的那个荒唐决定后，奇迹般地遇到了她生命中注定要遇到的那个男人。只是让她没有想到也有些不解的是，在那样的夜晚，那个让她可以暂时依靠却不能一生相依相守的男人，也如她一样，有着无法摆脱的情感困惑，更重要的是，他们彼此的灵魂都在那场夜遇中得到了意义非凡的救赎。

有人说，爱上一个人，就相当于经受一次心灵的洗礼。他们并没有相爱，但他们的灵魂依然在那场奇遇中，经受了洗礼，是对人生的某些美好心怀希冀并有所祈盼的良好心态。虽然如夜空里的流星般转瞬即逝，但那光亮，即便再微弱，也足以照亮他们彼此眼前的生活。

小说中的人物，在我的敲敲打打中，一点一点地鲜活起来，并真人显形般地经常萦绕在我的周围，我知道，他们和我一样，都在不停地思索。

这样的过程，无疑要耗去我很多的心血：夜晚的静灯之下、白日的喧嚣吵闹之中、端起饭碗的那一刻、每一次睡梦之中的冷静里……很多时候，我写得很累，这种累，不仅是体力上的付出，更缘于无中生有的凭空想象，让濒临绝望的人重新燃起热爱生命和生活的勇气，尽管是白纸黑字的演练，也同样有着无法预知的难度，但一想到那些看文字的读者也会累，便欣然接受并承受了这样一种状态，不抱怨也不计较，心甘情愿地把未尽的那些努力，小心翼翼地藏存于每一字和每一句里，目的只有一个,那就是,让更多身处人生十字路口的人不要走向生命的死胡同。

尽管十字路口的选择仍然谜一样地难以掌控,但我也有我的难处,毕竟,我也是一介凡尘中人,我只能尽力而为。

凄美而充满理性,又一部回归性的中篇。

我只能用这句最初的意念来坚定自己,不过是一句话,却成为小说的全部框架。

我决定,在2009年春节期间努力完成它,说到"努力",是因为在春节的九天长假里,并没有多少时间可以真正地归我自己。

今天是大年三十,早早地就起来打字,当然,是《夜遇》。

我觉得自己很可怜,仿佛,在匆忙也同样是无法为自己的人生做主的状态里,也和我每天都在描写的男女主人公一样,浮萍草芥一般,当然,我还有另一份责任,就是用我的力量去挽救一个生命,虽然结果会成全一场不该发生的婚外情。

但是,该来的,总会要来,即使没有我的劝慰,一切,也都必定会有自己轨迹和归宿,哪怕只有两个答案的一个想法。

结果,年过完了,我并没有完成。

我依然在努力,为着那一对男女的命运,并在最后的时刻里,用了整整一天一宿的时间,从天没放亮一直写到夜色沉沉,再从周遭寂寂写到鸡鸣狗叫,终于完成了《夜遇》。这时,我才发现,在整整二十四天的时间里,我几乎全身心地投入,而结果,竟然是没留下一个字草稿的小说。

我真佩服自己!

在那天的日记里,我这样评价了自己。

小说发到网上，第一天就被读者点击了一万多次，编辑在文章标题的上方加注了编者按：本篇故事情节取自生活中的平常事、平常人，但读来却能够令人生发出许多的感慨，也许，只有在夜里，才会有如此意识纷涌的游离感……

为何不将中篇的《夜遇》改写成长篇呢？清晨，在车站等通勤车时，我突发奇想，因为，越来越多来自读者的赞许，让我不得不为一篇已经结束的文字进行更加深入的思索。

读者小不点儿说：真的从心里欣赏你的文字，仿佛盛满清泉的容器，只要一倾斜，就会自然而顺畅地流出来。

无疑，这样的文字，即便不被留守，只是看看都会心旷神怡。

读者风之心语说：每次读你的文章都是一种享受，如和煦的春光照在身上。多次徘徊在你的文字里，咀嚼着每一个文字背后的思想，常常想，怎样的女人能写出如此贴近生活、贴近人性的文章，把生活的酸甜苦辣和其中复杂的感情纠葛挥洒得如此淋漓尽致，我想，必定是对生活的态度和生活历练的很好诠释。

还有什么比这样的褒奖更让我心动，我确定了我的生存目标——做女人灵魂的代言人，而那句——以文字的形式活着，也几乎瞬间成为我生命的代码。

我的思维，在创作的历程中，在短时间的冲动里，完成了一次长久且无法更改的跨越。

我决定，在《夜遇》的基础上，再写出五章的内容，而每一章的故事情节，既能独立，又要彼此相互贯通，一个又一个小说标题一个跟着一个地跃入我的脑海里，没有纸，我只好把那些已经显形的文字

——写到手心儿,《夜遇之逅》《自救本色》《野性的规则》《麻木也是一种高贵》《有多少旧爱可以重来》,充满魅惑又美丽的小说标题,让我的心狂跳不已。

通勤车来了,我的想法像潘多拉的盒子,在我不为人知的喜悦里,神秘地扣上了盖子。

在工作岗位上,我开始了一天的工作,带着我小说的诸多影子,让我在平凡但并不枯燥的工作中,完成了一次独守秘密的快乐之旅。那样的向往里,既有我迎接挑战的新动机和新动力,也有我必须开始更加艰难曲折的写作历程所准备好的新开始和新开端,一路写下来,属于我的生活,也在悄然之中发生了意想不到的巨大变化,没有预见但已经想过的故事,一个接着一个的发展,既成全了我的人生,也成就了我的文字。

《夜遇之逅》我完成了《自救本色》。

《自救本色》之后,我又完成了《野性的规则》。

感激上苍,尽管我确实很努力,但谁又能说,努力的同时,外力作用不是时刻地起着作用和变化的催化剂呢?

我很庆幸,既庆幸自己的用心和用功,也庆幸属于我的周遭总是那么适时又适当地将我的所求和所需,完全且完整地给予我,并让我在自由自在的天马行空中,完成一次又一次的心路历程,化想象为故事,化枯燥为情节,尽管这有些牵强,但我的文字,却因此获得了生命。

《自救本色》刚发到网上,还不知道是否被编辑通过,朋友便打来电话,用我熟悉的声音在电话里将编者按一字一句地读给我:

再造之美!不是人类一直求索的吗?失去的感情,重新找回,纵使不在原来的那个人身上,即便另有其人,也如获至宝。

这是自救的法则，也是自己给自己疗伤的必然手段。

唯有原谅自己，生活才会一如既往地继续。

"那是我小说里的文字！"我兴奋又惊异。

我兴奋的是，编辑也喜欢我小说里的文字；我惊异的是，朋友念的那些文字，却有着与之不无关系的些些许许。

当然，也有读者朋友这样对我说：真难为你，竟然把外遇写得那么美！

我听了，无语。

这样的夸奖，无论是出于无奈，还是对生活的无助，都可以成为我和那位读者朋友在共通或是共勉的世界里，都能感受得到的那种精神家园的自毁过程也同样是精神家园的自建过程，虽然作者和读者都在寻找那种捷径和契机，但结果并不一定人人满意。

我明白了，这样一部小说，无论有着怎样看起来很美的外表，都逃脱不了它字里行间的宿命结局，因为，从另一种意义上讲，它更可以成为一个反面教材，并让已知或未知的读者在那样一个故事中了然一种结局。

既是必然的结局，也是无法任人左右的结局，如同犯罪后所必须承担的后果，情感的付出也同样需要代价。只是已经无路可走的人生，如果不被某种情感所牵绊，即便再一次地开花结果也必然会结出无花之果……

闲暇之时，到百度搜索了一回"夜遇"两个字，结果有很多：《恐怖夜遇》《致命夜遇》《周末夜遇》……当然，也有我的《夜遇》在其中，只是，一想到《夜遇》里的那些故事，又让我不得不心生慨叹，因为，《夜遇》虽然发生在晚上，但那样的故事，在白天也同样会发生。

目录
Contents

第一章　夜遇　　　　　　　　　　001

第二章　夜遇之逅　　　　　　　　051

第三章　自救本色　　　　　　　　102

第四章　野性的规则　　　　　　　156

第五章　麻木也是一种高贵　　　　206

第六章　有多少旧爱可以重来　　　263

关于电影《夜遇》　　　　　　　　315

第一章　夜遇

一

关上门,跑出小区,她一边东张西望一边愤愤不平地想:

不爱干家务也就不干了,总是晚回家也就晚回了,对自己不像以前那么好也就不那么好了,可这生日!再有不到一个小时就要过去了,却连个人影都见不着,要知道,人这一生,每年的生日只有一次,过去了就永远地过去了,她心焦气躁又极其无奈地看了看天色,灰蒙蒙的,像她的日子,不明不白。

决不原谅!

她嘟哝了一句后才发现,自己穿的是睡衣,浑身上下,没有任何饰物不说,连钥匙都没带,她这才懂得何为身外之物了。

她看了一眼笔直的大道,空荡荡的,偶尔驰过几辆车,快得像流星,知了的嘤嘤声,也不连贯地时断时续,一棵挨着一棵的杨树,不再是白天看到的那般壮阔,阴森诡异的硕大枝叶,齐刷刷地犹如黑云压城般地将她的孤单缠裹在一片寂寥之中,她看了看身上的睡衣,淡紫色的碎花在昏暗的路灯下几乎看不清本色,成块成片的叠影,正凄切地随着她的身体微微晃动着。

她继续怪怨她的丈夫,怨他再也不把她捧在手心儿里的绝情和无义。她再也不想为她的丈夫当什么贤妻了,别说是一天,连一刻她都不想。这不仅仅是因为丈夫忘记了她的生日,更因为,她的丈夫再也不是一会儿看不到她就要满世界地找她,只要她一掉泪就心疼得怕她心情不好,随之怕她眼睛也会不好,只愁自己不能替她哭的那个人了。现在,即便她把一辈子的眼泪都流出来,恐怕也无法打动那个走到哪还都是她丈夫的人。

她狠狠地踢了一脚路边的缘石台阶，没踢动任何一块，倒把自己的脚尖踢得生疼，这世界怎么跟当初想象的一点儿都不一样呢？

二

记得在家的时候，她最后那次看表的时间是十一点四十八分，没想到，又一个属于她的生日就这样一分一秒地成为她生命中无法弥补的遗憾，过去了就将永远地过去了，她敢肯定，这个时候，她的身边如果有人，她一定会放下平时的高傲并主动上前搭讪。

喝一杯怎样？

她想起了曾经看过的那部电影，但这想法显然行不通，因为，她身上没有一分钱。

陪我走一会儿怎样？

她又想起了小时候看过的那本书，也不行，没人会在这个时候有这份好心情。

那你把我送回家吧！

没带钥匙，根本就回不去，即便凑巧赶上丈夫回家了，半夜三更的，引起不必要的误会也是没准儿的事。

三

四周静悄悄的，她孤单地和自己的影子在一起，像路灯下的紫草，凄凄艾艾又可怜巴巴。

她只好在胡思乱想中一步一步地朝街心的方向走，她觉得，这个时候，她不仅仅是一棵紫草，更像是一粒没处落定的尘埃，飘忽了整整一天，还心无归属地没有可以栖息的着落，而路边一字排开的店铺又一个个大门紧闭，像坚守贞洁的旧式女子，刀枪不入连夜风也无法侵袭一般，想着白日里的那份热闹和喧嚣，眼前的一切，倒像突然恢复的旧梦，不可思议又无法理喻，一切都是那么陌生，身在异处的感觉，让她产生了一种近乎悲壮的恐惧感。

四

远远的，火车站塔楼上的电子钟，时针与分针，交叠到一起，像细长的剑直指天上的月亮。

生日无可挽回地错过了。

她心疼得要命，她下定决心，不再想自己和丈夫的事，从早晨睁开眼睛的那一刻，她就在等待中企盼着、幻想着，整整一天的时间，她极其煎熬地度过了每一分每一秒，可丈夫却连一点点的意思都没有流露出来。这时，即便上帝能够出现，她的生日也已经一去不复返了，而这个生日，在她的生命中，又一次成为无法挽回的历史。

这历史过于沉重，她无力承载。

她敢保证，这个时候如果和别的男人产生奸情可以算是对丈夫的报复或者惩罚，她愿意，她一百一千一万个愿意。

还好，不远处，一个男人的身影出现了，这让她即刻产生出几分窃喜。只见那男子在"绮宫"的大广告牌下，摇摇晃晃的，有些步履蹒跚，一定是喝了酒。她下意识地看了看自己：薄薄的睡衣凸显着有些性感的形体，宽大的底摆像盛开的喇叭花，细碎的花影与周遭的暗黑，汇聚成一股力量让她立刻感觉到，从脚底又一次窜出前赴后继的英勇和壮烈。她挺了挺腰身，想着那个醉鬼可以随便把自己胁迫到什么地方，糟蹋自己，甚至将自己给弄死，她竟心情畅快得有些怡然自得。

或许，在决定夜半离家的那一刻她就已经死掉了。她忽然觉得，一个人的生死，有些时候，确实无法用所谓的生命迹象去衡量，就像臧克家的诗里所描述的那样：有的人活着，他已经死了；有的人死了，他还活着。

她觉得自己是前者，而丈夫是后者。

都是半死不活的人，活着或死了都已经不再重要了。

五

她想起了上一个生日。

没过生日时，她想了很多美好又浪漫的细小情节，甚至，该说什么和不该说什么，她都在心里粗略地演练了一回。根据以往的经验，她知道，丈夫在她的生日里，或许会对她的生日礼物进行前所未有的改动，可还没等她把自己的诸多想法说给丈夫听，丈夫就先下手为强地告诉她在那一天他必须值班，而且，还是一天一宿。她弄不明白了，从来不值班更谈不上值夜班的丈夫那天怎么就那么点子正地与她的生日撞了车。

难道是宿命使然？那一刻，她哭死的心都有了。

可是，命运是无法改变的。

生日那天，她无可奈何地如行尸走肉一般，上班、下班，仿佛走到了生命的尽头。她不敢向别人透露心中的秘密，更不想给丈夫打电话提醒他这个不应该也不太可能的疏忽，因为，丈夫曾经的许诺，还铮铮有声地在她的耳边回响。晚上，悲伤万分遗憾地躺在床上，她想，或许，值夜班无聊时丈夫会想起她的生日，如果那样，一个问候的电话也会将一切弥补到期待中的圆满。

夜里十一点多，电话铃响了，清脆又急促，像暗夜中突然敲起的洪钟，把她从睡梦中震醒。她迷迷糊糊地抓起听筒，懵懵懂懂地听到声讯小姐说有位先生给她点歌让她好好地接听，她急忙四下里张望了一圈，才明白眼前发生的事。

舍不得你的人是我 / 离不开你的人是我 / 想着你的人是我 / 牵挂你的人是我，是我，还是我……

她听到了那首已经流行了很久的情歌眼泪哗地流了下来。那一刻，她认定,那首歌是比丈夫的电话、比丈夫送的蛋糕还要珍贵还要让她满意的生日礼物。

放下电话,她呆怔在静谧之中不知任时光流逝了多久。她想给丈夫打电话,想把最真实的心情完完全全地告诉给丈夫,可是,她怕她的倾诉,吵得丈夫无法入睡,躺回到床上,想着和丈夫曾经的过往,她又一次次地泪雨滂沱,像个无法长大的小孩儿。

六

第二天,她急切地盼望着,刚一听到丈夫上楼的声音,便把门打开,将自己的深情满怀和至情至真的感谢和盘托出。可是她看到的不是丈夫的笑容而是惊愕不安的眼神。

"你在谢什么?"很明显,丈夫对她的感谢很惊异。

"你给我点的那首歌呀!"她觉得丈夫实在是太客气了。

"什么歌?"丈夫听了满脸狐疑,仿佛她所有的热情都带着一种最最无法原谅的背叛。

她委屈得差点掉泪。

"不行,我得好好地查查,我这一晚上出去值班,你就收到别人给你点的歌,以后再有这样的事,我可不能坐以待毙!"丈夫的脸酸酸的,看上去比哭还难看。

她听了,突然一个急转身。

她不想解释了,但在她的内心里她更希望丈夫是在逢场作戏地玩弄幽默。可是,她想错了,丈夫不是逢场作戏,也不是搞什么幽默,他是认真的。

那不过是声讯小姐张冠李戴的一个失误而已。

她的心凉凉的。

她觉得自己比那个没有收到歌的人还惨。

七

她瞥了一眼醉汉，发现醉汉也在看她，但醉汉的看，只是有眼无珠地看，实际上跟没看一样似的，只稍稍那么一晃便晃到了她的身后。这还了得，这难得的机遇，她立即回转过身，惊异地发现醉汉的腿几乎快要弯曲到地面，同时，还几乎是跳跃般地支撑着已经僵硬的身体。她清楚地看到，那个醉汉，滑稽地向前跟跄几步之后，便和树影之间的几处暗黑快速地融合到一起。

转瞬，一切就变得模糊不清了，即便有个活人还在其间。

真是该死！

她只好转身继续往前走，可是，往哪里走呢？在刚刚路过的时装店里，她曾买过皮包、牛仔裤还有一双皮凉鞋，旁边那家蛋糕店她也不止一次地订过蛋糕和甜点。可是，连着两个生日过去了，她都没有再去那家蛋糕店，她决定，以后再也不去那家时装店和那家蛋糕店了。她相信，那两家店里，一定存留了她的悲伤，不然，路过门口时怎么连心都在疼痛呢？

她继续往前走，是"再来"足疗屋，昏暗的灯光像电压不足似的闪闪烁烁。难以想象，男人们就是在这样的环境里，怡然自得地体验着所谓的享受。

东侧的酒店还在营业，推杯换盏的那些男人，兴致很高，她停下脚步，一一细数了一回，一共是八个人，她不禁想到，如果那八个男人一个个都有家室，那就说明这世上还有八个女人在这个时候独守着寂寞和孤单。继而，她又想到，那八个女人是在等待还是已经熟睡，还是如自己这般，没有目标地在夜路上游荡。

这世上，什么爱情或是感情，都是用来骗人的谎言。

她觉得自己的眼泪又要流出来了，她想起了丈夫曾经说过的，今生她所有的生日都必须由他来给过的那些话，可这才是第几个生日，他就将曾经的信誓旦旦给忘得一干二净了。

原来，这世间的承诺和日后的真正兑现，有时，根本就是风马牛不相及的事。

八

早晨起来时，她觉得丈夫又是忘记了她生日的样子，便有意提醒说，今天晚上我不做饭了。正常情况下，丈夫就会知道，这应该是个特殊的日子，每到这时，他们就会相约去酒店，因为，丈夫对她说过，这一生，他们必须吃遍这座城市里的每一个酒店。

无论大小。

也无论贵贱。

可是，丈夫竟连问都没问就走了。

或许，丈夫想给自己一个惊喜？可是，看着窗外丈夫越走越远的身影，凭她对丈夫个性的了解，她知道，没表现出来就一定是没那个意思。难道，连这个以前雷打不动的习惯也给忘记了？

九

午休时，部主任说下班后去大排档吃烧烤，同意的请举手。她毫不犹豫地将手举起来，但不是报名，而是坚决反对。

"大热天去大排档？我拒绝！"尽管部主任听了立刻晴转多云的脸拉得比梯子还长，但她不在乎，她想回家和丈夫过生日。可整整一天的时间眼见着就要过去了，却连丈夫的电话都没有接到，哪怕是个短信也好啊！她急得如热锅上的蚂蚁，可她还是怀抱着最后的希望急匆匆地赶回家——既没做饭，也没做饭的想法。如果丈夫突然赶回家，或者打一个电话约她出去，一切就会在顷刻间如己所愿地变得完美。可是，二十分钟过去了，五十分钟过去了，两个半小时过去了，当六个小时已经过去后，她准备离家出走。

死在外头好了。

如果死了可以换得丈夫的关心,值!

十

她准备朝火车站的方向走,尽管那不是唯一的方向,但这个时候,她已经没有了方向感。

这样决定之后,她下意识地摸了摸自己的身上,如果有钱,应该买一张随便去哪儿的火车票,然后,像一枚落叶般地随风飘荡。

这个时候,哪里对她来说都一样。

她想起了从前的日子,那个时候多好,天天风和日丽,日日恩爱甜蜜,和和美美的日子让她知道,她的生命在妙不可言的世界里,像花一样绽放着奇光异彩。那个时候,她不知道什么叫忧愁,也不知道什么叫痛苦,但现在,在天天风雨飘摇的日子里,她竟不知道什么是不忧愁的滋味了。

十一

对面走过来一个人,确切地说是个人影,黑黑的几乎看不清男女。走到近前,才发现那是个中年男人,她立刻停下脚步,微微侧过身子,眼看着那个男人从自己的身边走过。中年男人走路的速度很快,但和那个醉汉不同,中年男人始终用眼睛的余光注视着她,并且,在走过之后,还回过头来不停地看她,不止一次,足有四次。

什么意思?有贼心没贼胆?

见那男人越走越远直到变成一个黑黑的色块时,她开始后悔,为什么不模仿那些风骚的女人,用人性里最原始的本能或勾引或挑逗。

为什么没有那样呢?

可她知道,即便那个男人可以走回来,她也只能是眼睁睁地再一次看他从自己的眼前匆匆走过。

这就是根深蒂固的秉性吧!

她颓然地叹了口气。

那么,坏女人是怎么变坏或是学坏的呢,她突然对这个问题产生了莫名的兴致和兴趣。

是天生的,还是后天造就的?

她看了一眼树干和树影之间的那片带着光影的沉寂,想着白日里的喧嚣和人头攒动,在这个时刻,像被遗忘的某些历史,正努力地挣脱着被冷落的屈居之心。她恍然听到了灯红酒绿间隐隐传来的歌声,想这世界上的某些人就是在这样的喧闹中熬耗着自己的生命。其间,就包含她的丈夫,她突然觉得人生有太多的缺陷和不冷静。因为,就在刚刚过去的那段时间里,她还寄希望于自己也能在那样的环境里和丈夫推杯换盏,但这时,真正地成为看客或是局外之人时她才明白,即便那样,也没什么美好可言。

一切都是水中月和镜中花罢了。

她的悲观,在这一刻,达到了从来没有到达过的顶峰,恍然如梦又心猿意马,她相信自己,即便在这个时候迎面遇到了行色匆匆急着归家的丈夫,在丈夫露出无比惊异的神情后,立刻领她投身于那片灯红酒绿之中,她也不会欣欣然地觉着有什么意义或是价值了,一切都在她的心里变得索然无味,没有生机也没有希望。

十二

月亮,圆盘似的高挂着,冷眼看去,透明如碧玉。站台方向,空荡荡的,别说是人,连动物跑窜的影子都没有,一条长椅,带着白日喧嚣中的微薄余温,让她想起,曾经,和丈夫在那里等过几次车。

她慢慢地走过去,慢慢地坐到长椅上,她希望自己在这样的情境中好好地思索,思索自己为什么要如此这般:是怕丈夫回来要跟他吵闹,还是怕自己的生日就这样不明不白地又一次错过。她想起了那个被她毫不留情地回绝的求爱男生,要结婚的时候她曾想起过那个男生,第一次跟丈夫生气的时候她也想起过那个男生,好像每一次,她都能想出种种不同的假设,她很想知道,如果和那个男生结婚,自己的此时此刻会是什么样子。

如果那样,今夜的自己,是不是已经吃完了生日蛋糕,早早地怡然在梦里水乡。

或许更糟。

难怪现在的人,面对围城,已经不再是外面的人要打进去,里面的人要冲出来,而是里面的人要冲出来,外面的人也不想打进去了。

她彻底地相信。

可是,人人都在说婚姻的美好啊,包括自己,不也是极力地粉饰张扬,只是那些书里描绘的婚姻,倒和她的婚姻有些相似之处。难道,婚姻真的和那些书里写的一样,看着好拥有了才知道并不如想象中的那么好吗?

十三

她的旁边出现了响动,定睛一看,差点儿没把她吓死,原来,她的身边躺着一个人,不但睁着眼睛,还要坐起身,她本能地跳起来。

"你也有想不开的事吗?"那人说话了。

她站着没动,在想,这么一个大活人就躺在椅子上自己怎么就能没看见呢?

"半夜了吧?"那人看了她一眼,然后,弯腰找椅子下面的鞋。她这才发现,那男人只穿了一件背心,而手里抓握着的衬衫说明是盖在身上的,看样子是准备在长椅上睡一宿。这种人,不是精神病也该是神经病。

她本能地往旁边挪了一下脚,脑子在飞转地想:要不要立刻跑掉。

"我有点儿饿了。"那人穿好了鞋子，仿佛在自言自语，并将盖在身上的衬衫穿好，然后，想站起身来却根本没站只是随意地伸了伸胳膊。"去吃点什么怎么样？"

她听了，立刻想起离开家时自己想过的那句台词，只不过，她要说的是喝，而对方说的是吃。

她没说话，不知道自己应该怎样回答才好。

"我确实是饿了。"那人站起身，看上去，显得很整洁且一副干练利落的样子，只是这刚刚说出的话，让她搞不清是双关语还是什么行话，她立刻想起了那些诡异吓人的恐怖片。

"你不去就坐在这儿吧。"那人见她犹疑木讷的样子，便准备离开了。她见了，瞬间心安理得地想跟那人说上几句，比如，你怎么大半夜的一个人躺在这个地方，难道你没有家也没有家人吗？还有，你一个人睡在这儿，家里的人就不惦记你吗？但她只是站在原地一动不动地看着那个男人。

"我是路过这里，赶明天早晨的火车。"那人又说话了。这次，她没想什么鬼片之类，因为，她明明从那男人的语气中听到了一种她完全可以听得懂的自怨自怜口吻。或许，跟自己一样，都是同路中人。她发现那男人的肤色很白，在月光的映衬下反射着润泽的光亮，幽幽的眼神里，分明没什么欲念只是得过且过的丝丝淡然。

这究竟是怎样的一个人呢？没地方睡可以去旅馆啊，住不起贵的也可以住廉价的呀，但见他的穿戴和仪表，不是住不住得起的问题，一定是他压根儿就没想去住。

"你接着睡吧，我不打扰你了。"她准备离开，尽管在内心里她希望他能陪自己说说话，但本能告诉她，她必须离开。

"太阳出来就好了，用不了几个小时天就亮了。"那人突然说。

这是在安慰她吗？她看了看自己身上薄薄的睡衣，依然是花影混乱模糊一片。他眼中的自己是什么样子呢，失魂落魄还是惊魂未定，不然，他怎么会说出这样的一些话，把自己当成离家出走寻死觅活之人,或干脆就是那种用色相勾引男人的人?

显然,他是把她当成了前者中的某一种。

她冷寂地看了他一眼,她觉得,他把她当成什么人并不重要,重要的是自己究竟是个什么样的人。此时此刻,她需要安慰、需要同情,更需要被拯救,可是,谁能做到呢?丈夫可以做到,但是可以做到的丈夫又在哪里呢?或许,这个时候,正干着什么见不得人的勾当,或干脆就在某张大床上已经成为别的女人的男人。

这样一想,她立刻轻声说道:"你不用接着睡了,饿了就去吃点什么吧。"

"好吧。"她发现那男人在应答时竟略显踌躇和犹豫。这是怎么回事?自己同意了,他倒牵强起来,但随即她就看到那个男人快速地背好自己的包,她发现,背了包的男人,显得更有朝气了。

这绝不是拿不起宿费而必须睡火车站长椅上的人,但是,她没再言语,她发现,一切都被笼罩在黑暗中,包括自己的心情。

尽管她的身边如愿地有了一个人,而且,还是个男人。

十四

铁道、铁轨,还有地上闪着亮光的砂石,猝然间横展在她的眼前。走下站台,一脚踩到空洞的路基上,即刻听到了窸窸窣窣的声响,真让人难以置信,就是这样的路基,却可以承载一列列火车驶向远方。

高挑枯瘦的树干上,快速爬行的亮虫,在月色的映照下,像不可躲避的天然宿命即将到来时的那般仓皇,只一瞬,便在她的眼前没了踪影。

她心里立刻充满了哀伤,想着这不一会儿的时间,自己就跟在一个陌生男子的身后,惊恐又有几分期盼地感知着这世界不可预知的变数。

这是怎样的一种悲戚,她敢肯定,这也是她婚姻中最不可思议也是最不能想象的悲怆：孤独到用罪恶来开启命运之门。

如果天亮之前就死去，或被这个男人给糟蹋，看着那个男人的背影，她想起了离开家时的那些想法，或许，他的腰际会有一把可以杀死自己的尖刀。

"你会不会杀掉我？"她停下脚步，声音有些凄厉。

"杀你？"那男人愣住了，但随即，那男人嗖的一下从上衣兜里抽出一支笔。

"瞧，我有这个，这就是我的武器，它确实可以用来杀人，但我不会那样，尤其对你。"说完，那男人又把笔放回到自己的衣兜里。

"你是作家？"她问。

"不，是记者。"

她听了，禁不住在心里"哼"了一声，这回好，遇到一个可以用文字描述自己狼狈情形的记者。

你描述吧，用你的文字，把一个狼狈不堪的女人，描述成什么样子都可以，反正，当一个活生生的无名靶子好了。

她想把自己的真实心态展示给他，让他如实记录：一个在爱情和婚姻中失意的失神女子，夜半三更，怀揣着不安分的绝望，幽灵一样地游走在大街小巷……但是，她又不能，媒体确实像他说的那样，可以杀了她。

她突然想把那男人的笔占为己有，她希望通过那个武器，在必要的时候，用一种假设，或将自己杀死，或将自己救活。

但是，她很快打消了这个念头，不过是一支笔而已。

"你，有家吗？"她试探性地、小心翼翼地问，她觉得，这个时候，问这样的问题，既可以减轻自己的恐惧，又可以让对方在内心产生某种善良或叫作良知的东西，她发现，当真正需要面对时，自己却胆小如鼠。

"当然有。"男人回答得很轻松。

她不敢再问了，因为，即便再问，也不过是你爱她吗或她爱你吗那些俗套而又极其无聊的问题。她觉得，笼统又无关痛痒的问话以及回答就像有人在问你是不是幸福时所得到的答案一样，无法确定又无法确切的语言，永远都不能叫作回答。

"我穿的是睡衣。"看着前面越来越明亮的光束，仿佛一只脚已经踏进人间的她立刻意识到自己的荒唐和荒谬。她即刻预见到，在世俗的种种判断中，一个穿着睡衣的女子，和一个刚刚认识的男人，在暗夜里，相随相从，不用亲眼看到，仅仅是听到就足以让人想入非非。

他没言语。

"而且，我还没带钱。"尽管是他先说出去吃点什么，但她觉得有必要事先申明一下自己的经济状况，尽管她觉得自己已经什么都不在乎了，但她还是希望在这样的时刻里给自己留下一点所谓的自尊，即便是在一个陌生男人面前。

他依旧没有言语。

她看了看他，还想继续说我还没带家里的钥匙，而这样说的潜台词是我只能这样身无分文地在外面游荡。但她什么都没说，她觉得这个时候，再多的解释都是多余的废话。因为，她已经借着月光看到他的表情，他并不在意她带什么或没带什么。

果然，他用手指了指车道西侧的一个二层小楼对她说："那里怎么样？"

"当然可以！"她看都没看就点头应答。

自己真正想要的不正是这些吗？在暗夜的一隅，与某人对桌而坐，倾心交谈，安然地释放心里郁积太久的苦闷，而这人是谁，根本无关紧要。

十五

酒店门外，有一口大缸，好像刚刚被搬出来的样子，仿佛刚刚被开合后的大门正微微地晃动着。

"来一瓶红酒。"还没等点菜,他一进屋就告诉迎面走来的服务员。

红酒?还一瓶?尽管她并不避讳酒,但和一个陌生男人在一起喝酒,她觉得荒唐、荒谬。

管它是红的还是白的,任它是一瓶还是几瓶,她有些期待地在他点的桌位旁急急坐下,仿佛长途跋涉后终于到达了终点。

很快,鲜红的液体,被他迅速地倒进两个透明的高脚杯里。看着那些红色的酒在杯中悠来荡去,她想到了自己的人生:从小到大,如玩偶一般,先是被父母掌控,然后是被丈夫掌控,像那些被限定在酒杯里的酒,不是因为酒杯破碎,就永远被动地摇来晃去,没有自由也不可能拥有自由,她开始痛恨自己,不知道反抗,也无力反抗,到头来,只能默默地被伤害。

"喝红酒可以吧?"那男人问。

"当然可以。"她回答得很爽快,而且,她在自己坐到这个陌生男人面前时想,这个结果不错,这个结果是自己没有想到也不可能想到的。小时候,母亲总说,女孩子到什么时候都要遵从自己的本分,要与任何年龄的男性保持必要的距离。她按照妈妈的意愿,保护自己的同时也保守着自己,甚至,在遇到自己心仪的男生时,也怀着这个念头,并把这个念头当作所有行动的准则和标准。可到头来,这行动准则和标准又害了她,她孤单寂寞得要命。她甚至不敢将自己的孤单和寂寞说给父母,她怕他们知道了难过或责怪自己,如果那样,她会觉得,自己的不孝和不谙世事就是一种罪过。

她也不敢将自己的孤单和寂寞说给同事听,她怕他们知道了会笑话自己会瞧不起自己。她更不愿意将自己的孤单和寂寞说给丈夫听,因为,丈夫惊异不解的眼神,足可以将她活活杀死。

是丈夫就应该懂得妻子,是父母也应该懂得自己的子女,她一向都这么认为,但现实让她明白,丈夫就是丈夫,妻子就是妻子,父母就是父母,不同的个体,怎会有相同的思维?

还是自己幼稚。

"今天，我就好好地陪你喝酒！"她的兴致突然高涨起来，因为，在说话之前，她觉得自己在这种场景之中，很像那种寻欢作乐的疯浪女人，在男人面前，如同野兽般苟且偷生，贪图一时的放纵，日后也不自知地任随其去。

是命运让她如一叶浮萍，她即刻看到，那男人的嘴角泛起一丝苦笑，不诡异，也不是嘲讽，好像并没什么真正意义，或许，那表情就是那男人的心情。

寂寞且孤单。

她仿佛游离出自己的身体，从另一个角度观看到，一个风尘女子，一袭睡衣地倚在豪华的红木门前，搔首弄姿地勾引着眼前按捺不住寂寥的豪门男子。仿佛，她的灵魂，在这一刻，得到了解脱和自由。

将自己的希冀，寄托在下一个男人的生命中，就像将自己的希望和未来寄予明天一样。

"没什么的！"胡思乱想之后，她随口说出不是给那男人听，而是留给自己的一句箴言，她觉得自己的生命，在说过那句话之后，将已经燃点起来的火花，尽情地绽放了一下，但仅仅是那么一下而已。

随之，她的目光又黯淡下来，她想起了自己的那些悲伤，想起了此时此刻不知道是否已经回家的丈夫。

发现自己没在家之后，丈夫会是什么样子呢？

十六

"知道红酒的颜色是怎么来的吗？"那男人突然问她。

她摇头，她不了解有关酒的知识。

"是葡萄皮被压榨的时候所释放出来的，你瞧，这红色在杯沿上层次分明，说明这是一瓶新酒，如果我们喝的是陈酿，打开瓶口的时候，就必须将瓶里的酒给唤醒才可以。"那男人说得津津有味又似乎无聊至极。

"唤醒！"她头一次听说，酒居然要被唤醒。

"是的，尘封多年的红酒在打开瓶口的那一刻会有异味，只有让酒充分地被氧化，酒香才能飘逸出来。"那男人晃了晃酒杯继续说。

她赞许地点了点头，一种敬佩或叫佩服的情感油然而生。她没有想到，仅仅是一瓶酒，眼前的他竟可以说出这么多。

"还有，喝酒的时候，最好用手指捏着酒杯的杯柱，千万不要用手掌来托住酒杯，因为杯子里的酒会随着温度的变化而变化。"他仍一字一句地讲解着，像一位老道的酒客。

她听了，再一看自己的手，正紧紧地抓握着酒杯，十个手指，像天然的保护屏障似的包住酒杯，仅可以从指缝间看到红酒的些微颜色。她急忙将双手挪开，然后，模仿着他，用大拇指、无名指和中指轻轻地捏住酒杯的杯柱，她突然觉得，自己不仅快速地成了酒客，还脱胎换骨为一个地道的醉客。

恍然间，她似乎明白了男人为什么会那般不可理喻地爱喝酒，或许，无论是喝酒之前，还是喝酒之后，抑或是喝酒之时，都可以暂时忘记那些烦恼和忧愁吧。

也可以忘却自己，尽管是暂时的，当暂时成为过去时，也可以成为一种恒久。

她不再心怀祈盼，眼里或心里，渐渐只有眼前这个陌生男人。

十七

他们开始不停地推杯换盏，像她刚出来途经酒店时透过玻璃窗见到的那些人一样，看来，旁观者清的冷静与身在其中的享乐，确实有着天然的矛盾和深陷其中的无力自拔。

"我很想改变自己。"看着她，他突然说。

或许是因为喝了酒，或许是因为在感觉上她与他亲近了许多，反正，她没经过思考就脱口而出道："换个女人！"

他听了，竟爽朗地笑起来。

她见了，想起离家时的那个偏激想法，知道那是急于报复的心态。这时，那心态竟成为自然而然的一种必然，而她，又不为自己能说出那样的话感到有什么不安和不妥。

"你为什么就不问问我想不想改变呢？"她认真地问，既没笑，也不是在开玩笑，她希望通过自己的提问，找出一个恰当又切合实际的答案。

"换个男人！"他模仿着她，说过之后，大笑起来，他笑得有些肆无忌惮，但笑过之后，她看到他脸上快速掠过的犹疑甚至是多虑的阴霾。

一定是他们的酒后失态让他想起了过去的某些伤痛，但自己也分明是个受伤者。她想离开他，想立刻离开，可是，离开他又能去哪里呢？

"我们都诚实做人怎么样？"她看着他，觉得平日里的他，并不一定是个诚实之人，就像自己，总是虚伪地绕过真实的自己，巧妙但却做作，像包裹身体的那些服饰，总有虚假的成分在里面，难怪歌德说：不断升华的、自然的最后创造物就是美丽的人。

只有人是最真实的，真实到无法掩饰。

"希望这样！"她看到，那男人说完话，将自己杯里的酒一饮而尽。

十八

走出酒店，或在没有走出酒店之前，她内心便俨然没有了最初的那些循规蹈矩，随波逐流、顺其自然或许才是她最好的归宿。

这样想过之后，像旅途中的游客完成了所有行程一般，她长长地舒了一口气。

十九

"去照大头贴怎么样?"他说的同时,将两个手指竖在头顶,有点不伦不类却不失天真。

她想问他你的小孩儿有多大了,又不忍心扫他的兴。她发现,一个男孩和一个女孩正拥搂着、说笑着从他们身旁的格子间里,抓着大头贴,像两只兔子般地突然窜出。

"没什么,随你。"她无法理解,平日里根本就不屑一顾的孩子把戏,这时倒吸引了她的兴趣。

想着在一个还不得不算是陌生人的面前,或颦或笑,一种说不出的感觉,像涉世未深时的某种无法言喻的新奇,鼓动着她的心扉,她一把掀开那个条状的丝麻帘,几乎与他同时钻进格子间,却意外地发现里面的中年女人正用惊异又好奇的眼神盯着她,她立刻下意识地摸了摸自己的睡衣。

"哦!太匆忙了,穿着睡衣就跑出来了,因为,今天是我们的结婚纪念日。"她尽量显出比较自然其实一点儿都不自然的表情说出这番话时,惊异地发现,自己在学会逃避之后再学着撒谎的整个过程竟是如此的自然天成。这样的语言,若不是在这样的境遇之下,她永远无法想象会出现在自己的生命中。

她定定地看着他,既不怕他笑话也不怕他嘲讽,她觉得,在他的面前,自己可以撒谎,虽然她刚刚说过要做诚实的人。

认真撒谎也是一种诚实。

他仿佛懂得她的心思般地冲她连连点头。

她看了一眼那个中年女人,想着逆境中生出的这个假设祈盼,不正是可以让她很好地逃避的温床吗?而他的注视,让她立刻感觉到一种温情,从他已经不再陌生的世界里,缓缓地流向她,细细汩汩,像血脉一样流经她身体的每一个角落,像岁月累积起来的无尽沧桑,将她托起并成为逐浪前行的摇船。

那摇船将她载入一处忘我的境地。

他们开始默契地配合,像真正体味某个纪念日般倾情投入,选择大头贴花框图标时,他选中的,她绝对不说不行,而她选中的,他也百分百地乐意。两相情愿以及两情相悦,在咔嚓咔嚓的响声里,达到了一种意想不到的极致和尽善尽美。

她有一种陶醉其中的感觉。

"瞧,你的头上顶着一个大西瓜。"她惊异地仿佛刚刚发现新大陆一般。

"你的眉毛上也开着一朵黄颜色的小花。"他也为他的发现惊异不已。

"你瞧这张,你的手怎么搭到了我的肩膀上,不,还有这只手,你怎么可以搂着我。"她为自己在咔嚓咔嚓的那一瞬并不知晓的他这一举动而感到惊诧,要知道,这是绝对不可想象的事情,和一个陌生男子,如此勾肩搭背地照相。

天!她一下子冲出了那个格子间,她想起了在去酒店的路上,他跟她说起的那个女人,那个在她心中美若天仙的女人。

他说,他是为了那个女人来这座城市的,但那个女人明明知道他已经下了火车,却用一句没时间就把他给打发了。他说,他的心在听到那句婉拒后就碎不成形无法自持了。他说,他的身体在那一刻已经筋脉尽断再也不能有任何行动了。

"所以,你就没有离开火车站?"她问。

他点了点头。

"所以,你就准备在那个长椅子上过夜?"她又问。

他又点了点头。

她突然想说,你一个堂堂男子汉一个记者怎么可以如此不堪一击。但见他一副从容认真的样子,说实话,那一刻,她觉得他很可爱。最起码,还知道对自己的爱情执着坚定,无论结果怎样,她喜欢这种类型的男人。

"可是,理智,却使我成了懦夫!"他的声音,幽幽的,带着夜空中颤抖的风声,从她的耳际,一掠而过。

她的心,不禁颤抖了一下。

"你喜欢莎士比亚?"她来不及考虑懦夫两字在这个时候究竟有什么意义,但有一点是可以肯定的,他在后悔。

"当然,生存还是毁灭,确实是一个值得考虑的问题。"她的眼前,夜幕在他的语言中一点一点地扩散开来,星星和月亮仿佛落于黑暗之中再也无法生还一般,他仿佛越来越高地屹立在她的面前,将内心深处的呐喊,用一种昂扬的姿态,神秘且悲壮地将莎翁的至理名言,用最最亲和的方式留给这个对他和她都是刻骨铭心的夜色里。

"我一直在想,是默默忍受命运的暴虐,还是挺身反抗这无涯的苦难。"他像哈姆雷特那样,忧心忡忡又满怀坚定。她看到,他的双臂慢慢地展开,像要迎接挑战,又像将自己的无奈托付给无边的暗夜。

她惊异着、震撼着,她不禁"哼"笑的同时,又在想眼前的他又哪里知道,等着丈夫的消息时,她就在看莎翁的剧本,也恰恰是哈姆雷特的那些心灵独白,让她在沉默中选择了这个偏激的想法和行为。因为,她知道,她还不能选择死亡,不是她不想让自己长睡不醒,而是书里的文字让她在死亡的面前仍然心怀惧怯。

死去,即睡眠,但在睡眠中可能有梦,这就是个障碍。

哈姆雷特的犹疑也成了她的犹疑,她在沉沉的思索中已经无法摆脱但又无法忍受,她必须重新选择一种活着的方式。

或改变丈夫。

或改变自己。

她只能改变自己,没有其他选择。

于是,她选择了逃离。

离开了从未离开过的家。

"上帝给了我们一张脸,可我们自己不得不替自己再造一张脸。"他不无感叹地激动起来。仿佛,他的无奈,跟他的命运一样,都无法掌控在自己的手里。而她,尽管没有对他说出自心的报复心理,但他是个聪明人,他知道她的用意,因为,她完全可以看出他的思想正在做着怎样的准备和抗争。

"好样的,你还会篡改莎翁的文字!"看着他,她对他开始心生敬意,也为自己的诚实坦言无比惬意。

"是的,方向有些不对,但意思是一样的,我相信我们每个人都会是这样的,包括哈姆雷特,没有修炼成仙,谁又能拿自己怎样。"她听了,不再言语。她在想,自己何尝不是呢?跟一个陌生男人如此亲近,仿佛前世今生都相亲相爱过一般,可自己又怎能保证,别人看到或别人提及此情此景时,自己敢于坦然面对呢?或许,不得不用再造的那张脸去抵挡、去掩饰,不然,就得承受庸人之辱,没有止境没有尽头。

"其实,世事并无好坏,只看你怎么去想。"他继续说。

是的,她相信,莎翁的话不仅有道理也应该是真理,就像某个人,你根本无法针对他与自己的关系去判断其好坏,横看成岭侧成峰,情感也一样。

"我失去了我的欢欣,我对一切事物都没有了兴致,我的心灵沉重,这世界让我觉得像一块枯燥的顽石。"他依然像投身于舞台的演员,在她的身边,动情又敏感地咏念着那一句句心绪累积的情感独白。她钦佩他的表演才能,也钦佩他的豪爽和直率,这样的真情流露,无论是因谁而起,她都没有辱讽他的权利。

一点儿都没有。

坦白且坦诚,这是人人期望但又是人人不肯亲力亲为的事,如果身边的某个人突然间变得坦白了、坦诚了,相信,被吓到的不仅仅是对方,更有其本人。

她开始喜欢起这个诡异得有些温柔的夜晚,尽管他在借用他人之语来慰藉自己的心灵,但谁又能说这不是最好的方式。

她发现,她和他站在广场的正中央,影子和身体一样,或静止不动,或偶尔如夜色下的幽魂鬼魅,带着温凉的夜风急速攒动。

良久,他抬起头来继续说道:"好一个悬于头顶的壮丽苍穹,好一个有着星光月色的华丽屋宇，人类，是个多么美妙的杰作！"

她为他可以完整地背咏莎翁的经典台词而再一次地深怀仰慕，她更为自己和他的这段尘缘感到畅快和惬意。曾几何时，她寄希望于自己和丈夫，在夜晚的烛光下，吟咏这一句句动人魂魄的优美词句。可丈夫却常常讥笑她，说她是人在地球心在月球，不现实也不实际。她一直想好好地质问丈夫什么叫现实、什么叫实际，她甚至想对丈夫咆哮：千篇一律的生活、淡泊如水的日子，难道就叫实际吗？如果真是这样，你为什么不能天天守候这份现实和实际？！

她觉得，口是心非，说的就是丈夫那种人。

她开始喜欢上了眼前这个陌生的男人，不仅仅是因为他所吟咏的莎翁台词，更是他所引用的那些话，是不做作的发泄，是言至由衷的暗示。

她喜欢。

她的心情渐渐豁然开朗起来，看着他，突然明知故问道："所以，你依然热爱着生活？"

但她说完，才发现自己用词不准确，应该是人生而不仅仅是生活，可是，她没有听到他的回答，他依然望着无垠的苍穹。

她觉得自己真是傻得可以，这样的问题无疑是在他的伤口上撒盐，自己怎么可以如此缺乏人性地不道德？她觉得自己做人或许有问题，但他突然转过身来，拉着她的手说："活着，又怎么能没有梦想呢？"

她听了连连点头，如果那个女人不拒绝他的来访，这个时候，和他照完大头贴并站在广场中央的人就不会是自己了。

她突然感念起那个拒绝他的女人。

"你喜欢这些结婚纪念日的照片吗？"他借着灯光，将一个他俩合影的大头贴拿给她看，看着紧紧依偎在一起的两个人，她笑了，她觉得，某些时候，不真实仿佛比真实还自然。

他一定猜透了她的心思，不然，那样的照片当时就应该被撕掉。

"那样的谎话你也信。"她有些不自在起来。她想起了平时自己的清高与自傲。她有些讨厌起身边的这个男人来，既因为他的过去，也因为他的将来。因为，对他的过去她突然产生一种讳莫如深又很想探个究竟的兴致，但同时，她又有些惧怕，怕他跟她谈及他的爱情以及婚姻，她觉得，在那爱情和婚姻里，自己会黯然失色得落花流水。

不速之客，或是一个匆匆过客，如昙花一现般地转瞬即逝，然后，将一个不太可信的梦境留给自己，她又悲观地充满了恐惧。

二十

"去看夜场电影吧。"他又说出一个新点子，并且把那些大头贴全部放到她的手里，然后，像对她说去吃点什么的那样自然。说实话，她不太喜欢他的这个表情，这表情让她觉得，自己是个可有可无之人。

但她没有选择。

面对他，面对夜色。

"有吗？这个时候。"她点头应诺，她知道，这样的夜晚，挨到天亮的唯一办法，就是不停地做着某些事，至于什么事，跟着感觉走，或是跟着他走就好了。

她将自己的手递给他，是在他的暗示之下。她发现，人和人的距离，原来，只要在心里很近，彼此感觉就会很近。

这时，她一点儿都不觉得他是陌生的，相反，那个可能还未归家的丈夫倒让她陌生起来了。

"你经常看电影吗？"她尽量让自己的脚步和谐地跟上他，因为，她发现，有的时候，他会走得很慢，但有的时候，他的脚步又显得急急匆匆，仿佛在领着她私奔。

"不经常看，但每看一部电影，就会记一辈子，比如，我在江西看过《心火》，美丽的女主角苏菲·玛索，让我知道了什么是女人的高贵、性感和神秘；在北京，我看过三遍《莎翁情史》，约瑟夫·费因斯的表演让我知道，即便是同性之间，也可以产生恒久的爱慕之情；

还有美国电影《断背山》、韩国电影《密阳》、德国电影《他人的生活》等等等等，在不同的地方，我看过不同的电影，那些电影，时不时会成为我生命中的某个片段。"他说话的时候，仿佛又一次进入了角色。

"你喜欢外国电影？"她问。说完之后她觉得，如果问你是否喜欢表演或许会更贴切一些。

"I am fond of foreign film, especially those have the Chinese captions plain sound film。"他用英语回答了她，她看到，他的手，在模仿外国人说话的同时，还不停地比画起来，而她，并没有完全听懂。

他见了，立刻用汉语补充道："我喜欢外国电影，尤其是那些带着中文字幕的原声电影，好看又好听，真的，那是一种超级享受。"

她看着他，想自己怎么就没有类似他那样的爱好呢？很多年前，自己也曾经喜欢看电影，但是，怎么就跟电影那么自然而然地脱离了呢？

电影，她不敢再触及任何，因为，她又想起了那句电影中的台词，只是，那台词，在此时此刻，已经不再需要运用，相反，那台词所隐藏的深层含义，让她时不时地发抖。

二十一

终于走到电影院了，却发现最后一场电影都已接近尾声了。

"真遗憾！"她听到了他的声音。

她又何尝不是，她希望自己可以安静地坐在他的身边，深深地体会那些早就生疏了的电影情节。

"没什么，去音像店也可以呀。"她又听到了他的声音。

是的，去音像店，她对音乐不陌生，但这并不是因为她的喜好，而是因为每到午休时，部主任总要将休息室的广播调到音乐频道。

这让她有意无意间了解了一些有关音乐的世界。

她听到，夜色中隐隐传来的音乐声，如天籁般地在漆黑中，幽寂地打着结。

"是的，听听音乐也好，在这样的夜晚，有音乐听就不会寂寞。"说出寂寞两字后，她倒觉得，有些时候，说出来的感觉并不一定就是真感觉，就跟平时常挂在嘴边的幸福一样，都是嘴不对心地脱口而出，本质上根本就有着天壤之别。毕竟，在他的身边，她一刻都没有觉得寂寞，相反，寂寞两字所要表达的，倒像是寂寞的反义词。

他拉了拉她的手，像引领一个盲童，而她的心，也在这一刻里，完全释然到静如止水的境地。

二十二

音像店很大，布局合理的白色钢架被一根根方形的柱子夹隔其间，简朴中透着现代风格，时尚和潮流像转来转去的旋风，在明亮的灯光下躲躲藏藏。她拿起一张名叫《不再孤单》的光盘，个性张扬的封面上，一轮朗月，白白亮亮的，几乎占据了三分之一的空间，耸立的群山，在海水的依托下，柔顺素然得如少女纯净的脸。

"喜欢吗？"他问。

"不、不！"她连连摇头，她不能说喜欢，因为她没带钱出来，更重要的是，她还没看清那张盘的具体内容。

她放下光盘离开了，不希望自己再想着什么孤单不孤单的字眼或词汇。可是，当他交款的时候，她意外地看到了那张被她轻轻地放回到货架上的光盘。

服务生面带倦意，却不无羡慕地对他们说："这是昨天下午才到的货。"

她知道那是他买给她的，却不得不俗气地一边说是的一边不好意思地摸了摸自己的睡衣，她实在后悔，为什么要跑得那么匆忙，连最起码的随身物品都不带，比如手表，她真不知这时应该是后半夜的几点几刻了。

而他则："哦！是吗。"地应答了两声之后，突然对服务生说："她是我老婆！"同时，转过身来，微笑地看着她继续说道："只是我们还没登记而已。"

服务生听了，见怪不怪地眨了眨眼睛。

她听了，则竭尽全力地开始掩饰自己的目瞪口呆，她无法想象，他直白的语言，将她置于一个什么样的尴尬境地。

她痛恨起自己的婚姻，又庆幸着自己的婚姻，都是她的婚姻，让她在一条陌生的路途上不知道要走出多远。

跑出音像店，她大声地笑着说："可真有你的，撒谎大王。"

"也真有你的，撒谎王后。"他快速地看了她一眼说。

她哼笑了一声，显得有些不自在，一切都是自己引起的，她想起了头一天那些痛苦和无奈。

"你就不怕遇到熟人？"他突然定定地看着她。

"不怕,有你在我什么都不怕。"她的回话充满了自信和自负。这时，有关背叛或是叛逆，在她的心里和眼里都已经轻如鸿毛。

但转瞬想到自己为什么会如此这般时，她又茫然了。

搞不清状况，又似乎清晰明了，就像刚刚跑出家门时的心态一样，但有一点是可以肯定的，那就是，跟他在一起，很高兴也很快乐，可以说自己想说的话，可以做自己想做的事。

"未来的某一天，这光盘就会变成我，陪着你，在寂寞的夜里让你不再孤单。"他的声音哀哀的，仿佛可以预见到她的未来，这让她的心顷刻间产生了一种前所未有的疼痛，如果痛苦也可以预见，她绝对不想如此选择。

她看到，自己的眼泪迅速地掉落到光盘上，她看到，封页上的群山和月光更加迷离虚幻。

怎么还是那么爱掉泪，她看了一眼他，心里懊悔不迭。

她明白，她是怕那种时刻的到来，思念一个人，想念一个人，然后，再等待一个人，那种滋味她实在是太熟悉了。

然而，她更怕的是眼前这转瞬即逝的如梦感觉，这感觉。天一亮就会彻底消失。

二十三

"你还爱她吗？"她突然问。她知道，那个她，不是他的妻子，而是他对自己说起的那个女人，她有些不明白，如此细腻而敏感的男人，那女人怎么忍心舍弃他，甚至是伤害他。

"有你在我就不爱了。"他说得很轻巧，这轻巧让她信以为真，而她也确信这种不可理喻的事实，因为，跟他在一起的时候，她觉得，自己的丈夫归不归家也就无足轻重了。

这种轻重，无论是从前还是将来。

"那和你妻子在一起的时候也爱她吗？"她像投石问路般地小心翼翼地问，他倒没太理会她的这种用心良苦。

"好的时候不爱，不好的时候就会想起。"他说得很坦诚。

"那么，以后呢？"她继续问，像个纠缠不休的孩子。

他看了看她没有回答。

"是不是也会想起我。"她决定继续纠缠。

他听了，久久没有回话，她看到，他身后有一束七彩霓虹，忽闪忽闪的犹如他的陈年旧事。她有些后悔，转过身去，不想再等待他的回答。她想好好地看看回家的路，纵使这世上只剩下自己，也要坚强地活下去。正这样想着时，他的手，轻轻地从她的腰际处，慢慢地伸展过来，她立刻感觉到，自己薄薄的睡衣紧紧地贴服到了他的身上，她明显地感觉到了他的气息，由内而外地带着一种热情，从他的身体里完全彻底地散发出来。

瞬间，她只觉得很多诸如骄阳、落叶、雪月风花、笑傲江湖等等等等的词汇，一股脑儿地向她袭来，她不再寂寞也不再孤单。

"你会让我的生活更加混乱。"他的声音低低的，如梦呓一般。

她听了，反倒由衷地生出几分窃喜，她希望他的生儿活真的可以出现他所说的那种混乱。因为，那混乱是由她造成的，她的脑海中甚至立刻就闪现出他在那种混乱中的情形和状态。

"你思想溜号时是什么样子？"她问。她在想象，一个男人在心绪不宁时的种种表现。

"烦躁，不安，总想离开家。"她听了，则呻吟般地轻"哼"了一声。这回答，让她感到很意外，她的丈夫不就常常处于这种状态吗？烦躁，不安，甚至是每时每刻都想离开家，不停地寻找离家的理由和借口，不停地到处寻找慰藉他生活的目标和追求，但无论怎样，那种行为的本质，都是在逃离。

逃离她的视线、逃离她的约束、逃离她的纠缠、逃离他认为缺乏自由但已经很自由的生活……这无法止住的恶性循环，让她更变本加厉地想约束丈夫，想纠缠丈夫，而她的丈夫，则更加有恃无恐，甚至是肆无忌惮。

这就是她的婚姻。

她熟悉得不能再熟悉的婚姻。

二十四

"其实，所谓的寻找，不过是因为缺乏独处的能力而选择的一种逃避方式。"他说。

她听了，慢慢地挣开他的手，屏气凝神地注视着他，她突然觉得，男人，在某些时候，并不如女人最初想象的那样，顶天立地且叱咤风云。男人，更像一个长不大的孩子，尤其是眼前的他，尽管说出来的话是那般成熟又富有哲理，但他依然是寻寻觅觅的一副少年模样。

"尽管我明白这个道理，但我无法摆脱。"他继续补充，仿佛，他即便再补充很多也无法让他充分地表达。

"那么，现在呢，还想逃避吗？"她问。

"当然不，现在的我，怕时光的飞速流逝，怕失去今夜，怕失去你，更怕明天的到来。"突然间,他的悲观几乎成为一种罕见的悲壮,是生命最无助时的惊恐。她很熟悉那种状态,因为,她就常常处在那种状态之中,她明显地感觉到,他的手臂再一次将她的身体紧紧地箍住了。

"如果我们是夫妻呢?是领了结婚证的那种夫妻,如果那样,会怎样?"问过之后,她猛然觉得,他们之间,总是由她来问这些非常无知且显得庸常的问题,但每一次,他都很理性地回答,只是这一次,他又开始默不作声了。

她离开了他,不是因为他没有回答,而是在他的怀抱里,她几近于窒息。

她做梦都没有想到,今生的自己竟可以如此这般地活,和一个陌生男人如此亲密,谈着无法想象的话题,想着无法预知的事情。

"或许,很快,我们也和所有的夫妻一样,失去最初的热情,失去可以重新振作的激情,甚至,一切都会无可挽回地让那些美好迅速地变成一种遗憾,尽管我不相信,但我不得不承认。"他说完这番话这个世界便更加沉寂了。

那一刻,她才明白,有些问题,不知道要比知道好,不知道还可以怀抱一份希冀,不知道,还可以去做那些未尽的努力,可一旦知道了,就心生胆怯不敢再前行了。

哪怕只有半步。

他们谁都不再言语了,静默之中,所有的一切带着所有可知的答案,带着他们两个人的生命,一起跌入深渊。

深不见底且无法回溯。

"所以,我们才必须珍惜,珍惜在一起的时光,珍惜眼前的所有。"最终,还是他打破了长久的沉寂,然后,重新将她拥搂在自己的怀里。这一次,她没有提出任何问题,而是静静地依偎着他,在越来越弱的乐声中,仿佛情窦初开的少女,听他一件一件地诉说秘密。

是他的秘密,也仿佛是她的秘密。

他说,他和那个女人是初恋。十年前,他们相约在今夜回那个定情的地点相会,他一直期盼着这一天的到来。她曾想打断他,仔细地问问,当初为什么没有终成眷属,但这样的问题,显然又是合理但不合情的愚钝。他说,半个月前,他找到了她,她没像他想象中的那般热情,仿佛,当年的信誓旦旦早已随风飘散得了无痕迹。

"你不知道,为了确信可以等到这一天,我们当时还用刀片割伤了自己的手臂。"他将他的手抬起,并将袖口一点一点地挽起,月光下,一条很长很细的疤痕,斜横在他的手臂上,可以想象,信誓旦旦的盟誓,在那个时候,是怎样如种子般在他们的心中种下。

她摸了摸那疤痕,无法想象,同样有着那疤痕的女人,怎么对那旧日的曾经可以漠然轻视到无动于衷。

他说,科技的发达对人类文明的推进和对人类自身的损害是任何人都猝不及防又无法躲避的;他说,他虽然是记者但他的梦想却不是当记者,他想拥有一份按部就班的工作,有节奏有规律的生活,没有来自急速如风的工作压力,没有自设战场的情感拖累,一切都自然而然地平和。

她说她的日子也不是她想要的那种。

她说她想当教师,为人师表地站在讲台上,天天面对自己的学生和自己的思想。

"可我们又都是别人眼里可以羡慕的人。"他不无自嘲地说着,同时放下袖口,将那条疤痕藏起来。

"可这世界该有多么矛盾。"她很无奈,她知道,她即便当了教师,也一定会不可避免地面对那些苦痛,而他也是一样。

"其实,矛盾的不仅仅是这个世界,更是我们自己,是我们自己的内心世界。如果有一天,我们不再困惑也不再矛盾了,或许,我们就已经不在这个世界了。"他的悲观又成为一种悲壮,只是,她知道,这一次,他的情绪直接到达了极限的彼岸。

她紧紧地依偎着他,仿佛,只要她稍不留神,他就会突然失踪并再也寻找不着了。

二十五

"你不要离开我。"她几乎带着一种祈求的声音说。因为,她知道,用不了太长时间,他就必须离开她,而她,也会迅速地回到她所熟悉的那种生活。她有些不忍,她想继续逃避,哪怕只有一会儿,知道她无法拖住时间,但她可以拖住这种感觉。

"我可以不离开你,但明天到来时,我们却又不得不分手。"他的声音依然幽幽的,带着她无法抓握住的轻飘感觉。

那感觉让她的心疼痛不安。

"是的,那是必须的。"她不得不理智对待。

"我们有各自的工作,我们生活在不同的空间,我们必须在相同的时间里,做不同的事,以此来完成生命所赋予我们的使命。"他说的时候既像回答,又像自言自语。

"你知道想念有多么痛苦吗?走到哪儿,那个人都在你的脑海里挥之不去,像魂灵一样尾随,看不着又摸不到,但却无时无刻都可以感觉到。"停顿之后,她又继续说:"真的很累人的。"

她知道那种累,因为,她就是在那种累里,看到了自己的焦躁、憔悴,乃至于颓丧。

"如果我们想念彼此怎么办?"她问道。

他没有回答。

"那我怎么才能记起你呢?"她又问。

他仍然没有回答,而是紧紧地搂住了她。

她不再言语了,她感受着他的力量,在她的身体之上,他一点一点地成为坚硬的壳,将她的身体变瘦变小。

她看到,他和她的影子,相互交叠在一起,像不规则的暗黑色块,在方形的大理石上,或犹疑、或彳亍,很久之后,她松开他的手说:"让我踩踩你,不然,将来你会来骚扰我。"

他听了，尽力让自己的影子接近于她的脚，但让她完全踩到影子的同时，又突然一次次地躲开。

她只好继续踩，他则继续躲，但她却在一次次地抓住他的同时，一脚一脚地踩到他影子的上方，由他的脸开始，直到他的肩，他的腿，反反复复……想到有一天，连这影子都没得踩，她突然停下来想哭。

"看不到你的时候怎么办呢？"她干脆坐到地上再也不想起来。

他也坐下了。

他摸摸她的头发说："其实，这世上，谁都得离开谁，知道了这种必然，就要好好地珍惜每一个属于自己的日子，让那种可以成为美好记忆的时刻，定格为一种永恒。"

她听了，则在心里想，知道这个道理，就不该结婚的，因为，只有那样，所有的细枝末节才可以成为世上最美好的回忆，可问题是知道了这个道理，也无能为力，谁又能抵挡住情感的诱惑呢？

愿打愿挨的枷锁不都是自己给自己套上的吗？

明明知道对于自己的内心来说，仍然是一种负累，还乐此不疲地深陷其中，就像眼前的情景，明明知道将来的任何时候回忆起这一时刻，都会心疼得要命，也不可能让它戛然而止为一种遗憾。说到底，人生还是一场身不由己的争斗，知道人生若只如初见是一种完美，却不肯守护那份完美。

人人宁愿索要这种带着缺憾的完美，也不要没有结果的过程。

"我敢保证。"她突然站起身，仿佛是对月光发誓一般，"我们很快就会忘记对方，就像忘记那些曾经的爱情一样。"她听到，她的誓言在月光下铿锵有力并掷地有声。

"所以，你认为天亮时我们必须分手。"他说。

"对，因为，天亮后，你就必须离开了。"她显得黯然神伤的同时，还带着不想掩饰的醋意，这和她刚刚说话时的坚定语气完全不同。

"如果我们不分手，你敢说十年或二十年后的我们，还会彼此相爱吗？或许，到那个时候，我们已经开始相互憎恨，就像你和你的丈夫，我和我的妻子。"他的理智在她听来，非常像传教士枯燥的说教，但她不得不承认其中的道理。

她开始讨厌这个变数太快的世界，她对一切又一次地失去了信心。

"你爱你的妻子吗？"她突然问。

"也爱也不爱。"他即刻回答。

"为什么？"她继续问。

"爱她，是因为她是我的妻子，不爱她也是因为她是我妻子。"他继续回答。

"怎么讲？"她听了，感到疑惑。

"我娶了她，需要对她负责，但我不过是一介凡人，我的人生里有太多我想不到也是我做不到的事，比如那些无奈和诱惑，我既无法面对自己的内心也无法面对外面的世界。我只能随波逐流，像今天这样，为见一个初恋的女人，千里迢迢，却竹篮打水，但庆幸的是我遇见了你。"他抓住她的手，仿佛，她的手就是她的身体。

"一个穿睡衣并身无分文的女人。"她说。

"不完全是。"他摇了摇头。

"为什么。"她问。

"你还是一个非常坦诚的女人，这种坦诚感染了我，让我也跟着不得不坦诚。你一定不知道，平时我最想的就是怎么能有更好的办法摆脱我妻子，摆脱她的唠叨，摆脱她的纠缠，摆脱她永远都没有休止的关注。因为，她会神经质地趁我不注意时，翻看我的电话，翻看我的包，她必须对与我有关的任何蛛丝马迹都要弄个水落石出。"他的手，依然紧紧地抓着她的手，但有些时候，她的手又不仅仅是她的身体，也是她的心灵。

"你知道我现在最想做的事是什么吗？不是从前而是现在。"她看着他，一字一字地说。

他听了没言语。

"就是怎么更好地报复我的老公，我要让他知道，这世界上，有他没他我都可以活。"说完这番话,她仿佛已经完成了报复一般脸上漾起了笑容。

"于是,你就遇到了我。"他说。

"于是,你就希望我可以成全你。"他又说。

"于是,你就在这样的夜晚和我这个陌生男人走到了一起。"他还在说。

"不仅仅是遇到了你,在你之前,我还遇到了一个醉汉和一个影子一样的男人,但很遗憾的是他们并不懂我,他们与我擦肩而过却不自知,第二个男人好像有所觉察,但只不过是回头看了我四次都没做出任何决定。"她笑着述说自己的遇见,很轻松也很惬意,仿佛,她已经完成了既定的任务。

"其实,那都应该是好男人。"他说。

"好男人。"她很不理解。

"是的,这个时候,我相信,那个回头看你的男人,如果还没有睡觉,他是不会忘记你的。或许,他正独自坐在某一个小酒馆里或是某个幽静的咖啡屋里,用那些酒精或是咖啡因来弥补他因为错过你而带来的空虚和寂寞。"他说话的神态,仿佛是在进行一场心灵独白。

或许,他就是那个醉汉和影子,但他显然不是。

她看着他笑了笑说:"不可能的,或许,他们的家里有很爱他们的女人在等着他们。"

"或许,如果他们是有意放过了你,就会感到空虚和寂寞,这是男人的天性,实话告诉你,不想跟女人上床的男人不是好男人。"他突然这样说过之后,本能地放开她的手。这要在平时,她定会用鄙视的眼神去看他,但在这一刻,她没有,她觉得,他的真实是一种美,是一种难得的美。

朴素而不加任何修饰。

她突然想问,你对每一个有着这样际遇的女子都怀有这种心态吗?但她没问,她不是不敢问,而是怕他更加坦诚的回答,或许,这世上，坦诚才是最让人心悸的情感。

她转到他的眼前，定定地看着他的脸，在灯光的映照下，一半亮一半暗地有如毕加索的画，粗犷而刚劲，和谐又统一。

"如果将来的某一天，我们相遇了……"

她还没等他说完就突然打断他的话说道："那不太可能，因为，我连你的名字都不知道。"

他看了她一眼。

"或许，在我们的城市里，或许，在你们的城市里，我们确实是相遇了。"他像没听见她的话一样继续说。

这次，她没有打断他。

"你会不会和我打招呼？"他问。

"不知道。"她摇了摇头。

"为什么？"他问。

"或许我们会很亲昵，或许，我们会像从来不认识。"她叹了口气。

二十六

夜色更沉静了，在一个旅馆前，他停住了脚步。她仿佛明白他的心思，却不敢看他一眼。她知道，此时的他，一定寄希望于在她的默许之下，将她一把掠进旅馆的某一个房间，然后，像她离开家时愤然想到的那样……但她发现，在这一刻真的即将到来时，她的想法和她的做法，竟和想象中的有着巨大的差异。

等死抑或想活都是一种艰难的抉择。

他碰了她一下，是不自觉中连他自己都不一定能觉察到的微小动作。

她向他的身边靠了靠，如乖顺的小动物。

他感觉到了，下定决心似的拉起她的手，一把推开那扇并不严实的门。

二十七

门卫是个有着花白卷发的老头儿,老头儿对他们的突然造访没有表现出丁点儿惊异,只是很职业地扔出一个厚厚的本子。

他拿过本子,一页一页地翻过去。她这才弄明白,那是个住客登记簿,他将身份证拿出来,认真地在空格里填写,她看了一眼那老头儿,正沉醉于半睡半醒之间,她想告诉他随便写点什么就行,但见他根本没那心思地只一味地认真填写,她这时才知道,他姓丁,名植珈,大自己三岁半。

"为什么不写假的名字和假的身份证号码?"刚一走进房间她就问,一方面,这确实是她内心的真实想法,另一方面,她想以此来保持自己的镇定和恐惧——不是对眼前这个男人的恐惧,是对自己行为可能产生的所有后果的恐惧。

"为什么要写假的名字和假的身份证号码?"他反问她的时候,倒有些理直气壮。这让她非常不安的同时又有些震惊,她真的不知道,围城的墙是如此不堪一击。这说明,这社会和这社会上的人,已经麻木到可以淡然且理性地给更多的人提供更多的方便了。

这就是这个世界。

是自己生存的世界。

熟悉,又如此陌生。

只是房间里的一切,让她一点儿都不陌生。

床、沙发、壁橱、杯子和各色毛巾……

"我愿意活得更真实一点,尤其是今天晚上。"他坚毅的个性和神态,像发誓,更像和谁较劲儿。她知道,这和拒绝他的那个女人有关,当然,和意外地遇到自己也有关。这让她感到欣慰,和一个喜欢真实的人,或是平时不喜欢真实,但这会儿确实喜欢真实的男人在一起,让她有一种说不出的安全感。

"我也是。"这么说完,她立刻感觉到他向她重重压迫过来的气息,那气息将她完全包围起来,并让她感受到一种石破天惊的眩晕。尽管,从跟他说出第一句话时她就已经做好了思想准备,但是,她还是希望自己面对这一切时可以理性一些、从容一些。毕竟,这也是一种选择,不仅仅是态度,更是生命中不可言说的秘密。

"你会不会后悔?"他看出了她的顾虑和紧张。

她摇了摇头,她觉得,即便是自己的身体和他的身体发生了不该发生的事,对她来说,也是一种快乐,是可以对丈夫进行报复的快乐,更是可以面对周遭面对自己的欣然和愉悦。

所谓叛逆不就是这般情形吗?嫁人的时候,母亲对她说:容忍和顺从是女人最好的武器,母亲还说,守住男人的胃就可以守住男人的心,可现实却是说过"我无法离开你"的丈夫却完全做到了可以离开自己。到头来,那武器没有降服对方,却让自己五脏俱焚。

她没有躲避,她不想让自己的生命再重复从前那种孤单和寂寞,她觉得,那也是一种虚伪的表现,如果说叛逆或反抗是病态,那么,无休止的坚持也是病态——既然怎样都是病态,她想改变。尽管她知道与他分手后她不得不回到现实,但她知道,在她的内心,已经被这样的一个过程开垦出一块可以让她安然栖息的空间,那空间可以成全她所有的无奈,那空间可以成为她喘息时的天堂。

她看了一眼墙上的石英钟,已经是后半夜三点一刻了,今生何时有过在这个时刻还如此清醒的时候,没有,从来都没有过!即便是丈夫在这个时候回家了,她的清醒也只是震怒中的清醒,那清醒,像海川里的浮冰,冷彻肌肤,即便是现在想起,也是让人不寒而栗,眼下,她的清醒,无疑是对那种状况的嘲弄和讥讽。

她走向床边,是在他的牵引之中,像走向罪恶,带着无知的不关痛痒,义无反顾,又毅然决然。

"人为什么要睡觉呢?"她轻轻地问,实际上,在她的内心里,真正的问话是,女人为什么要跟男人上床呢?

他听了,反倒笑了。

她也随之笑了,她觉得自己又恢复到小孩子一般的天真无比。

他将壁灯拧到微亮,甚至,已经无法用亮字去形容,一丝微弱的光,像一束颤巍巍的薄纱扇面,懒洋洋地照射着,比最后那抹夕阳还淡薄。

"是因为无法独处的人所必须选择的逃避方式!我说过。"他的话音刚落,她就觉得他已经将他的头快速地埋进她的乳峰之间。

她本能地躲避了一下,但随即便在他的矜持里,变得不再犹疑。

她觉得,他也是个需要帮助需要安慰也需要庇护的人,因为,他的安静和他的服帖就像不能离开母亲的孩子。那一刻,她觉得,将一种感觉永久地定格在记忆中并不是什么难事。

"想想痛苦是个什么东西,你难过得昏天黑地,对方却高兴在终于摆脱了你的喜悦里,这和无情无义没关,这种绝情来得让人猝不及防,去得又那么不知不觉,你不得不放弃的同时,才知道,原来,自己早就是个上当受骗之人。"他猛地抬起头,像必须许下诺言般地看着她继续说道:"干净又彻底,我真的没有想到。"

"是的,干净又彻底,我也没有想到。"她跟随了一句后,突然觉得,此时此刻,对自己的丈夫,就拥有同样的心态,甚至,她都无法想起,那个爱过自己、娶了自己又天天对自己不理不睬的丈夫究竟是何许人也。

"你觉得我们做了夫妻会怎样?"他问。

她有些不理解,她不明白在这个时候他为什么要问这样的问题,这是个庸俗的问题,类似这样的问题,她已经问过许多,但不知道,为什么在这个时候他会这样问。

或许,他也避免不了庸俗。

"是那种不仅仅是形式上的夫妻。"她明白了他继续补充这句话的具体含义。

"或许好,或许……"她停住了,她明了了,她也想起来了,最初,自己和丈夫也如胶似漆地一日不见如隔三秋,但那种感觉或叫那种情感,好像没过太久就无影无踪地再也寻它不着了,她不知道或确实可以预见到，他们之间，也会出现那样的过程。

尽管是以法律承认的那种夫妻形式。

"不好！"她嗫嚅着把后面的两个字给说了出来。

他听了，不但不反驳，反而赞许地点了点头。

她忽然觉得，他的生命，在这个美丽的夜晚，已经成为她唯一的栖身地，但理智又一次告诉她，他在她的生命中，仅仅是个过客，他只会在这个夜晚里属于她。

因为，天一亮，他就必须离开。

这很残忍，也是一种残酷。

但她不得不面对。

她觉得自己长大了，在一夜之间，快速地成长，坦然面对的同时，还学会了接受乃至于承受。

二十八

他开始吻她。

她看到自己的身体还有他的身体在那不能称之为亮的光线里，陌生又很熟悉。这时，在这个旷然浩渺的洪荒世界中，只剩下他们两个人。

陌生彼此，又呼唤着彼此，在那样一种相互吸引的状态里，让她的渴望变成一股热流，然后，体味着那热流与他的生命相融合的感觉。

是一种美。

是一种凄然且带着惶惑的美。

"你冷艳而沉静，内敛又有几分孤傲，如果不是因为你穿着睡衣，很难想象你居然还有那么热情冲动的一面。"他抚摸着她的身体，像邂逅了一场温和的旧梦，仿佛，她的身体，带着那种特定的温度，给他以安宁。

"是生活让我学会了掩饰，但实际上是我早就不想掩饰了，尤其是现在。"她冷冷地说，她并不觉得他的话是在夸奖，相反，她倒听得无比心酸：想从前所有的坚持，都是渴望着一个终成眷属的命定结果，也只有她自己知道，在那样一个过程里，她走得有多么累、多么辛苦，如果，她要知道她注定不会走出太远，她一定不会难为自己。

但一切都成了过去。

是一个她并不认可的过程。

尤其是带着缺憾的结局。

"不掩饰还能怎样呢？毕竟，我们得活着！"他也万分感慨，这感慨中的无奈，倒让她产生出无以言表的窃喜和张狂之心，都是天涯沦落人，这样也好，这样，才彼此明了彼此，彼此懂得彼此。

"那么今天晚上呢？"她问。

"如你一样，我也不想掩饰。"他将她紧紧地搂在怀里，而她的整个身心，也被他紧拥在自己的胸怀里。

只要有一丝温暖，就值得依靠，即便不能长久，她看了他一眼，发现他的眼眸，是那样的明亮。

她闭上眼睛，准备听天由命。

她感觉到，他的手，从她闭上眼睛的那一刻，一点一点地，从她的手臂游走向她的胸口，如火焰，带着无法回绝的热量，将她完全融化了。

她希望自己永远都不要回到过去，哪怕是那些昙花一现的美好时光，她什么都不想留守，或什么都想舍弃，如果说任何顺从都可以成就罪恶，在她，她愿意。

他把她抱上床，让她觉得她并没有完全泯灭的情欲就像春天刚刚复苏的草芽，疯狂地生长起来，那撕心裂肺的速度，让她无法认清原来的自己，她真的无法想象，刚刚的那个女人，在他的风云风雨的爱抚里，不是因为羞耻而死去，而是因为拯救而真正地复活。

她明白了，她正和他的生命，在终极无限的空间里，感触着生命的真谛。

有人说这叫外遇，也有人说这叫一夜缠绵，她不想为之定性，她只希望它能属于自己。

完好且又完整。

完整且又完美。

在一种需要和被需要中,享受真正的欲望和渴求。

她看着他,觉得从认识他的那一刻起,自己就一直被他引领着,而她,则在那种引领中,心甘情愿地无怨无悔。

她变成令自己陌生但却是全新的一个人,一个的新生命,是那个已经成长起来的绿色草芽,带着一脉坚强的碧翠,无所畏惧。她无法想象,和他翻云覆雨在一起却没有丝毫的陌生感,更没有丝毫的羞耻之心。这时,时间不过是个不起任何作用的概念,而空间,也只有他们两个人的世界,周遭的一切都退到他们无法触及的地方。她不禁产生了种种疑问,想自己和他之间能够如此是有原因的,而他与自己能够如此也是有原因的,但从前的自己,是自己知道并了解的,那么,从前的他呢?

"和别的女人你也这样吗?"她知道自己问得唐突,但这问题,不问,就令她烦躁,不问,她就一定会后悔。

或许,这也是一种成长。

她看着他,等待着他的回答。

"你怎么看待堕落和死亡?"他没有回答她的话,却向她提出了问题,她不知道该怎么回答他。

她摇着头,不明白他为什么要这样问。

"如果因为绝望而不得不选择死亡,倒不如堕落自己,这如同不幸从高空坠下时偶遇到一个可以救命的障碍物,或许,会因此而减少失去生命的概率,我想,一个人,只要活着,总会有路可走。"她静静地听着他继续说着,想着他的痛苦和悲伤,她突然觉得,这世界,或许,更多的人,有着更多更深的苦痛,只不过,不说出来,就像没有开过的花朵。

"所以,人们就身不由己地放纵自己,以此来解脱自己,但结果又是怎样的呢?"她突然寄希望于他能融会贯通于自己的常识,把她想知道的答案给她。

但是,他却反问道:"你觉得呢?"

"所谓的堕落,其实是另一种意义上的解脱吧!"她不假思索地说道。

"或许,我们爱得还不够,所以,被爱的时候总是觉得欠缺点什么。"他像在自责,她知道,这话,并不是他说给她的。

"那么,我们是需要爱还是更需要被爱呢?"她摸着他的头问。

"都需要。"他斩钉截铁地回答。

"是的。"她想起了她的丈夫,她希望丈夫回家,在得到丈夫关爱的同时,也可以向丈夫释放爱,可问题是丈夫根本就不喜欢回家。

二十九

她站起身,拉开窗帘,见天边已经可以见到淡淡微明的曙光,如果不是那样愤然地跑出来,这时的她,不知道是睡着还是醒着,但无论是睡着还是醒着,那种近于死亡的状态却是一想起就让她不寒而栗。

她回过头来,看了一眼,见他正侧着身体,有些倦慵地看着她,微微含笑的表情里带着几分惬意和满足。灯光交错在他的脸上和半裸的身体上,他的整个形体的轮廓,微微蜷缩着,棱角分明的五官呈现着夜里看得不是十分真切的俊美。

这样的男子是不会缺少女人的关爱的,她想象着他和那个冷落了他的女子曾经的爱情,也该是轰轰烈烈、刻骨铭心的吧?

"是你拯救了我。"他的声音,在她拥他入怀的安静里,可以明显地感觉到来自他胸腔里的阵阵战栗。她听着,有了一种恍如隔世的感觉,仿佛,很多年前,或者是在前世,他们就是一对生离死别的恋人,今生之所以能够相遇,是因为他们还没有忘记彼此。

"上辈子,我们一定是夫妻。"她说。

"是的,我知道,因为你是我的!"他又箍住了她的身体,她觉得,他的手充满了神奇的魔力。

她又一次地听到了来自他胸膛的微微颤动,这颤动,让她十分不安,她已经开始惧怕,她惧怕日后这感觉会在她的生活里慢慢模糊,并随着时光的流逝,将所有的曾经,淡然错莫在一种自然而然的麻木里。因为,和丈夫的许多刻骨铭心,都无法真切地回想,甚至是回忆,她这才懂得,记忆这个东西,原来也是不忠于职守的。

她想起了那些大头贴。

她开始翻找,她明明记得在音像店付款时她的手里还拿着,但什么时候就被自己弄丢了呢?

"或许是我让你拿包的时候,还是……"他也开始不停地回想。

"如果连丢在哪都不知道那该怎么办?"她显得十分焦急。

"没关系的,我送你的那张盘还在。"他从包里掏出那张光盘,显得有几分庆幸。

"可是……"她有些烦躁于自己这突然间的想法,那照片可是她生命中的一道光亮,即便一闪即逝,那也没什么,毕竟,那照片是最好的证明,可眼下,她真的记不起来自己究竟是在什么地方将那些照片给遗失了。

"丢就丢了吧,那个东西你能带回家吗?"

她没言语,她知道他说的是他们的合影,但她想说你能带回家我就能,但她什么都没说。

"丢就丢了吧,只要有记忆在,那些照片就不会丢。"说完,他又补充了一句道:"还有照相时的那些快乐!"

她看着他,觉得历尽沧桑或是前途无望的,不仅仅是自己,更有眼前这个血气方刚的男人。她不知道,夜不归宿的丈夫是不是也在某一处上演着同样的故事,但她保证从今以后自己可以理解。因为,有一次,她听到丈夫长长地叹出一口气后说:"其实,人活着很累也很没意思。"

当时,她没问丈夫为什么要这样想,反而说丈夫是吃饱了撑的。

她为自己的无知而感到自责。

她紧紧地抓住他的手,再也不想松开,仿佛一松手,他就会离开就会跑掉。

"你是个好丈夫吗?"她问。

"我曾经认为我可以做个好丈夫,而且,我也试着去做过,但结果证明,我不但不是个好丈夫,而且,做个好丈夫的可能,仅仅局限于短时间之内,因为,在能力和耐力上,我真的做不到持之以恒。"

她惊异于他的直白,什么时候,她可以听到如此坦诚且直白的真情告白呀!在公司里,人人戴着面具的那种痛楚,其实远不及让自己的生命发出真正的声音更轻松,可人不得不世俗,尽管你想方设法地要摆脱,但真正做起来,又谈何容易。

"或许,你的丈夫在这个时候也与我一样,正在寻觅或已经窥见,或已经后悔。"她对他的话没介意,她知道,那是来自他敏感而真诚的态度。

她默不作声了,她觉得,在这一点上,自己和他有十分相像的地方:最初,自己也以为自己可以做个好妻子,无论遇到什么困难,都可以一往无前、海枯石烂、忠诚到永远,但事实上,却半路逃兵般地败得一塌糊涂。

三十

他们不得不离开旅馆了,远远的,看着火车站朦胧在一片晨光中,她开始痛恨起火车站,看着还没有完全隐退的颗颗星辰,她将头重重地靠在他的肩头,有一种生离死别般的不舍。

她觉得她已经不喜欢白天了,白天的虚伪太多,白天的欲念也太多,对金钱的欲望,对真情的掩饰,都是她所不喜欢的。

"我不喜欢这火车站。"她说。她觉得,离别在即的时刻里,一切都显得那么突然,如真正意义上的诀别。

"为什么?"几乎过了几分钟后他才问。

"因为，它会把你带走！"她抬起头，认真地看着他。

"汽车也可以把我带走啊！"他笑了并轻轻地搂了搂她。

"是的。"她不再看他，她觉得，如果再看他，自己就会挽留他，更或许，会要下他的电话号码，她不想，也不敢。她希望，在这场偶遇之后的人生里，将这个特殊的夜晚，当作一个真实而美丽的幻梦，每晚，枕着这个幻梦入眠，仅此而已。

她没有过高的要求。

她还能要求什么呢？理智让她知道，在无法达到永恒时，把一种美好小心翼翼地收藏起来，或许会更好。

"昨天晚上的事，还会发生吗？"她看着他，还没等他回答，便继续说道："我说的是在我这一生里。"

她觉得，她再也不会有这样的机遇了，一切都被定格在那样一种情境里，那是一种已经被她认可的固定模式，她不知道那已经被固定了的模式还有没有被复制翻版的机会。

"或许还会发生，或许，永远都不能发生了。"他的声音不大，她听着，却每一字和每一句都震撼着她开始脆弱起来的生命。

当然，还有她的灵魂。

他们不再说话，就像大多数状况下，倾听无声胜有声的默契，做到心与心的直接交流，这时，她可以更加真切地听到他的心声。

"可是，火车可以带走我，火车还可以把我带回来呀！"不知过了多久，或许，只是短短的一瞬，他突然笑着对她说，这一次，她没有回答，但她的心已经恢复了原来的自己。

把他带回来又能怎样呢？像彼此相亲相爱的恋人，在背叛中品尝偷食禁果的美妙，可欢愉过后，还是要面对这眼前的离别，她怕，她知道，那别离，会成为情欲难填的沟壑，只能让她越陷越深。

她想到了他的妻子，在刚刚过去的这个夜晚，那个并不知情的女人，又怎么会想到她的丈夫就这样和一个刚刚认识的女子度过了本来是属于她的漫漫长夜，她又该对别人怎么诠释她的所谓幸福。

她不愿意再想下去。

他也没再说什么。

他们的关系，在这一刻，仿佛开始了真正意义上的断裂，但只是那么一瞬，便又很好地续接上了。

因为，他的手，突然紧紧地抓住了她的手，她知道，他是怕她消失，因为，他们都听到了呼啸而来的火车声。

三十一

车站，像一位风烛残年的长者，在晨风中，一如昨晚的凄清，孤独着，静默着。唯一不同的是，稀稀落落的几个人影中，他们曾经坐过的长椅上，有一个戴着凉帽的小男孩，正一会儿爬上一会儿又爬下地玩耍，想着那样的生命，要不了多少年，也会遍尝这人生必经的酸甜苦辣，她不禁黯然神伤不知如何是好。

"如果这工夫车站没有人，当然，也包括那个小男孩儿，我希望你还能像昨天晚上那样躺在那个椅子上。"她突然对他说。

"是的。"他回答着，声音很小，但却异常温和，这温和不仅仅是对夜凉如水时的回望，更是对他们温存过后依然存留的余温做着最后的挽留。

"然后，我坐在你的身边，静静地看着你。"他依然紧握着她的手。

"是的。"她也如此回答。

可是，看着人越聚越多的站台，她原本非常简单的想法在这个时候，却变成了无法实现的奢望。

"其实，人生就是这样。"他长长地叹了一口气，而她也是如此，这并不是简单的感染或是模仿，因为，他们都不得不回家，不得不面对他们各自的生活，更不得不接受他们必须分开的残酷和无奈。

"好好地生活，每一天。"他突然抱住他，像刚走进旅馆房间时的那一刻，她没有躲开，即便她知道车站里或许会有熟人，更重要的是，她身上不合时宜的睡衣,在这样的一个场合里,不仅不伦不类,还有着某种神秘且又说不清的嫌疑。

但是,她不想拒绝。

"是的,好好生活,每一天。"她到底还是离开了他的怀抱,因为,她的眼泪已经落下来了。如果不是因为车站有人,她定会在他的怀里痛痛快快地哭一场,然后,将她所有不为人知的委屈都一一地倾诉给他,可是,这样的机会没有了,火车已经拉着汽笛进站了。

三十二

只一瞬,火车便徐徐开走了。

她没像电影里经常描述的那样,一路跟随着火车开走的方向,跟随着,追随着。她冷静地站在站台上,像一个突然间跟车站一样变老的风烛老人,看着越走越远的火车,像告别了少年、青年和中年的所有岁月。

她不会再年轻了。

她的眼泪流出来了。

她不知道昨夜是否真的完全属于自己。

她想起了丈夫,也想起了自己的家,还有自己的工作。

她顺着来时的路一步一步地往回走,大街上,依然静谧着昨夜某些令她熟悉的寂寞。那是一种可以听得到的声音,不与周遭的任何声音混杂,她在那种声音中,看着自己穿着睡衣一路走来,踏着细碎的步子,在一夜之间,快速地完成由量变到质变的过程。她停住了脚步,在仿佛怵然蓬勃起来的金色阳光里,如一个成熟女人,不懂得羞涩也不可能羞涩。

想一个人的白天和夜里,第一天和第二天,竟有着如此大的差异,她觉得,自己既像个行尸走肉,又像个堂堂正正的人。

三十三

她敲开家门,不带一丝感伤,更没有一点点的愧疚,她甚至都没有想过丈夫在不在家的问题。那一刻,她所有的注意力都被手中的那张光盘所吸引并无比震慑。

一切都是真实的。

一切也是无可挑剔的。

那个已经被火车载出很远很远的男人,突然将一种清晰的映像通过光盘转换给她。她看到,眼前出现的,是憔悴的老公、自己的父亲还有母亲,他们在她的目光中,像站立在时间隧道的尽头一般,一字排开,木然而呆愣地站立在她的视线里。

她从他们的眼神里看到,他们以为她离家出走了,出走的原因仅仅是为了寻短见,但之所以能回来,是由于不忍或是不敢。

"卑鄙!"她在心里怒骂了丈夫一句,然后,不可思议地生出几分无法理喻的窃喜。可父亲和母亲是无辜的,但自己又能说什么呢?她看了母亲一眼,想起了母亲曾经欺骗自己的那些话。

她什么都没说,觉得沉默是最好的回答,因为,母亲也没有错。

她丢下他们,走向卧室,不想,丈夫却一把抓住她的手连声说道:"你回来就好、你回来就好!"

她看了丈夫一眼,刚想说什么,竟猛然间想起那个刚刚和自己分手的男人,她发现,丈夫英俊的脸庞,虽然好看,但比起那个陌生的男人面孔来,却缺少一份温和与俊朗,是真情的温和与健康的俊朗。

她抬头看了看墙上的石英钟,时针和分针又一次地交叠在一起,距火车开走的时间已经有半个多小时了,再过不了多久,他就会彻底地离开这个城市了。

她心里产生了一种莫名的牵挂,但随即就什么感觉都没有了。

她笑了笑,既是对所有的人也是对自己。

她知道,自己确实长大了也成熟了,成熟到可以坦然面对也不想做任何计较。

父母见了，欲说还休地在复杂又很无奈的心态下悄然离开了，看着他们缓慢消失的背影，她仍旧一句话都不想说。

或许，母亲的话是真理。

或许，母亲的真理在意想不到的现实里，偶尔会成为谬论，那是母亲也没有想到的。

再或许，母亲的话根本就不是什么真理，而是没有道理。

她觉得，刚刚与自己分割的那些，让自己的生命，在亲身经历中完好地体会了一场关于死亡和存活的变通历程。

她感谢那历程。

她看了看自己的手，那张光盘依然存留着那个男人的体温，这让她的内心不为人知地鼓胀起一些理性的完美和感性的缺憾所融合起来的热流，那热流又一次地让她明了：这就是生活，这就是属于她自己的生活。

她突然觉得，从前的自己，很不理智，也很幼稚，总是希望丈夫的心里每时每刻都要装着自己，却不知，丈夫也有丈夫的苦痛，只是她还不能明了，这世间的苦痛，与道德的具体关联以及底线和防范之类，但是，有一点她是明了的，即世界那么大、诱惑那么多，凭丈夫的能力，是无法将所有的东西都奉献给自己的，反之，自己也一样。

彼此都缺乏一种能力和耐力，即母亲所说的容忍和顺从。

三十四

她看了一眼经常让她空茫寂寥的家，心想，眼下必须解决的问题是让自己怎么可以好好地睡上一觉。

或许睡一天。

或许还得外加一夜。

甚或，就那么睡一辈子再也不要醒来。

第二章　夜遇之逅

一

她正在打盹儿，一声闷响却把她给惊醒了，刚要问是怎么回事，就见部主任抖了抖手里的报纸大声念道："男人在外寻花问柳，以为很风流，殊不知，背后插入的那只脚，已经成为他生活中的一块磁石，那是可以吸引人心的力量，那力量让他的妻子，学会并懂得——红杏出墙。"

她听得有些懵懂，甚至搞不清状况，但很快，她就明白了，是部主任又发现了所谓的精神食粮。

喜欢就喜欢，干吗总让别人也跟着一起分享？她斜了部主任一眼，见部主任浑圆的肚子在阳光的映照下，被镶上了一层带有绒毛的金边。

"真是精辟！"部主任突然捶了一下桌子。

她被彻底震醒了。她非常生气，她想对部主任说喜欢就喜欢，别让已经睡着的人也跟着你一起喜欢，大中午的，谁不惦记着休息，但还没等她决定说还是不说时，已经完全清醒的神经即刻让她想起了与文章有关的那段虽不光彩但可以照亮她生活的隐私。

她猛地一惊。

红杏出墙！

外遇！

用那样的文章影射我！

她表面镇静心里已经非常不安地用余光偷瞄了周遭一眼，还好，一个低头吃饭的，一个发呆望天的，还有两个一直盯着部主任，但跟没听差不多的。

051

"你瞧瞧这段。"部主任走到发呆望天的小倪面前。她看到,小倪根本就不感兴趣地支吾了几句后,竟非常不满地瞪了部主任一眼。

瞪得好,这种瞎闹腾的人就该受到这样的待遇。她正幸灾乐祸,发现部主任根本不以为然地突然转过身来,并不错眼珠地直视着自己。

她立刻慌张起来。

什么意思?

他想对号入座还是自己做贼心虚?

她即刻将视线转移到屋顶的天花板上,不理不睬或许会让部主任改变主意,她发现,将视线不断地扩展挪移时,天花板上那些纵横交织的纹理,就像错综复杂的曲线,规则又似乎根本无序地交合着,像一张被展平的大渔网。

生活中不是缺少画,而是缺少一双可以看到画的眼睛,她这样想着时,听到了部主任的声音:"你瞧瞧这段,写得多好!"

她没动,说实话,她很少认同部主任的审美观点。

"男人是聪明的,男人之所以聪明是因为男人懂得从女人那里得到母性的关怀,这让男人既可以身心愉悦又可以活得洒脱自在,但同时,男人也是蠢笨的,因为,大多数男人都以为红杏出墙的那些女人是别人的而从未想过,指不定在哪一天,那样的女人也会出现在自己的家里。"她突然将自己的目光直直地逼向部主任,她想冲着部主任咆哮:你们男人聪明不聪明跟我有什么关系?

"多透彻、多精辟啊!"部主任摇了摇头,根本没理会她的心思,然后,将手里的报纸使劲地拍了拍,像与那写文章的作者击掌道贺一般。

她觉得部主任的神经有问题,而且,就因为你信服别人就得跟着你一样信服?她眨了眨眼睛,仿佛在用这样一个微不足道的态度给予部主任一个最好的回答。

"别用那种眼神儿看我,这情感世界这么乱,也不都是我们男人的错,作为女人,你们也必须清楚这一点。"部主任像开会时强调劳动纪律般地用手指了指她。

这还了得，这不是含沙射影也是暗箭中伤啊！她像小倪那样极其不满地瞪了部主任一眼，尽管她内心里确实有几分赞同，但她绝对不可能当着部主任的面表露出一丝一毫，而她，也实在无法想象，甚至无法相信，当初不明就里的红杏出墙，竟然也在自己的生命中，实实在在地发生过。

她又看了看天花板，觉得自己是被那张大渔网套牢的一条小鱼，溜掉不是问题，但也有一定的难度。

她重重地叹了口气，很多时候，她都不停地告诫自己，发生过的那一切不是真的，那是个梦，是个用不了多久就可以忘掉的梦。但只要她一闭上眼睛，那夜所发生的所有事情就浮现在她眼前，细枝末节中的一幕幕，如同生长在她内心里的草芽，不用春风也能自生般地充满着生机和活力，她想连根拔掉那草芽，但那是可以自生却不能自灭的故事。

说来，倒让她难以置信，她竟然对那故事心怀感激。虽然那故事已经成为她生活中不可触摸的敏感神经，但更多时候，那故事竟成了她无聊生活中的浪漫点缀。

她无奈地叹息了一声，部主任见了，悻悻地离开了。

她颓然将头伏到一直没有离开过桌面的臂弯里，那一瞬，她突然觉得，她的命，只要稍不留神就能跌入无法生还的深渊。

或许早就跌下去了。

她闭上了眼睛，却睡意全无，只好睁开眼睛，看桌面上的水笔和鼠标在她的视线中不依不饶地倚贴在一起，毫不相干又仿佛交流着彼此的心事。她又一次看到，月光下的自己，穿着那件紫花睡衣，和那个陌生男子，在那个诡异得确实有些离奇的夜晚，以夫妻的名义，一同喝酒、一同照相、一同逛音像社、一同到旅馆里开房间……

她的头在清晰重现的故事里，像产生噪音的马达，让她的思维在近于狂躁的不安中，失去了对生命存在意义的本能崇拜。

规则!

她的生活失去了父母和周遭人给灌输的所谓规则。

道德!

自从她从丈夫的肩上胸前发现了女人的牙印儿,她就知道了,跟丈夫比起来,自己更道德。

道德!

谁还知道道德的真正含义和概念,她觉得,部主任为了发泄自己的所谓喜好,大言不惭地影响别人的休息而不自知的本身就是不道德,而在座的各位当然也包括她自己同样也属于不道德,心里已经厌烦到无法忍受,却不阻止也不制止,让其他人深受其累的同时,自己也跟着活受罪。

这是对生命的不尊重。

她非常不满地看了部主任一眼,觉得平日还算和善的部主任这个时候跟那个写文章的人一样,小题大做、不懂还装懂。

鬼样!

她嘀咕了一句后心想,如果心里想的任何事都可以同步变成有声语言,那部主任一定会听到她对部主任的讥讽:"给我们摆什么大道理,回家看好你老婆得了。"

可部主任对她的想法却浑然不知。

"哎,你看这句。"部主任突然转身将他手里的报纸猛地摊到她的面前,她立刻条件反射般地紧张起来。

爱念你就念,用不着有意跟我强调,她在权衡是否说出这句抱怨时,突然看到标题下面的作者名字。

丁植珈。

是那个跟自己发生了不可描述事情的记者丁植珈!

她立刻觉得自己的头在"轰"的一声之后便昏天黑地般的什么都不知道了。

二

丁植珈。

那个在旅馆登记时从身份证上看来的名字早已深入骨髓地在她的生命中成为一个绝顶重要的秘密。那秘密对她来说,如同走过路过也会遇难的印尼爪哇的死亡之洞,她生命的余脉,在那个名字面前,只一瞬,便身心俱焚得血肉模糊。

她并不后悔那天夜里和丁植珈发生的一切,也不怪罪丁植珈写这篇文章,只是一切来得太突然,让她没有一点思想准备。

丁植珈的名字,让她彻底想起了那个因为被丈夫忘记了生日而愤然离家出走的所有情景,那个让她寄希望于被哪个男人给奸杀的瞬间感觉,又一次完完整整地袭上心头。

她无法忘记。

三

"你怎么了?"随着一声轻唤,她清醒了,她发现,几乎所有的人都聚集在她的眼前。这还了得,尤其是部主任,正用一种几近于生离死别的目光看着她,她即刻扬了扬头微笑道:"没什么,我只是有点着凉了!"说完,她站起身,径直去了卫生间。

丁植珈。

该死又不该写那篇文章的丁植珈,她一边走一边愤然地想。

怪物一个,不就因为是记者见多识广吗,但也没必要白纸黑字地给写出来呀。

她一脚踢开卫生间的门,仿佛,那门是部主任的脑袋。

难道,丁植珈在用他的笔,向世人暗示着某种人生际遇和必然的关联。

是他自己的?

还是别人的？

有没有自己的成分呢？

她打开水龙头，往脸上拍了一些冷水。她实在不敢相信也不愿意相信，那个和自己有过缠绵的男人会写这么一篇文章。而且，凭着她所听到的那些内容，好像已经关联到了自己。

丈夫夜不归宿时自己的公然背叛。

她使劲地擦了擦脸，发现镜子里的自己，苍白的脸色确实有着无法掩饰的惶恐。她有些黯然神伤，曾几何时，极其注重外表的自己何时如此的狼狈和尴尬，但此时此刻，真的顾不了那么多了。

她这才发现，一个人的精力是有限的，而一个人的能力也是有限的，再怎么善于伪装，这会儿，也成不了演员。

她决定，找丁植珈，虽然他们分手时根本就没想过今生还要见面，但他的那篇文章，让她面对自己的人生时产生了强烈的质疑以及根本说不清的欲望，那欲望和质疑，在她的生命中，将成为一种抉择，是一种全新的抉择。

她决定面对，尽管她不知道那抉择会将她带到哪儿。但她知道，她必须面对，尽管当初的自己固执得有些盲目，但眼下的决定，也不见得就是一种盲从。

她相信自己的直觉。

她释然了。

在这决定成了一种决心之后。

四

回到休息室，部主任已经不念文章了，扩音器里，传出了王菲的那首《只爱陌生人》，大家早就各就各位根本没在意她的归来，或许，发生在自己身上的故事，每个人都或多或少地拥有过吧。

她淡然地笑了笑，静静地坐到自己的位置上，听着那首并不陌生的歌曲，竟然发现歌声也可以代替心声，因为，那首歌，仿佛是在为她的秘密而唱。

  我爱上一道疤痕
  我爱上一盏灯
  我爱倾听转动的秒针
  不爱其他传闻……

  她看到，那张报纸，在部主任的桌角上，像一堆被弃的垃圾，她站起身，有意地向窗台走去，并在路过之时，顺手将报纸拿了起来……，她决定，要找到丁植珈。

五

  她记下了责编的电话，然后，在一种突然静止的时空里，已经完成了同丁植珈所进行的某种约定似的有一种大功告成般的冲动，她觉得自己实在是幸运，因为，在如此快捷又便利的信息时代里，找人，再也不是大海捞针那般困难。

  她开始想象，和丁植珈的未来些许，接到电话的那一刻，丁植珈也很兴奋地将电话打来，然后，开始他们之间已经默契的倾心交谈。

  谈各自的情感，开诚布公又毫不避讳，彼此真诚的交流里，更多的是信任和欣赏，世上，还有什么比这更惬意的事呢？

  阳光斜斜地照射到她的身上，像搜寻秘密的侦探，又像懒于付出的倦客，从她的手臂慢慢地游移到她的肩膀，再一点一点地越过她的颈项，带着一丝可以感觉到的暖意，让她有了一种恍如隔世的感觉。而那张有着丁植珈名字的报纸，在她的视线中，不断地模糊成跳跃躲闪的灰色光影，那光影，无论怎么看，都像那夜永远忘不掉也洗刷不掉的曾经。

她看到，那故事，如涨潮的海水，卷土重来且气势恢宏，在这个有着朗咏声和歌声的中午，一如以往的某些时刻，钝刀割肉般地将她内心不为人知的旧事变得血汗淋淋，不断升涌起来的羞愧和隐隐的自责，让她猛然发觉，如果说这世上的好女人已经越来越活得心理不平衡，那么，坏女人同样也活得无法洒脱自在。

一样都是没有好日子过，可问题是，她始终搞不懂自己是好女人还是坏女人，因为，曾经的好，并没让她得到实质性的善意回报，而曾经的不好，也没让她痛不欲生到不安和难耐，而所谓的自责或自省不过是昙花一现般地并没给她的生命留下什么恶劣的印记，相反，倒是那不一样的感觉和体验，让她知道，她还活着。

管它是好还是坏。

她猛地抓起那张报纸，定定地看着丁植珈的名字，不怕任何也不想避讳任何地任自己的思绪纵情地回忆起那个缠绵悱恻又光怪陆离的夜晚。

他们说过的话。

他们做过的事。

她仿佛看到，丁植珈迈着坚定的步子，微笑着向她走来。

她相信，纵然时间可以摧毁一切，时间也同样可以给予一切。

她决定耐心等待，直到那个丁植珈出现。

六

丁植珈并没按照她预期那样打来电话，这不免让她在一种看似平静实则早已如坐针毡的状态里度日如年，她一次又一次地回想起给责编打去的那个电话。

"喂！我是丁植珈的老朋友，因为弄丢了他的电话号码，只好麻烦您给转告一声，让他在方便的时候给我回个电话，我的电话号码是……"她尽力压制着自己的紧张情绪，并尽最大努力地将自己的语气舒缓到最随意也是最自然的状态。

"好的，好的，没问题。"责编的态度比她还客气。

舞文弄墨的人就是不一样，放下电话时，她的心情很舒畅，看着眼前繁花一片的忍冬花，香气怡人又妩媚多姿的在风中摇曳，她才惊异地发觉，自己打电话时，因为怕别人发现，在不知不觉间，最大限度地弯着腰身，将头和上半身，深深地埋进绿篱的空隙之间。

实在是傻得可以。

她不得不这样评价自己。

因为，如此这般的鬼鬼祟祟，首先被人发现的即便不是自己的声音，也绝对是自己的身影。

她正了正惶恐不安的神色，以最快的速度返身回到公司大楼，可是，当她快要走到电梯门口时却停下了，她不想坐电梯而想走楼梯。

楼道里肃静，楼道里可以消耗更多让她无法消散的思维。在楼道里，她可以拥有更多用来独立思考的时间和空间。决心一下，她即刻踏上平时不是因为停电绝对不会走也是最懒得走的上楼路线，瞬间，那通往办公大厅的楼梯，寂静绵长得仿佛没有止境一般，一级连着一级，像没有尽头的路途又像人去楼空的旋回框架，想着瞬间便可以将自己送到二十三层的电梯，她更希望自己永远生存在楼道这远离喧嚣和嘈杂的狭长空间里。

她想起了那个因为攀爬巴黎的蒙帕纳斯大厦而一返回地面就被警察带走的阿兰·罗伯特，那个时候，她还不能完全理解蜘蛛侠的怪癖，但当她一层一层地徒步向上再向上时，才发现，在简单而繁复的攀爬中也可以得到意想不到的满足和惬意，自然生成的快感，和独自一人的自娱自乐，让她觉得，一个人，纵使对感情的欲壑永远难填地无法知足也不能真正地满足，那也是人性里的必然，没什么了不得的，很正常，反过来，她倒觉得，从前那般只图省事的心态倒是不正常的表现了。

七

整整一个下午，在烦躁的等待中眼睁睁地过去了。她无心做任何事情，也无法做好任何事，不是精神不集中就是心力不够，她唯一能做也愿意做的就是不停地翻看手机，怕漏掉不经意间打来的电话，怕因为丁植珈不便打电话而非常有可能发送过来的短信。可是，电话在电量充足，信号满格的状态下，始终没有任何响动，仿佛，她和整个世界都失去了联系。

她开始不停地回忆自己在对责编说出电话号码时，每一个数字是否说得清晰，是否交代得准确。

绝对没错，难道，是那位责编说话不算数？也不太可能，责编没必要跟自己这个陌生人当面一套背后一套，那就是因为丁植珈没把自己的事当回事。

她开始后悔，为什么不特意强调一下自己对丁植珈的回话很期待也很急切，可是，那种状态下，自己又怎么能很好地自我表现呢，她做不到。

一定是因为自己没有留下姓名才无法引起丁植珈的注意的，可即便留下姓名又能怎样，丁植珈并不知道自己姓什么叫什么。

她突然有些绝望，怪怨自己的当初，为什么要铁了心的坚持日后不相往来，她又开始怪怨自己给责编打电话时没能把情况说得更严重一些，就说老朋友已经危在旦夕并在生命弥留之际想要听听他说话的声音，她敢保证，如果自己那样说了，那个期盼中的电话早就接到了。

只是，一切都不随己愿地付诸东流了，她不动声色地扫视了一眼周四，大伙正忙着做下班前的准备，以往，这个时候，自己也是急急的，仿佛一秒都不想多停留，可今天，她觉得，自己注定要面对的是一个熬不过去的夜晚。因为，根据经验，但凡一个人在准备打一个未知的电话时，必定不会选择在下班、晚饭时间或夜里，这说明，这个未知的夜晚，完全有可能像下午那样空等一场。

她突然想约人去喝酒，可是，约谁才好呢？她这才发现，在公司里，自己竟没有一个可以托付心事的人。

这算不算是一种悲哀呢？

她决定不回家了，满大街闲逛，不到最后一刻，绝不回家。

八

去哪好呢？

当她逛了三个鞋城四个时装店外加两个女饰精品店后才发现，平日里一直喜欢赏看的那些物件，这个时候竟没有一丝吸引力，甚至，有很多东西，已经在不知不觉间成为令人厌烦的赘物，难看又丑陋，居然还等着被买、被拥有。

这世界真是荒唐得可笑。

她看了一眼一直被攥在手里的手机，任何时候，哪怕是来自手心儿里的任何响动，都可以让她的神情紧张起来，可非常遗憾的是，她的手机从没响过，她一次又一次地翻看，像下午那样，一切都无法等到结果般地让她心凉如冰，想一个有血有肉的人，就这样销声匿迹在没有任何指望的生活里，这是比任何悲伤和难过都难以忍受的折磨，这是一种看不到却可以时时感受得到的心理酷刑。

她的神经慢慢地麻木起来，放任或不得不放任的心态让她暂时得到了心理上的放松和缓解，从前，因为丈夫的冷落而让她孤单，即便身在闹市，也无法感受周遭的喧嚣和嘈杂，脑子里不停闪现的不是丈夫在哪儿、在做什么、在想什么就是丈夫在和什么样的人在一起。但现在不同了，现在的生活里，又多了一个活生生的人，而这个人，尽管她还不是完全了解，但这个人，总和她丈夫交替着出现在她的脑子里，甚至，有些时候，会独占鳌头地成为上风，这让她难以置信的同时，又坚信，这就是属于她的现实，是她不得不面对的现实，是她不得不认可的现实。

她离不开那个人,即便是一种影像,而这个时候,那个人仿佛躲到了某一角落,盘踞着、蛰伏着。

她的伤心和难过达到了极限,尽管她明明知道这肯定是暂时的、是完全可以改变的,完全有可能在下一个时刻里能够得到天翻地覆般的更改,可她就是无法忍受,也无法承受,她这才深深地体会到,想一个人,念一个人,直到有可能是爱上一个人,是多么痛苦又艰难的过程。

这不是一个好的开始,尽管曾经有着她认为是那么好的一个开端。

她好像了解了情感的真谛,已知的欢乐总是那么短暂,转瞬即逝不说,还无法获得再生的机缘,而大多时候是在不得不等待中无奈无可地度过,在等待中,她的丈夫逃逸了,或是被她驱逐了,而这个时候,只有丁植珈,被她锁定在思念中,在眼花缭乱也是熟视无睹的木然里,有着无比清晰的身影和面容。

九

她去了音像社,她突然想起了那些丢失的大头贴,或许,就丢在那个音像社里,因为,她明明记得丁植珈付款时她的手里还拿着。

"小师傅,大约在一个多月前,在后半夜,在你这里交钱时我可能将照片落到这里了。"她一边用手指着柜台的台面,一边因为怕自己的记忆有问题而尽量将"可能"两字说得很重,但"可能"之后的那些话,则轻的连她自己都听不清。

服务生听了,用她并不陌生的疑惑神态看着她,或叫审视着她。她的心开始不安起来,是极度不安,因为,她想起了在服务生面前丁植珈说过的那句话:"她是我老婆。"

她开始后悔,她认为此时此刻的自己,不是疯掉了就是真的患了脑瘫。

"张姐——"突然,她听到了服务生放着长音的喊叫声,是冲着他身后的那扇门。

随着一声应答,她看到一个中年女子从那扇门里钻出来。

"什么事?"中年女子问。

"她问照片的事。"服务生用手指了指她。

她见了,恨不得找个地缝钻进去,虽然那女人不是当事者,但从服务生的神态里,可以感受到,那中年女人知道事情的某些细节,但很快,她就镇定了下来,因为,她发现,那女子看了她几眼后竟用很是躲闪但又有些游移不定的眼神细细地打量起她。她恢复了常态,孤傲又清高地面对周遭,不以为然也不可能在意任何,不就是对自己很珍贵对别人来说却一点价值都没有的大头贴吗?没什么,丢就丢,一切都可以重来。

"哦!是这么回事,你瞧,已经过去这么长时间了,这些照片……"随着那女人有些歉意地将柜台上的抽屉慢慢拉开,一个花纸口袋被那女人拿在手里,凭直觉,她知道,失而复得或物归原主,马上就有可能成为一种现实,果然,中年女人的话和动作证实了她的判断。

"实在不好意思,有一天家里孩子来玩,把这照片……"她清楚地看到已经被那女子从纸袋里抽出的照片上,她的一只手搭在丁植珈的肩膀上,另一只手紧紧地拥搂着丁植珈的脖子,满脸的笑容和幸福的惬意如午后阳光般灿烂。

"有几张被撕坏了!"她根本没把中年女子的话放在心上,她想起来了,是自己在接服务生递过来的光盘时,顺手将照片放到了柜台上。

瞬间,当时一跑出音像社便追到丁植珈后的所有情景都随着那些照片如电影镜头般地在她的脑海里快速地回放。

"可真有你的,撒谎大王。"她听到了自己的声音。

"也真有你的,撒谎王后。"她也听到了丁植珈的声音。

"你就不怕遇到熟人?"她仿佛看到丁植珈的幻影就在她的眼前。

"不怕,有你在我什么都不怕。"她又一次听到了自己的声音,坚定、无法理喻却又合情合理。

她笑了。

还有什么比失而复得更让人高兴和庆幸的事呢？照片上，已经变得不再陌生的丁植珈，浓浓重重的眉宇之间，透露着那天夜里并没被她完全发现的刚毅和爽朗。她相信，即便在并不明亮的灯光下，也完全可以想象到白日里的丁植珈是怎样的一个人，厚重又白皙的耳垂，在粉红色的边框背影处，显得非常亲切自然，冷眼看过，仿佛还旋回着可以给她温情的温度。

她用手轻轻地拂了拂丁植珈的面颊，有些无法确信就是这样一张帅气又俊朗的脸，给了自己可以照亮未来日子的浪漫情缘。她不知道也无法确定，她的今生，如果没有那夜所发生的故事，还会不会是从前那般的无法正视也无法承受的难耐。

所谓的沧桑和日渐衰老不都是日复一日的愁烦所凝沉出来的吗？

够了，够了，只这一张照片就足够了！

走出音像社很远，她还在不停地自言自语，她觉得，她需要的，或许就是可以清晰地看到的丁植珈。虽然仅仅是一张照片，想想自己的一生，曾经和这样一个男人在一起，共同度过，虽然仅仅是一夜时光，又有什么呢，纵然时光短暂，也不是问题，关键是，她需要丁植珈，就像第一次见到丁植珈时那样，在她的身边，甚至是心贴着心。

"未来的某一天，这光盘就会变成我，陪着你，在寂寞的夜里让你不再孤单。"仿佛，她手里的照片变成了丁植珈送给她的那张光盘。

如果自己的一生从开始到结束是一株自然生长着的植物，她敢说，缺少了和丁植珈之间所发生的那些事，再完整，也是无花之果，虽然无花果并非没有花期，但那根本无法看到的花，谁又能认可它的开放，缺乏可以让生命完美起来的花开花落，谁又能说，怒放美艳的花期里，即便不能恒久，也是可歌可泣的成长与成熟。

那才是一种可以直面的成就。

尤其是情感，虚无的东西，让她太熟悉也太恐惧了。甚至，连触摸一下的勇气都没有，她站住了，因为，在她的右前方，就是她和丁植珈住过的那家旅馆。

仿佛隐私被曝光一般,她有了一种必须逃离的冲动,但随即她便站住了,因为,那记忆中闪着光芒的门脸,虽然和她眼前见到的略有不同,但有关那一夜的温情,却是任白昼怎样如梭更替都是无法改变的。

她明白了,一个人之所以会感到孤单和寂寞,是因为心无所依的凄惶,而人心所需的,不过是一个可以安然倚靠的胸怀,哪怕那胸怀不能永远地归属于自己,但哪怕只有那么一瞬可以倚靠,就足够受用。

她毅然地往旅馆的方向走去,目不转睛地盯视那些当时并没有注意到的巴西木,那些并不适宜栽种在廊下的植物,高矮错落地在青灰色的砖墙下,反衬着青绿和碧翠,投在地上的那些阴影,如同长着翅膀的天使,在傍晚的清风中,不停地摇曳,仿佛不停地飞走又飞回。

她想起了那个有着花白卷发的老头,想起了那个记录着丁植珈名字和身份证号码的登记簿,还想起了自己面对丁植珈时的坚定和毅然决然,纵然怎样都是活着,想着他念着他又有什么不可?

她转身离开了,她更愿意自己在一种孤单和孤独的状态下,恣意地想着丁植珈,这样,总比没什么可想要好得多。

她笑着算是自嘲了一回。

顺着她和丁植珈走过的那条路,一种异样的心态,几乎是不差分毫地旧地重游,一阵风或是一个行人,都可以或多或少地将似曾相识的过往带给她,让她在亲切又自然的状态里,完好地感受当初的某些情节和余韵,一次次地清晰,再一次次地碎不成形,而残留在空气中的,仿佛只有那夜的温润和安然。

她为自己买了一条透明的丝巾,严格意义上说是一条丝带,稀稀落落的几许镂空花心里,镶饰着蝉翼一样的细碎花片,用手轻轻一碰,那些花片便不停地晃动起来。

就系这个去见丁植珈好了,虽没什么意义,但她喜欢,这世上,还有什么比自己喜欢还重要还珍贵的,没有,绝对没有,尤其是心情。

十

"下班去金日月酒家!想去的请报名!"第二天,快要下班的时候,部主任突然兴致极高地开始了多年不变的老一套。

她第一个将手举起来,但这次不是拒绝而是报名。

"好,一位,又有一位,已经有三位了!"她看到,部主任的脸上洋溢着春风般的温和笑容,一回头,才发现,原来,报名的都是女同事。

她笑了,不仅仅是因为自己和别人的报名,更是因为丁植珈——就在部主任要说话之前,她刚刚挂掉丁植珈打来的电话。

丁植珈说他去了新疆,接到责编电话时正赶上做采访,而且,回到住所后,因为要赶稿子,就一直拖着没打,丁植珈说,他给她买了一件礼物。

"你一定会喜欢的,因为我喜欢!"丁植珈自信又自得的语气在无以言表的热情里,在余音缭绕的回味里,变成一种豪迈和激情。

这让她开心无比又心存感激。

两个人都可以喜欢的东西,寄情于双方都会认可的物件,将隐秘的情感小心翼翼地珍藏其间,她兴奋得只说感激和感谢,全然忘记了丁植珈还在说着什么。过后,她只记得丁植珈说他很快就会找时间来看她,这还了得,这说明他们又有了可以见面的机会。

她想起了头一天买的那条丝巾。

感觉抑或是直觉,应该是这世上最不可理喻又不得不让人惊叹的天然能力。

她当然要同意部主任的邀请,这是求之不得的机缘也是部主任最最可人的壮举,她甚至觉得部主任从未如此地善解人意又心怀大度,可是，即便她已经坐到金日月酒家的酒桌前，惊魂未定的感觉还如病魔缠身般地让她不能完全自在，她失去了自由，是整个身心的自由。

丁植珈还没打电话时就已经买了礼物，这是确定无疑的，可他丁植珈怎么会知道找他的老朋友就是自己，还有，不先通过电话证实一下对方是谁就唐突地买了礼物，她觉得丁植珈这个人，或许值得怀疑，或许真的不可信，可她明明记得丁植珈在电话里问过她那张盘听着怎么样？难不成他还给别人也买了光盘？

不会的，那晚，他也在状态之中，难过且沮丧，不是一般的难过也不是一般的沮丧。

这样一想，她立刻摒弃了所有不必要的疑虑，见部主任已经点完菜，正站在几位女子的正对面，以一副随时准备高声演讲的姿态看着在座的每一个人。

她想笑，但还没等笑出来，部主任就打开了话匣子。

"各位女同胞女战友请注意，凭我个人的经验和所有的人生阅历，我再一次提醒你们并强调，要正确地使用男人！"她听了，怔得有些不知所以，但见其他的同事却引以为然地淡漠着。

这是怎么回事？

她感到紧张不安，尽管她和部主任在一起吃饭已经不是一次两次，但她感觉，部主任并没什么异常，而其他人也一样。

"准备鼓掌，上次你没参加，主任在酒盒里得到了一个女人法宝！"小倪用手肘轻轻地碰了碰她。

"女人法宝？"她的疑惑还没完全消除，就听部主任高声朗咏道："有才华的男人要用来当顾问，长得帅的男人可以做情人，挣钱多的自然是相公，顾家的必然要做老公，靠得住的当知己，智商高的当娃他爸。"还没等部主任说完，她竟自顾自地笑起来，难为部主任了，总是喜欢稀奇古怪的歪门邪道，想必发明这个法宝的人，也是在阅尽人生所有之后才得出的结论吧。

只是，再一细品，倒真不是那么回事了。

"真有他的,什么都敢说。"她冲着小倪喷笑了一下。

"这就是生活的真相,你不可不知,也不能不信,但知道也就知道了,信也就信了,可不能真的去做啊!"随着部主任的话音刚落,她听到小倪突然喊道:"等有一天我们学坏了,你可是罪魁祸首。"

部主任听了,连忙厉声正色道:"此话差矣,你等女人之辈,难道不懂三从四德?"

小倪一听,连连摆手道:"你可别再清规戒律了,随便说、随便说、随便乱说吧。"部主任见了,大笑两声之后,带头将自己的酒给喝了。

她见了,也急忙端起酒杯,但她不是为了配合部主任,而是要庆贺自己,一来,是因为终于接到了丁植珈的电话,而让自己的心情无比激动,二来,也是为了那件还没有看到但确实是在期待之中的礼物,第三,是为了还不能预期但肯定能够成行的那场私会。

跟丁植珈的私会。

她发现,一个人的欲望,一旦被点燃起来,确实是星星之火可以燎原,而眼下的情形是,她正被这种欲念燃烧着。

"来,我敬大伙一杯!"她并没有喝下那杯酒,而是突然站起身来,也不管大伙看没看她,也不计较大伙是否在关注她或是响应她,只一举杯之间,就将自己的酒给喝得一滴不剩。

"真有你的!鼓掌!"部主任见了,也跟着一口喝掉自己刚倒进杯子里的酒,之后,她就听到噼噼啪啪地有人开始鼓掌。

什么乱七八糟的,她心里嘀咕了一句,看着部主任的同时,又看了看小倪,她觉得眼前的每个人都如同怪兽一般。

"我再敬各位女士一杯,今后,希望你们三围魔鬼化、家务甩手化、爱情持久化、购物疯狂化、老公奴隶化!哈哈!"部主任又开始了他的胡言乱语。

真是病得不轻,她有些后悔,觉得自己正蜗居在一群乌合之众里,被搅扰得人不人鬼不鬼的。

"别那么复杂,取笑逗乐的事,不说不笑不热闹。"小倪发现了她的态度,用手肘使劲儿地碰了碰她,她这才发现,所有的人都在端着酒杯,只等她把酒杯拿起来好一饮而尽。

她有些无奈,但又不得不应和,但她刚要喝酒的瞬间,手机响了。

"喝酒的时候不许接电话!"部主任大声地嚷嚷起来,她刚要说你讲不讲理,部主任即刻改变了态度说道:"快接,快接,别影响了家庭团结!"

她想说就你这样的领导,上帝怎么一打盹就把你给安排错了,但还没等把话说出来就倒抽了一口凉气。

电话是丁植珈打来的。

她马上放下酒杯。

离开酒桌。

跑到酒店的大门外。

"喂,是我!"她不知道丁植珈为什么会在这个时候再打来电话,难不成他来了?不可能啊!

"我后天中午到你那,是路过,只能跟你见个面,顺便把礼物带给你,在什么地方见面到时候我再告诉你。"丁植珈说话的语气很匆忙,仿佛,还有什么急事要去做。

她一边点头一边无所适从地不知该说什么才好,合上电话,她发现自己还在不停地说着:"好的、好的。"

可笑且不可思议,什么时候,自己也成了鬼鬼祟祟的人,她发现身边有个男士也在打电话,只是,那男士比她从容洒脱多了,后背靠在墙上,一只脚搭在树干上,煲粥熬汤的语气温和且无所顾忌。

她迅速逃离了,这时,被任何一个人发现,都是罪过。

回到饭桌,她魂魄出窍般地如坐针毡,她不知道和丁植珈见面的那一瞬自己会变成什么样子,是尴尬得不知所措,还是什么都不曾发生过的坦然自若,她突然反悔地怪怨起自己为什么不告诉丁植珈因为有事不能见面,毕竟,应承了那样的电话,无疑就是将她最初的那些打算完全摧毁,甚至,还要在另一条危险的道路上,一发不可收地驶出很远,她真的不知道,在那样的路上,一旦走出去是否还能原路走回来。

她想是不可能的。

那是最起码的常识。

她端起酒杯,这才发现,因为自己的离开,那个不得不暂停的喝酒倡议早就重打鼓另开张了。

"来,我把你们的酒杯都给满上,然后,真诚地向你们各位赔罪!"她的话刚一落音,就听部主任大叫一声:"很好!"然后,一阵热烈而持久的掌声又响了起来。

都疯了!

她看着大伙,心里暗自嘀咕了一句,然后,端起酒杯一饮而尽,再然后,在放下杯子的那一刻,一个几乎是铁定了的评价即刻扑面而来。

坏女人!

自己已经完全变成了一个坏女人。

喝酒、不回家、和陌生男人来往。

这无疑就是堕落的开始,或已经成为一种过程。

她想起了跟丁植珈相爱过多年但到头来却冷落了丁植珈的那个女人,那个女人和自己生活在同一个城市,但那个女人的此时此刻在做着什么或是在想着什么呢?

她和丁植珈的关系达到了一种什么样的程度呢?

她端起了酒杯,突然对部主任说:"你不要总是女同胞女战友的,你再说说你们男同胞、男战友!"

说过之后她才发觉自己的话似乎存在着无可挽回的口误,只有部主任一个男人,怎么让他说男同胞和男战友。

"这个嘛,很容易,把女人法宝前的性别改一下就完全可以了。"部主任正儿八经地高声说道:"各位没在我身边的那些男同胞和男战友们,凭我的个人经验和我所有的人生阅历,我再一次真诚地提醒你们，要正确地使用女人。"

她又一次听到了经久不息的哄笑声，是在她已经醉意朦胧之间，但即便是这样，她也开始厌烦起部主任的机敏和所谓的灵活。

她决心，主动报名和部主任出来喝酒，这既是第一次也是最后一次。

十一

走在回家的路上，她的心情很乱，乱到前不见古人后不见来者的空虚和落寞。一个人，形单影只，有无数可以想念的事情，又没有头绪地不知道该怎样开始和结束。同时，她觉得，月光从未如此地温润过，夜色也从未凉如流水般地让人看了心疼，尽管初秋的夜景无论怎样看上去都有一丝冷然俱寂的感觉，但在那渐渐熟悉起来并已经熟知的景象中，可以看到细丝般的月色汩汩地投射到树干和树影间的灵动，让她感到了自身的渺小，小到只是一脉小虫，心情抑或是情感，再怎样的惊心动魄，也会被突如其来地缠裹，小到微不足道。

丁植珈。

夜色中，她觉得，自己整个生命都被笼罩在这个可以幻化出所有缘念和意向的名字中。

十二

他们相识了整整四十二天后的中午，坐在办公桌前，她几乎是无数次地拆散了这个意念上的关联组合，并一次次地将之再拼接完整，像搭摆一堆永远都无法立稳的积木，无奈却也不无乐趣。

她请了假，去了商厦，要为那条透明丝巾配一条裙子，每在试衣间里试穿一条新裙子，都要在穿衣镜前仔细地描摹并想象出丁植珈看到自己时的第一感觉，如那夜一样，或超出那夜很多，甚或，根本就不如那夜，但最终，她还是选择了一条宽腰带的紫色长裙，一串并不显眼的碎花，奶白色的，从裙子的底摆，向上一路飘摇，了无痕迹又清晰可现。

这裙子好，无论从外形和颜色上，都更接近于那天夜里她所穿着的睡衣。

她又买了唇膏和手袋，虽然她不缺少这些，但她想以崭新的姿态出现在丁植珈的面前，尽管她知道，只要她不穿那件睡衣，什么样的打扮都是崭新的，但在内心里，她对他们的见面充满了好奇和无以言表的悸动。

"一个外表依然陌生，但在内心里早就被认可并已经无法离开的生命。"她这样评价丁植珈的存在。

十三

丁植珈终于打来了电话。

是一个让她失望的电话。

丁植珈说他只能停留一小会儿，因为，他只能借吃饭的间隙跑出来把礼物送给她，丁植珈怕她听不懂，还特意强调说把礼物交给她以后，他就得立刻归队，这不明显地在向她表明，他们之间，或许连说话的时间都没有。她突然想拒绝，但又有些不舍，因为，她知道，这一次见面，将是他们今后和未来关系的纽带，尽管她不知道那今后和未来究竟是什么样子，她也没有寄予过高的期望，但她还是觉得，这样的见面，尽管游如细丝，日后也会变成一座桥梁。

"就在我们去过的那家音像社旁边，有一棵银杏树，我就在那等你。"丁植珈的话听上去非常温和，但感觉上，却绝对是不可悖逆的命令。

男人怎么都这样。

坐在出租车上，她觉得自己从来没有如此无聊过，被动地为了一个人和区一件礼物，匆忙地几乎飞一般地从公司大楼蹿到大街上，再心急火燎地还没等出租车站稳,就恨不得一头扎进出租车里,仿佛自己要做和正在做着的分明是一件人命关天的大事。

"师傅,麻烦你快点开,我有急事!"一向主张安全第一的她,竟鬼使神差般地告诉司机。

司机连看都没看她一眼就说:"瞅你上车的那个样就知道你有急事。"

听了司机的话,她倒泄了元气般地希望车子不要开得过快,想自己这是何苦,仅仅为了见一个陌生男人和那个或许不会喜欢的礼物。

可是,这也绝对不是一般意义上的陌生人,她看了一眼车窗外,风呼啸着与季节并不相符的声音,带着她矛盾不安的心情,不知身在何处地云里雾里,她这才发现,匆忙之间,竟忘记了换衣服。

她的失望几近于绝望了,甚至,她想让司机将车子往回开,反正也是陌生人,虽然知道名字,但这世上,知道名字的人多了,可是,她仅仅将这想法停留在脑际,而整个人,则像一个没了灵魂的行尸走肉般地呆默在出租车里。

她想起了那个只有他们两个人的房间,还有那张铺着雪白床单的大床,就在那张床上,或是从那些照片开始,或是更早些时候,喝酒的时候,离家的时候,她说不清了,反正,她穿越了那条叫作"道德"的防线。

一面是无法把持也不想把持的婚姻,一面是日思夜想但完全还是个陌生人的人,而一个人,一旦进入这种状态,就难以自拔,不是最终的结果也是必然的结局。

不过是十几分钟的路程,她却像只身穿越了整个地球一般,路途漫漫又前程无望。

远远的,她一眼就看到了丁植珈,在那棵高大的银杏树下,站在初秋的微风里,一袭黑色的衣裤,很干练也很高贵的样子,走近了,她又看见,银红色的内衣领处,隐隐若现着她熟知的那种热情。

抑或是激情。

她的脸红了起来。

她无法相信，刚刚还是剪影一样站立在视线中的男人，竟然曾经与自己有着缠绵纠葛的肌肤之亲，他们几乎心灵相通，虽然不过在短暂的时间里，但她仿佛又一次看到，那个穿着睡衣的自己，在夏夜的微凉中，散漫着所剩无几的姿色，一步一步地走向他，带着不可预知的惶惑，将一种诡异的美丽，永久地镶嵌在记忆的深处。

她的心狂跳起来，她不知道自己是应该继续前行，还是应该停下来，她这才发现，他怀里还抱着一样东西，紧紧地，像曾经抱着她的身体那般，这让她更加惶惑不安。

"送给你的。"在认出是她的那一瞬，他快速地迎向她并将手里的东西交给她。

她木然地不知是该接过还是应该断然拒绝。

"去新疆采访时特意给你带的枕头，薰衣草的，之所以买它，是因为它的浪漫花语。"她定定地看着他，听着他并不流畅自然的语言，她不知道一个薰衣草的枕头还会有什么浪漫花语，但她完全可以想见，日后的自己，在睡意蒙眬之时，枕着千里之外就已经开始的那份祝福，梦着或不梦着，都可以体会到他的体味、他的意念和他深深的情意。

这就足够了。

她看了看那个枕头又看了看他。

"是等待爱情。"她听到他在说，很小的声音。

她的心又是一阵发怵般地紧张，这样的话，电视剧里经常能够听到，但通过另一个人说给自己，她还是第一次。

她发现他说话的声音非常好听，很柔和又吐字清晰，她这才发觉，那个让她很留恋实际上却是仓皇逃命的夜晚，还真没有注意到他说话的声音，尽管他说过很多话。

"那天，你穿的睡衣上，就是跟这薰衣草一样的花。"他说。这让她有些吃惊，但见他并不着急的神态，并不是电话里说的那样急迫，她感到有些意外，也有些感动，她真的不知道，他的记忆里还有她，而且，他还在记挂着她，曾几何时，她觉得，对他来说，自己不过是个匆匆过客，在那样一个特定的时刻里，以一种特定的身份出现，然后，再在一种特定的情形中离开。

她的眼眶湿润了。

"所以，你就买了这个枕头。"她紧紧地抱着那个枕头，仿佛，那是自己全部身心所幻化出的又一个灵魂。

"是的，人在夜里会比白天脆弱，尤其是那些悲伤，会被无限地扩大，所以，我就买了这个，送你一个，我自己留一个！"说完，他又即刻补充一句："你就把它当成是我好了。"

她的脸又红起来，因为，她紧紧抱着的枕头，正在她的胸怀之间，像个孩子或是宝物。

她挪动了一下自己的手，但依然紧紧地抓着那个枕头，她分明可以很好地扩展他没有说出的另一半话，那就是，当然，我也把留下的那个枕头当成你。

她的心狂跳起来，她觉得，她和他，仿佛认识了一辈子似的，她发现，他不说话的时候，神情爽朗得有如一个刚刚长成的英俊少年，意气风发中，不失天真和稚气。她终于知道什么是"爱情"了，看不见也摸不到，但却可以时时刻刻地感受到，在自己的生命中，无法割舍又天然自带般地根深蒂固。

那是忘我中的另一个人。

魂牵梦绕时，爱情是隔岸闪亮的一盏明灯；心无所依时，爱情又是可以随时栖身的温暖家园。

她觉得自己成了诗人。

但旋即，她又产生了疑问，她想问丁植珈，你的枕头是你自己用还是和你妻子一起用，而送我的这个，因为是一对，你又怎好从家里拿出来？可是她没有问，她不敢再像那天夜里那样，总是问一些很唐突又显得极其幼稚的问题。

这样的疑问，她宁可日后独自一人时没完没了地思考，也不希望从他的嘴里立刻得到一个她并不想要的答案。

"我和我妻子分开住了。"他仿佛看出了她的疑惑。

"但你不用介意,这和你没有任何关系。"他又说。

她看着他,竟不可思议地产生了一股微微的酸意,她倒希望自己是和他的事有关的那个人。

"是你妻子发现了她?"她不得不想起那个女人,当初,就是那个女人,让他来到这座城市的。

"并不完全是,你看到的那篇文章就是答案。"他的声音低低的,有些嗫嚅。她看到,他低沉的头,像他无法张扬放任的心情。

"跟你分手后,我提前回去了一天,结果——"他不再说了,但她仿佛已经知道他要说什么了。

红杏出墙。

他的妻子也如自己背叛丈夫那样背叛了他们的婚姻,在那天夜里,或许在更早些时候。她抱着那个枕头,忽然觉得,人这一生,仿佛,从一开始就是在一种等待中,满怀着期待,再一次次地经历失望,直到最后不得不面对那些不得已的绝望,再重新选择。虽然,人在那种境遇里无可避免地挥霍着看似漫长实则根本就很短暂的生命时光,但实际上,无论怎样的重新开始,无论是怎样的崭新过程,都是旧瓶装新酒。

看似新奇,不过是老一套。

只是我们最初不知,最后也不知而已。

她对他们的未来又如最初想到的那样,充满了恐惧。

她想告诉他,从那个夜晚之后,她就时不时地跟丈夫分开睡,分开的原因有很多,但很重要的一点是,分开后,她可以完好又安静地想着他,她需要那样活着的方式,但她没有说,她想,她之所以会找他,已经说明了一切。

十四

她准备和丈夫长久地分居,不仅仅是因为她得到了丁植珈送的那个薰香枕头,而是她无法忘记,自己那晚整夜不归的结果,仿佛成全了丈夫更不归家的全部理由和借口,更肆无忌惮且为所欲为。即便如此,她也不觉得自己有什么过错,毕竟,没有了彼此的心心相印,即便每时每刻都死守在一起,也不过是远隔千山万水般的陌生与疏离。

她觉得,这世界上只要有这个枕头和那张光盘就完全可以成为她很好地生活下去的全部理由。那是一个很美也很静谧的世界,在那个世界里,她一点都不孤单,一点也不寂寞,但是,她又想错也判断错了,因为,当她终于明白,专注一个人、一个影像、一种幻觉,是多么的空洞,虽然只有肉体而没有精神的关系,是野蛮的,也是不道德的,但只有精神而没有肉体的关系同样也是不可取的。

她这才发觉,最初跟丁植珈在一起时的想法是多么的幼稚又可怕的决定。

幸好,他们又彼此拥有了对方,只是不知道这种拥有会维持多久,她想起了丁植珈的妻子和那个已经跟他分手的女人。

她摸了摸枕头,感觉心有所属,但还是空洞无物地仿若一切承诺都是一张空头支票,枕着那个带着丁植珈体温的枕头,在隐隐传来的香气中,虽然可以体会他胸肩的伟岸、他肌肤的温度、他脚踝和双腿的健壮,但惟妙惟肖的至真感觉,还是触摸不到的,让她只好将所有的希冀都托付给梦境。

她再一次地希望自己,就如那夜之后的那天,一直沉浸在睡梦中。那种感觉好,那种感觉让她无法感知外界,一头扑倒在床上,不顾及任何也不可能顾及任何地跌入睡梦之中。

一湖碧水,天水相接,只有她和他。

她记得,跟丁植珈分手后的第二天,她几乎睡了整整一天,醒来时,夕阳已在西天作秀，只冷眼看一下，就会有一种置身高原的感觉。隐隐飘来的米饭香气，让她意识到是丈夫正在厨房里忙来忙去，想起那个跟自己分手还没超过一天，但根本不知身在何方的男人，她突然感到鼻子酸酸的，她觉得自己是个罪人，是个永远都无法被赦免的罪人。

但是，在罪恶面前，她又不肯真正地认罪。

"你在哪儿待了一宿？"吃饭的时候，丈夫和颜悦色地问她，但"一宿"两个字却说得格外真切。凭她对丈夫的了解，她知道，丈夫是动用了所有的耐力和心机才说出貌似容忍实则根本就是不原谅的话语。

她明白，丈夫真正关心的并不是她究竟在哪儿过了一夜，而是关心她真正的想法。

"虽然想知道我在哪儿过了一宿是你的事，但想不想告诉你却是我的事。"这时，她全然忘记了婚姻中的责任和义务，甚至，她觉得，她明明知道婚姻的责任和义务，也必须背道而驰。

因为，她又想起了刚刚过去的那个生日。

她觉得，丈夫应该先跟她提及有关生日的事，她敢保证，如果丈夫肯跟她说一句有关她生日如何如何的话，她就会永远不再想起那个陌生男人，甚至，那男人给她买的光盘，她也会毫不犹豫地给丢弃掉。

可是，丈夫强压住心中的怒火在看着她。

她第一次觉得，面对婚姻，她拥有了一种发自内心的逆反心理。

她所有的温柔和顺从，仿佛，就是从那一夜开始，都烟消云散再也寻找不着。

相反，丈夫，却偶尔体现出少有的热情和激情，这让她着实厌恶，虽然，她并没想与那个发生了不可描述事情的男人有什么续生再造的尘缘，但仅仅是那草芽一般的初始，就足可以让她受用一生，只是她真的没有想到，和丈夫之间，再也无法达成和谐，尽管她试着努力过，但无济于事。她也没有想到，会有那么一天，她会主动地去寻找，不是为了续接那个故事，而是一种本能的驱使。

是人性里的必然。

她原谅了自己。

十五

她不愿意再想丁植珈了，不是因为她忘记了丁植珈，而是想丁植珈本身实在是一件可以将她折磨到体无完肤的坏差事。

逛街的时候，每看到一样东西，她都会自然而然地想到与他的关联之处，走路的时候，她也会自然而然地想起跟他在一起时的情景，甚至，不由自主地走上那条他们共同走过的路时，她还会发散性地想象出他和那个伤害过他的女人在这座城市中曾经印下过怎样的情感足迹。

她不得不逃离，因为，那是个没有止境也不可能有止境的常态，已经绝对改变了她的生活：做饭的时候，她会想到他，想他喜欢吃什么，最喜欢吃什么，她觉得再见面的时候，有必要好好地问问他的最爱。

她有些惧怕又有些庆幸。

她惧怕如此想念一个人，不仅会白头发还会加快衰老的速度，但她又管束不了自己，她无法不想他，仿佛这世上只有一件事，就是想他。

她彻底知道了感情是个什么样的东西，抓握不着，又无法随意丢弃，走哪儿带到哪儿，不是身外之物，也无法成为身外之物。

她失望了，不仅是对自己，也是对丁植珈。

买了一个光盘，留下一个影子，送出一个枕头，就让另一个人，日思夜想天天牵挂，什么东西！

该死！

她一脚将路边的石子踢出很远。

她觉得，出于对自己的仁慈和人道，必须忘掉那个影子一样的男人，可是，那决定，竟然像影子一样的不切实也不可靠，甚至根本就是靠不住，因为，不过是一转身或一眨眼之间，她心里想的脑子里记的依然是那个人。

那个叫丁植珈的人。

怎么可以如此固执。

怎么可以只为他一个人活。

她发现了心灵脆弱的真正所在，有意或是有情，竟是那样固执地不肯迁就也不肯屈从。

十六

她开始看她的书，但不再看莎士比亚了，而是一本又一本的言情小说，只要是可以让她的精神得到解脱的文字，她都如获至宝并百看不厌。但看来看去，她发现，所谓言情大多是在言性，而整个过程，不过是一个并不怎么样的女人，竟被好几个很不错的男人不知缘由地追来追去，而一个不帅也不完美的男人，又不知被多少个女人不可思议地暗恋或者纠缠。

这文字的世界里，也神魂颠倒了，她觉得没有意思，不过是文化快餐中的垃圾而已，她不相信那样的故事，也不信服那样的心态或态度。

这不是她想要的结果，而她，也不喜欢那些小说里所描述的所谓故事，她相信也确信，审美会变异，但这真不是她所希望看到的。

她更喜欢生只为一个人，死也只为一个人的纯情或干脆叫作专情，可那样的故事，没人写，大概写了也没人相信。

可她确确实实地是在为一个人失魂落魄到了极限。

怎么会是这样呢，一个并不惊险也并不怪异的故事，甚至笼统地观望一下，竟没有一处可歌可泣的地方，可为什么要将之定性为情欲天堂呢？

都是一塌糊涂的无知之举，可问题是明明知道如此这般，却又偏偏放不下也扔不下地情甘受用。

脑子灌水了，或许不是灌的水而是迷魂汤。

十七

她开始上网，聊天，找跟自己一样的女人。她需要倾诉，需要跟陌生人进行倾诉，但是，网上的女人跟生活中的女人不太一样，生活中的女人会千方百计地打探你的个人隐私，然后，满世界地去张扬、去传播，而网上的女人，根本不关心其他女人的心事，甚至知道了你是女人之后，倒有一丝厌烦，表现出不理不睬的冷漠。

她摇身一变，将自己的性别和头像改为男性，但那些女人又来了问题，要求跟她视频，她说"他"不喜欢露脸，对方听了则掉头就走，并从此泥牛入海般地再也寻她不着。

她有些失望，她失望这世上连说真话和实话的地方都没有，她想到了丁植珈，丁植珈总不能不理自己吧？

虽然距他送自己枕头不过是一星期的时间。

可是，又能怎样呢？给他打电话，问他忙还是不忙？他愿意倾听还是不愿意倾听？但即便是他不忙，他也愿意倾听，自己又要说些什么呢？说对他的思念，说对他和自己的关系就这样不清不楚的心烦意乱，而他听了这些会怎样，像说薰衣草的浪漫花语那样，说些她爱听也喜欢听的温情话语？但那又能怎样呢，只有精神而没有肉体的关系是空洞的。

她怕自己越陷越深。

最初，和丈夫相识时，不也是因彼此爱慕而相知的吗，可到头来还不是人近在咫尺心却天各一方、远隔千里。

她不相信，偌大的网络，就找不到一个可以让她敞开心扉倾诉的人。还好，她终于遇到了，是一个叫雅风的人，但不是女的，而是男的，是一个年长她十三岁的大学教授，无疑，这是可以用来救命的稻草。

因为，雅风说，这世上最难的，莫过于让自己的心事变成故事。

她说出了她的经历，是在他们已经达成共识后的突然显身现形之后，因为，男教授并没有拒绝一个男人跟他说心事，这让她很感激，但她不想欺骗。

我不是男的而是女的，之所以要改变性别，是因为我更愿意跟女人说，只可惜，女人并不怜惜女人。

教授听了，不但没被吓着，反而说她很聪明。

这世界，谁还愿意静下心来，拿出时间和耐心去认真地倾听别人讲故事呢，因为，自己的故事都搞不清哪是开始、哪是过程、哪是结束。

教授就是教授，教授的话就是耐人寻味也有说服力，她谅解了那些不想听她心声的女人。

浪费了您宝贵的时间，我实在是过意不去，但我真的是高兴得不得了。

她这样对教授说的时候，没忘了给教授发送一杯热茶的图标，毕竟，她和教授没用视频，即便教授知道她是女人又怎样，这世界上的女人多了，更重要的是，她说出了她的故事，她的困惑以及她的疑虑，她释怀了，也释然了。

这比什么都重要。

怎么说是浪费时间呢，我在倾听的时候，对自己的事也不再困惑了。教授的话让她惊异得无法自控，难道，教授那般有学识的人，也有自己都无法解开的情感谜题？

果然，教授说，他不可救药地爱上了一个女孩儿，是他的学生，那学生天资聪慧，是非常难得的万里挑一的人才。教授说，他想推荐那个学生留校和他共度余生，又怕从此毁了自己已经道宽路顺的人生，但如果不这样，眼见着毕业日期一天天临近，他几乎夜不能寐寝食难安了。

简直是世界末日即将来临，她可以感知到教授的苦痛，尽管还隔着一层网络，但情感世界的真实，是没有距离的。

放过了那个学生就永远地错过了幸福，是我的幸福，教授说。

可你们还是师生关系啊！她说。

但谁又能说师生的关系会等同于爱情的关系呢。

教授快速地打过来的一行幼体小字，并伴随着一个叹息的头像，让她知道，人生之难，就在于无法把持自身的情感，无论是谁。

一边想缠绕，一边却想挣脱，一边想着出世之法的浩然之道，另一边却是自相矛盾的无法调和，不知情为何特地日日追寻，得到和拥有的，却不想珍惜也不会珍惜。

那你怎么办？她有些同情教授，就像同情自己一样。

我也不知道！

她仿佛看到了教授烦躁不安又苦痛不堪的样子，这世上，谁又能真正地安慰谁呢？

她不想再诉说了也不想探寻了，她觉得，诉说的结果和探寻的结局仿佛还不如不说，因为，所有情感被倾泻出去后的那片虚空是那般的巨大无比，那是任何其他都无法填补的空白和缺口。

她谎称自己有事并说了句"自己的梦得自己圆"便再也不上ＱＱ了。她觉得这世界，无论是真实的还是虚拟的，什么样的空间都是不可靠也是不可信服的。

因为，寻寻觅觅本身，就是一种沉醉，而太多的人，都身处这种状态之中而无力改变。丈夫的有家不归和变本加厉，部主任的有口无心及无意间触及的冷嘲热讽，父亲和母亲的刨根问底、疑虑重重……

她厌倦了，也厌烦了，她希望，那个夜晚永远都只停留在那个月高风轻的记忆中，将她所有见不得人的故事都定格为恒久不变的美好。

那是唯一可以感动于她并让她可以为之感动的故事。

十八

她开始在一种依赖的日子中生活，如行尸走肉，却又充实且匆忙。吃过晚饭，要一遍又一遍地听那张光盘，听了一曲又一曲，在一曲又一曲或悠扬或奔放的乐曲中体味她所有的细腻情感。其中，有一首《夜凉如水》的小提琴协奏曲，让她产生共鸣的同时还生发出一种幻觉，在不断绽放心灵火花的沉迷中，暂时忘记所有，并一次又一次地想起所有，有认识丁植珈的过程、有继续寻找丁植珈的心情，更有丁植珈实实在在地站在她面前的一颦一笑，哪怕是一个不经意间的微小表情，也可以深深印刻在她虚幻的感觉中。

不真实却是唯一可以实施的方式。

"你能不能换点别的音乐？"有一天，丈夫突然推门进来，没吓她一跳，倒让她有些吃惊，什么时候，丈夫关注过她的喜好？

她没言语，而是继续听她的《夜凉如水》，如果今生可以用这样的方式来引起丈夫的注意，她愿意，她一百个愿意。

她定定地看着丈夫，发现丈夫的脸和丁植珈比起来，要黑一些、圆一些。

"你一天到晚没完没了地听，闹不闹心？"丈夫的声音终于惹怒了她，她想冲丈夫说，我不听这个还有什么可听的？但她只是轻轻地向丈夫扬了扬手，然后，很轻松也很随意地嘟哝了一句："闹不闹心是你的事，爱不爱听是我的事，咱们井水不犯河水，希望你好自为之。"

丈夫走了，什么都没说，这让她感到惬意的同时又感到非常难过，她惬意的是，自己终于可以如此轻松地和丈夫说话了，曾几何时，自己不是怒火中烧地连话都说不出来，就是丈夫看怪物似的看着她身心俱焚还不抱歉也不同情的神态。

善解人意。

她曾专门为这个成语进行过很多次的细致探究，词典里的，辞海里的，无论怎样的解释，在她可以认同，但却在无法彻底地认知的情形下，总是搞不明白，体谅人和体贴人确实需要换位思考，不能一味地一厢情愿，但在他们实际的婚姻关系中，换位思考，简直就是个无法跨越的门槛。

她不再听那音乐，她抱着那个熏香枕头一次又一次地发呆，无论夜有多深，有多静，她就是无法在天马行空的幻想中结束她所有的想望。偶尔，丈夫仿佛没有任何芥蒂地跑过来，跟她亲热，她不拒绝，也没有反应，仿佛身体里流淌的不是血液而是白开水般的木讷。

你怎么像个木头？

丈夫开始抱怨。

我是木头，可你又跟肌肉男有什么区别？

黑暗中，她把这句回答完全消化在自己的身体里。

很快，丈夫离开了，她抓回被丈夫扔出老远的熏香枕头，准备一夜不睡地胡思乱想，想丁植珈和自己做爱时的主动和激越，想自己根本就不是木头却更像精灵的那份娇嗔，想彼此缠绵之时的活力和耐力，是怎样在一种完好又完美的状态里得到最完整也是最完全的体现和表达。

这是世上最好的生存方式，在静谧之中，听着分针和秒针交错时的滴答作响，将思绪送到遥不可及的地方：那里，有丁植珈或忙碌、或思考、或伏案、或沉睡的种种，她并不熟悉，但却完全可以想见的各种情形，甚至，有几次，她还可以在那样一种境遇之下，轻轻地走到丁植珈的身边，看他翕动的肩膀和眼眸在没有任何察觉的状态下，被她簇拥入怀。

可是，在仿佛渐渐天明的懵懂之中，她又被这样的过程耗损得体无完肤，无聊至极，她恨自己，明天，一定给他打电话。

想象的，永远都是空洞的。

她不愿意再以此来空耗时间。

可是，到了第二天，她又不得不放弃，希望在一种等待中，让一切顺其自然。

就当一切都未发生过吧，她开始关注自己的家，将所有的角落都进行重新整理，该擦洗的、该摆放的、该收存的，都用尽心思并尽最大努力，可到头来，窗明几净、满室生辉的结果，是让她更加心空到不安。

她觉得自己是在做无用功，尽管那是离自己最近的也是最贴身的生活，但她突然发觉，那生活里只有她自己。

一个人的生活，像困兽一般。

虽然有丁植珈的影子，也有丈夫的影子。

她觉得她要疯掉了。

她实在是无力想象也无法等待了。

十九

丁植珈终于打来了电话，是在他离开后的第八天。这八天，在她，仿佛是八年甚或是八十年，如果一个人的情感确实无法与生命完全脱离，那么，她相信，人有灵魂，或叫魂灵。

我爱上一道疤痕
我爱上一盏灯
我爱倾听转动的秒针
不爱其他传闻……

听着那首专门为丁植珈设定的手机铃声，她觉得，她的关注或干脆就叫爱，越来越精细越来越狭隘得只够一个人拥有。

二十

丁植珈在电话里说他已经下了火车，之所以没能事先告诉她，是因为行程上的临时变动。

那一瞬，她想到了那个弃他而去的女人，她突然要像那个女人那样，谎称自己忙而无法脱离，就此与丁植珈天各一方地再不往来。

可她做不到。

"我在！"她听到，自己的声音怯怯的，怕惊动了什么似的。

"我在听!"她觉得,她可以回答丁植珈的只有这一句,她不知道该怎么回答,这世上,还有什么比真人现形更让人心悸和兴奋的。

放下电话,她才完全反应过来,那个已经深深地根植于她生命中的男人,与她近在咫尺了。

她请了假,以最快的速度跑回家,换上那条丝巾、那条紫色的裙子和那个包,当然没有忘记用了那支新买的但一直都没有用过的唇膏。

二十一

他们终于见面了,是他们相识后的第三次见面,但感觉上却像是第三十次甚或是三百次,她不知道自己为什么那般地熟悉他就像熟悉自己一样。

"我们先找个地方再说好吗?"刚一见面,丁植珈就显得有些匆忙地对她说。

"好啊!"这个时候无论丁植珈说出什么样的话,在她听来,都是美妙动听的。她环顾了一眼周遭,乱糟糟的人群、乱糟糟的建筑、乱糟糟的一切。丁植珈说的没错,她看着他,觉得他就是自己的化身。

"这次我说了算,领你去哪儿你就得跟到哪儿!"她用命令的语气跟丁植珈说,她觉得,这次的见面,严格意义上讲应该是第二次。

她想很好地重复一下第一次的曾经过往,只是不同的是那次是在夜里,而这次是在白天,那次是丁植珈领着她,这次,她却要争取主动。

丁植珈微微地笑了笑,没言语,应该是由衷的默许。

"有一家餐饮一体的酒店,在火车站那边。"她用手指了指与那天夜里他们行进路线相反的方向。

她想补充说那家的顶楼是客房,但她没说,她不是不好意思说,而是觉得自己所说的那个"一体"已经涵盖了她所要表达的意思。

他说他没想到她能如此待他,她看了看他没有回答,她想到在那样的夜里,自己身无分文,却过得很快乐。

她更愿意用一种感激的方式回报给他，尽管，她的用意和做法绝不是回报也不可能是回报。

"我在快下车的时候接到了她的电话。"丁植珈说。

她站住了，出于敏感，她知道他所说的她绝不是他的妻子，而是那个曾经拒绝了他的女人。

一个在他眼里美若天仙的女人。

她的心，立刻凉了下来。

她看着他，觉得自己的心，仿佛成为一只被惊飞的野鹤，再也无法回还般地飞走了。

仅仅是因为一句话。

不寒而栗一定是这样来的，她看了看四周，一切如故，只是自己的心，猝然之间变得异常冰冷。

"她说她想和我谈谈。"他的声音很轻，像说一段久远的旧事，那种不愿提及又不得不提及的无奈，倒让她产生了同情和怜悯。

她可以理解，凭一个女人的优柔寡断以及迟迟疑疑是在怎样一种艰难抉择中冲破重重阻力之后才得到的结果。但问题是已经世事变迁今非昔比了，如今的他，更应该属于她，不仅在形式上，也在心理上，毕竟，他们度过了那样一段刻骨铭心的时光。

她想起了他们一同喝红酒的那家酒店，也想起了照大头贴的那家格子间，还有那家音像社，更有那家旅馆。

当然，她还想起了那位在QQ上认识的雅风教授，或许，这个时候的他还站在自己的人生十字路口，面对无法左右的抉择而艰难地活着。

她想起了小倪对她说过的话：女人选男人就如同选商品，好与坏全凭自己的把握，但你不要把男人当成自己的倚靠，更不能当成救命稻草，如果你把他当成了你生命的全部，你这辈子就只好上半生守寡下半生守尸了。

小倪说的没错，从前的自己，把丈夫当成生命的全部，到头来，就是小倪所说的那种结果，但现在呢，她看着丁植珈，在想，是不是应该把他当成自己的全部。

"那你——"她只说了两个字就把嘴闭上了,她想说那你为什么不去约她而跟我见面,她还想说,你去跟她见面好了,我不会嫉妒也无所谓,但她说不出来,她知道他不是她生命的全部,将来或许是,或许不是,可能是,也可能不是,但现在却绝对不是,虽然她早已经把他当成了她生命的全部,但那不过是她内心的想法,而不是实际上的。

"我也是自私的。"她长长地叹了口气,仿佛,跟他见面,从一开始就是个错误,而此时此刻,她又无力去更改这个错误。

"我也一样!"他笑了。

她也笑了,她知道也明白他所说的自私和她所说的自私都是一样的,自私地面对自己的情感世界,不愿意在那样的世界里成为一个心里一片苍茫的空心人,尽管受过伤害,也清楚将来或许还会受到类似的伤害,但内心的执着,却让自己在无法停止的渴求中,固执到几近于任性。

她看了他一眼,黄白色的棉麻T恤,很宽松也很随意,不用特意看,只稍一打量,就可以看出他的干练和爽朗,这样的男人,这样一个和自己有过肌肤之亲的男人,怎么可以轻易让人呢?

绝不!

她笑起来,看着满天的灿烂阳光,祥和中洋溢着让人感动的温暖。她突然觉得,那个女人之所以要约丁植珈谈谈,定然是因为某种可以说得出来的悔意,都是女人,根本就懂得并知晓彼此共通的微妙心理,不过是用一种矜持来进行某种并不一定可行的考验罢了。她太了解女人的小把戏了,只是现如今的男人,早已经不起你任何一点点的考验。

男人有事业,女人也舍得时间,但男人永远不愿意停下他们的脚步,而女人却在等待中日渐衰老,这样的情形,即便是那男人不变心,女人也该是自惭形秽了吧。

而他,之所以要将这样一个隐情毫不保留地告诉自己,说明他已经打定主意不再见那个女人。因为,那晚,决定躺在长椅上过夜的痛楚,尽管他没有向她诉说太多，但情感上的伤害，是无法用日后的补救来弥补的。

尤其是心灵上的创伤，无药可医。

二十二

"去看看画展怎么样？"她发现，在一个礼堂的西北角，有一块并不醒目的招牌。

"在哪儿？"他的视线或是他的注意力跟随着她，很急切，她看到，他发现了那个招牌后非常高兴地点着头。

"槟榔画展。"有意思，她被这个主题给吸引住了，或许是因为有他在场的缘故。

"是的，这世上有十分之一的人有嚼槟榔的习惯，还有一部青春电影叫《槟榔》！"他说。

她看着他，听着他的话，想起了那夜，他给她讲哈姆雷特，给她讲红酒的由来和特点，领她进音像社，送她光盘，或许，在自己未知的人生里，任何微不足道的事情都可以在他的博学广识中被寄予无限的希望，她很感激，既感激他的千里迢迢而来，又感激命运在那样的时刻里让她认识了他。

"其实，我小的时候喜爱过画画，但不知道什么原因，后来竟再也不画了。"他一边说一边大步流星地迈上那个只有三级的石台阶，然后，突然转回身，心情很好地向她伸出一只手，她看到，自己涂着淡蓝色碎点的手指甲，在阳光下，在她和他之间，像初生的玉笋上闪闪亮亮的星斑，还没璀璨几下，就被他一股脑儿地攥到了手心里。

她的脸颊又一次羞红起来，她敢保证，此时此刻，即便是他领着她再次去旅馆开房间她也不会拒绝。

怎么会拒绝这样的男人呢？

她跟在他的身后，这样想着时，感觉自己好像一只随时准备归巢的小鸟，倚靠着他、跟随着他，小心翼翼又欢快无比。

"你瞧！"刚一走进展厅，他就在一幅长三米宽也足有两米的油画前站住了，纵横交错的油彩，惊艳着所有的大小色块，远观和近瞧，都可以辨清画面所要表达的真实意义，色彩纷呈之间，你的心不得不为之动容，挥毫着色的大手笔、司空见惯的景物与人群，好像只有用这样的形式才能让人知晓生命所能承受的美和丑。

"你瞧！"他捏了捏她的手，顺着他示意的方向，她看到，挂着一幅又一幅的画幅尽头，在另一个门廊的右侧，写着几个正统而严谨的黑体字。

人体画展。

她抓了抓他的手，显得有些紧张，甚至有些难为情，因为，已经可以从门口处窥到那幅画上，一个女人的身体轮廓，已经清晰地呈现在他们的眼前。

虽然只能看见上半身，但看不到的那些完全可以想象得到。

她拽了拽他的衣角，既不是表示他们应该离开也不是暗示他们可以进去，她觉得，看到那几个字及那幅画时，内心里突然而起的羞怯，像被当众扒光了衣服一样，或者，仅仅是在他的面前。

这让她艰于喘息。

他们沿着那门走了进去，只稀稀落落的几个人，没有一点生气，更没有一点声响，她看到，不同的画幅、不同的背景、不同的女人、装点着根本就是同一个世界。

波涛汹涌的水流中，安然沉睡的窈窕淑女；沙漠绿洲中女人优美的曲线和神态、夜色下虽然看不清但完全可以感受到的女人胴体，无一不让她的灵魂在生命这一震慑人心的博大和沉雄中叹服、感叹。

她不敢再轻视慢待自己的生命，更不敢再给它过多的压力以至于让它千疮百孔，她希望它在这世上的每一天都是鲜活的、灵动的，有意义也有价值。

她看了看他，发现他也在一种全然忘我的境界中思索着，这让她再一次地明了，所谓生命的真正渴求，不过是简单的爱和被爱，爱花、爱草、爱世界、爱生命，爱男人也爱女人，在爱和被爱中，理解并了解生命的本源。

而一个人，也只有拥有了这样的意念和生活，才不会孤单也不可能孤单。

"你瞧这幅画！"丁植珈小声地对她说并使劲儿地抓握了一下她的手，她这才发现更壮观的场景或叫画面，带着原始的野性，已经张扬横陈在他们的面前。

一个女人和一个男人，在地平线上，在微微泛白的晨光里，如一对可以自生自灭的精灵，安然地沉静着，那男人托着那女人的身体，坚持并刚强着他所有的力量和能量。

她被震撼了，是深深地震撼，何时何地，想过人生会如此度过。虽然可能只有一瞬，但哪一个女人不是在这样一种心态中祈盼着、渴求着，被重视、被呵护，被另一个生命托于掌心之上，像初升的太阳，又像一个刚刚降生的婴儿。

她发现，她的手，被丁植珈紧紧地攥握着，既动弹不得也挣脱不了。

她的眼泪终于流了下来，她真的希望，属于自己的整个世界或是完整的生命就在这样的时刻里永远定格为一种恒久，不再变化也不可能变化地在平和中洋溢着无法遏止的脉动，激越中，保持一次又一次任由无限超越的祈盼。

她终于明白了海伦为什么会离开英勇善战的斯巴达王，而甘愿跟随那个小白脸男人——帕里斯。

其实，女人需要的并不多。

她看了丁植珈一眼，发现丁植珈正在全神贯注地看着她。

二十三

"走吧。"她拉了拉他的手。

他会意地点了点头。

他们几乎肩并着肩地走出"槟榔画展",顺着湖塘区的弯路,拐了两个直弯,来到她所说的那家酒店。

"先去喝酒!"她对他说。

他站下了,他要很好地环顾一下她为他所做的选择,大厅左侧,是一个挨着一个的圆形桌,雪白的桌布显得肃然而庄重,右侧,那排被相互隔开的红色绒帘,在快节奏的串烧舞曲中被规整为比较独特的景观。

浑然天成又自成一体。

她们被服务生带到了三楼东侧的"淡月厅",窄窄的长桌四周,摆放着四把精致小巧的竹椅,这与画廊中的大气和空旷形成了鲜明的对比,她模仿着他们第一次喝酒时丁植珈的神态向服务生要了一瓶红酒,在不经意间,将他们最初相识的那个微小细节,完好而小心地给复制出来。

他笑了,说她真逗。

她听了,不但没笑,反而从心里漾起一股无名的酸楚。

一个女人,但凡生活幸福,又怎会如此,这仿佛也不是她想要的生活,可是,她的心情,此刻又被一种快乐包围着。

"自从认识你以后,我就喜欢上了红酒。"她停顿下来,看了看他又继续说道:"但这种喜欢,必须是和你在一起的时候。"

她觉得,他们之间的一切,仿佛都是从那第一瓶红酒开始,带着不可思议的酒香和颜色,将一种陌生的心境和生疏的生活展示给她,抛扔给她,让她纵然是拿得起,也终归是放不下。

她太了解自己了。

他认真地点了点头,一副略有所思又完全是意料之中的态度。

"跟你之外的任何人在一起时,我都绝对不喝这种酒,这是我为自己定下的规矩!"她有意将"规矩"两字说得很重,并继续做了一句补充:"红酒!是只属于我和你在一起时的酒。"

那一刻，她听到自己的声音，像一种誓言，铮铮有声，震撼着她自己。她终于明白了什么叫信念，只是她没有想到，在情感的天空里，也会有这样的价值存在，只为一个人，虽微不足道，却心甘情愿。

"谢谢你！"他将她刚刚倒满酒的酒杯，轻轻地端握在手里，然后，定定地看着她，再然后，将酒杯里的酒一饮而尽。

她见了，也端起自己的酒杯，试图要模仿他的样子也喝得一滴不剩，可是，她看到，他突然站起身来试图阻止她。

"你不要这样喝！"她听到了他的声音。

"让我随你一起喝吧，只这一杯！"她把自己的酒给喝了，因为他并没有阻止她，但喝过之后她才想起，红酒是要先品味的。

而他也全然忘记了这一必要的细节。

她不禁笑起来，曾几何时，她不止一次地看见别人在酒桌上尽情畅饮，但她从未想过，那种热情里，会有着那么多的理性之源。痛快又不失凛冽的豪情里，一种从未有过的舒爽，迅速幻化成一股股热流，遍布周身的每一个角落，像洋溢着亲缘的情感，让她感动并有所感恩。她突然觉得，不怪人类始终无法摆脱"动物"两字的束缚，这本真的冲动里，虽然带着一种野性的无拘无束，但也只有到了这个时候，人性里最直接也是最简单、最朴素的美才可以体会得到、感悟得到。

原生态的生命，天然自带的本能和冲动，竟然跨越千年也不能改变，带着一种盲从和必然，跟随着伺机而行的感觉，出其不意又自然天成在生命的某一时刻，在人人认可的非固定模式里，司空见惯又绝对意外。

她觉得，她又回到了那天夜里的状态。

二十四

"知道妻子、情人和红颜知己的区别吧？"他说或是他在问，在她感到有些醉意朦胧的时候。

她摇了摇头,她当然不知道。

她放下酒杯,安静地看着他,想着他提出的问题,不停地思索着像他这样的男人,一定是历练过人生的许许多多后才会提出这样的问题。

她无法回答。

她将视线转移到了窗外,那里,有拥挤在一起的楼群,花花绿绿的广告混杂其间,像满身招摇的风尘女子,艳丽中带着无法掩饰的沧桑。她竟然有了一种心疼的感觉,她觉得自己渐渐清晰明了的思路仿佛正面临着被他看透、看穿的窘迫。

"妻子是男人无法逃离的约束,女人在那种约束里占有着男人、支配着男人,使得男人不能随意和其他女性交往,也正因为如此,男人才希望得到解脱,男人希望在跃跃欲试的叛逆中走出一条可行的路。"她笑了,她笑他的坦诚和他说话时的坦然,一副完全与己无关的样子,仿佛,他是个清教徒。

"真有你的!"她嗔怪他。

"情人却是一种补偿,补偿男人从妻子那里得到过但无法永远得到的激情,那是跟妻子分享同一个男人的女人,那种女人,让男人身心疲惫却又难以割舍。"他喝了一大口的酒,仿佛,这一次,才说到了他心里。

"而红颜知己则是男人心灵上的真正需要,她既可以很好地塑造男人也是最懂得男人的女人,男人肯把所有的秘密都说与她听,并在她那里,得到指点迷津般的点拨。"说完之后,他将两只手放到桌边,只做一件事,就是看她。

她蒙了,面对他,她不知道自己属于后两者中的哪一种。

"其实,男人终其一生都在寻找的既不是妻子也不是情人,而是红颜知己。"他喝下了杯子里的最后一口酒,像完成了一个终生的夙愿,这让她感到庆幸的同时又觉得有一种哀痛在内心深处慢慢地升涌起来。

她真的不了解男人。

她想到了丈夫,或许,在很多时候自己做得并不好,但自己又总是在埋怨和抱怨之中强调着,坚持着。她端起了酒杯,突然有了想哭的冲动,既不是因为自己的现状也不是因为原来的境遇,她遗憾于自己为什么才知道这些。

可是,知道了又能怎样呢?丁植珈最后的那句话已经很明确地说明,这世间,任凭哪一个女人使出浑身解数,才能完美地完成一个男人所有的需求和需要呢?

对丈夫!

对丁植珈!

她感到有些力不从心,但又感到很欣然愉悦,因为,她看到,丁植珈的两只手,正慢慢地平放到桌子的中央,她踌躇了一瞬,然后,将自己的手,沿着桌子的一角,慢慢地向丁植珈的双手靠过去,她的眼眶湿润了,她分明看到了游丝般不易被抓握的小小连接点,此时此刻,正像一座刚刚被架起的桥梁,将她心中的那道裂缝,给完好地黏合起来。

她忘记了自己,和平时一样,心里眼里只剩下了丁植珈。

二十五

如果说,那个拒绝了丁植珈的女人是他曾经的情人或红颜知己,那么,她希望自己能尽可能地来填充或是填补,尽管她的能力也十分有限。

她想起了自己心甘情愿地跟从丁植珈走进的房间,曾经,她将那个地方看得有些龌龊,尽管,她并没有真正意义上的懊悔,但她知道,那是本质上的失误或根本就是无法更改的错误。

"跟我走吧,什么都别说也不要问,那天夜里我属于过你,但今天的白天你注定要属于我!"她醉了,没有醉到一塌糊涂,但她敢保证,常态下的自己,这样的话,任她再有胆量也是断然说不出口的。

尤其是说给丁植珈。

她看到,丁植珈默许地眨了眨眼睛,她知道,那是他给予她的最好的回答。

二十六

他跟着她走进了电梯,偌大的世界在两扇突然关合到一起的门里,成就了他们已经沸腾并奔涌不止的情感。她依偎到他的身边,有些讨厌他所说的情人、红颜知己之类,顺从或是跟从,仿佛从来就是情感天地里最美丽的晴空,这让她在那样的境遇里,看到了他们彼此的心,有如天使的翅膀,在一飞进电梯的那一刻,幻化成可以翕动翱翔且能获得自由的灵魂。

那灵魂,让她的整个身心都不再孤单,而孤单本身,在这个时候,也出神入化为一种美妙。

她想,孤单,没什么不好,一个人,不孤单,就不会极力地想着挣脱,不孤单,就不会日日丰润自己的想象,不是因为曾经的孤单,她和丁植珈就不会由此而彼此珍惜并感动着、快乐着,那是让生活可以美好起来的一块块基石,她为自己的评判而感到欣慰。

她看了丁植珈一眼,静默的神态里,与她有着一模一样的心思。

他吻了她,是寂然中的一种冲动,她知道,他唇舌之间滞留的是她和他都求之不得的祈盼。

她没有推却,尽管她知道他们的秘密会被隐藏在某处的摄像头给完好地记录下来。

只有精神而没有肉体的关系是空洞的,她坚信。

二十七

打开那扇对开的红木门,她的身体即刻被丁植珈风一般地缠搂在怀里,她极力地挣脱了,不是因为她不愿意,而是在他们打开门的那一瞬,她看到了墙上的那幅巨幅挂画。

画面上,一位白衣女子,安静地仰躺在竹筏上,风袂飘漾的衣裙,在清水的涤荡中仿佛洗尽了人间铅华般地洁净、素然,玫瑰花瓣散落在水中,红光点点地寥若晨星,弯臂俯身的男子在那女子的身旁,浑然享受着一种感觉,要吻将吻的瞬间,通过一种非固定的模式,完完全全地展示给了他们。

"看来,我们今天和画有缘!"她只说了这一句话便不再说了,因为,她的语言,在他随之而来的拥缠中,变成了一种温和乖巧,像画中的女子那样,睡莲初绽般地将生命中所有的依从本能都展现到青白和宝蓝所汇聚的彩色世界中。

情投意合,又暗自生香。

她想起了那夜从一开始到最后的所有情景,终其两人的世界里,心智和理性,都在那样的时刻里无师自通地达成共识。

情愿难违,又情真意切。

她定睛沉幽地看他,觉得他俊朗的脸上,因为喝了酒而显得微红,好奇和惊异,对他全部的彻底了然,在一种随之而来的意念中,张扬得几乎体无完肤又被撕扯得彻彻底底,孤注一掷和济河焚舟的冲动让她已然没有了体悟规则的本能,更失去了理性的标准,像第一次那样随遇而安地乖觉且显得盲从。

她明白了,纵使是人类文明再怎样的发展与发达,最原始的动物本能依然毫不变更地沿袭着、传承着、续接着,在自己的身体里,在丁植珈的身体里,在更多人的身体里,不做任何变异地只坚守最初的质朴。

实实在在又无法摆脱,她看到,她的丝巾,被丁植珈轻轻地扔到床上,像她的灵魂,又像她的躯壳,更像一个张扬着翅膀随时准备飞走的生命。

她解开了他的衣扣，从第一颗到第二颗，她梦中无数次地想望过的他的胸膛，在她的眼前，一点一点地呈现，直到完全成为一种真实。

她看到自己的手，顺着他的脖颈，慢慢地到达他的心口，停留，没有一点声响，却将她自己震撼到无法自持。

她将她的脸，轻轻地贴上去，她想听到他的心跳，虽然简单到不可能改变的重复和单调，但那是她曾无数次祈盼中的生命迹象，那种声音会将一种力量毫不保留地传递给她。

"我又属于你了。"她听到了自己的声音。

"是的！"她听到了他的回应。

她终于可以在他的面前说出自己想说的那句话了，日思夜想的，无数次重复的，虽然无法天长地久，谁又能说这感觉不会一路跟随到生命的最后时刻。

她得到了来自他体内无法自控也自控不了的蓬勃生机。她这才明了，所谓情感中最完美的境界，是既可以在这种近乎粗野的本能中发扬，又可以在近乎理智的乖致中得到根本意想不到的和谐。

当然，她可以无视它、漠然它——假如她愿意糊弄自己。

二十八

"那天夜里，我们为什么没有交换电话？"她问，她觉得自己有意思，不想甚至是坚决不想的意念里，到头来却是主动打破。

"因为我们太过于成熟冷静了，结果，到头来，后悔吃亏的还是自己。"他的话让她异常吃惊，她不知道他的回答里，是否也包含着和她一样的经历和经验。

"有一次，我想过来，和以前一样地睡在火车站的长椅上。"她笑了，她笑他一个堂堂男子，也要说这样天真幼稚的话。

"撒谎大王！"她嗔怪。

她想起了那些失而复得的大头贴，想着自己的狼狈和自己的庆幸，想着在自己生活的这座城市里，又多了许多可以被记忆的情感，她觉得，真正的投入和倾情，也是上天的虐弄和嘲讽，不仅仅对她，也是对他，因为，他们迟早要分开。

也必须分开。

他没有言语，只是笑了笑，然后，将她的身体用被子给完全盖住，像尘封一段刻骨铭心的故事，更像结束一次冒险旅行。

二十九

火车又一次带着仿佛不能停歇的长鸣快速地驶进车站，然后，带着他一路呼啸着越驶越远，她站在风中，想着喜欢的他就这样将她的心给完全带走或根本没有带走，心绪茫然到几乎支离破碎。

她的心被掏空了，那个他和她都曾坐过的长椅在傍晚的余晖中如她投在站台上的身影，惆怅又寂寥。

从前的自己不也是如此的虚空吗？没有前行的方向，也不知道前行的方向在哪儿，但那种虚空，是让她发慌又发怵的虚空，那种虚空，无法让她知道自己还活着，任何事情都打不起精神来，所有的专注和敏感都倾入到来无踪去无影的丈夫身上，甚至，很多时候，她都想不起来自己是因为什么才嫁给丈夫的。

现在好了，现在，这世上有了一种新的寄托和依靠，尽管这寄托和依靠会随之变得缥缈模糊，但她不在乎，她甚至有些喜欢这海市蜃楼般的虚无，随风而来又随风而去，不留印记，却真真正正地来过。

三十

她走在了回家的路上，她想起了第一次与丁植珈分别后的自己，就是沿着这条路往家走的。那天，她只穿了一件睡衣，身上没有任何饰物，手里抓着那张丁植珈送给她的光盘，像个落魄之人，虽心胸已经在那样一种境遇中豁达明朗，却惊慌失措般地六神无主。但这次不同，这次，她的外表光鲜亮丽，她的内心也明镜如水，从容坦然，像每一个装点这世间的女人一样，成为不可缺少的一分子。

想着在这座城市里，那个指不定什么时候才可以再次看见，或干脆就此消失的丁植珈，可以用另外一种形式跟从于自己，或在脑际，或在心里，甚或在她那条已经收藏起来再也不舍得穿一回的睡衣上，蛰伏、潜藏，既是一种气息，也是一缕心脉，她突然觉得，自己的生命，从来就没有像现在这样，有如花开，又如潮涌，跟着四季的脚步，随着轻风细雨，在一种永恒不变的情怀里，或思念，或想念。

三十一

一旦开始，便没有结束。

打开家门的那一瞬，她的脑海里，涌出这样一个已经被确定了的意念，很坚定也很坚决。

是的。

一旦开始，就没有结束。

她看到，空空荡荡的家里，毫无生气更没有生机，只有她不为人知的心思，在寂寥中回旋、不停地回旋。

第三章　自救本色

一

这是一个偷情的时代。

当她无意间在网上见到这句话并对自己和丁植珈的关系进行一次客观的判断后,便彻底地失眠了。

尽管她觉得自己很无辜,也不为他们之间的真实关系感到内疚,但她内心深处那无法抵挡的恐惧却时时刻刻地困扰着她。

二

丁植珈又打来了电话,是在她一边换衣服一边在想着下班后买什么晚上吃什么而心里确实没有想着丁植珈的那一刻。

"你能过来吗?"丁植珈的声音很小,怯怯的,不像她已经认知并认可的那个男人。

她看了周遭一眼,觉得丁植珈的语气很反常。

过来,过哪儿?

她又看了周遭一眼,并于短暂的懵懂之间明白了那句话的真正含义。

"等等,我再给你打过去!"她挂断了电话,并以最快的速度跑出办公室。

"过哪去?"躲到走廊拐角处的隔间,她已经明确地知晓了丁植珈所说的过去是什么意思,但她不放心,她要确认一下,她不是不相信自己的耳朵,而是有些不相信丁植珈这个几乎是来有影去却无踪的人。

"她出门了,今晚不在家,我想让你过来。"丁植珈的声音更小了,这非常意外的要求让她无法做出抉择,生活在不同的城市,又相隔那么远的路途,尤其是眼下这当不当正不正的下班时间。

她即刻想到了那个因为拒绝了丁植珈而让她和丁植珈意外相识的女人,但她不能像那个女人那样拒绝他。她不怕丁植珈受到伤害,而是她自己做不到,因为,她想丁植珈几乎想在每时每刻里,尽管她不得不理智地将他们之间的离奇经历归结为与众外遇没什么区别的寻常故事,但谁又能说红杏出墙本身不是生命的本能而是一种完全意义上的身体背叛?

也许,人类的灵魂需要红杏出墙,而且,不应该拒绝这样的需要,因为,红杏出墙的关键在于最终还要回来。

她想起了劳伦斯的小说。

"你这就去火车站,再有半个多小时火车就进站了,晚上九点到,我在东门口等你!"丁植珈的声音依然很小,但每说出的一个字都让她觉得不可违背,像被动谈判的一方所开出的那种无法拒绝的条件。

"等我!"她态度坚决地说完便跑回办公室。

她不知道自己是在向丁植珈低头还是在向自己的情感屈服,她只觉得答应完丁植珈,自己的心脏就开始狂跳不止,她明白自己这个决定做出后随之而来将发生的那一切。在另一座城市,在即将到来的夜晚,与那个朝思暮想的男人私会,用那个男人所给予的力量,填充弥补自己生命中的缺憾和不足。

还有什么比他们的故事可以续接下去更有诱惑力呢?

没有,绝对没有。

她来不及告诉丈夫一声更来不及跟部主任请假便风一样地赶到火

车站。

从前她认为无法自控地跟丁植珈见面是因为自己疯了，但在这一时刻，她知道，自己是真的疯了。

还好，她抢在了时间的前面。

三

冒险，她并不陌生，小说里写的，生活中已经发生过的，她自己一次又一次假想出来的。

决定嫁给丈夫时，她认为丈夫就是她的真命天子，但几年不到的时过境迁却让她懂得，那种决定才是真正意义上的冒险。因为，丈夫并不是她所要找的那个人，他们之间产生了无法还原的距离，再没有从前的甜言蜜语及脉脉温情，也没有了任何可以交流和沟通的必要性和可能性，哪怕对方的某种行为根本就是犯了原则的大忌，也让彼此变得无动于衷且毫不关心，她不再关注丈夫的言行，也不再希冀他们情感的死灰复燃，尽管丈夫对她的夜不归宿也会计较，但计较过后所表现出来的无所谓，却将她的自尊伤到了极致。

那个她和丁植珈都坐过的长椅，空无一人，阳光寂然地洒落着，像他们最初的故事，在她不动声色的凝视中渐渐模糊起来，难以辨认之间让她不再相信记忆，因为，就连不远处的那棵枯树也显出几分蓬勃的朝气。

一切都在变。

不只是世间万物，更有人的情感。

她扫视了一眼周遭，很多人都如她一样，在近乎木然的状态下，等待着或是期待着，让火车的长鸣声，惊醒灵魂深处的某些神经，然后，让自己的全部身心，到达某处，投身于那些即将发生的故事。

是不是人人都如自己一样呢？

不知不觉间，将自己的婚姻给舞弄到兵临城下般的危机四伏，在一座人烟稀少的围城里,彳亍着孤单的身影,而真正的心思,早就逾越到了千里之外。

她有些后悔,后悔不应该不经过大脑的思考就决定,这不同于那夜的离家出走,那种心态和状态是死是活对自己都不重要,那是对生活无望时才能出现的一种麻木,尽管那种麻木很危险,但那是她的生命本身在准备返回非生命状态时所产生的必然力量,那力量,让她不在乎任何,也不惧怕任何。

可是,眼下。

火车来了。

她会在那列火车的承载之下,像懵懂无知的莽夫只身进入那个不该她进入的家庭,她简直不敢相信,往日最瞧不起也是最深恶痛绝的有关于违反道德的行径,到头来,却深陷其中不能自拔。

她彻底地不认识自己了。

四

很快,她的身边坐满了人,看着似曾相识但实际上根本就不认识的陌生面孔,她觉得自己有必要在没见到丁植珈之前,好好地调整一下自己的心智,也包括自己的神智。

她想起了弗洛伊德的"本我"原则。

她终于在这一刻通晓了"本我"原则中为了避免痛苦而求快乐。却全然不理会道德的行为是多么不可理喻又是多么可以理解了。原来,人的自私,不只体现出对物欲的忠诚,更体现在对情感的玷污甚至是背叛,但有一点她始终弄不明白,那本该是轻易不被当事者所觉察出来的无意识,在她,却十分了然清楚且明白,可尽管如此,却依然不思悔改。

难道,弗洛伊德真的过时了?

她闭上眼睛,她不想看到任何人。

但只一瞬，她便拿起电话。

她要给丁植珈打电话，她知道丁植珈接不到这个电话也可以断定她在火车上，但她不过是想听听丁植珈说话的声音。

"我不只是想告诉你火车要开了，我更想听你说话的声音！"清如烟尘的字字句句，在她听来，哪怕受到任何来自外界的一点干扰，都会遭到本质上的破坏。

幸好，她说得肆无忌惮。

她不知道喜欢一个人或是爱上一个人竟会这样。

她看了一眼身边的人，仿佛都没听见似的面无表情，这让她心里有些不平衡，她看了一眼窗外，心想，也对，谁会对别人的情感真正关心呢？

火车慢慢开动了，不再繁茂的枝叶，在火车突然加快速度的那一刻，泛着点点的青黄，像余情未了的一次伤情，带着遗憾，与车内分辨不清是汗液还是腐物的滞气以及人气扭结纠缠在一起，成为乌烟瘴气般的污浊。而傍晚的余晖再不是盛夏时的那般满体红透，随意挥洒的淡然已经让人明了，凉意正不可避免地悄然来临，而天边那些条状的红晕，像水面不断闪现的波光，带着细细的逸韵，在快速闪逝的模糊中飞逝为一条条晶亮的河流。

想这人世间是如此的让人无法忍受又不得不盲目乐观地生存其间，带着永远都泯灭不了的期待和盼望，如投胎奔生时的那种天然自带的本能。

她倒不知这是一种幸运还是一种悲哀了。

火车越开越快，丁植珈好像忙着什么，又好像说了些什么，她没听清，她将电话紧紧地贴到自己的耳朵上，然后，依然无所顾忌地说道："那你就说一句我想听的话吧！"

"我在等你！"终于，她听清了丁植珈的话，亲切中带着她熟识的坦诚，还有她完全可以感知到的暧昧，但不知为什么，她宁愿刚刚听到的不是这一句而是别的什么。

她又不明白自己了，这不就是自己想要听到的吗，怎么听完之后心里反倒空空如也，难道自己还有什么更深更远更多更繁复的需求吗？

她打开了手机，准备给丁植珈发信息。

我喜欢你！

打出这四个字后她快速地按了发送键，她觉得，这四个字，要比丁植珈说给自己的那四个字好很多。

可是，丁植珈没有回信息。

或许丁植珈放下电话后又忙别的去了，或许是因为火车的飞速行驶影响了丁植珈手机的正常接收，更或许是宿命使然让丁植珈注定接不到她这个短信，反正，在等待的过程中，她反倒希望丁植珈没有收到，丁植珈没有收到，就说明丁植珈不知道她喜欢他，丁植珈没有收到短信，就不可能用傲然的姿态来对待她，只是，她有些不相信自己和丁植珈之间的情投意合怎么不但不被自己看成是可鄙和可耻，相反，倒在公然的背叛中得到了有如洗礼般的复活感觉。

甚至是生命获得重生后的一种知觉。

都是骗子！

随意答应一个男人的请求，但实际上根本不是请求而是要求，问题是明明知道一切付诸行动后所能出现的种种后果和结果，却偏偏不想后果也不计较结果地甘心情愿踏上这条不归路，她觉得弗洛伊德还应该为她这样的人寻找一个更有效的解脱途径或是可以就此摆脱的方式和方法。

或在"本我"中蛰伏，或在"超我"中得到答案，或根本就在"自我"中一意孤行到不管不顾，没事的时候，她会在这三种不同的人格结构中变来变去，让自己的灵魂如浮光掠影般地飘忽不定，但大多数的结果是既无法将自己确定在某一个点上也无法大度地顾及他人，那么，丈夫呢？丈夫难道不是这样的人？而眼前的人、身边的人，以及那些芸芸众生不是这样吗？

她有些痛恨自己的当初怎么就那么轻信了婚姻的万能，明明知道这世上没有十全十美，却幼稚地以为拥有了婚姻就拥有了一切。

原来，婚姻并不是人生的全部。

好在，这世上还有丁植珈。

一想到那个遥不可及的男人，在用不了太长的时间后，就会站在自己的面前，像一位长者、一个伴侣、一个至亲，更是一个爱人，她的脸陡然间变得燥热起来。仿佛，在这样的时刻里，唯一可做的事就是想丁植珈，详详细细地将他们最初的相识到后来的相知，不漏掉任何地回想一遍，同时，无论那个过程已经怎样地带着一成不变的模式让她熟得不能再熟，她依然可以感受到一种无可附加的美妙，仿佛，一切美好都沉积在那样一个过程里。

五

车到站了，但不是她要到达的站台，看着有人下车有人上车，她只好闲极无聊地一遍又一遍地翻看通讯记录中的名字，是丁植珈的名字，像倒挂着的四棱金钟，一次又一次地将她的心，温暖在渐渐暗黑下来的秋夜里。或许，社会学家想的和做的都没错，约束永远无法等同于制度，尽管有太多的人将婚姻生活中淡然消失的爱情捕风捉影为亲情也无可厚非，都是认知上的错误，但凡聪明一点的人就应该知道亲情的定义绝对有别于爱情的定义。

亲情是不能等同于爱情的。

她固执着自己的思路。

完全是自欺欺人的借口，是不攻自破的谎言，她想起了从前的自己，那个时候，她曾寄希望于有朝一日，和丈夫之间，被天长日久的情感所维系，最终，所有的情感都变成爱情，她相信，在那种谎言里，受害受骗的不是别人，只能是自己。

谁难受谁知道。

她自言自语地嘟哝了一句。

她不是不认可婚姻的严肃性，也不是要以此来进行什么情感对抗，她只是有些不理解，婚姻的初衷是以希望男女双方将最初的情感维系到海枯石烂，可实际情况却让她不得不承认，那初衷或叫愿望，是多么可笑且幼稚得极不成熟，那不符合人的自然天性，因为，人性里有太多的复杂性和不可变更性，有些弱点，不仅根深蒂固，甚至从一开始就没想过要改变。

比如自私。

可社会和道德呢？又总是不愿意由着人的性子来，难怪《博弈圣经》里说：文化进程里恩怨游戏的终结就是文明。

人的灵魂不一直是在高贵和低贱中摸爬滚打的吗？她站起了身子，她实在是受不了，因为，她的腿麻了，她的脚木了，她的神智在她不停地思索中渐渐地趋于激越甚至是不羁了。

她想改变自己，尽管她知道，那是徒劳。

窗外，一连串的叫卖声此起彼伏，和着已经启动的车轮声，像生活中不可或缺的细节，把她早就熟知的生活，再次呈现给她，只是，周遭，依然是陌生的人和陌生的面孔，不一样的人生际遇，在同样的人生感受中演变着不一样的人生故事，实际上却是书写着同一样的生命历程。

夜色，将窗外的景象和车内的沉寂，快速地在她沉默的凝视中交错成一幅幅不可能规则完整的画面，破烂不堪又带着某种说不清的序列组合，跳跃着、奔腾着，一会儿成为聚合到一起的一张网，一会儿又散漫得不能很好地目及，她想起了临渊羡鱼不如退而结网的那句俗语，如果自己后悔，完全可以逃离，在未知的任何时候，不走出站台，或干脆在中途的任何一站下车，可是，必定要在东门口等待自己的丁植珈怎么办,虽然打一个电话过去就可以解决一切问题,但自己的承诺怎么办,她这才发现,承诺本身,也可以成为心理上的重负。

不怪男人的某些承诺无法实现,如果决定选择婚姻的那一刻,就可以明了自己的选择带来的不一定都是幸福而完全有可能是一场灾难,那么,人们还会不会毅然决然地决定,包括自己,也包括丈夫,更包括丁植珈。

她不愿意再想下去,或许,这个时候,丁植珈正在家里六神无主地做着某种准备或是一边看表一边思虑着、焦躁着,或许,丁植珈早就守在车站的某一域,独自一人,或品着咖啡或享用着红酒,期望着她的到来,也同样惧怕着她的到来,她不知道,如果人生里所有的恐惧和犹疑都无法成行,这世界的历史是否需要重新改写。

答案应该是肯定的。

她真正地不安起来,仿佛,在突如其来的道德灾难里自己被吞噬了、被湮没了,也被蚀化了,因为,她在穿越地域和时空去另一个城市和丁植珈见面本身,就是一条不崎岖但却十分危险的路途。

尽管她会顺着那条路完好无损地回来。

但那再也不是简单意义上的回归了。

那是离经叛道。

更是倒行逆施。

希特勒说:我们的斗争只可能有两种结果,要么敌人踏着我们的尸体过去,要么我们踏着敌人的尸体过去。她觉得,她在踏着自己的尸体过去。

在车轮之下。

在无尽无止的思索中。

六

车终于到站了，车厢里再也不是来时的人影幢幢，月沉星坠的寂寥之感，让她的心，在忽然复活的悸动中，带着飘忽游移的不安，跟随在下车乘客的后面，让自己成为最后一个，或许，在她的潜意识里，她在有意地拖延着与丁植珈见面的一刹那，又或许，在她的感知能力里，那一瞬，将会如同以往一样，带着永远都无法洗刷的罪名。

尽管她并不想为此逃避，甚至连最本能的想法都没有，但她的理智无时无刻不在提醒着她，鞭策着她，并让她不得不明了，无论她给自己和丁植珈之间的情感冠以什么样的美丽光环，她都注定无法逃脱。

她明明知道真情本身并无善恶之分，但她战胜不了自己，尤其是在即将见到丁植珈的时刻里。

她觉得自己不仅仅是半路逃兵，更是一个十足的叛逆者——在婚姻的城堡里，更在围城的高墙之内。

七

远远的，她看到了，丁植珈一袭米灰色的薄料风衣，在昏黄的灯影下一动不动地站立着，她想喊，却如鲠在喉，她不知道在这样夜风习习的晚上，在这个陌生的城市里，自己该怎样和丁植珈打招呼。

她无法让自己做到自然。

她的眼眶湿润了，想着丁植珈每时每刻都徜徉蛰伏在自己脑海里的那些情景，却在如此深刻的诱惑和恐惧面前，不能为自己做主。

她站住了，她走不了了。

她觉得她不是在向情场迈进，而是在走向刑场。

不被砍头也定然要被切断未来的生路。

虽然，丈夫早在先于她的这种背叛中扬长而去。

丁植珈发现了她,并向她使劲地招了招手。

她努力地抬起手,并在迎合之时,忘记了一切。

八

"上车吧!"丁植珈很快就将她引领到一辆黑色的轿车旁,一边说一边将车门打开,一阵音乐之声,悠扬地飘来。

"你会开车?"这确实是她没有预料到的。

"会开车怎么了?"丁植珈显得有些吃惊,甚至,她还看到了丁植珈的笑容。

是的,会开车没什么,或许,在自己一辈子都不想开车的念头里,开车本身不是不可思议也不是可望而不可即,如果想,随时都可以改变,但这个时候,这样的问题实在是成不了问题。

想着几个小时前,还没料到的此情此景,她开始感叹人生的无常。丁植珈就亲近地坐在自己的身边,并全神贯注地将车慢慢地驶出车站,楼群、行人、灯光,甚至是车夫以及乞丐,都成为慢慢展开的生活画卷,带着她一点都不陌生的景象,在车窗的四周,一一闪现。只是,一种从未有过的疏离感,在那一瞬,迅速地涌遍她的全身,这跟她想象中的见面,相差得太远。

她以为,她见到丁植珈后会紧紧地和丁植珈拥搂在一起,然后,在他的簇拥之下,顺着车站不一定是熙熙攘攘的人群,如他们最初相识的那般,随意找个什么地方,然后,喝她喜欢喝的红酒,谈他们对彼此的思念和想念。

而眼前的一切,都在她并不陌生的感觉中带着一种让她可以了然的气息。

她知道,即将成行的事实,不仅仅是一种背叛,更是一种偷窃。

"我还以为你不会来呢！"丁植珈看了她一眼，脸上挂着她可以感知到的微笑。

她想回答我不会不来，又觉得这样没廉耻的话是不好给完全说出来的，但同时，她也想到了自己瞬间产生过的那些不安和犹疑。

"怎么可能！"她觉得在这样的时刻里，还是不要吝啬自己的语言才好，尤其是态度，因为，这不仅仅会影响到丁植珈也同样会影响到她自己。

"谢谢你！"她听到了丁植珈的感激，也看到丁植珈在转头之间送给她的那个微笑。她觉得，丁植珈实在是没必要这样客气，他们之间，"谢谢"本身应该是多余也蹩脚的说辞。

都是面对命运或是情感而走投无路的倦客，即便没有牵手同行，也该是惺惺相惜，尤其是他们之间，还有着那些可圈可点的过去。

她有些生气。

"以后不许你说谢谢！"她觉得，客套或是必要的客套，虽然让人尊重，但他们之间是不需要也是不应该的。

"你喜欢你生活的城市吗？"她突然问，之所以要这样问既是没话找话，也是一种同"谢谢"相似的客套。尽管她不喜欢，但人与人之间的交流不就是如此吗，说些没必要说也用不着说的话，让生命在有意和无意间一分一秒地过去。

都是同一种意义上的浪费，她仿佛预知到了某种不祥的结果。

"谈不上喜欢还是不喜欢！"丁植珈的回答让她即刻想起了最初见到丁植珈时的情景，举手投足和言谈说笑间，带着一种城府和干练，把阳光般的温情毫不保留地给予了她。虽然她明明知道这个人也有自己解不开的难题，但丁植珈就是那种轻易不把负担随意托与他人的人。

那是一种美德。

她喜欢那样的人，或许，就因为喜欢，才能如此不假思索地跟随，才会忘乎所以地思念，她看了丁植珈一会儿，觉得他们之间仿佛有着前世未了的姻缘，必定要在今生续接般地让他们既有了那样不可思议的开始还要有眼下这即便不惊心动魄也该是刻骨铭心的会面。

一切都无法逃脱。

她说服了自己，因为，丁植珈已经将车停下了。

"到了！"她听到丁植珈在跟她小声地说，她的心，猛地纠结在一起。

九

跟在丁植珈的身后，看着丁植珈拿出钥匙，快速地将门打开，并自然而然地将她让进屋，她不为人知的恐惧和着一种怪异的安全感，成为一股急流，让她陡然生出一种本能，是潜意识里想逃脱的本能，她觉得自己的行为在某种意义上，已经非同小可了，她不能再任由自己如此随意，这绝对有别于偷情本身，就像在火车上想过的那样，是实实在在的罪责。

可是，壁灯被打开了，带着幽幽的光亮，在她的眼前，呈现出一个极其陌生的世界，还没等她唏嘘感叹，丁植珈便回身将房门给关上了。

"只有我们两个人了。"丁植珈一把抓住了她的手，她却本能地挣脱了，她觉得，在这样的一个空间里，定然会有着一双无时无刻不在监视着他们的眼睛。

"你家的房子可真大！"她尽量让自己做到自然，虽然她内心里的挣扎一刻都没有停止过，但那是没有方向也没有意义的挣扎，是心智和身体的主动放弃和被动放逐。

她看到，沙发中央的方几上有一个木质的相框，丁植珈一家三口在春日的阳光下，洋溢着满脸的灿烂笑容。那笑容，只稍看一眼，便芒刺在背地将她和丁植珈的隐情瓦解成一堆无法拼接的碎影。她开始后悔，后悔自己不该答应丁植珈的请求，或许，在见到丁植珈后就应该立刻把自己的想法告知给他,不求他的理解和谅解,只求自己的内心不再受到煎熬。

纵使怎样都是一种状态,她更愿意丁植珈跟她一起分担。

可是,无法抗拒的诱惑打消了她所有的念头,她跟在丁植珈的身后,用明察秋毫的眼睛,观察着、想象着,品味着丁植珈所生存的空间。

她还是希望了解一个更加真实的丁植珈,包括他的生活,他的婚姻,抑或是她的爱情。

尽管丁植珈的爱情并不在他的家里。

尽管她知道她所要了解的那些已经在丁植珈的生活中缺失了很多,但她还是有着那种欲念,仿佛,自己前来的唯一目的就是为着那些。

她想起了丁植珈说过的情人和红颜知己,她不明白自己为什么始终在这两个不同的称谓和概念中摇摆不定,或许,是她弄不懂自己和丁植珈之间的真正关系,也或许,这世上的很多事,越是想弄懂,就越是弄不明白。

"那是三年前照的,我儿子一直在我父母家,因为我的职业,没有办法。"显然,丁植珈也为那个细节感到手足无措,这倒让她的内心迅即平和下来。

她看了一眼丁植珈,想对他说,不用跟我解释这些,我不会计较也不可能计较,但她宁愿什么都不说,一个贼一样的女人还有什么话好说,她无法要求对方,因为,她连自己都约束不了。

"没关系的,我在车站等你的时候跟她通过电话,这个时候,她已经睡觉了。"这次,她不用判断就知道丁植珈所说的她是他的妻子而不是那个初恋女人。尽管那夜之后,丁植珈再没用情地跟她提及过那个女人,但她心里清楚,那个女人不会就此消失,任何一个生命,即便是消失了,也会有影子存在。

她不喜欢丁植珈跟她做这样的解释。

她突然想问丁植珈,这样的决定是否妥当,但她不想用那样的语言来摧毁丁植珈的好意,她猛然间略有所思地顿悟出,如果这世上的每一个人都将自己的心思毫不保留地给说出来，这世界绝不会是眼前这个样子。

或许更好。

或许更乱。

十

"这就是我的家！"丁植珈一边说一边将头转过来，离她很近，咫尺之间，又仿佛从天而降，她被吓了一跳，因为，她的思想正在另外那个世界里徘徊，那里是虚构的，是有根无着的，更是天马行空的。因为，她在那样一种状态中，又想起了劳伦斯的那些文字，她仿佛彻底地明白了，那些误解、禁忌仍然一往无前地被认可的文字，带着怎样不可忽视的力量，成为一种潮流，既是人性使然也是人性中的必然。

文明之下的悲怆，谁又能够逃脱得了。

她突然产生了一个奇怪的想法，那就是，这世上唯一可以让她栖息的地方或许就是丁植珈的身体。

她僵住了，在她自己的想法里，更在丁植珈的面前。

"你怎么了？"丁植珈使劲地抓住了她的手，她没言语，仿佛，在没有被丁植珈引领之前她就已经受到了某种惊吓。

是意念上的惊吓。

"没怎么！真的没怎么！"她拼命地摇头，她不能告诉丁植珈她刚刚生发出来的那些想法，她不知道那样的想法，一旦被说出来，被吓着的是不是还只是她自己。

她不想给丁植珈增加任何负担。

无论是心理上的还是身体上的。

她淡然地笑了笑，她只想一个人默默地守候并承受那些不为人知但却可以快乐自己的想法，纵使有一天她必定要将那些想法带到坟墓里，她也不后悔。

原来，一切都在一念之间。

她笑了。

她看到，丁植珈也笑了，但她敢保证，丁植珈想的和她想的绝对不是一回事，或许是，但她无法确定。

"你瞧，我没给你打电话时就准备好的那些东西！"丁植珈用手指了指餐厅的桌子。她这才发现，集中堆聚在一起的酒菜，像久违的朋友，只待他们过去嘘寒问暖，她立刻觉得很温馨，并快速地走过去，并拿起其中的一个小圆盘。

她看了看丁植珈，又环视了一眼丁植珈的家，她发现那个小圆盘上的图案非常有趣，带着一种别致，让她爱不释手。

几抹纤细的水纹和几尾弯游着的小鱼，星星点点的绿色浮萍，在白釉的光泽里不停地闪跳，这样的景致，纵使不吃不喝地看着，也可以感知到秀色可餐的风情。

"难怪你会是这样的一个人！"她说。

"你看，还有我早就煮好的咖啡，已经凉了，你先喝点儿？"丁植珈将咖啡倒进一个茶色的瓷杯里，然后，态度温和地递给她。

她看了丁植珈一眼，突然想说你怎么知道她就真的不回来了，但她只是接过杯子一边品闻着杯里的浓香，一边不无奇怪地想到，一个经历了两个女人，或更确切地说是三个女人的男人会是什么样子呢？

她无法看透丁植珈。

"多喝点儿咖啡，免得夜里犯困。"丁植珈说得很坦诚，跟她第一次在夜里遇到的一样，只是，她真的不知道，在丁植珈的内心里究竟承受过什么样的苦难，因为，她实在不明白，一个洗尽铅华历练了人生所有的男人，依然可以保持如此乐观的心态，可他内心里到底有着怎样的无奈和隐痛。

她想知道。

她想起了那篇登在报纸上的文章,或许,只有在写文章时,丁植珈才会锋芒毕露。

她将杯子轻轻地放下,然后,将自己的头轻轻地贴靠到丁植珈的肩膀上,或许,感觉的交流比心灵的交流更真实。

她想起了丁植珈借用哈姆雷特所说的那些话:上帝给了我们一张脸,可我们自己不得不替自己再造一张脸。

而这样一个时刻里,她依然戴着面具,在虚假和掩饰中演绎着不为人知的真实,在回想和自责中,不思悔改甚至变本加厉,把更真实的性情展示给自己以及身边的丁植珈,然后,依旧回落到虚假中,看着属于自己的时间,一分一秒地过去。

今天替代昨天。

今年成为去年。

她又木然了。

"你害怕吗?"丁植珈问。

她努力地摇摇头,她想说害怕,但她更想问丁植珈除了我之外,你还领过别的女人来过你家吗?比如,那个和我生活在同一个城市里的女人,但是,她不能问,她不想在这个时候不打自招地让丁植珈想起那个女人。毕竟,那是丁植珈的初恋,他不再提及不证明他真的彻底忘记,她希望,丁植珈的心里只有她,哪怕仅仅在此时此刻,尽管这很牵强,但一个人的内心是任谁都无法左右的,她将自己的头轻轻地贴靠到丁植珈的肩膀上,说自己有点害怕,然后,听着丁植珈偶尔说出的几乎是前言不搭后语的含混话,想着她这个前来造访的客人不得不按照那些话音来想象身边的这个人是怎样生活在这样一种生活境遇里,不经常回家,回家之后又往往找不到自己要找的那些东西,但不管走出多远,内心里还有一种无法割舍的牵挂。她看到,丁植珈黛蓝色的丝绒睡衣,被搭在床头柜的斜角上,丁植珈见了,急忙解释说他睡觉时不愿意盖被而只穿着那件睡衣,她听了,不自觉地哼笑一声,仿佛全然明白了那夜躺在长椅上的丁植珈为什么对自己仓皇出走的那身睡衣不但不反感，反而还给予了那样的亲切关怀。

"你瞧，这是我最喜欢的宝贝。"丁植珈顺手将他的剃须刀拿给她看，她将剃须刀拿在手里，想象着丁植珈在一种匆忙或悠闲自得的状态中使用着他所谓的宝贝，还有，放在鞋柜上的那个镶着老鹰翅膀的打火机，挂在衣架上的深蓝色的棉麻T恤，尤其是丁植珈走过之时不由自主地用手刮碰了一下衣角的那份随意，很像和一个个老相识在打招呼。

或许，在这个家里，与他最亲近的就是这些他喜欢的物件吧。

"我喜欢纪梵希的牌子，最简式的优雅风格，非常适合我们男人。"她看了丁植珈一眼，觉得不断说着话的丁植珈很聪明，但表现在情感上，有时却不无愚钝地如一个刚刚成长起来的少年。

那么，什么才是真正适合我们女人的呢。

时装？化妆品？家庭？孩子？还有那些不着边际的爱情？

都是，又仿佛不完全是。

应该是男人吧。

她又想起了劳伦斯：一个工业的英格兰消灭了一个农业的英格兰，一种意义消灭了另一种意义。

深藏不露的克制代替了形象易解的表达，男人那个概念很快就在她的脑海中被一种清晰的物像所代替。

她想起了那个丁植珈留给他自己的熏香枕头，她想问丁植珈有关那个他自己留下的枕头被放在哪里的问题，但她没问，她觉得，丁植珈不会在这样的细节上撒谎，完全没那个必要，可她还是不由自主地问道："你留下的那个枕头！"

说完，她立刻不好意思地为自己的唐突和小家子气而后悔不迭。

"那个枕头没在我家，我把它放到班上了，有时赶稿，我就睡在班上，正好用那个枕头。"丁植珈的回答很随意，率性而为地脱口而出，让她觉得，有时，即便是最直接的感觉也不可信。

她想到了那个有关男人与妻子和情人的故事，说那个男人在弥留之际将妻子和情人都叫到了医院，那男人先将情人叫到床边，将一片已经成为标本的树叶交给了情人，并对情人说："这是我跟你散步时落到你肩上的，因为喜欢它，也因为它落到了你的肩上，我珍惜这种缘分，便把它给收藏起来了，现在，我把它还给你，算是个纪念吧。"情人拿着那片树叶走了，那男人又将妻子叫到床前对妻子说："对不起，我真的要走了，这些东西留给你吧。"说完，将两个存折交到妻子的手上，然后，便合上了双眼。

她觉得，如果说让女人迅速成长起来的不仅仅是失却的爱情，更有失落的婚姻，因为，自己竟那样堂而皇之地将丁植珈送的枕头放到家里，并看成是一种不可侵犯的神圣，想必，丈夫也很无辜吧，或许，在她的潜意识里，一直有着一种命令的声音在不停地要求着她、约束着她，在丁植珈的家里，要保持距离。

不远也不近。

十一

"送我一本书吧！最好是你喜欢的，哪怕过后我再还你一本一模一样的。"她挣脱开丁植珈，仿佛是被那个自己臆想出来的命令所驱使，更仿佛在完成一个接到丁植珈电话那一刻就已经蓄谋出来的意念，或许，在本质意义上，她还是无法摆脱俗念般地喜欢带着丁植珈的种种生命印记在自己的生活里继续获得被嫁接后的那种气息。

是跟物质有关的一种延续，尽管她刚刚谴责过自己。

她知道丁植珈不会拒绝，但她还是感到有些害怕，她怕丁植珈哪怕一丝一毫的迟疑，都会给她一个致命的打击。她甚至想立刻补充说实际上我只是想将你家的东西随意带走一样，但她没敢那样直白，她觉得，那样的话，一旦说出去，即便自己的愿望能够得到满足，也无法让自己心安理得地将那样一种物件完好地保留到永远欣悦怡然。

这和那个故事中的树叶有着天壤之别。

给和偷又有什么区别呢？

尤其是在这件事上。

她不敢再说一句话，只静静地等待。这个时候，丁植珈的任何反应都会成为她通往另一条大路上的桥梁，那桥梁既可以让她顺畅地通向另一个世界，也可以让她就此跌入桥下的无底深渊。

"只有一件事可以让灵魂完整！"丁植珈领着她来到书架前，将对开的玻璃门一一打开，只稍微浏览了一瞬，便从隔板的最上层抽出一本。

"你瞧，这话说得有多好！"丁植珈将手停留在刚刚展开的扉页上，像发现了新大陆般地显得异常兴奋。

她有些迫不及待了，曾几何时，她都对丁植珈的一切那么感兴趣，成熟而稳健，热情又不乏机智，总是恰到好处地在不经意间将她最希望得到的答案明确地给她，让她高兴受用之时还愿意小心翼翼地秘密留守，谜一样的男人，她想永远和他在一起。

她笑了，尽管她知道这不可能，而她也明确自己的想望不过是一种希望而已，因为，希望和现实总是有着很大的差距或叫距离，她懂，她不会强求，她只是在这样一种念头刚出现时，就感到很怅然很欣慰罢了。

"是爱！你看这个字，写得有些龙飞凤舞了，但这句话不是这本书里的，而是一部电影里的台词，我记得非常清楚。"丁植珈根本没在意她的表情，自言自语地说出那番话之后将那本书轻轻地放到了她的手里。

她接过书，像接受了一种崭新的生活。

而丁植珈所说的那句话，确实被龙飞凤舞地写在扉页的最上方，是一行苍劲又不失隽秀的黑色行草，她轻轻地将书合上。

是一本英国女作家弗吉尼亚·伍尔芙的书，名字叫《墙上的斑点》，她如获至宝，她没有想到她居然可以得到写着丁植珈笔迹的书，这是一种她不能预知的独特创意，像作者签名售书，但这种形式，更有别于那一种。

这结果好，字里行间，有着丁植珈的思维轨迹，更有着丁植珈的思想和生命气息。她抬起头，看着丁植珈，想说你的字很漂亮，却惊异地发现丁植珈在全神贯注地盯视着她，仿佛，她的脸上也有字。

她不由自主地将那本书捧到自己的胸前。

"你总在书上写字吗？"她想转移丁植珈的注意力，因为，丁植珈的神态，完全可以让她预知即将发生的那些事。

"是的，只要是我喜欢的句子，我就将它们随意地写在我的书里，随便哪个地方，只要我能看到。"丁植珈的手慢慢地向她伸过来，但不是抓住她的手，而是将她手里的书又给拿了回去，然后，仿佛想起了什么似的开始一页一页地翻看起来。

"当然，我还愿意做另外一件事。"丁植珈面带笑容地匆匆看了她一眼，然后，将视线突然停留在正翻开的那一页上。

"这棵树在冬天的夜晚独自屹立在空旷的田野上——小昆虫在树皮的褶皱上吃力地爬过去，或者在树叶搭成的薄薄的绿色天棚上面晒太阳——最后的一场暴风雨袭来，树倒了下去，树梢的枝条重新深深地陷进泥土，即使到了这种地步，生命也并没有结束，还有一百万条坚毅而清醒的生命分散在世界上。"丁植珈一字一句地朗读起来。

她静静地倾听，仿佛，她的思绪和丁植珈的声音同时到达了那个空灵至清的无人之境。她想起了那夜她曾跟丁植珈说过想当教师的美好愿望，仿佛，自己就站在讲台上，像丁植珈那样，将一种思想和一种生活以及一种状态，完好又完整地展示给他人，并让他人在静寂的聆听中想象着、思索着，同时，与窗外的枝叶和花草一起感同身受在习习微风中，安然地接受阳光那带着不可阻挡的穿透性，将一种非常恒久的温暖，传递给忘情跳跃的小鸟以及包括自己在内的全部身心和灵魂，并在天晴雨过的爽洁里，任由那一脉脉幼小的昆虫安详栖息在自己的躯干之间、枝叶之间。

大树，知识，抑或是一种力量，便在这样一种状态之下，汩汩地穿越聆听者的成长轨迹，在若干年后的成熟稳健里，变成无数清醒的精灵，重新飞散到大地上、草根儿深处，以及来年的春雨中、燥热的秋风后。

世界在循环往复中，再迎来一次次的花开和花谢。

周而复始，巡回到永久。

她被深深地打动了，是被丁植珈的声音，也是被自己的想象力。

她身不由己地循着那声音拥进了丁植珈的怀里，她希望时间和空间永远地停留在这样一种时刻，不为人知，却是她生命中最难能宝贵的瞬间，她的视线跟从着丁植珈不断移动的手指，将所有的想象都丰盈在那一个个依然倒立在她眼中的模糊文字上，一行行，一句句，一字字，让她完全投入也完全倾情地体悟那些因文字而意蕴着无穷无尽的景象。

是丁植珈叙述给她的景象，是女作家所要表达的景象，更是她恣意想象出来的景象。

她用手摸了摸丁植珈的脸颊，看着丁植珈仍旧投入的神态，带着和那些景象所不同的温度，让她明确地感知到人和自然的完全不同。

"其实，生存本身就是一场斗争。"丁植珈突然将书合上。

或许，丁植珈无法承受她的抚摸。

"也是书里写的吗？"她缩回了自己的手，并在迟疑的那一瞬幡然醒悟了似的急问，她知道也明了丁植珈所说的那个并不晦涩的人生命题，只是如此清晰地从丁植珈的嘴里给说出来，让她的思想抑或是她的思维，脱离了原本的想象轨迹，那轨迹，迅速地变成一种从未有过的生命体验。

斗争，是的，什么时候人类停止过斗争，就像眼前的丁植珈和自己一样，和自己的情感斗，和自己的需求斗，和周遭的现实斗。

只是斗争的结果，她无从知道。

她将自己的脸紧紧地贴到丁植珈的胸口，她希望自己能在这突然营造起来的氛围里将整个世界缩小到只能听到丁植珈说话的声音和丁植珈心跳的回响，可是，她又立刻离开了，她又想到了那双盯视着他们的眼睛，那眼睛，仿佛是人性里最根深蒂固也无法摆脱的道德观念所蜕变成的光芒，不早也不晚，总在她近乎忘情的时候，提醒她，警醒她，让她不敢随意地率性而为。

她看了一眼丁植珈，丁植珈也同样在看着她。

她知道，只要她和丁植珈不顾任何放任自己，那眼睛便可以成为通往他们彼此灵魂和身体的动力，然后，让他们在已经走着的那条路上，越走越远。她很害怕，她觉得她无法也无力为自己的情感做天衣无缝的陈词和辩解，一丝又一丝无法躲避的罪恶感迅速地涌上她的全身，她想逃离，但已经被丁植珈紧紧拥搂住的身体又怎么能够舍得？

她知道，该来的自然要来。

尽管她早就了然了道德只有在制度的约束不起作用时，人们才不得不用道德的标准去衡量，可这时，她和丁植珈都介于道德和规范之间。

奈何不了，又取舍不了。

优先预测悲剧后所做出的忍让才能成其为道德，这句话突然像一块黄色的警示牌横在她的思维空间，像丁植珈刚刚说出的那句话，生存本身就是一场斗争。

她在那场斗争中败下阵来。

因为，她既要跟自己斗争也要跟丁植珈斗，更要和他们各自拥有的婚姻斗，没有一点硝烟，却几乎将她整个人给完全销毁。

她挣脱了，她这才发现，这是一个极其整洁又干净的家，一尘不染的每一个角落，都有着不可忽视的用心，是女主人的用心。

这让她极度不安甚至烦躁。

她突然想跟丁植珈发脾气，甚至想和丁植珈歇斯底里地叫喊，她不能原谅丁植珈的想法和做法，当然，也包括她自己。

这是第一次也是最后一次。

她将丁植珈手里的书冷不防地抓到手里，眼睁睁地看着丁植珈在她的面前，对她的举动进行揣摩、思忖，抑或是犹疑。

"我们离开吧！"她说出了她最想说出的话，是她内心里挣扎和抗争后的最终结果。

她长长地呼出一口气。

她不敢再看丁植珈，她不知道丁植珈听了她的话会怎样想，但谁又能拿别人真正的心思怎样呢？

她突然懂得了有人对婚姻所做出的那种形象比喻：拥有了婚姻就相当于患上了糖尿病，想生存下去，就必须忍字当头，小心谨慎地抵御世间的任何诱惑，只有这样，才可以控制病情使之不再发展，但问题是，她即便抵御住了那种种的诱惑，病情也不一定能够得到控制。

她反倒希望丁植珈没有听到她说的话了。

可是，丁植珈听到了。

"去哪？"丁植珈问，这让她感到异常失望。

"随便去哪。"她转头看了一眼透过窗纱便隐约可见的夜色，这陌生的城市，她怎么知道去哪，但她必须离开这里，她觉得，一刻不离开，她的灵魂就一刻得不到安宁，尽管她希望丁植珈跟她无理，甚至是粗暴，而她也不会因此反抗，但内心里，她无法战胜自己，她无法想象，在这个还有着女主人的家里，他们的肌肤之亲和缠绵悱恻会有什么美妙感觉。

她只能用离开来掩饰自己所有的不安。

十二

丁植珈开始准备东西,丁植珈将桌上的酒和菜,一样一样地装到纸塑袋里,然后,拿起钥匙,换了衣服,一副出门前的匆忙模样。

她不动声色地看着他的家,她希望自己能在这最后的停留里,好好地体味一下,想他思他念他时的那些真实意象,明了他在这样一个属于他自己的空间里是怎样生存着、生活着。

她竟依依不舍地流出了眼泪,在斗争结束的最后那一刻。

尽管她没能成为胜利者,但她并不是真正意义上的逃兵,因为,跟在丁植珈的身后,她的快乐油然而生。

"我很怪,是吧?"跟着丁植珈即将走到门口的时候,她问。

"不怪,我知道你的意思。"丁植珈将手里的东西递给她。

她没接那些东西,却吻了丁植珈,在离那个相框不太远的位置,丁植珈也吻了她,并在他不温不火的温情里,让她体会到了他们彼此都无法承受的那份无奈。

"那本书!"她突然想起了那本书,想着日后的自己,可以在那样的字里行间随时寻找到的可以安然度过每一天的慰藉,她的固执让她的语言成为一种毫不犹豫的贪欲。

"我已经给你带出来了。"丁植珈看着她笑了,这让她觉得她和丁植珈在合谋着一件并不荒唐且又非常有意思的事。

她也笑了,但笑过之后,她开始发誓,今生永不和他提要求,即便自己再怎么想望。

有一本书就足够了。

尽管那书不是他写的,但那书上有他写的字,有他的喜好,有他的思想痕迹,更有他的气息,虽然仅仅是一句话,但谁又能说,这世上,一句话,不可以成为受用一生的财富和资本呢?

她觉得,自己已经成为一个富翁。

十三

"那天晚上如果我没有遇到你,现在的我会是什么样子呢?"她有意地拖延起时间,她不想如此快速地走出那扇丁植珈每天都可以随意进出的门。

"那么,那天晚上如果我没有遇到你,我又会是什么样子呢?"丁植珈仿佛明白她的意思,可是,丁植珈不但没有回答他,却在反问她。

"不知道!"她摇了摇头。

"我也不知道!"丁植珈模仿着她也摇了摇头。

"但不会比现在好!"她说。

"是的,绝不会!"他非常肯定地看着她说。

她明白了,那夜,丁植珈承受的痛苦一点都不亚于自己,濒临绝望状态下的麻木,在生命返回非生命的过程中,时而对抗,时而放弃,只不过丁植珈没有完全说出来,她就没有完全地认知过。

但她应该能想象出来。

只是,她无法想象,那夜,如果不是因为遇见了丁植珈自己会是什么样子,或许,随便找个酒店,喝到酩酊大醉直到不省人事,或许,像最初意念里想望的那样,被某个人给奸杀掉。

再也不得生还,在这个有着生命的世界上。

更或许,什么都没有发生地顺着原路回家,然后,继续过那种熟得不能再熟的生活,让婚姻继续朝着恶性循环的方向发展,直到彼此之间不得不靠打瞌睡来答对对方,否则就无法维持关系的地步。

她静静地看着丁植珈,开始同情那个相框中依然微笑的女人,这同情既包含对自己曾经的那些苦痛所给予的最大限度的悲悯,也包含着她对所有如自己一样欲望难遂的女人所给予的无限同情。一样身为女人,她不想难为女人,尽管那个女人也如她一样地有错。

她想起了弗洛伊德的家庭观:大多数婚姻的结局是精神上的失望

和生理上的剥夺，要经受得起婚姻的折磨，女性必须特别健康才行。

弗洛伊德懂得可真多。

女人在婚姻生活中要特别健康才行，可此时此刻，她的健康早就被透支得所剩无几了。

"走吧！"她终于对丁植珈说。

十四

很快，丁植珈将车开出了有着高大洋槐和梧桐的临河小区，像经历一场没有告别的仪式，匆匆将车打了个五十多度的急转弯，她的心里立刻有一种说不清的凄哀且带着一抹无法挥去的无奈。

丁植珈看了看她，什么也没说，然后，将音箱调到刚好听不到外面的风声。

路上，依稀出现的人影，行色匆匆，如她那天夜里离家时见到的几乎一模一样，偶尔迎面行驶过来的车辆，带着疾风劲雨的速度，像夜空里的流星，一眨眼或是一瞬，便让一切复原为初始般的宁静。看着丁植珈全神贯注地开着车，她有些不明白，自己为什么会和他这样的男人如此亲密地在一起，不愿意分开，也不想分开，所有的依恋和情感，都仿佛寄托到了他的身上，而内心里明明知道，这个人并不属于自己。

这就是所谓的婚姻壁垒吗？让你无法穿越之时又总是情不自禁地想要攻破，并在日积月累的坚持中，使那壁垒如颓废的墙垣一般，随时都有倒塌的可能。她的想法抑或是思想，在夜色无垠的广袤里，犹如突然冲破禁锢的生灵，在茫茫的天地之间，像一只飞翔的彩色纸鹤，随意漂浮又空灵妖艳。

或许，人生的真相就是如此，满足于自我的同时，又寄希望于在超然中获得快慰和解脱，尽管是越陷越深的盲从，也明明知道却佯装不懂地一任自己糊涂到不能。

坐在丁植珈的身后，顺着丁植珈的肩膀，她将自己的手，一点一点地伸向丁植珈的脖颈，再慢慢地用双手给环住，并以最大限度的能力让自己的手指更接近于丁植珈心脏，哪怕丁植珈在开车，哪怕路上有一辆又一辆迎面而来的车在飞速闪过，她甚至开始妄想，永远这样好了，不知自己身在何处，也不知要去哪里，就如眼前这般，在低沉的音乐声中，彻底地丢弃生命里那些始终无法摆脱的孤单和寂寞。

她的眼泪流下来了，因为，她知道，迟早，丁植珈会将车子停下来，虽然，他们与分别在即还相差甚远，但她清清楚楚地明白，每一分和每一秒里，他们都在向着分别的那一刻靠近。

越来越近。

尽管她知道丁植珈在带她去某个地方，但在未知的某一时刻里，她是注定要与丁植珈分手的，她不敢接受他们在一起的过程不会成为永远长久的现实。

十五

"去湖边吧，那里安静！"丁植珈的声音，和着孟庭苇的那首《风中有朵雨做的云》轻轻地传将过来。

她没言语，但在意念上，却是绝对意义上的首肯，而他们所坐着的车也仿佛突兀之间告别了楼群、告别了喧嚣，告别了只有风声和寂静之声的空间，用他们都在矜持的沉默，等待着渐渐明亮起来的那湾碧水。

那是一个环形的湖泊，一点一点地从一开始的一片亮光，很快在他们的视线中变成秀女弯环着的手臂，粼粼闪动的波光，在群山的透迤中不甘寂寞地灵动着，仔细看去，又如嫦娥舒广袖般地吟咏着如此怆美之景却没被更多的人给及时发现的怯躁和不安。

丁植珈将车停下来，在一个废弃的泵房前，高大的杨树，将所有的枝叶都伸展到再也无法延伸的空间，可以想象，丁植珈的车，在树下，怎样的蛰伏、沉静，像松土中突然爬出的一只甲虫。

丁植珈将车里的灯完全打开，然后，定定地看着她，仿佛，在问，这样可以吗？

她不知道该怎样回答，对她来说，一切，都如梦境一样，她沉睡其中，无法醒来，尽管她的理智偶尔在梦里会如闪现的火花，但仅仅是一闪之间便消失了。

她将她的手放到了丁植珈的手上，她觉得，她能给予他和可以做的只有这一件事。

"你没发现你的指甲已经很长了吗？"丁植珈突然笑着问。

她听了，即刻羞红了脸，想他念他的时间有那么多，足可以用其中的一点点时间来修剪，可是，这样的生活细节怎么就被自己给忽略了呢？

"我没有指甲刀！"说完这句话她后悔羞怯得几乎无地自容。

丁植珈没说什么，而是从腰带上取下自己的钥匙链，然后，慢慢地将指甲刀从链环上给取下来，同时，将指甲刀慢慢地展开，她看到，她指甲上已经残破的星星点点在丁植珈一点一点地修理之下，显得更加不完整。

"这样才好！"丁植珈赏玩着她的指甲，全然不顾及他对她指甲上原有图案的破坏。

她明白了，他一定不喜欢女人留长指甲。

"给，把这个放到你的钥匙链上。"丁植珈示意着她，她没敢迟疑，她怎么敢拒绝丁植珈的要求。

她喜欢丁植珈。

这是她无法拒绝他的所有理由。

尽管她的指甲经过他的修剪变得更加残缺不全，尽管他的指甲刀已经在灯光下失去了原有的亮度和光泽，但她喜欢他的东西。

是比那本书更能体现出他的温情、影子和心意的东西。

她想起了那个细节,是他们在一起时的细节,她将他的衣扣一颗一颗地给解开,然后,如她梦中无数次想望过的那样,让他的胸怀,在她的眼前,一点一点地展露开来,直到完全被她看在眼里,成为一种真实。

她仿佛又一次看到,自己的手,顺着他的脖颈,慢慢地到达他的心胸,做一种让她心满意足的停留。

她笑了,笑得有些诡异。

她完全可以感知到,她的手,在被他剪了指甲后的那一刻,会怎样地顺着他的心胸,达到她想要到达的地方。

十六

他偎在她的腿上,蜷缩着的身体完全偿徉在梦中一样,她抚摸着他的头,突然想吻他,想吻遍他身上的每一寸肌肤。

这缘于她的感激,缘于她被他由表及里的关注,那是一种并非停留在表面的完全彻底,那感觉,让她在虚幻的感受中很好地感知自己,是怎样地从高处落下,再落下,直至成为一粒种子,深埋回自己的心里,不为人知地成为一种秘密。

是可以让自己更好地生活下去的秘密。

她又流泪了。

他却说她哭了。

"我是个不爱哭的孩子。"她说。

在他的面前,她觉得自己确实是个孩子,是个没有长大也不可能长大的孩子,一而再再而三地做错事,却从不思悔改,也不想改动任何,她不想用那些没用的理智来成全自己所谓的人生。

"傻丫头。"她听到了他的声音。

"你才傻,我只让我喜欢的人看见我流泪。"这样说着时,她想到了她的父母,他们只寄希望于她在快速成长起来之后,完好而完美地成熟起来,殊不知,她根本就是一个不可救药的家伙,她看到了自己的坚强,是那些不能和丁植珈在一起时必须保有的坚强,坚强着那段不为人知的隐情,坚强着那些不能不回忆的温馨,更坚强着一个人在这座城市里来去匆匆的身影。

只为一个男人,一个围城之外的男人。

她觉得自己已经变成天底下最自私的女人,为着眼前这个并不一定自私的男人,尽管他背着妻子约了自己,但他有自己的苦衷。

她不完全知道,但她可以想象得到。

十七

车窗外,明暗交错之间,显露的和被遮挡的景色比他们刚到的时候更加模糊,灰色和苍色在一片漆黑中舞弄着冷寂,她想起了曾经的那些寂寞,纵使他就偎在她的怀里,那种感觉依然挥洒不去,难道,自己天生就是贪念太多还是欲望总是难遂。

她摸了摸他的头发,他的脸,还有他的眼眸,她知道,他所拥有的,是她所希冀得到的,但到头来,是否可以得到,她也说不清。

仿佛,从一开始,就是自己一个人,等待一种时机和一种机遇,让那个可以和自己牵手的人,在偶然中出现。

她发现他好像在她的抚摸中睡着了。

她轻轻地唤醒了他,并将他的衣服轻轻地脱掉了。

她看到他的胸肩在微弱的光亮下,如玉蝉的空壳,闪着清白的光亮。原来,这世上最美也是最完美的表里如一是褪掉面具后的健康和活力,带着最原始的野性,在掩盖真实的服饰内里,保留着最初始的本色,是千百年来传承不变的生命本色,而那些虚假的包裹,才是比虚假还要可怕的堕落。

她将自己的衣服也脱掉了。

她需要他们彼此在更加清晰了然的赤裸前,面对那些最直观的真实,用一种可以让他们都能感知到的欲望,将彼此的思绪和欲念一次次地沉浮在模糊不清的影像里,含混且带着一种羞怯以及楚楚动人的生命存在方式,把一种完美的力量完完全全地给予对方。

既是一种交换,也是一种赏赐。

无须语言,只用感觉,去完成生命和生命之间的交流。

难怪劳伦斯不畏世人的不解和非议,而一再坚信:不受个人意志和观念左右的身心统一才是艺术和生活的至高目的。

将一泻千里的感情,在最恰当的时候以最切合实际的方式,完完全全地表达出来,用最直接的感觉,传递给对方。

也保留给自己。

月光淡淡地照射到车里,如没有丝光的线条,稀稀落落地照到他们的身上。

她像少女身体初长成时的那般羞怯,带着无法遏止的探寻之心。

他则像孩子一样,将更加清晰了然的赤裸呈现给她。

他说:"其实,社会变革的起点源于人的思想也源于人的情感,但尘埃落定的最终依然是人的思想和情感,可是,人们却在这样一个翻天覆地的过程中,身心俱疲到茫然无望,凡人,毕竟,我们都是凡人……"

她听到了丁植珈灵魂深处的低喃,又觉得丁植珈仿佛什么都没说。

"为什么会有不思想的时候呢?"她想起了刚刚认识丁植珈时的那种麻木。

"有思想的时候就必然会有不思想的时候嘛!"丁植珈回答得有些随意,她对这个回答不太赞同,她觉得,至少在态度上,丁植珈显得有些不负责任。

"我说错了吗?"丁植珈问她。

"没错,没错,一点都没错!"她不好意思地应承着,仿佛,丁植珈说的那些话绝对是真理。

她看到，丁植珈嘟了一下嘴之后便开始望着远处的湖水出神，车灯照射到的草叶上，有蜘蛛在结网，细细的丝线在月色下，闪着几近于断掉的光亮。她轻轻地走下车，蹲在那些草叶前，想看看蜘蛛，却发现，什么都没有。

她挪动了一下脚，唯恐碰到那些挂着蛛网的草叶。

蜘蛛一定是被自己给吓跑了。

一切又不真实了，是那些衣服再次穿回到他们身上时就出现的感觉，很微妙也很不可思议。

这世界就是这样，她一转身，发现蜘蛛又回到了细丝上。

十八

"我们去岸边赏月，怎么样？"她突然对丁植珈说，兴致很高，仿佛从那么遥远的地方一路奔来就是为了跟丁植珈到湖边去。

她完全可以想见，在那片若隐若现的世界里，只有他们两个人，守着淡淡的月光，彼此述说着最真诚的话语，没有城市里的喧嚣和吵闹，更没有任何旁人的困扰和干扰，在没有垃圾、没有碎片、没有尘垢的地方，安然地体会自然所给予的美丽与和谐。

天空是城堡，

博大且沉雄。

草地是家，

清净且怡然。

湖水是他们的心情，

平静而优雅。

她笑了，几乎笑出了声。

这时，她才算是彻底地忘却了他们身后那片已经沉睡了的万丈红尘。

丁植珈什么都没说，只是默默地关上车门，看着她几近于天真的欢呼雀跃。

十九

跟在丁植珈的身后,顺着弯弯曲曲的小路,越过一片带状松林,看着偶尔出现的芦苇,一堆一簇地在月光下,闪着银白色的花穗,摇动不停之间,像在唱一首通俗却不空洞的歌,仿佛,余音缭绕之间,整整一个燥热的季节,就在这样一种可以感知到的微凉中,成为一段历史。

不为人知,却真真正正地来过。

像她和丁植珈。

她停下脚步,静静地赏看丁植珈轮廓清晰的背影像剪纸般地在她的眼前晃动,她想起了不知从哪儿听来的那句话:男人是鸟儿站成的巨石,因为,男人倾向于一千次的飞翔和只有一次的栖落。

她不知道此时此刻的丁植珈是属于那一千次飞翔中的一次,还是只有唯一一次的栖落。在丁植珈突然转过身来喊她的那一刹那,她觉得,丁植珈如花摇曳的背影,仿佛,在被树枝刮起的衣角里,有着她不可思议的万千思绪,那些曾经被冰封的情感,那些曾经无比苍茫的渴望,更有那些不能告知于他人的无望和无助,都被身边这个成熟男子,给彻彻底底地消解了,以她喜欢的方式,在突如其来的关注中了然成一种感激和一种感伤。

她追了过去。

她拉住了丁植珈的手,很凉。

"你不高兴了吗?"她轻声地问,她不知道自己的要求是否真的合情合理。

"别想那么多!"丁植珈回身看了她一眼之后竟突然笑起来,然后,使劲地捏了一下她的手指。

她不再想了,她知道,纵然她想得再多,也都是没有结果的猜想,而眼前的每一分和每一秒又定然是过去了就不会再回来的美丽时光。

她需要珍惜。

她定然要珍惜。

以她自己喜欢的方式。

二十

"你看，萤火虫！"她突然发现，一只又一只不易被发觉的光亮，在他们的前方飞过来，又飞过去，飞过去，又飞过来。

"我真的不知道。"她兴奋得像个孩子，她不知道自己应该怎样表达。

她没有想到，只在电影里出现过的，她从小就知道有的，但却从来没有亲眼看到的景象，已经成为一种唾手可得的现实。

弱小的光亮，一团一簇，带着谜一样的光环，在黑暗中，跟湖面上的光亮，交错着、飞旋着。想到从前的自己，在长夜的静思中，是那么孤单，不仅仅孤单着自己的身体，也孤单着自己的想象，仿佛一切可以放飞梦想的想法，都被禁锢在自制的圈套里，出不来，也安宁不了。

她的眼里，渐渐地又盈上了一层泪水，曾几何时，会想到自己的人生可以这样度过，在日思夜想的那个男人身边，静静地体味时光的悄然流逝，让自己平和的心情在匆匆而过的岁月里，安然地迎来崭新的一天又一天。

而那一天又一天，拥有了一天也就如同拥有了一辈子。

她不得不承认，什么样的日子，都是值得珍惜的，因为，只有那些不好，才可以让她知晓什么是好。

二十一

"你经常来这里吗?"她问。

"当然不。"丁植珈回答完随手将她揽在自己的臂弯里,她跟从着,并依然跳跃着,她看到,湖边像夏日的海滩一样,静爽而整洁,岸边,有一块长条踏石,在他们不远处,黝黑着墩壮的外形。

"我总是东奔西走地忙,一个人在外,想得更多的是怎么把工作干好,但一闲下来,就会觉得无聊透顶,甚至,有些时候,我都不知道自己究竟是为什么活着。"她抬头看了看丁植珈,觉得丁植珈刚刚说出的话非常非常的语重心长。

"这种地方,白天一定会有人来。"丁植珈拉着她,轻轻地坐到踏石上,顿时,水天一色的交融,让她的想象即刻成为一种景观。

新月,像谦卑高雅的贵客,在浮云缭绕间,将缕缕丝光,斜斜地洒向树林、远山,黛黑幽幽地一如古典美人的云鬓,或卷或舒地在周遭的昏暗中安静地绵延。湖水,在月色的映照下,如一块被撕皱的纱缎,仿佛有许多银线穿过般地不停地显露着光亮。

"还记得我们相识的那天夜里吗,你领我去喝酒,然后,给我讲莎士比亚!还有他笔下的哈姆雷特,再然后,我们去照相,去音像社,你还告诉我有关你自己的秘密。"她说。她觉着,纵然那夜确实美得无法复制,也无法与眼前的此情此景相比拟。

"怎么会忘,那样的夜晚,是你给了我意想不到的快乐!"丁植珈目不转睛地看着她,仿佛要仔细地分辨一下她与那天夜里的所有不同之处。

"那天晚上,如果不是因为遇见了你,我想,我会在很长的时间里都无法站立起来。"听了丁植珈的话,她明白了丁植珈的坦诚。但在内心里,她却有着深深的不安,她倒有些不明白自己了,仅仅是丈夫忘了给自己过生日,就闪现出那样的想法,这不能不说是一种怪异。

她没言语，她相信，纵使自己再坚强，也抵挡不了婚姻生活中的任何冷落，无论它是有意还是无意的，因为，形式所传达出的内容，永远都是让她不能忽视也无法忽视的力量。那力量，是披着优雅外衣的狂暴品性，是平静覆盖之下的一种残忍，更是被美丽妆容所遮掩起来的邪恶，那是婚姻生活所无法承担的心理重负。

她觉得她依然是那么的柔弱，甚至是幼小，即便她在丁植珈的身边。

"你看那月亮！好像在动。"丁植珈用手指了指天空。

她笑了："不是月亮在动，而是湖里的水在动。"

"还记得那本书里写的那些吗？我念给你的那些。"丁植珈问。

"当然记得，才多长时间的事，我怎么能忘！"她嗔怪丁植珈的同时，仿佛又听到了丁植珈的声音，那些昆虫，那些倒掉的树，还有那些精灵。

"那是我最喜欢的一本意识流小说，我之所以喜欢那样一本看上去有些晦涩实际上是离我们生活最近的小说，是因为它所描述的那些意念，都是最容易被我们忽视的生活细节，比如飘忽不定的闪念、不可思议的冲动，那些微不足道的想法，只有那些，才可以让我们知道我们究竟还需要什么还需求什么，也只有在那些想法里，我们才是最真实的。"丁植珈说完，拍了拍她的肩，仿佛，要用这样一个动作，加深她的记忆。

她看着丁植珈，想起了那夜在通往广场的路上，丁植珈像哈姆雷特那般地抒情感怀的样子，忧心忡忡又满怀着坚定，在广场的正中央，慢慢地展开自己的双臂，像要迎接挑战，又像将自己的无奈完全托付给无边的暗夜。

她终于懂得了丁植珈的心。

不张扬，也不喜欢张扬，在内敛的节制中偶露风情，但只昙花一现般地转瞬即逝，让你轻易发现不了。

幸好，她给捕捉到了。

"我一直在想，是默默忍受命运的暴虐，还是挺身反抗这无涯的苦难。"丁植珈当时说话的声音，又回响在她的耳畔。

她笑了，而夜幕，在丁植珈那些声音的余韵中不断地扩展开来，月亮仿佛陪伴着星星，落于黑暗之中再也无法生还一般，而丁植珈，也在她的眼中，越来越高地屹立着，并将他们内心最深处的呐喊，用一种昂扬的姿态，神秘且悲壮地将莎翁的至理名言，用最最亲和的方式留给这个对他和她都应该是刻骨铭心的记忆。

二十二

"这个湖里有白鹭，很多年前我看过，但现在不知道还有没有了，后面的山上，听说有玉兰花，可我从来没见过，我的母亲也在那儿！"丁植珈突然顿住不说了。

她这才明白，他为什么会领她到这里来，或许，比自己还要孤单的是丁植珈。她看着丁植珈，突然害怕失去他，怕失去自己在他心目中的记忆，害怕失去他对自己的好感或是对自己的关心，更怕眼前这一切，很快成为一种过去，她不喜欢那样的结果，尽管她知道，很多过程都是在回忆之时才会倍感温馨的，但她还是害怕。

有来由，也有去处。

她突然有一种想跟他上山的冲动，但只是那么一瞬便消失了。

她知道，她可以有那个想法，但她没有那个资格，可是，有资格的那个女人此时此刻又在哪儿呢？

她看着丁植珈，突然很心疼他，纵然一个孤单的人，跟自身的年龄和学识又有什么关系呢？超越自己，如果人人可以做到，这世界，早就不是现在这个样子了。

"我喜欢你，真的！"她轻轻地对丁植珈说。

他想回答,却在犹豫之间发现了对面山脚下闪烁飘摇的车灯,像鬼火,由远及近。

"这里不仅仅是我们俩!"他把她的手抓握到自己的手心里,她的脑海里立刻闪现出白日里山弯下的那些公路,一辆辆车翩然驶过,扬起一阵阵尘土,在他们的视线中,成为一道并不陌生的风景。

而那风景,会让他们在不自觉间蓦然感受到自身行为的可鄙和丑陋,或抛妻弃子,或背信弃义,但很快她就恢复了原来的状态,因为,车灯的光亮很快就消失了,这世界又剩下了他们两个人,有如生命的结合,跟花开一样,却不同于花落。

她抓起一个石子,猛地向湖面扔去,即刻,那些湖面上链条般时隐时现的银光,成为一道又一道简单变幻着的光环,在月色下,闪着光芒,像一个又一个连续不断的梦境,偶尔,草丛中禽动着的野鸟的咕咕的叫声,幽幽地传来。

丁植珈饶有兴致地问她:"你知道当记者最大的障碍是什么吗?"
她摇头,她当然不知道。
"是不能随意地写出自己想写的那些东西。"丁植珈说。
她听了,略有所思地点了点头。
"新闻,虽然永远都是'人'的新闻,但所有的事件都必须按照客观实际出发,受一定条件的制约和限制,真正可以随心所欲进行发挥的其实是作家,想写什么就写什么!"丁植珈说完,也抓起一个石子,但没有像她那样直接扔进水里,而是站起身来,摆好了扔投的姿势后,突然弯腰将石子低掷进水里,立刻,那个石子,连续跳跃着快捷的舞步,但只几下之后,便消失了,犹如水里也可以逃生般地将自己葬身于水底。

"其实,那天你从兜里拿出笔来给我看的时候我还真以为你是个作家。"她看着他,觉得在自己眼里他就是作家。

不过是称谓的不同,没有性质的不同,都有自己的思想,都有自己的思维方式,更有自己对社会对人生乃至于对人性最深层次的深深思考,把一种思想,沉静在一种意念和表达之间,有时,让它成为一种想法,有时,又让它成为一种愿望,在生命中生根发芽、开花结果。

"你就是作家。"她说。

"我倒更希望我是作家而不是记者,想我自己愿意想的事,做我自己愿意做的事。"丁植珈说完,又略有所思地突然看着她继续说道:"其实,任何一场外遇都应该是个人情感生活的延续!"

"什么?"她觉得这话新鲜。

丁植珈没有回答,而是继续捡起一个石子,举手之间便将那个石子投进水里。这次,干净利落,只"扑通"一声,那石子便无踪无影了。

她看着、想着,觉得丁植珈的话不太合乎逻辑但又不能立刻找出症结之所在。

"只不过是将同样的感情投靠到不同的人身上罢了。"她听懂了,但她的心,在那一刻,产生了一股从未有过的悲凉,那悲凉,迅速漫进她的血液,让她感到寒心彻骨。

人是多么可怜的动物。

纵使舍弃一生也要那样寻找,却不知,到头来,根本就是在寻找一个不可能得到的东西。

即便是得到了,也只是暂时的。

她仿佛预见到了他们之间的感情,像沸水中正被煮熬的糖果,在旋回的水流里逐渐被冲淡、被化解,直至消失。

她觉得有些冷。

她更觉得恐惧。

她害怕和丁植珈在一起的所有美好会成为日后无法卸载的疼痛,即便记忆会成全那些美好,但谁又能说人生最大的魅力只是结局而不是过程呢?

她死死地用双臂箍住了丁植珈的腰,哪怕丁植珈一再说不要闹,她也不放开,她希望自己可以在那样的固定姿态里获得一种永恒,不是身体的感觉也应该是心态上的回应,因为,任何一个微小的细节,在过后的独自回味中都可以成为无法淡然的甘苦。

"知道我为什么要你过来吗？"丁植珈不再挣脱，而是任由着她的固执和坚持。

"不知道！"她摇头，她不是不知道，她只是不想说知道。

"昨天是我的生日！"她愣住了。

她急忙松开自己的手臂，然后，不无惊异地看到，自己的手表上，时针和分针都已经指向了凌晨两点多。

新的一天已经在不知不觉中过去了两个多小时，她猛然想起了那个在火车上发给丁植珈的短信。

当初，怎么没注意到丁植珈身份证上的出生日期呢？

她为这个疏忽感到深深的遗憾。

"其实，我在火车上给你发过信息，但是你没有收到。"她的遗憾不仅仅是因为她没给丁植珈带来任何生日礼物，还在于，在她的感觉和知觉里，过生日虽然不是世上最重要的事，但有些时候，这样的日子却显得尤为重要。

比如被爱人忘记的时候，比如，希望爱人将自己记挂在心里的时候，再比如，确实是被对方忽略或干脆就是有意忘记的时候，她发现自己是个极其粗心的人，但凡细心一点，就可以将丁植珈的生日给悄悄记下。

只是，那个时候，她还无法预知到现在。

她不知道该说什么才好，就像那夜，自己不知道该怎么活着才对。

二十三

"我收到了你的短信！"丁植珈说完，将自己的手机拿出来，迅速地将她发给他的那条短信翻给她看。

"这是可以让我流泪的生日礼物！"她有些不相信自己的耳朵甚至有些不相信自己的眼睛，她不明白丁植珈为什么会将她发的那条只有四个字的短信跟他的眼泪联系在一起。她还有些不明白，收到短信的丁植珈为什么不给自己回信息。

她看着丁植珈，所有的眼神里都饱含着费解和疑惑。

她想起了自己的那个生日，她有些后悔，当初，为什么没有将自己的秘密告知给丁植珈。现在，一切都时过境迁，再说出来，也不会是原汁原味。

或许，丁植珈也跟自己当初一样，等待着一个合适的机会，将自己的心事当成秘密给说出来。

希望得到一种同情，或干脆就是一种悲悯。

她终于懂得了，这世上最坚强的是人，最脆弱的也是人。

她笑着说："不过是个生日，没什么的！"

但她说的时候，内心升涌起来的却是一股不可名状的酸楚，她宁可她的生日不是那夜那样地度过，而是在丈夫的关爱中，温馨隽永地一如往常，可是，一切都如命中注定般地刻意安排，她无法更改，也更改不得。

哪怕是一点点。

二十四

"她是有意的！"丁植珈说完，眼中闪过一丝悲凉，一个有家的男人，但凡自己的日子过得好，定然不会这样约一个外边的女人跟自己过生日吧。

她觉得更冷了。

"她说过，一个妻子要是忘记了丈夫的生日就一定是有意的。"丁植珈这样说时，尽管显得很随意，还是无法掩饰不被妻子关注的凄苦。

他还是在意他的妻子。

她知道了她在他心目中的位置。

她不再看丁植珈，而是将自己的视线转向远方，那里，是她目所能及的景象，黑漆漆的色彩在一片灰暗中不动声色地存在着，想那里也有生命吧。

谁的未来都是无法预料的。

她突然觉得有些心疼，心疼丁植珈纵然有着这样的苦，依然保守着洒脱的样子，把和善与美好给予他人，她觉得这样将自己所有的心事都通通隐藏也是一种自私，她更希望自己可以与丁植珈分担，可是，她不想探究丁植珈的生活，她觉得，知道得越少，内心的想法就会越多，有些时候，丁植珈的事，阻碍了她的想象。

"那要是一个男人将自己妻子的生日给忘记了呢？"她没忘记最初自己的那些意念之源。

"那肯定是无意的。"丁植珈看了看她，突然恢复了原本状态，她看着丁植珈，觉得丁植珈浓浓重重的眉宇之间，依然透露着那天夜里没有被她完全发现的刚毅和爽朗，她真的喜欢每到她需要从丁植珈那里得到答案时，丁植珈便用自己评判是非的标准和准则，把她最需要的答案立刻给她的聪慧和机智。

"那要是在那之后也从不提及呢？"她还是无法释怀。

"那就肯定是有意的。"丁植珈的回答让她即刻黯然神伤，其实，在她的内心里，她更希望丁植珈最初的回答也可以成为最后的答案。

她没再言语，尽管她知道，忘记一个人的生日真的不算什么，但她明白，一个人真正在乎的，并不是那生日的本身，而是对方对自己的态度，她相信，丁植珈也一样。

"你瞧，萤火虫！"她又发现了萤火虫，在他们前方不远的地方，或低飞、或迂回，像突然绽放的焰火，星星点点。

"你不认为它们就是你的生日蜡烛吗？虽然晚了一点！"她突然无限地羡慕起丁植珈来，他是那么的富有，富有到再难过的悲伤也会坦然相对，富有到她情愿在这样深深的夜里，陪伴着他，欣赏着他，守护着他。

她想对他说一些有关人生哲理的话，但她什么都没说，她觉得，他是不需要安慰的。因为，有她在他的身边，这就足够了，只是，这样的结果是，他用自己的生命毁掉了另一个人的生命，是她的生命，之所以这样，是因为他已经完全战胜并超越了她，他的生命，成为她栖息的地方，她已经完全心甘情愿地把自己交给了他。

这是多么可怕的事。

看着丁植珈，她这样想。

二十五

"每一天的晚上，我都会梦到自己成了你的人。"她没有说谎，近于呢喃的语言，虽然犹如呓语，但只有这样的话，才是她所愿意说的，也是他所愿意听的。至于那些更真实的想法，根本不是这样一句话所能概括得了的，但她只能如此表述，她觉得，在他的面前，她永远都不可能更好地表达，这缘于她的内心，她觉得，作为一个女人，无论曾经多么年轻、美丽，甚至是快乐，如果从没被身边这个自己喜欢的男人给彻彻底底地温暖过，再年轻美丽也会带着无法补救的缺憾。

她的人生没有缺憾，因为，在她最需要的时候，她的生命被他温暖过，她的人生还有那么一点点的遗憾，因为，她的生命不能时时刻刻地被他温暖。

记忆和回忆都不可能成为实实在在的丁植珈。

她看着他，默默地想，这样一个男人，会有着怎样自己所不知的经历，少年初长成时人性里最初显露的那些可爱和可喜，初尝云雨之时的痴狂和沉迷，以及历练了人生世事后的思绪万千和懂得去粗取精时的成熟及沉静，还有眼前这般对于婚姻生活的那份平淡、疲惫、无奈和困顿都一股脑地成为一种真情，自然流露又清泉喷涌般地流溢出来，幸好，这一切，都被自己看到了。

"你的眼睛非常好看！"看着丁植珈的眼睛，长长的睫毛让她自然而然地想到丁植珈幼小时眼睛里所能透露出来的那种天真和稚气，虽然，现在无法再去捕捉，但那些曾经，足以丰富她所有的想象。她吻了丁植珈的眼睛并想象着，一个漂亮的娃娃蹒跚学步时的情景，初涉人世的懵懂和对整个世界的无限好奇，她不禁笑起来，然后，将自己的手慢慢地浮于丁植珈的鼻梁之上。

"你的鼻子也好看！"她又吻了丁植珈的鼻子。

她觉得，这样的男人，是不好只用来欣赏的。

"你的嘴也好看！"她醉了，不是因为喝了酒；她也困乏了，不是因为一路的劳顿，一切都是她最真实的想法和感觉，她喜欢在他的面前，很好地张扬自己的所思所想，然后，将那些所思所想付诸为行动。

"不要忘了，你的眼睛是我的，你的眉毛也是我的，你的鼻子、你的嘴还有你的——"她不再说了，因为，在已经身不由己的顺从和本能的感召下，到达了她已经意识到的那个地方。

"都归你！"丁植珈笑了。

她听了，突然想将丁植珈占为己有，但她没有理由。

她的手离开了那个并不属于她的位置，然后，不知该放到什么地方才好。

她这才明白，原来，这世界，本来就没有什么真正的归属，一切都不过是暂时的，不能永久也无法永久。

她开始惧怕，怕他们之间的感情也会最终流于庸俗，有着不一样的开始，也有着不一样的过程，但却有着与众相同的结果。

不得不分手。

不得不分开。

不得不放弃。

"以后，我们不再见面！"她说。

"没关系，好在，我还有那个。"丁植珈的声音很轻，并在说话的时候将手臂轻轻地扬起来，顺着停车的方向。

这叫什么回答，绝对是答非所问。

她没言语，或许，丁植珈在有意地躲避着她的回答，她只好继续亲他，吻他，好像，稍不留神，他就会被他的妻子召回，或是被那个一直横陈在他们之间有如影子一样的初恋女人所认领。

可是，偶尔可以瞥见的水色湖光，又让她的思绪，成为万千光华下的一种艰涩，在不停地移影换形之间，让她不得不想到他们的最初和现在，每一点和每一滴，这让她完全了然了，命运本身之所以会如此这般，定是造化弄人，想念的时候，他会无影无踪地不知身在何处，而真真正正地倚靠在自己的身边时，又有几分说不清的陌生和疏离感。

一切都无法更改也不可能更改。

在她的内心，更在她的灵魂深处。

二十六

他们睡着了，在车里，不知从什么时候开始也不知道过了多长时间，在寂静和安详中，唯恐失去对方的依靠，她的手臂被他压得几乎麻木，尽管如此，她一睁开眼睛仍可以听到他的心跳声，仿佛，那就是她的整个世界。

她轻轻地打开车窗，泥土和草香，将自然的清新和气息，快速地传递过来，她想将丁植珈的头搂在自己的怀里，付诸行动时才发现，丁植珈已经醒了，想必，他一定是在自己的生日里，一如自己当初时的那般脆弱，好在，他有自己陪伴着，这样想着，她不禁又要泪眼涟涟，想一个人，如果不是因为确实战胜不了自己也超越不了自己，才不得不无奈无可地越过那条叫作道德的防线吧。

心理上的障碍谁又能轻松地逾越呢？或许，什么样的生活都是可以敬仰的生活。

包括他们的现在。

也包括他们的从前。

她用手摸了摸丁植珈的额头,觉得他静默的乖觉里有着不可思议又完全可以理解的才智和才学,像一个真正的孩童,在她所给予的温暖中,感知着血液流动的声音,聆听着呼吸的舒缓节奏,想着日沉月升的轮回,知道松柏的眼泪为何可以化作晶莹的琥珀,明白河蚌的血肉为何可以筑成美丽的珠宝,以及生命无论受到什么样的委屈,都努力地想着摆脱,即便花褪残红也要光华出悲怆的美丽。

尽自己最大的心力,也尽自己最大的努力。

再造之美!不是人类一直求索的吗?失去的感情,重新找回,像丁植珈所说的那样,纵使不在原来的那个人身上,即便另有其人,也如获至宝。

是自救的法则,也是自己给自己疗伤的必然手段。

她谅解了自己。

二十七

天亮了,车外,一棵开花的树,在废弃的泵房前,在阳光下,所有的枝叶都闪动着露珠般的光泽,淡粉和纯白之间,像岁月无奈丢弃的美丽芳华又在晨光中被发现了一般。

生命本身都应该是这个样子。

可是,她却听到了丁植珈轻轻的叹息声。

"你瞧!"丁植珈用手指了指车后的不远处。

一座正在施工的庙宇,已经泛起了白雾般的炊烟,偶尔走动的人影,将不食人间烟火的虚幻给扫荡得一干二净,而丁植珈的车,正好停在一片开着草菊的洼地里,想着那些花草在车轮的重压下,艰于喘息了将近一夜,她的心突然疼得要命,仿佛,她自己就是那些花草。

"那是什么?"丁植珈又用手指着另一个方向。

她看到，庙宇的正前方，有一座铜褐色的山门，浑圆的柱子，将幽幽尘世的凡俗，寂然地锁定在戒律之外，门顶横框中依稀可见的佛字，让她的心骤然紧缩到一起。

"真是罪过！"她小声地嘟哝了一句。

"你说什么？"已经将车开动起来的丁植珈没有听清楚，丁植珈一边将车头转向大路方向，一边在问她。

"什么也不是。"她随意地回答了一句之后，心里陡然而起的那股自责仿佛成为永远都无法面对的沉重负担。

她不想让丁植珈也跟着背承。

佛门重地。

她不敢再想。

过去的一夜，她不能再说。

她将头倚到了丁植珈的肩膀上。

或许，像丁植珈所说的那样，任何一场外遇都应该是个人情感生活的延续！害怕孤独，想努力地摆脱，却在那样一个过程中，更加孤单寂寞。

既然是本性里的东西，就应该没错吧。

她觉得她发现了人性本色中所派生出来的那些自私和丑陋，她亲手创造了它，又亲自埋葬了它。

二十八

车开到了湖边的大路上，一切都成了过去，那块草地，那片湖光，那片广袤的苍穹，他们坐着的车，如快速激扬的思绪，无法掩饰昨夜的欢娱，无法控制已经成为过去的那些冲动，静默地穿越那些投在路面上的树影，连续不断，仿佛要将他们的故事完全刻印在无休无止的岁月中。

阳光暖暖地照射进来，透过玻璃窗，树影和周遭的景象不停地在她的视线中闪动着，和着她无法停止的那些想法。她发现，她的手臂上，还有她的腿上，有几个被蚊虫叮咬出来的包，或大或小，或半隐或完全显露，怎么就没有及时发现呢。

她将其中的一个包用手指轻轻地挤捏起来，像昨夜的某个情节，凸显着一种陌生了的张狂。

她开始昏昏欲睡，并整整一上午都跟在丁植珈的身后混混沌沌，车内的燥热和车外的清爽，让她时而清醒时而又不知身在何处，偶尔，她会思索一下自己究竟在干什么，时而，她又觉得人生不如此绝不可以称之为完美，仿佛，一上午，只有一件事让她记忆深刻，那就是，在卫生间的过道里，她几乎滑倒，那一瞬，她清醒得不能再清醒，但只是那么一瞬过后，当她再次跑到丁植珈的面前时，她又懵懵懂懂的了，还有，她记得她曾问过丁植珈："男人都这样吗？"

因为，她想起丁植珈还没有问过她的名字。

可丁植珈根本没问她为什么要问那样的问题反而问她："女人也都这样吗？"

她无言以对，她知道丁植珈误解了她的问题。

"上过床还不知道对方的名字！"她一脸的严肃，她不明白丁植珈为什么对她叫什么姓什么竟那么不感兴趣。

"做过爱还不知道对方的电话号码！"丁植珈仿佛也生气般地嘟哝了一句。

她突然想笑，但她实在笑不出来。

"你这样的男人适合做特务。"她继续生气地说。

"你这样的女人适合做间谍！"丁植珈也毫不示弱。

"告诉你，以后不许和陌生女人随便说话！"那夜最初的意识又一次如潮水般地涌上她的心头，并快速地变成一股巨大的洪流突然将她湮灭。

"我也告诉你，以后不许随便和陌生男人上床。"丁植珈模仿着她的语气，但脸上仍然挂着笑容。

她怔住了，尽管他完全可以明了丁植珈的调侃也明了丁植珈的态度，但在她内心里，这样的话如鲠在喉，让她气脉不通。

她不满地乜斜了丁植珈一眼，算是一个报复，如果不是因为在内心深处她确实高看丁植珈许多，那么，就凭丁植珈的这些话，就足可以让丁植珈在她心目中的完美形象大打折扣。

尽管每一句话都是她主动说在先。

她想起来了，这次，他们没有喝酒，但他们所说的每一句话都仿佛在酒醉之后，包括他们所做的每一件事。

二十九

火车慢慢地启动了，他们必须分手了。

丁植珈站在月台上，淡定的从容里带着她完全可以感知到的依恋，她这才明白，她和丁植珈注定要在一种分别的状态里从此天各一方，像从前那样，完全倚靠着一种思念。她颓然地将额头轻轻地靠到窗玻璃上，希望可以在这有限的时间里能够真正意义上的与丁植珈接近，哪怕再不是初相见时的那般景象。她有些弄不明白了，为什么美好的东西怎总是这样转瞬即逝，而那些无奈却注定要终其一生地不得不守候，然后，在一次次悲伤和一次次喜悦的相互交杂之间，猝不及防地体验离别在即的痛彻心扉。

抽刀断水水更流的固执虽然尽显理智，但一个人，任他怎样的无情，怕在这样的境遇里也免不了要惊慌失措。

丁植珈肯定也是一样。

她看到，丁植珈在她的视线里，很快变成一个影子，越来越小，最后成为一个点，镶嵌到她的眼里，再落到她的心里，最后，让她在再也看不到丁植珈的那一刻起，将那个点无限地扩大。如果说女人是男人心口窝上的一颗朱砂痣，那么，男人就是女人心里的那种只自知却永远不能被他人所知的痛，那痛，很多时候可以成为调剂生活的良药，让那女人摆脱麻木和无奈。

这很滑稽。

窗外,依然是她头一天看到的那般景象,不再繁茂的枝叶,在火车加快速度的那一刻,泛着点点的青黄,像余情未了的一次伤情,带着遗憾,与车内分辨不清是汗液还是腐物的滞气以及人气扭结纠缠在一起,成为乌烟瘴气般的污浊。

只是头一天的此情此景是在傍晚,而这会儿却是在下午。

她拿出那本残存着丁植珈体温和气息的书,想找出头一天夜里他念咏给她的那些文字,可是,哪儿都没有,又好像哪儿都有。

她不知道当时自己为什么会产生那种想法,或许,是因为确实能够预知过后的自己终将在这样的时刻里以这样的一种方式来想念甚或是纪念那个特殊的时刻,身不由己的状态下,内心里做着不为人知的挣扎,弱小到如一只苍蝇、一只蚊子或是一只蚂蚁。

她长长地叹了一口气,然后,在火车开出去不久之后,在被她刚刚翻过去的那一页,终于看到了丁植珈为她所朗读的那一段:"这棵树在冬天的夜晚独自屹立在空旷的田野上——小昆虫在树皮的褶皱上吃力地爬过去,或者在树叶搭成的薄薄的绿色天蓬上面晒太阳——最后的一场暴风雨袭来,树倒了下去,树梢的枝条重新深深地陷进泥土,即使到了这种地步,生命也并没有结束,还有一百万条坚毅而清醒的生命分散在世界上。"

她仿佛又听到了丁植珈的声音,一字一句,在阳光下的静谧中,将好听的声音给发挥到极致,而那声音,在此时此刻,合着火车轰轰隆隆的节奏,将自然、生命以及苍穹和宇宙的万千景致,交错着、变幻着,让层出不穷的叠影不断地闪现在她的脑海中。

复复反反。

来来去去。

像上天的恣意安排,让他们注定在今生那样的夜晚里,以那样的形式度过，她想起了那个已经离开过自己整整一夜的熏香枕头，还有那张光盘，更有那个被她小心藏匿起来的大头贴，她觉得，她有必要约束自己不再接受丁植珈的任何东西，因为，哪怕微小到不能再小的一个物件，只要是丁植珈的便会残存着丁植珈的一切，那是让她无法忍受的比记忆还真实的东西。

她将钥匙串上的指甲刀轻轻地旋下来，然后，放到兜里隔层的最深处，还有她手中的那本书，她突然间不敢面对与丁植珈有关的任何。

她的眼睛湿润了。

她真的害怕失去，尽管那些东西已经被她所拥有，但是，她发现，真正的投入之后，才知道，其实，人生最大的惬意和满足，并不在过程中，而是在倾情之后的余韵里。

三十

她睡着了，睡梦里，什么都没有。

醒来，她才慢慢地明白已经发生的一切，从最初到最后，她去了丁植珈所在的城市，去了丁植珈的家，和丁植珈度过了整整一个晚上和整整一个上午以及中午，一切，都清晰明了得仿佛还没有结束，而她的身体还残存着某种被延续出来的知觉和感觉，恍如隔世的了然里，身上的每一寸肌肤都完好地保留着丁植珈给她留下的印记。

她下意识地挪动了一下身体，想起来时的路上想到的种种，只一夜之间，就已经有所改变，她不再相信弗洛伊德，因为，弗洛伊德的理论已经无法完全套用她和丁植珈的实际生活。

女人，不再固守观念，女人，也不再依附于婚姻，仿佛一夜之间，世界发生了天翻地覆的变化。她亲手打碎了婚姻的专横，并在这种破坏性的义无反顾中突然发觉，人在婚姻面前是多么的自私自利，一味地希望对方永远地爱自己，又不愿意承担所有的责任，甚至不愿意为这种责任负责。

三十一

夕阳带着最后一抹光亮挣扎着从窗口照射进来,树枝和树叶在她的视线中成为不规则的光影不停不断地闪逝着。她突然茅塞顿开,但凡人的情感确实难以维持恒久或根本就难以做到坚持和固执,那么,用婚姻来维系或寄希望用婚姻来维系情感就是最本质上的荒唐。但是,太多的人,在涉足婚姻时,完全忽略了这一点,她觉得,自己已经在一条叛逆的路上越走越远。

不知哪里是终点。

但她知道她婚姻的起点,仿佛,她也知道所有人的婚姻在各自不同的境遇里是面临着怎样的窘境或干脆就叫一场浩劫更或是一种灾难,曾经的痛苦和认识丁植珈的整个过程,让她知道了婚姻之所以成为婚姻,它既成全了人们的需要和需求,也桎梏限制了人们的需要和需求,到头来,婚姻的结果,既让人在画地为牢的圈子里痛苦不堪,又让那痛苦和不堪,时时刻刻地想着逃离,将错就错、一错再错,这就是最后的结果,既是自己的结果,也是很多人的结果。

无法遮掩的冲动,无法忽略的欢愉,无法更改的背叛,还有无法重写的心路历程,她静默地看着那些树枝和树叶,仿佛要将自己的故事完完全全地给刻印在那样一种能自生也能自灭的植物里。

三十二

走出站台,沿着那条已经不再是陌生的路途往家走的时候,她依然想着和丁植珈最初相识的情景以及后来的种种细节,一切都是那么清晰可辨,一切又是那么的根深蒂固,即便在这样一个急于归家的傍晚,也照例跟以往一样,可是,当她看到那扇熟得不能再熟的自己家的窗口时,已经过早地闪亮起来的灯光,让她的神经被细针似的东西狠狠地扎了一下。

是欢娱过后的罪孽深重在沉沦中猛然警醒过来的那种感觉。

忘记，一定要将刚刚发生的一切忘记。
直到忘掉。
忘却……

打开家门的那一刻，她不停地告诫着自己。

第四章　野性的规则

一

推开家门,她发现,经常晚归甚至是彻夜不归的丈夫正在吃饭,真是太阳从西边出来了,可瞬间的惊喜过后,心理上的不平衡即刻让她刚刚闪现到脑海中的那些忘记和忘却之类消失得无影无踪。同在一个屋檐下的夫妻,却总要这样擦肩而过,她没有说话,连一个示意的招呼都没打。她知道,丈夫不动声色的冷眼旁观里,实际上是另一种行为即将开始实施的前兆。

果然,丈夫说话了:"你这是第几次夜不归宿了?"她虽有所准备,还是被丈夫的声音给吓了一跳。

你没这资格!

她白了墙壁灯一眼。

她不是不想回答,她是无法快速地变通自己的语言。

女人的彻夜不归还能找出什么合情合理的理由,即便有,也没人能信,尤其是她的丈夫。她觉得,她的回归心理在被质问的那一刻成为不得不兑现的一种叛逆。

无言,是最好的回答。

二

第一次夜不归宿是跟小倪出去的那次疯玩,虽然是小倪先约的她,但在她却是求之不得的好事。因为,头一天夜里她和丈夫吵架了,原因是她无意间在丈夫的胸肩上发现了一个牙印儿。

"怎么回事？"她不满地问。

"什么怎么回事？"意想不到的奇观让懵懂不知的丈夫极力地搜寻自圆其说的理由，而时间和空间就那样在那一刻久久地定格，完全可以想见，任性而为的尽兴发挥里，只受婚姻约束却无法在行为上受到束缚的丈夫是怎样的忘乎所以，不用看见她都可以想象得到。

"该不是你自己咬的吧？"看着莫衷一是的丈夫她已经不想知道什么答案了，因为，真实的答案她是得不到的，尽管如此，丈夫还在努力地为自己开脱："或许是吧！"

自己咬自己！

这荒谬的答案让她知道，她已经生存在什么样的生活境遇里，一派谎言和真实的背叛，让她如一个多余的浮尘，无处落定更无力躲藏，她只能接受，尽管她心有不甘。

三

"咱俩在外面过夜怎么样？"她还记得当时小倪突然对她说这番话时的诡异神态。若在平时，她会对这样的建议断然回绝，但那天，她没有任何犹豫地脱口而出："好啊！"但是，答应之后，她心里有些怕，两个年轻的女人，在月黑风高的晚上，不知在什么地方什么境遇里和什么样的人一起度过，她不敢想象。

下班后，小倪和她像两个未成年的孩子似的满大街乱窜，琳琅满目的商品和接踵而过的行人，喧闹嘈杂声以及各个角落不知真假的广告标语，让她恍然觉得，这世界，什么样的承诺，都是随性而为的即兴发挥，能不能兑现和兑现到什么程度，不仅是未知数，而要实现它，还具有一定的困难，没有把握才是承诺的最初动机。

她看了看小倪，闲极无聊地熬靠着时间，和自己一样无奈地离生命之初越来越远，距生命结束越来越近地在散漫的等待中完成每一分和每一秒的穿越，值得庆幸的是，她自感悲凉的同时，身边还有个同路中人,这是让别人无意之间分担自己忧愁的最好途径。

她觉得苍天有眼。

"你怎么突然有了这个想法?"她将她的不解给限定在一个看上去有些欣喜内心里却异常忧伤的表情里。这有些难度,但她完好且小心地给做到了,因为,小倪停下脚步仔细地瞧了她一会儿却没发现任何蛛丝马迹地对她说:"只有我们俩在一起不好吗?"

"好啊!当然好了!"她立即回答,但只有她和小倪才能对这样的回答心照不宣地彼此心知肚明,因为,她俩在一起没什么可好奇的,低头不见抬头见的整整一天,身上穿的啥,手上戴的啥,午饭吃的啥,回家要干啥,没有不一清二楚的。

那天晚上,她第一次喝了酒,小倪说她不是第一次,但却是第一次喝了那么多。杯觥交错之间她想起了很多和丈夫在一起时的快乐时光,但随着酒瓶里的酒被她们喝得越来越少,那些久远的故事竟被人间蒸发般地再也寻它不着了。她这才明白,那么多的人花钱买醉,竟是因为醉意朦胧时可以任由自己天马行空地幻想,因为,在那样一种迷离的状态里,她的丈夫出现了,一改常态地对她温柔不说,还歉意地恳请她回家。而她,内心里虽然仍存芥蒂但心里却高兴得不得了。看尽管如此,丈夫仍丝毫不理会她的态度并当着小倪的面任性而执拗地将她架回了家,可是,直到她觉得自己真的醉了,丈夫也没来,连影子都没见着。

"走吧,在这里是靠不到天亮的。"小倪拉着她的手离开了那家酒店。

不怪男人不爱回家,喝酒自然有喝酒的好处,这样想着,她的头在一阵夜风的吹拂下,清醒了许多。

街景,带着她并不陌生的面孔,在灯红酒绿之间,摇曳闪亮着,星光和霓虹的色彩彼此拥缠着时断时续的光影,在秋夜的微凉中,像男人和女人缠绵时的分分合合。她叹息了一回,觉得这样的夜晚,最好的结果就是让自己在沉沦和思念的迷离中,感受男人的阳刚和女人的阴柔在偶然的邂逅里,天然合一地绽放出火花。

献身的快乐和占有的欢愉。

仪态纷呈且豪情激越……

她依然没有完全清醒,她发现,她开始依靠酒后的失意来沉淀心情,这让她觉得自己的人生很悲哀,不再为着某个人,也不再为着某些事,更不可能为着某些意念所牵绊、所纠结,冲动和缺乏理性已经成为人世间最可以被藐视的野蛮。

没什么可吸引她并让她可以牵挂的了。

两袖清风!

没什么不好。

人生竟是如此的简单,该来的,赤裸裸地不带一丝尘俗地来了;该走的,也绝对让她毫无察觉但最终不得不被发现地高飞远走了。而深邃的夜空却像哲人一样,看透了世间的情感沧桑,却依然不肯泄露任何让所有的人都身在其间受尽煎熬。

她的心,在那一刻,变成死水一潭,不再流动,也不可能流动。

四

在一棵老杨树下,她和小倪靠着树干,一会儿沉迷一会儿又清醒地看着那些黑漆漆的叶子怎样细细密密得像锅底似的罩在她们的头顶。小倪不停地发着牢骚,说爱情这东西,跟小说里写得不一样,她说那是因为你太爱做梦,一见钟情和天长地久原本就是不可能真实的童话。

"跟我学,我就从来不想什么爱情不爱情的!"她说。

小倪看都没看她一眼便"哼"笑了一声,然后说你能这么说是因为你没得想。

她听了,心里非常不高兴,在同事的眼里,她是个幸福女人,无忧无虑且无欲无求,丈夫偶尔作秀般的关照,还时不时地引来一些无端的妒忌。她想狠狠地奚落小倪几句,但仔细想想小倪说的也不无道理,本来就是没得想还谈什么想不想。

159

尤其是爱情!

她也跟着"哼"笑起来。

真是翻都翻不得的老皇历了,她突然有一种冲动,她想对小倪推心置腹地说像咱们这样的人,是不是天生就没有得到真爱的命。但还没等她说出自己的想法,小倪说句人生无常,我们要学会改变自己,便拉着她,快速地跑进身后那家洗浴中心。

糊里糊涂地跟在小倪的身后,看着被隔在旋转门另一端的小倪,瘦瘦长长的身影,根本就是典型的那种绝对不能缺少爱情滋润的双鱼女人。她庆幸自己没把要说出的那些话给说出来,毕竟,爱情是女人可以用来炫耀的资本。

五

洗浴中心很安静,不是惯常见到的那种状态,身前身后和更远处的人,都在模糊不清的影像里有着说不出的相互关联,像电影中的蒙太奇,分散、不连贯又似乎早已约定俗成,她有些搞不清状况了。

很快,哗哗流淌的水,从她们的头上、肩上、胸上、腿上,瀑布般地滑落下去,透明而急速,像渐行渐远的日子,抓握不着又无法辨别。她伸出双手,让水滴不断地打到手心儿里,她哭了,是在发现那个牙印儿后第一次放肆又不怕被发现的恸哭,她觉得自己非常委屈,一心一意地持家过日子到头来却落得个情感乞丐。

这不是她想要的结果,更是她根本就没有预料到的结果。

水花不断地迸溅到她的脸上,和着那些泪水,一点一滴地流进她的心里,她的感伤在这个时候,达到了极限。

六

"你说,我们要怎样改变?"透过水声和嗡嗡的杂音,她大声豪气地问小倪，仿佛小倪说出什么样的话，她都会照做，可是，小倪却撩起水淋淋的头发看了她一眼，什么都没说。

"就会故弄玄虚！"她不满地嘀咕了一句，或许，眼下这样的夜不归宿就是一种改变，她不得不自寻答案。

她说出了她的想法。

"已经在改变了，还问怎样改！笨！"小倪抬起头，冲着她淡然地笑了笑，不知为什么，那一刻，她特别心疼，心疼自己也心疼小倪。因为，她看到小倪的脸上挂着凄惶惶的笑容，比哭还难看，仿佛受到了什么惊吓或是伤害。

难不成她也有比自己还痛苦的事？这样想着，她倒释然了许多。

七

"后半夜，我们就睡在这好了。"洗浴中心的休息大厅里，她和小倪躺到最偏僻也是最不显眼的昏暗角落，看着那些从过道中不断走进又不断走出的男男女女，像一幅幅静默无声的人物写意，使得一切不可预知的或动或静都井然有序在静谧安详的一种氛围中。她闭上了眼睛，希望自己在不知不觉中可以感受生命的安然沉静，可她依然想流泪，问题是，在这样一个自娱自乐的境遇里，眼泪和爱情一样，都是难请的贵客。

想哭都哭不成，她不禁苦笑起来。

"你笑什么？"小倪问。

"笑那些男人和女人呗！"她将她的手冲着那些暗黑中的人影指了指，实际的动机却是不得不转移小倪的注意力。因为，悲伤只有在可以分担的人们面前才能更好地被化解。小倪是同事，当然不好担当这个重任。

她不得不暗自叹息一回，而被她手指的那些人影，是几个悠闲的男人正仰躺在一个又一个按摩女的轻抚守候中。那份难得的怡然和自得，以及偶尔之间像想起了什么似的有一搭没一搭的调侃或确实已经沉沉入睡的姿态，让她觉着，躲在角落里的自己就像一只裂了缝的贝壳，指不定什么时候就会被突如其来的海水给无情地冲刷到岸边，然后，被炎热的太阳炙烤，被无法停止的风浪吹打，而自身无言的疼痛早已在越退越远的海浪声中成为不被任何人所知晓的秘密。

难以启齿又时刻如影相随。

甩也甩不掉。

她看了看小倪，不明白秘密本身怎么也像生命似的能生根发芽。

八

"你说，在这看电视和在家看电视感觉上确实不一样吧？"小倪伸出手臂轻轻地碰了碰她。

她没言语。

她不是不知道，只是她不想回答。

不一样！人们不就是为了寻求不一样的感觉才那么忙于奔命吗？没有的时候想着如何拥有，拥有了之后又想着怎样能拥有的更多，时时刻刻都不懂得满足地仿若失去了精神家园的流浪者，四处找寻、收掠，永远不肯停下疲乏的脚步，还笨拙愚蠢地以为，缺乏本身就是缺陷。

而她自己，也终成其中一员。

九

"这里还有书吧、网吧、休息吧，什么都有，到了这里，想要干什么就可以干什么！"小倪伸出一条腿，用脚尖狠狠地踢了她一下。

她没有任何反应地犹如一个木头人。

想要干什么就可以干什么！

她转了转眼珠，心想，我要死，这里能成全我吗？但看着小倪痴痴地呆望着她的神情，不禁坐起了身子，她认真地环顾了一眼大厅四周，见昏暗的灯光将墙壁照得犹如一面面生了铜锈的乌镜子，陷在顶棚方格里的吊灯，在微弱的光亮里好像从挂上的那一天就没很好地亮过，西角门上的灯，一如落日中的黄色花朵，带着无可奈何的倦容，早就不愿做这种无奈看客般地唯想着怎样绝尘而去。

这世界，比她的心情还晦涩昏暗，可以想见，在这样的环境里，一切思想或是思维是带着怎样过后都无法理解也不可思议的僵持，在诱惑和自我羞惭中，自己无法为自己做主。

难怪人们把这样的地方称为放松享乐的地方，只是有些事，才下眉头又上心头。丈夫，多么好听的名字，这时，指不定又在哪里为谁做仆人了，她再也不愿意相信世间的任何了。

她看了看小倪，见小倪正在目不转睛地看着她，仿佛在揣摩她的心思："看啥？有啥好看的！"她嗔怪了小倪一句。

"跟你说段顺口溜。"小倪向她抛了个媚眼。

她不由自主地笑起来，既是笑自己刚刚产生的那些想法，也是笑自己心里想着死脸上却还挂着笑容的没心没肺，想死是不用成全的，但凡还没到必须选择死亡的危急时刻，就得考虑该怎样活。

向生存挑战！

她直了直腰背，神情怡然地对小倪正色道："你说吧！我听着就是了。"

"经常跟领导吃饭，升官是迟早的事！"小倪莲花吸气般的坐姿，像在练瑜伽。

"有道理。"她点头应诺。

"经常跟大款吃饭，发财是迟早的事！"小倪继续说道。

"也有道理。"她仍然点头应承。

"经常跟老婆吃饭，厌倦是迟早的事！"她听了，伴随着小倪的笑声，佯装着生气地瞪了小倪一眼，但内心里却不得不佩服发明了这顺口溜的人。

"还有,近点,这句不能让别人听见!"小倪示意她将耳朵给凑过去,她瞪了小倪一眼,这么背静的地方还怕人听见!

她觉得小倪确实做作。

"经常跟异性吃饭,上床是迟早的事!"她听了,立刻觉得脸热热的,她没敢说有道理,但她不得不承认,这样的话确实有道理。

"但有一样,做爱和爱情可不是一回事,你可别给弄混淆了,不幸福不是命运的错,而是无知惹的祸!"小倪自顾自地笑起来,声音很大,仿佛小倪早就知道并了然了其中的奥妙似的。

她怔住了,没有笑,她还没弄明白小倪说的那些话是什么意思,只是明白的那一瞬,觉得自己很可怜也很可悲,因为,小倪说的那些经常都是她生活中根本就不怎么存在的不经常。

她不再看小倪,她觉得自己的人生不仅仅是可怜和可悲,还很失败,失败到没有任何方向感也没有任何目的性,年纪轻轻就像一个八十岁的老人那样打发时间,在繁复无止境的日子里,不知道自己在做什么,也不知道自己该做什么,百无聊赖,又不思悔改。

"你把后面的那句再说一遍!"她觉得,小倪的话,她有必要完全弄清楚,可是,小倪说了句好话不说二遍便再也不出声了。

这是什么逻辑,这样的话居然也叫好话?她看着小倪,躺着的身体,像尽失了血脉的病人一样。

"如果这样的夜不归宿也叫改变,咱们继续喝酒去,怎么样?"她提议,她突然想更大限度地改变自己,虽然仅仅是喝酒。

小倪没有反对。

她释然地看了看天花板,觉得天花板的样式和格局是套用了人民大会堂的创意和设计。

这世界,越是虚假的就越有攻击性,因为,离开的时候,她发觉自己竟留恋起那个昏暗的角落。

十

一夜之间,她喝了两次酒,而且是满满的一大杯。她真的不知道,酒,是如此难喝,不好下咽不说,还让她头昏脑涨,哪怕只喝几口,都天旋地转般地让她只想着如何逃离,可即便这样,她内心里仍有一丝无法卸载的欲望在作祟,仿佛,这样的尝试,是对过去生活的彻底颠覆和报复,更像某种意义上的正式道别,甚至是义无反顾的一种诀别。

直至遇见了丁植珈,她才懂得,原来,酒,是个可以用来尊重的好东西,在酒的沉醉里,一切都变得那么美好。尤其是让她已经深深爱恋的红酒,将缠绵的柔软和恣肆的柔情,深深地刻印到她记忆的最深处,并时不时地让那些被渐渐淡忘的感觉,在日后的某一时刻,再一次次地将欲念和热情推向没被企及的巅峰,从而,让喝酒的过程完全变异为品味一个人和认识一个人的过程。

"烟是寂寞的影子,只有酒才是无聊时的贴心伙伴!"小倪用手轻轻地摇晃着酒杯,半眯着眼眸,仿佛看清了杯子里的酒也就看懂了人生一般,她不由自主地开始为自己倒酒,百无聊赖之间,魂魄可以出窍似的跳到自己的对面,冷寂严肃地审看自己、品评自己。她看到,平日极其注重妆容的自己,这时,头发凌乱且意态沉迷,极力掩饰的外表之下,是那些已经显露无遗且仍然不得不硬撑的坚强。

她又流泪了,但和洗浴中心的那种恸哭有着天壤之别,这次,既是一种非凡意义上的成熟,也是自己终于可以为自己疗伤的能力。

原来,长大,只是一瞬间的事。

"当然,你也好得了不得!"小倪向她投来了无限的感激。她笑笑,算是一种回答,但小倪不一定知道,她内心里的苦痛一点都不比小倪少,只是她不说出来,小倪就不会知道,就像小倪为什么会如此这般她也不完全了然一样,但有一点她们都彼此明了,那就是,谁都没比谁好过多少。

十一

第二次是在什么时候和谁在一起的,她有印象又似乎没印象,好像是一大帮人在一起,吵吵闹闹,喝得一塌糊涂且又兴高采烈,不悲伤也不难过,好像什么样的失败都可以独自面对更可以超越战胜。她只记得,那一次,她知晓了不回家就意味着一种不忠或想象着不忠都可以成为不忠的乐趣。

可是,第二天早晨到家后她才发现丈夫也如她一样地彻夜未归。她痛恨并责悔自己为什么不被酒精杀死,但同时,她又觉得人可以这样醉生梦死地活着,也是不错的选择。

她理解了丈夫为什么那么不爱回家的了,或许,家以外的任何地方都可以成为地球的中心,而家,则成了能扼杀自己生命的边缘地带。这种理解成全了她的第三次夜不归宿,也就是生日的那次离家出走。虽然那场夜遇永远地成了她生命中美如烟花的一瞬,但那真实存在的情节确实改写了她以往对生活的判断和评价,尽管这种评价和判断并没有多少的客观理念,但在她的感觉里,仅凭那一夜的曾经,就可以完美她的整个人生。

这想法很荒谬,但仿佛所有的苦难都是为着那一夜的准时出现。

过程成就了她。

记忆也成全了她。

只有生活,又一次次地摧毁着她,只因为有了丁植珈,一切又显得那么微不足道。

十二

她把丁植珈送的指甲刀和她向丁植珈索要的那本书从包里拿出来。不过是生活中再常见不过的物件,却将属于她的人生故事平添了许多细枝末节,让一种奢求更加完整,让一段不经意间就有可能中断的故事更加完美。

　　我们要学会改变自己，小倪的话又一次在她的耳边响起，只是她还不知道这种改变将会把她带到什么地方。

　　她拿出日记本，想写下心情，她越来越发现，记忆确实是不可相信的。因为，许多当时刻骨铭心的过往曾经，随着时间的不断推移，竟全部被淡忘在庸常琐碎之中，而她的初吻、她的初恋，甚至是她的初夜，还没等她坐下，丈夫猛地推门闯进来。

　　"你知道你有多少缺点吗？"雷吼般的声音让她本能地将手里的日记本给送回到抽屉里，但她很快就反应过来，那是不怕被丈夫看到的东西。

　　"我知道！"她把日记本拿回到手里，像紧握着一个可以用来充当武器的盾牌，看着丈夫的鼻子、眼睛和嘴巴，虽没扭曲到变形，她的气愤和不满也在这个时候成为无法阻挡的力量。

　　"我知道我有多少缺点，但我也知道你有多少优点，不过，非常遗憾的是，你的那些优点都展示给了别人，而我看到和我所得到的，都是你的缺点！"她觉得她说的话虽然有些拗口，但她不得不这么说，因为，她没有任何选择。

　　"你说，这世上没有外遇的女人还有没有？"显然，她的回答激怒了她的丈夫，但她丈夫的愤怒不但没让她产生同情，相反，倒让她心生一种莫名的喜悦或叫窃喜。

　　你也有生气的时候，好事！

　　她对她丈夫的问话立刻表现出无动于衷的样子，可是，她的丈夫在等着她的回答。

　　"那你说说，这世上不在外面找女人的男人还有没有？"她的愤怒也如暗夜里的一团火，只一瞬，便燃亮了整个房间。

　　她丈夫没再说话，或许，他们各自的问话都是没有答案的，这世界，不道德和不检点的背后，实际是人性里谁都无法左右得了的本真，自私且张狂，带着天然的狂野，好像内心和家门连接的不是外界，而是通往外遇的桥梁，不想约束自己也约束不了自己，在一条又一条离家的路上越走越远。

无言，在这个时候，成了最巧妙的狡辩方式，而道德，不过是件他们谁都不愿意披到身上的虚假外衣，连身体都超越不了，还说什么精神超越，将无形的束缚变成限制自由的枷锁，只适合那些物资匮乏的年代。

她的无言里开始有着异常活跃的思想，那思想，是让她可以面对丈夫并很好地活下去的勇气和动力。她使劲地捶了一下桌子，在丈夫将门给狠狠地给关上的那一瞬。

房间里即刻如没人一般静寂无声，连她自己喘气的脉息都消失得无影无踪，仿佛，一个生命或是他们夫妻两个人的生命，就这样一声不响地悄然离世，不留一丝痕迹，也从不曾在这世上走过路过一般。一切，像一个正在叙述的精彩故事戛然结束，并以不可知的结尾带着永远都无法解开的谜题快速地隐退到另一个无法触及的世界。可是，不到两分钟的时间，她丈夫又突然返回身来冲着她大声喊道："我就弄不明白，你怎么也开始不回家了！"

她还没弄清状况，就又一次听到了狠狠的摔门声。

真是滑稽，只许自己满山放火，不许别人夜里点灯，这是丈夫的特权，还是男人所特有的所谓尊贵。

她没再动怒，而是被丈夫的态度给搞笑了，既是笑丈夫迟来的疑惑也是笑丈夫对自己的不满，更是笑她自己从未意识到的这种终极改变，跟另一个城市里的那个男人，相思相聚地情意绵绵，并相亲相爱到一日不见如隔三秋，但她真的没有想过，自己，竟在不知不觉中，用行动改写了历史。

是一个女人曾经无比贤惠贞德的历史。

现在好了，水中将死半活的鱼已经嬗变为一只飞鸟，想抓住它或是想守住它，都需要极好的能力和耐力。

她翻开日记本，准备用文字来代替记忆，或许，这世上最靠不住的就是记忆，不然，人们不会那么热衷于寻找，仿佛，从来就什么都没拥有过,可是,她的手却慢慢地僵住了,因为,在刚刚写就的日期里,熟悉得不得不让她想点什么的数字,惊得她夺门而出。

"你忘了,今天是我们结婚……"说到这,她即刻把嘴给闭上了,因为,她看到,陷在沙发里的丈夫正被一团烟雾所缭绕,身上的那件蓝灰色T恤不停地在她的眼前泛着幽暗的光,曾经那个风华正茂且血气方刚的年轻人,只一眨眼的工夫就变成眼前这个风烛残年的老者,依然光亮的额头,依然微微翘起的那绺鬓角和依然暗淡无光的眼神,再不是刚刚跟她喊叫的丈夫,苍黑色的头发带着无动于衷的漠然,尽显疲乏地告诉她,那个她当初嫁的人已经不复存在了,那个她披着婚纱被牵着手从众人眼中高傲地走过的男人,像一页被撕碎的薄纸被永久地遗弃在凡尘市井之中。一切,都不能再现也不可能复制地在渐行渐远的人生必然里,再也无法重新开始了,所有的结果都过早地来临,并让她不得不懂得,那个有着鞭炮声、祝福声和歌声的往昔岁月,在这个时刻,只能春光乍现般地在她的脑海中一闪而过。

仅此而已。

这就是属于她的记忆,在生命的某个角落,将只属于她和她丈夫之间的那个白首齐眉、青阳起瑞的日子,用这样一种不离奇但却有些荒谬的形式给忘却了。

实在是罪过!

她用手轻轻地碰了碰丈夫的肩,说句:"我们出去怎样?"

丈夫一动没动。

"就算我错了!"她又补充了一句,但在内心里,她只认可那个"算"字,她并不认为自己有什么错。

房间里又是一片静寂,偶尔,电梯里的嗡嗡声让他们的意念暂时停留在归家和离家的那些人身上,人生的意义或是生活的意义仅仅如此吗?终其一生地去打拼,却难以让自己感到惬意和满足,仿佛所有的努力和奋斗,到头来,都是一张不得不上交的白卷。

丈夫匆匆瞥了她一眼,然后,神色有些迟疑地突然掐灭手中的烟头,仿佛在做着最难决断的选择后终于下定了决心,她的眼泪一下子涌了出来,这又是何苦,丈夫的过错再多,也不过是凡尘中人,不爱回家的男人又不只是他一个,在别的女人面前缺乏免疫力和抵抗能力的人又大有人在地遍地都是,而丈夫,充其量不过是个还未长大的孩子,怎么就那么斤斤计较呢,反之,自己不也是孩子吗?或许,什么样的人做出什么样的事都有可以谅解的理由,而自己,不也是早早地就原谅了自己吗?

生命,远比过错更有价值,就因为懂得,她才得以活着。

街上,稀寥的行人不再是夏夜那般地人影憧憧,虽然还不晚,但野花衰草在秋夜的灯影里,凝了晨霜般地现出清冽的冷色,他们努力地保持着距离,静默无言地共通着相互间的某种共识和默契,好像谁都有话要说但谁又不肯说出一字和一句,那情形,就好像谁先说话,谁的身价就会被立刻断折一般。

远远的,火车站塔楼上的电子钟,时针和分针依然如细长的刀柄似的一个斜向夜空一个横指树尖儿。他们的沉静更加定格不动在已经被限定的矜持里,时装店、蛋糕店、足疗屋,一个个地如阅兵队似的在他们的沉默中矗立着、呆凝着。想着改写了她人生历史的那个夜晚,是那样悲伤并将生死置之度外的在这样的景致中一路走过。她相信了人生是一场战争而绝不是一场战役的说法,尤其是在硝烟弥漫的婚姻生活中,谁又能说,拥有了外遇的能力就拥有了一种可以傲然的姿态,珍惜已经拥有的不远远比追求那些还没得到的重要吗?

可什么是已经拥有的,是身边的丈夫?

显然不是。

是丁植珈?

好像也不是。

"就这家吧!"丈夫回身看了看她,声音不大,却异常温和。这难得的温情在她的心里还没做任何停留,酒店的大门已被丈夫推开了。她这才发现,那个诡异的生日夜晚,自己就曾在这家酒店的窗外,停下脚步隔窗细数过那些不想归家只想豪饮阔论的男人们,没想到,不久的某一天,自己竟和丈夫以这样一种情形走进这个空间。

丈夫要了一瓶白酒,她将自己的杯子递到丈夫的眼前,她想通过那些液体让自己一醉方休,既是对这样一个忘却的失误给予惩罚式的补偿,也是解脱自我和慰藉自我的唯一方法。

虽然不是最好的方法,但此时此刻,她依旧没得选择。

"你也喝酒?"丈夫迟疑了一下,随即将酒倒进她的杯子里,透明甘洌的酒几乎一下子便注满了她的杯子。

她不再思想任何,虽然是夫妻对坐,却仿佛陌生得根本不了解彼此。在浓浓的酒香里,那些过去的、现在的和将来的,都不再重要也不可能重要,只在她和丈夫偶尔的推杯换盏之间游弋徘徊。她醉了,醉得一塌糊涂,但非常奇怪的是,回家的路上,竟是她搀扶着她的丈夫,跌跌撞撞又方向明确。

"你还真能喝,实在是没想到!"丈夫近于讨好的声音时不时得像在跟陌生女人交心,温润的态度里,带着一丝羡慕和几许恐惧。这让她难以做出任何回答,从前,她只知道循规蹈矩地苛求自己,过分又严谨地让那份被一直传承沿袭的美德成为她生活中的唯一标尺。仿佛,只有那样,才遵守了妇道并遵从了妇德般地可以将他们的爱情进行到底,可结果却根本不是她想象的那样,什么都在变,背叛和不诚实在中规中矩的上空飞跃,在信守的理念中放肆地穿梭,而她,虽没成为牺牲品也几近于成为一个陪葬品。

好歹,还能在那样的夜晚通过丁植珈让自己很好地躲避来自自残或是死亡的威胁。

"女人不坏,男人不爱!"丈夫在她推门进屋的那一刻影子般地跟随着。这让她有些吃惊,不仅仅是丈夫的行动更有丈夫的语言,或许,丈夫说的有道理,只不过醉的是丈夫的身体,而不是丈夫的思维。问题是自己在丈夫的眼里究竟是哪一个呢,是妻子,还是情人抑或是别的什么女人?总之,从丈夫的胡言乱语和纠缠不休中,她知道,此时此刻的她绝对不是丈夫意念中的那个妻子，果然，后半夜，丈夫酒醒般地去了一趟卫生间便再也没有回来，听着被丈夫重重地关上的房门声，她打开灯，幽魂般地坐到桌子前，那个只写了日期还没写出内容的空白纸页在灯下荒凉着。

她终于明白了，不是自己在变，而是这世界在变，而这样的日子，是什么都不必写下的，留下了空白，也就留下了最真实的记忆。

她开始一页一页地往回翻看，密密匝匝的文字，有真有假，真的将事情的原委进行了毫无痕迹的掩盖，假的则情真意切地如泣如诉，尽管她知道她并没在这样的事上自欺欺人，但必要的痕迹清理，正在逐渐地她成为她的一种习惯。

是生活习惯。

这时，有大头贴的那一页，吸引了她的视线，细细的眉毛上方是将她的脸给映衬得更加浑圆而有光泽的小花，黄黄的颜色，冰菊傲雪般地让她的神智在这样的夜里，更加趋于清醒，头发，像夏日的夜空，飘散透迤着无边无际的遥远遐思，难以置信，在那样的悲伤境遇里，她的脸上竟能灿烂出平时无法见到的笑容，那笑容，既是满足惬意时的隐忍，又是苦涩艰辛中的浪漫。

那是丁植珈给予她的一种永恒，是用秘密所成就出来的美丽，只是她不知道，守着那个不为人知的秘密，自己能够走出多远。因为，任何性质的因果关系都是无法想象的，虽然可以猜测到结果，但猜测永远都是无法指望的。

她更需要的是实实在在的答案。

她拿起指甲刀，将菱形的压臂给慢慢地折起，潜意识里的惯常动作，让她即刻想起什么似的将之给恢复了。丁植珈剪过的指甲怎么可以随意改动呢。

不能！

绝对不能！

她放下了那个指甲刀，并将那本《墙上的斑点》翻开。白纸黑字上，到处溢漾着丁植珈给她朗读时所留下的袅袅余音,圆润而清朗,理性而温和,那声音,带着天然的情感欲念,将她的思绪再次带入空灵至清的无人之境,想着那样的自我,是怎样安闲地在作者的思维里蛰伏了一世或半生,才魂魄敬献般地成就一个可圈可点的文字读本,漂洋过海且不远万里地与自己形成了可以共通的思想,并从书店的某一隅,汩汩地通过丁植珈的喜好完整而完全地将那种思想传递给自己。在听读翻看的过程里,一次次地完成最直接的对话和交流,并让生息繁衍的弱小生命,通过莎翁的那句经典台词给真真切切地感叹出来:

人类,是个多么美妙的杰作!

可是,眼下,这杰作却承受着苦难,在暗夜中,在渐渐泛白的晨光里,在白日的喧嚣躁动中,不知道该以怎样的心态和状态去安然面对。

她的惶惑又一次地到达了极限。

巴尔蒙特说:为了看看阳光,我来到世上。

她并不想看阳光,因为,一想到夜晚过后,便不得不自我控制在周而复始的无奈中,没有灵性地面对那些公文和图表,天天为伍在不能解她心意和心情的诸位同事中,更有这看似完整,实际上早就坍塌得无可救药的家庭和婚姻,她觉得,她的生命,有必要被呵护。

哪怕只有一天。

她决定请假不上班了,让自己长睡不醒,如果不得不醒来,就听音乐、就看书、就写日记、就整理心情、就将过去和未来以及眼下的所有日子都想个彻底明白。

她躺到了床上,捧着那本书,在一直没有断掉的朗读声里,慢慢地睡着了。

她梦到她跟丁植珈一样,成为一个终日与文字打交道的人,行云流水的抒尽心中积郁之后,对婚姻和爱情又有了更新的理解和期待。甚至,在口诛笔伐之间,原本的自己就是一个文人墨客。

这感觉很好,这感觉让她产生了一种从未体验过的冲动和激越。这冲动和激越让她在天马行空的率性而为里,自由自在、无忧无虑,只是醒来才知,属于她的生活并没有改变。

她把与丁植珈有关的一切物件都堆放到一起,让那些俨然成为信物的东西,成为评判伦理道德的工具,并让自己在那些近乎契据的约束中,慢慢地怀念、静静地建构,在不停地忘却与保留的矛盾中,了然自己是怎样一次次地试图割舍又一次次地放弃直到无可奈何地放任,让脆弱无助和执拗纠结都在那些根本无法更改的主题里,并一路前行。

她真正理解了什么是生活,为了让生命得以成长,在不断的改变中完成适者生存的法则,一次次地逃离濒临绝望的窘境,再一次次地陷入宿命不堪的境遇,然后,一边赏听音乐,一边看着光盘的空盒发呆,细致而完整地体味那一幕幕可以出现在脑海里的模糊场景和已经消失了的瞬间。恍惚之中,她仿佛再次置身于那个清晨,在车里,在丁植珈的身边,看着那棵开花的树,怎样在阳光下,在她的视线里,美丽着淡粉和纯白。同时,还有那些露珠般的光泽将依然碧翠着的枝叶和景致,透过车窗,恍如隔世般地一一呈现给她的感觉。而丁植珈,又一次地成为她记忆中的影子,随时随地都可以变幻为一双任随心意来抚摸她身体的手,或斜落在她的肩膀和胸口,或徜徉在她的腰间及脚趾,躲躲藏藏、时远时近,带着阻挡不了的喧嚣气势,卷土重来,并在不属于她的休息日里,成全着她不为人知的自得和怡然。

平日里应该洗脸、刷牙、热饭、做菜的分分秒秒都在她的凝神静思中或快或慢地过去了。在虚幻的快乐中,让她领略并知晓什么是徒劳,什么是过去了就永远地过去了,记忆甚或是回忆,都无法代替曾经的那份感觉,像角落里的温馨,再怎样风情万种,也替代不了实实在在的生活。

而生活,又是她无法逃离的。

她不再想那些无边无际的因为和所以,她离开了家,她要去买米买菜,她要让所有的感情都风干在她匆匆忙忙的劳碌中,让自己从容在妇道操守的意念里,什么都没发生也不可能发生似的将一切都恢复原样。

只是此原样绝非彼原样，因为，精神的护栏和良知的屏障，早就成为不得不自知也无法欺骗他人的废墟。

晚上，丈夫依然很晚才回家，而头一天她看到的那个很早就回家吃饭的人，跟她吵过的人，不过是个被看错的幻影。

尽管她知道那不是幻影，但感觉上就是。

十三

第二天，上班后她才知道，小倪头一天也跟她一样请了假。

"你怎么也有事？"她问。

"没事，就是太累了！"小倪回答得很轻松，但是，凭感觉，小倪绝对不是没事，也绝对不是因为累。

莫不是和自己一样，去偷会情人？她不禁冲着小倪怪笑一下。

"笑啥？累就是累，难道你不累？"她听了，知道小倪不知道她也没上班。

"累，当然累，谁活着能不累！"她没像小倪说的那般轻松，因为，她是真累，她身心俱疲。

中午吃饭的时候小倪问她怎么也请假没来，她只说了句不是告诉你了吗，便没在那个话题上多说出半个字。她不是怕小倪跟她寻根问底，她只是懂得也明白了谁的人生都不过如此，整日奔波劳碌，为了衣食无忧，为了心情愉悦，为了自己可以生活得更好，而生存的意义仿佛也在于此，只是通常的结果大多是事与愿违，可是，人，毕竟是脆弱的，尤其是面对那些突如其来的情感。

整整一下午，她都在矛盾中焦躁着、斗争着，她想跟小倪说说丁植珈。她越来越感到保守隐私本身就是让自己与周遭保持最大限度的疏离，虽然在这样一个讯息发达的时代里，倾诉早已不是什么难以办到的事，但暴露隐私，无疑已经成为一种需要，既是生存下去的需要，也是继续生活的需要。可是，言多必失、祸从口出，谁愿意听与自己毫不相干的情感垃圾，即便是有人愿意听，自己又怎么敢说？

她只好一次次地打消所有的念头。

直到快下班的时候，她才完全松了口气，因为，她彻底地放弃了跟小倪倾诉的欲望，尽管那样完全可以成就一次彼此交换隐私的可能。但是，跟丁植珈通过电话后，这种欲望又一次强烈地占据了她的整个身心。

丁植珈说他接到了去云南采风的任务。

"什么时候走？"她问。

"晚上十一点十五的飞机。"丁植珈的话让她听得心冰凉，想着和丁植珈分手仅仅两天之后，丁植珈就必须离开那个给予了她无限温情的城市，这让她感到异常失落，虽然都是预料之中的事，但还是让她猝不及防无法接受。

"注意安全！"她挂断了电话，不知道自己该说什么。祝福的话，她不想说，她无法忍受那种遥不可及的牵挂，在那种牵挂里她会被一次次地被折磨到体无完肤。她也无法想象丁植珈一路奔波的路途中，因为太多的事情在吸引他的注意力，而自己这个说不上是情人还是红颜知己的女人定然会在那样一种状态中被一点点地淡忘。她无法接受这种必然且又自然的事实。说些情意缠绵的话，她更不能，那样的后果只能是让她更加深陷其中无法自拔，度日如年的日子她不用想都知道。

她只好买了一张地图，跟着丁植珈的行程，一路跟从着丁植珈的踪迹或上车、或下车、或住店、或吃饭、或在写字、或发文章，一切与丁植珈有关的生活都在她的想象中不断地被拼接、被组合，并逐渐形成一个连贯的、不再间断的清晰影像，如电影中一个续接着一个的分镜头。

她发现，只有在这样的想象中，她才不孤单也不寂寞，让丁植珈的身影和丁植珈的足迹，以及丁植珈的气息，从一个点到另一个点，从一个地方到另一个地方，甚至从一个女人的身上转移到另一个女人的身上，所有的寄托和想法，都在她希望别人了解又不希望别人完全了解的状态里，告别一个又一个的昨天，迎来一个又一个的今天还有明天。只是了然了这种秘密，不能言语给任何一人的无奈，让她从默默地守候中被消隐了的那些欲念，在与太阳一同升起却不能与太阳一同落下的难耐中，带着再也无法隐忍的态势，面对着凡尘的浮华和喧嚣，按捺不住地呼之欲出为一种具体行动时，她才知道，守住秘密就等同于守着一种罪过。

惩罚自己却与别人无干，她承受不了也不想承受。

"你什么时候回来？"再一次跟丁植珈通电话时，她问。问的时候，非常想见到丁植珈。

"大概要一个多月的时间，因为沿途还有一些事要顺路处理。"丁植珈的声音不大，听起来却让她心寒，她真的无法忍受丁植珈与她在时间和空间上的这种相距，无法逾越更无法超越，活生生的现实，让任何假想意义上的欲念都随风飘散，可是，即便是丁植珈回来了又能怎样，守着他最近的又不是自己而是他的妻子。

"喂，还是我！"在停顿了一瞬根本不知道该说什么之后她突然产生一个近乎怪异的想法，她要找那位因为拒绝了丁植珈而使丁植珈与她意外相识的女人，倾诉或急于倾诉，在这个时候，变成了比想念丁植珈还重要的头等大事，与其说她在寻找倾诉的对象，不如说是她在找寻与丁植珈有关的印记，那印记就直观且直接地体现在那个女人的身上，而找到那个女人的唯一线索就是丁植珈提供给她的电话号码。

无疑，这想法和做法都很荒唐，但荒唐本身也是一种态度。这近乎野性的冲动，是她的生命无法躲避也躲避不了的另一种现实，她要把那种现实由不可能变为可能。

跟那个女人见面、跟那个女人交流，跟那个女人一起回忆，在不一定是共通的语言但却是共同的话题中，缓解自己心理上的压力，将自己的欲念无止境地扩展到活生生的现实当中。

这是最好的解脱途径。

丁植珈没说话。

"你不要误解,我之所以要这样,既不是因为你们之间的过去,也不是因为我们之间的现在,我不会因为我的出现而影响你们的过去,也不会因为见到了她而让她影响到我们的现在。"她尽量让自己的声音显得随意且自然,但只有她自己知道,她的紧张和惊悸已经达到了什么样的状态,幸好,那种惧怯被周遭的杂音给很好地遮掩了。

丁植珈还是没说话。她没再解释,望着碧蓝如洗的天空,风吹着云朵,慢慢地飘动,偶尔有扑打翅膀的白鸟,如泰戈尔笔下的昼间之花,在她迷离的茫然里,落下那些还没被遗忘的细碎花瓣,等待,让那花瓣成为一颗颗记忆的金果,连自然本身都不能顺遂本意,更何况是一种看似荒唐的奢求呢?

可她并不想放弃,直到电话里空茫的回音让她听出了比拒绝还冷寂的空洞时,她才知道,丁植珈是怎样的思绪万千,但她也不后悔,她仍坚持自己的想法,她想象着电话的另一端,丁植珈在回想着他和那个女人之间的过去,那一定是丁植珈心里打不开的结,尽管她并不想倚借着自己的热情和好奇来了解事情的真相,但她只是想用这种方式靠近丁植珈,虽然不是丁植珈的现在,但丁植珈的过去,对她同样有着莫大的吸引力。

"我考虑考虑!"电话里终于传来了丁植珈的声音,幽幽地带着一种让她陌生的粗犷,低沉且有如暮鼓晨钟。她没言语,而是看着与公司大楼相毗邻的另几座高楼,在她的视线中安然看彼此不无关联又相互无干的气脉,想着在某一缕阳光下,某一座楼房里的某处空间,那个她要找的女人,或在写字,或在沉思,或也如自己一样地想起了丁植珈,并带着同样的思念和牵挂,她的心里,感到异常的温暖。

或许,这就是活着的最好方式,在自设战场的抗争中,将自己的兴致给拉扯到更深、更远,也只有这样,生活才会加快脚步。但事实上,即便是这样做了,也不会有什么新意,只是生活本身,让她后退不得,直到电话里出现了忙音,她才知道,一切可能都变成了不可能。

几分钟后,她却收到一条信息。

是丁植珈发来的。

是那个女人的电话号码，还有那个女人的名字。

朴美，朴素的美丽！

她笑了。

十四

她开始为约见那个叫朴美的女人做准备，一方面，努力地从自己的回忆中寻找丁植珈对朴美的具体描述，但除了那个十年相约的凄美故事和朴美对丁植珈的无情拒绝几乎没什么可圈可点的事件，唯一让她心存芥蒂的是丁植珈对朴美的感觉。

仿若天仙！

得不到的总以为是最好的，幼稚！

"喂，是朴美吗？我想约你见个面，这样说你或许就能猜到我是谁了。"她将已经演练了好几遍的台词，轻松随意地述说出来。

"我不知道你是谁？"朴美怯生生的语言，有着对她的不信任和不感兴趣。

"这样吧，见了面你就会知道了，你放心，我不会对你怎样，和我在一起很安全的。"说完这些话，她才明白，贼喊捉贼是因为心怀鬼胎，开诚布公的撒谎才是人性本真的至高手段。

朴美没有回答，但完全可以想见，想找丁植珈谈谈却始终没有得到回答的朴美也同样希望找到一个可以倾心交流的对象。

她想起了第一次和小倪夜不归宿的情景，某些时候，苦痛是最让人敢冒险也最愿意冒险的全部理由，虽然朴美和丁植珈有着那样刻骨铭心的初恋，但感情是最经不起时间考验的，这一点，相信失约后又很快后悔的朴美不会不知道。

朴美答应了，这让她异常兴奋的同时又有些不知所措，她有些不明白自己了，都和一个男人有过密切关系的女人，却要自讨没趣地坐到一起，在尴尬的氛围中，拐弯抹角地兜圈子，最后，谨小慎微地在不经意间泄露出属于自己的那些秘密，并在真相大白中不再包容彼此，成为真正的一对仇家。犯贱，是不是就是这种状态，放弃自尊，将自己的智商耗低为零。

她使劲地抓着已经悄无声息的电话，久久地发呆，她不知道自己要做或已经在做的事究竟属于什么样的性质，是多此一举还是自投罗网，抑或是飞蛾扑火。

她决定给丁植珈打电话。

"喂，什么事？"丁植珈问。

"没什么，只是想给你打个电话。"那一瞬，她竟语塞，她不是不想说，而是不敢说，纵然怎样活着都是受罪，她更愿意选择这种荒唐的方式，似乎，只有这样，她的秘密才可以在朴美那里不留痕迹地得以释放，在不露声色的交流中，达成默契，虽然这有一定的难度和风险，但是，道德准则的约束比起一泻千里的情感张狂，确实起不到什么作用还会适得其反。

只有朴美可以和她分享那种近乎幸福的想象，虽然，她知道她的想象已经扭曲了事实的本意。

弗洛伊德说：没有所谓的意外。

一切都是必然的，如同太阳的升起和夜晚的来临，只是纵便有更多的方式和方法可以让女人感受到幸福，但一个拥抱、一个热吻和一束玫瑰所能拥有的，不过是短暂的幸福，稍纵即逝的感觉无法成就一辈子的快乐，而她的贪欲，和所有人的一样，没有止境也不可能有止境。

她开始不停地猜想，朴美是怎样的一个人，是痴情女子还是调情高手，十年的时间过去了，怎么就值得丁植珈仍然记挂着那些约定而千里迢迢地前来相见？夜色之下，在朴美的绝情背离之后，又怎样一任自己在黑夜中独受煎熬，抛尸荒野般地放任自己的身体抑或是让自己的灵魂僵躺在火车站的长椅上，如幽魂野鬼般地不得生还。可即便那样，丁植珈也没怎么怪怨，相反，还对过后有些悔意的朴美给予了让她都不得不妒忌的同情。难道，朴美有着让人无法企及的高贵和典雅？难道朴美有着过人的本领可以将曾经的那些不堪淡然销迹在自己的冷然和决绝里？

都是女人，自己怎么就做不到呢？

她管不住自己的思维了，朴美的影像在她的脑海里一会儿模糊一会儿又清晰地让她疲乏至极。她一次又一次地告诫自己，那是个只能远观而不能近瞧的情敌，是情敌，就一定有着情敌的危险和威胁，但无论怎样，她的意念仍然被那个叫朴美的女人所戳出的种种影像牵引着、支配着。

一切都会有答案，只不过需要时间。

十五

她去了发廊，无欲无念的身不由己，让她木然地任凭理发师的手在她的发丝间或深或浅地探寻捕捉。仿佛，在那样一种近距离的触摸中可以让她感知到自己索要的爱欲和需求，并将她的感受给舒展到最灵敏也是最敏感的程度。她发现，女为悦己者容并不是恒定不变的真理，面对情敌时，她更希望自己占上风，无论是内在还是外表，这不仅仅是视觉感官的问题，更有印象还包括记忆和回忆的问题。或许，朴美会对自己和丁植珈的关系构成威胁，虽然朴美早就主动出局，但朴美还有话要说，尽管丁植珈没给她机会，但谁能保证，断掉的感情不会像野草一样地春风吹又生。

不过是没有适合的土壤罢了。

她为自己买了一套细绒长裙，天蓝的色彩，淡然而素净，紧束的裙腰将她的形体很好地给凸显出来，孤芳自赏的优越感迅速膨胀为一种难得的潜意识，让她知道自己的内心依然存留着无法挥去的抗争和挣扎。

和朴美、和自己的爱情、和自己的婚姻，更和自己的一切以及别人的一切，总之，时刻怕输才能成为赢家。

她坚信!

她知道,她是被失败给吓怕了。

十六

她终于见到了朴美,在一家韩式风格的餐厅里,米色的墙壁和米色的木桌中央,有着一堆被插在白瓷壶里的红色雏菊,仔细数过,有十二朵。食谱上的冰糖狗腿和各色泡菜,让她的食欲几乎胜过马上就要面临的那场相见。棉麻的靠背椅子,各个有着辣椒红的颜色,魅惑和绝望般的色彩,让她觉得自己选对了地方,虽然,怀旧的情调会更适合,但不搭调才是最好的选择。

合情合理,又暗含着不可告人的动机,而想象出来的种种可能,在见面的那一瞬却完全土崩瓦解。因为,朴美和满大街都可以见到的那些女人没什么两样,衣着清净整洁,举手投足间,显示着与众相同的一招一式,从头到脚的装扮根本就说不准是流行还是庸俗。

她即刻想起了一部电影中女主角见到情敌时所说出的那句话——当我看到你的时候,我就想起了他。但是,这样的台词,她是断然不敢说出来的,不过是在意念中一闪而过的心思,这才是她见朴美时所要达到的结果。

"如果告诉你我认识丁植珈你不会介意吧?"她问,问的时候希望朴美能说"介意"两字,如果那样,她会觉得她和丁植珈之间的关系首先在朴美那里得到了一种认可,虽然朴美的态度并不是十分重要,但独自守住秘密她相信自己不会撑太久。

秘密,不过是让她很好地掩藏了自己的自尊罢了,真正到了朴美面前,她才知道,事实并不像她想象的那么简单,仿佛,倾诉比掩藏秘密还要难。

朴美说了句怎么会,便显得有些心不在焉地从包里拿出一盒烟,然后,从中抽出一支。

这一定是个神情忧郁的女子,用烟来释放她曾经的细致和酸涩。可是,朴美点烟的技巧实在令她失望,不干练也不优雅,倒有几分做作不安的成分在里面,仿佛,选择这样一个时刻抽烟,不是在向她叙述她对情感的思念和爱恋,而是在向她展示她和丁植珈分手时的无奈和凄恻。

她突然失去了倾诉的热情和渴望,和一个抽烟的女人在一起在她还是头一次,而这人不是别人,是朴美。这让她希望知道的那一切完全化为泡影,因为,从朴美嘴里所说出来的故事,定然会像一个古老而缺乏生命力的传说,没有意义也没有价值。

朴美似乎看出什么似的将烟盒递到她的眼前示意了一下,她即刻摇头,或许,接到电话后的朴美就将自己锁定在烟雾缭绕中吧。只是,这样的女人应该是寂寞深深的女人,但问题是这样一个女人,又怎么能舍得态度决绝地拒绝丁植珈的求见,真是不可思议。

难道,她真的将丁植珈从她的记忆中给驱逐出局,但她又为什么还要找丁植珈谈呢?

"你从什么时候开始抽烟的?"她很感兴趣又感到有些疑惑不解,她没有想到,丁植珈喜欢的竟然是这样一个女人。

"从丁植珈背叛我的那个时候!"她惊住了,在她的印象里,更是在她的记忆中,背叛丁植珈拒绝丁植珈的,可是坐在自己眼前的朴美。她难以想象,抽烟的朴美,让慵懒的迷情在一支烟就象征着一种别情的芬芳中虽不失为一种情调,但感觉上就是那么不伦不类,或许,将自己锁定在烟雾弥漫里,体味已经成为旧事的那些记忆痕迹,就是最大限度上的消遣。

如喝酒!

让身体放松到自然。

如外遇!

让情感放任到极限。

如荒唐!

让一切看似不正常的习性都习惯在生活的一幕幕场景之中。

她产生了一种被震撼的感觉。

"他没跟你讲过吗？"朴美冷冷地夹着烟的手指开始有些抖，已经燃出一大截的烟灰在她的注视中不是被朴美抖掉而是弯折到极限之后突然落到桌子上。这是个并不经常抽烟的女人，或许，她说她抽烟的时候就已经在撒谎，和自己一样，都是不得已。

她想起了丁植珈给她讲朴美的全过程，虽然没有几句话，但绝不是朴美所说的那样，他们的曾经，更应该是对爱情忠贞不渝的坚定里所包含着海誓山盟的承诺，凄美，带着一种凛冽和壮观。

"你了解他很多吗？"这样问时，她觉得自己应该说些实话，但丁植珈和朴美究竟是谁在撒谎呢？而自己，是否有必要戳穿一个早就过去了的故事。

"了解的并不多。"伴着朴美一脸的尴尬和不停声的咳嗽，她相信了自己的判断，这让她忐忑不安的心态得以最快速的恢复和缓解，而朴美的目光，看上去，竟如雪后的天空，迷茫而空寥。

没有爱情或缺乏爱情，这种女人既不能成为弄情高手也不可能善于搬弄是非。这绝对是相夫教子的贤妻良母，她心中暗生几分窃喜，或许，自己和丁植珈之间的故事可以说给她听，但这想法和做法又显然是残酷可鄙且不可谅解的，可是，这样的故事，不讲给朴美又讲给谁听呢？

朴美之外的任何人即便是听了又有什么意义和价值呢？谁还在乎自己之外的所谓情感故事。

"不在一个城市，又不在一起，虽然从小就认识，但不过是父辈之间的交往，只是那次在湖边他跟我说他要……"朴美突然顿住了，一丝羞赧浮云般地从她的脸颊掠过。她的醋意无名之火般地突然窜起，尽管听到这样的故事和看到这样的表情早在预料之中，但她到底还是无法接受，只是，不听不看，也同样是一种折磨。

她只好强忍自己不露声色。

"他说他要告诉他妈娶我！"朴美笑了，笑得有些肆无忌惮、笑得有些忘乎所以。她看到，朴美奶白色的上衣口袋里，装着手机的小方兜里,一个石榴玉坠顺着兜口滑落出来。

也是匆忙中的不知所措吧,想着那些久远但并不生疏的故事,在跟自己一样的跌跌撞撞中,努力地让心态和状态保持到最完好。她的心不是被打翻了五味瓶而是痛彻心扉地开始冰冰凉,甚至,从脚底板窜上来的一股股寒气,将她眼前的杯盘快速地冷透成另一种温度,她摸了摸自己的酒杯,不凉,或许,冰凉的只是她的手还有她的心。

她开始后悔,是不动声色的后悔。

不应该见朴美,这是最大的冒险也是最荒唐的举动。

"可是,她妈却说我配不上他!"朴美淡然地笑了笑,揶揄嘲讽的表情扭曲了脸上的五官。

她明白了,在湖边的那个夜晚,在那样的时刻,丁植珈为什么和她提及他的母亲,或许,在丁植珈内心的挣扎里,早就判断出母亲的决定并不是完全正确的。或许,那是一件早就被实践所检验出来的错误,可是,人不在了,意念的结果却依然存在,只是那结果,既不是他愿意认可的结果也不是他母亲所必定要实现的结果,但那结果,却是丁植珈的生活。

无法逃脱也逃脱不了。

丁植珈或许不知道,即便没有他母亲的干预,生活也不可能成为他想象中的那般模样,因为,谁的生活都不一定是最初想象出来的那种生活,只是人们愿意在想象中,透支自己原本就不成熟的概念和理念,到头来,却以为是生活在欺骗自己,其实不然,都是自己在骗自己。

她可怜并同情起丁植珈来,当然,也包括自己还有朴美,只是,她懂得了这些也改变不了自己的人生,而改变命运远比改变生活要困难得多。

十七

"知道我手腕上的这条疤是怎么来的吧?"朴美问她,问的时候显得从容且淡然地将自己的手腕最大限度地暴露给她看,一条细细的疤痕如果不仔细地辨认几乎要认不出来了。

"知道,当然知道!"她不停地点着头,她怎么能忘记丁植珈讲给她的初恋故事。

朴美又拿起了那盒烟,但只是轻轻地将其拿起,旋即便重重地放下。

割腕盟誓,为了十年后的约定,用那样一个极度残忍的手段以示各自的决心和信念。这样的故事尽管有爱情的忠贞在里面,但一点都不离奇,司空见惯得再简单不过了。她竟一点羡慕的意思都没有,或许,自己和丁植珈的故事才更加实际也更加实用。

"是因为他把我送给他的玉佩给摔碎了!他说十年后如果他还来找我,就说明他当时是出于无奈。"朴美的声音很小,却异常阴冷。在秋日的午后,那声音,像古墓里的幽幽腐气,扑得她头皮发麻。这倒新奇,这说明,当时的他们,并不是情意缠绵得难舍难分,而是用斗气或赌气的形式来示意自己的清白和无辜。她想起了电影中的某些镜头,盟约的两个人,信誓旦旦的同时,执子之手般地默然以对,为了那个若干年后的凄美时刻,坚定着、鼓舞着,但朴美和丁植珈却不同,他们内心所选择的是逃避,虽然在时间上被限定为十年。但那十年并不真是时间意义上的界定,那不过是用一种被固定了的形式来坚定自己也用来坚定对方,根本就是用来骗人骗己的手段而已。

"为什么要那样?"她问。

她突然对那个承诺产生了种种疑问,难道那真是必须也是必要的手段吗?十年后,明明知道一切都将时过境迁地付水东流,还要将自己的誓言给限定在那样的一个承诺里,十年后,谁还会对十年前的承诺耿耿于怀,十年后他丁植珈就可以挣脱,就可以堂堂正正地去爱,那属于他的婚姻怎么办,那已经建立起来的家庭怎么办,还有那个即将被他娶进家门的女人怎么办?无疑,丁植珈的话是世上最不可相信的谎言。

"所以你就等了他。"她继续问。

朴美没点头，但也没摇头。

"所以他终于在十年后找到了你，而你却在那个时候选择了放弃。"她看着朴美，产生了一股莫名的气愤，这样的女人，只知道矜持自己的固执，却不知道生命里的情感跟流水落花一样会随着时间的流逝而自然消退到最初。

不是萌生之后，而是萌芽之前。

爱也需要一种能力。

如果一个女人认识一个男人需要几年甚或是十几年的时间，那么，这个女人，实在是呆傻得可以。火车都提速了，那么，情感呢，保有原来的看法和矜持是对还是不对，她仿佛回到了没有认识丁植珈之前的那种状态，茫然得没有主张也不知道什么是主张。

朴美的烟盒被一个不小心的动作给弄到了地上，朴美没有理会。

她知道了，朴美并不是一个真正的烟客，不过是想在自己的面前作秀罢了。或许，朴美比自己更需要倾诉，只是在不得已的相形见绌中，不得已地拿来旧事，只希望对方能在他们的故事中寻求一个可以共通的答案，将应该属于她的爱情用一种假设给完美起来，并将已经变异了的谜题给完全解开。但同时，又不敢硬生生地轻易触及，仅仅是人生中的一个过往或叫小小插曲，却背负着沉重的十字架。

她这才明白，丁植珈为什么没能对朴美穷追不舍，却因为一个仅仅是拒绝的电话就躺到长椅上准备长睡不起，或许，那个时候的丁植珈在等候和希冀的不过是陈旧碎影中或许还可以捡拾起来的某种希望。

她知道什么是可以杀人的工具了，让曾经的爱情或是感情，在一个伤痕累累的生命中被彻底抽离，一丝痕迹都不留。

只不过，被杀的不一定是丁植珈，而有可能是另一个不是朴美也不一定会成为朴美的自己。

她似乎看到了自己的将来，隐隐约约的，带着一丝朦胧。

"我明白了，你拒绝他是有意的。"她说，并全然忘记了朴美和自己之间的微妙关系。这时,感动她或是打动她的,更是那种生离死别却没带来任何结果的痛心疾首。

或许,没有结果也是一种结果。

"是的,为了这一天,我等了整整十年。"朴美的声音几乎是顺着紧闭的嘴巴一字一字地钻拱出来。她见了,不禁为之心颤,想自己为了丈夫忘记的那个生日所采取的报复想法,不正是这样一种心态吗?

祈求或企盼,那已经虚无缥缈的爱情,女人的名字到头来依然还是弱者。尽管,女人和男人一样可以堂而皇之地投身于社会的每一个角落,但是,女人的软弱还是不可否认,只是她不明白,丁植珈为什么要那么听信自己母亲的言辞而娶一个他并不爱的女人呢?或许,当初,他还爱,只是爱到现在,已经无法再爱了。

一切都是个谜。

"你爱他到什么程度?"她想,纵使朴美对丁植珈还存有那种爱,但爱和爱之间还是有区别的。

"很深!"朴美的声音非常小。

"是一半还是三分之一?还是百分之百?"她问。

"不知道,我也说不好!"朴美摇了摇头。她看着朴美,觉得朴美令自己有些恐惧,其实,只有说不清的爱才有可能是真爱,而朴美眼前的自己也定然是如此。

都爱着一个并不属于她们的男人。

"你想没想过他的妻子。"她问。

"什么意思?"朴美听了,显得有些惊异。仿佛,她成为卧底或说客,她想说,可以嫁给他的女人应该是这世上最幸福的女人,可偏偏那个嫁给他的女人却成为这世上最不幸的女人。

只是,这样的话同样是不能在朴美面前说的。

一个已婚男人,扔下自己的日子,千里迢迢到另一个城市,只为十年前的一个承诺,并在妻子出门不在家的夜里,约见另一个连名字都不知道的女人堂而皇之地进入自己的家。或许,在更早些时候,也做过类似的事,这样的女人可能幸福吗?即便她觉得幸福,那种幸福也不过是个摆设,只是朴美没能想到,十年前她的矜持让她失去了可以嫁给丁植珈的机会,十年后的秉性不改,又让她错过了可以和丁植珈重叙旧情的良机。她一定不懂,在情感的战场上,被动地等待永远是一道无法逾越的高墙,而这高墙挡住的只是自己,而绝不会是别人。

呆鸟!

看着朴美她在内心里为之沉重地叹息了一回!

从前自己的影子,又一次清晰在她的眼前,只知一味地生活在幻觉里,却不知外面的世界早已发生了翻天覆地的变化,弱肉强食和适者生存的法则,同样也适用于情感世界,却还将矜持,当作另一种意义上的挽留。

她想起了那本《墙上的斑点》,想起了丁植珈在他家书柜中给自己选那本书的神态,虽然这仅仅属于丁植珈和她自己之间的小小细节,但在朴美面前,这无疑还是个永远都不能说出来的秘密,而实际上,她更想从生活中的某些细节开始,寻找她们可以共通的话题,可是,什么样的话题,都仿佛与丁植珈有关,她只好放弃。

她一言不发地看着朴美,觉得自己近乎滔滔不绝的回想既是一种挑衅又是一种本能意义上的滋事,用这样的回忆,让坐在自己对面的那个女人,体味她对一个男人内心世界的深刻了解。

这同样不公平。

但无论如何,朴美和丁植珈的关系都属于过去时,过去的陈腐与过去的陈旧,是无法迎合这个日新月异的时代的。她开始为朴美倒橙汁,并从橙汁的反光中,发现朴美微微翕动的薄唇,她在想,一个不喝酒的女人又怎么能够真正地博得男人的欢心呢,而一个从来就滴酒不沾的女人,又怎么能说自己确确实实地是在爱着呢?

一定是自己醉了,她急忙又喝了一大口酒,并似笑非笑地看着朴美,仿佛在冷眼旁观整个世界。

"为什么不想着改变一下自己呢?"这样说着,俨然,她早已沦落风尘般地是个坏女人，但她内心里却一点要改变朴美的意思都没有。她不过是想起了认识丁植珈时跟他在一起喝红酒时的情景。

"比如喝酒！"她端起自己的酒杯。

"那是男人喜欢的东西，我可不行，我真的不行！"朴美躲避或干脆就是拒绝地推脱着，仿佛，她不那样，她的热情和主动，就会变成酒，或连酒气她都要一并地拒绝。

她定定地看着朴美想，这样的女人，是不适合谈情说爱的，这样的女人，即便谈情也只能将情当作感情来述说，就像倾倒一杯透明的温水，总在解渴和不解渴之间，让看到水的人，不好引发全部的渴望，而这样的女人所说的爱，是慈爱，是善意，不是风花雪月的痴迷和缠绵，更不是可以让两情相悦的那份陶醉和怡然。这种女人的情感，永远是隔岸观火般地与己无关，一切有关浪漫的事都只能是他人和她人之间的故事。

她懂得了女人和女人的区别。

她不再向朴美提及丁植珈。她仿佛在朴美的眼中看到了自己，既是将来的自己，也是过去的自己。她完全可以想象，朴美所给予丁植珈的一切，也是自己曾经所付出的那些。

她突然想哭，在自己的优越感面前，因为，所有的高傲和尊贵都被朴美淡然褪色的曾经和现在击打得粉碎，仿佛自己从来没爱过，以后也不可能去爱，甚至根本就没有爱的能力。

这世界，根本就没什么可信度，所有的故事都是那么盲从，无法拼接也拼接不了的一个个断章，赤裸裸地被动在不尽人意的不安中，而努力让自己在信守承诺中获得安宁的那种心思，绝对会成为日后根本无法成为事实的胡言乱语。

可人们竟误以为那就是承诺。

尽管灰姑娘确实可以嫁给白马王子，但那仅仅限于童话。

她在一种矛盾心绪中，一会儿从容一会儿又六神无主。

"你真的从来就没想过要改变吗？"她还是纳闷，既是对朴美的固执，也是对自己的矜持。

朴美愣愣地看着她什么都没说。

她开始鄙夷朴美，她想说抽烟也是男人的喜好，但她不想戳穿朴美不会抽烟却要装出爱抽烟的样子。她觉得，像朴美那样的女人，永远都是不好开垦的土地，将男人的沉迷和痴狂，无知地推向遥不可及的未来，让酝酿多年的情感，在那种不必保留的矜持中变为一缕缕烟尘。

女人不仅仅是弱者，女人还喜欢扮演弱者的形象，可问题是，女人不该再是弱者。

"抽烟并不比喝酒好到哪！"她端起酒杯，看着杯里的酒，觉得很多事，由不可能变成可能并不需要什么特殊的过程。

"其实，这只是我第二次抽烟！"朴美说完，轻轻地咳嗽起来。

"我知道！"如一个先知先觉的智者，她笑了笑，身为女人，她已经无话可说。朴美的那些孤苦，她完全熟知，但朴美那样的女人，她再也不想接近。因为，曾经的自己就是那样，吃尽苦头，还依然坚守，以为那是一种美德，殊不知，到头来，什么都不是，因为，这世界，不会因为谁有苦痛就出现片刻的停留。

"不改变自己就无法改变别人，真的！"说完这话，她认真极致地将自己杯子里的酒给全喝了，仿佛，时光和岁月再也回不去也不可能回到从前似的让她无限伤感起来。尽管这样的见面，会彻底改变她原来的偏执，但在内心里，她竟希望自己能为朴美做些什么。

做什么呢？将丁植珈让给她，她可以受用吗？以她的那些刻板情感，又怎么迎合丁植珈奔放自如的热情，始终如一地追求新异，对新生活的无尽渴念，更有对人生的美好憧憬，男人的步伐总是急促在女人之前，而正是因为这喜新厌旧，世界，才会日新月异。

她觉得她比朴美更懂得丁植珈，虽然在认识的时间上她永远不占优势，但在情感上，她坚信，优势往往误导了人们的心理。

尤其是女人。

十八

"你去过他家吗？"她想起了那场时隔不久的相会。

"不可能！"朴美将头摇得如拨浪鼓，仿佛，她不这样做，就说明她和丁植珈之间是不清白的。

至于吗？

她不动声色地笑了笑，像嘲讽，更像揶揄，她真的不知道，这样的女人，在这样的时代里，还在用守旧的观念来压抑自己算不算是一种错误，虽然自己不比朴美强到哪，但总不至于让宽容古板的木讷成为女人生存下去的借口。

虽然一切没有对错之分。

尽管，承诺、贞操乃至于忠诚在人们的眼中已经不再是什么了不得的概念，但没谁愿意让自己的灵魂天天背负沉重的镣铐。因为，珍惜已经拥有的，远比追求还没有得到的更为重要。

她庆幸自己是自己而不是朴美。

最初，自己的坦然时不时地在一种无意识的状态下惶恐惊惧得仿佛朴美是个突然闯入的第三者。但现在，这种担心消除了，朴美是不会与时俱进也不合乎潮流的女人，在匆匆流逝的岁月中，不知天高地厚地守着那个残缺不全的旧梦不放手也不懂得放手，却不知，一切都早已经在不知不觉中破碎不堪地被沉积在情感的荒芜里，而朴美仍然坚守的情感或是感情，根本就是一块贫瘠的土地，缺少阳光和风情，没有必要的温度和湿度，即便是长了庄稼也不能茁壮，即便开出花朵也不能艳丽。这样的女人，可怜也不可爱，这种执着和痴情，只能让男人在随性的想望中空有位置而没有真正的欲求，这种女人根本不知道男人的耐力和耐心是多么的有限，更不知道男人本身就是不喜欢信守承诺的动物。而这种女人更不可能知道她心目中的那个完美男人，不过是满大街都可以看得到的凡夫俗子，一切只因自己一叶障目或了解得不够深刻，而被人为地罩上了虚幻且美丽的光环。

即便有一天，谁告诉她，她喜欢的那一切都是俗得不能再俗的人之常情，她也定然会毫不后悔地说——值得！

这种女人，一出生就带着不可救药的反骨，而朴美正是这样的女人。

都是无知惹的祸。

小倪说的没错。

十九

"我走了。"她准备离开。

即便不想离开也必须离开了，因为，面对这样一个女人，她已经无话可说，那情形，就像面对自己的过去，怎么看怎么别扭。

"我还有话要问你！"朴美警醒过来似的突然问她，这是预料中的事。

"你是怎么认识丁植珈的？能告诉我吗？"朴美怯怯地问，俨然，在那一瞬，她确实成了朴美眼中的情敌。

"这个嘛，很简单，没什么过程也没什么特殊的地方，不过是跟你生活在同一个城市，女人嘛！总有一些可以互通的地方！"她这样回答着，知道自己的话无疑是世上最大的谎言。她这才发现，撒谎本身确实是人类不得已才发明出来的壮举，而撒谎的行为和意图之所以能够延续今日还被人类所乐此不疲地沿用，是因为撒谎本身确实是人类生存不可缺少的必要条件。

面对朴美，实话是不能说的，说了对谁都是打击。

"谢谢你！"朴美站起身却现出若有所思。她知道，朴美还想跟自己说些更贴心的话，只是自己已经不想听，也不愿意听，一个近乎怨妇的语言，她不感兴趣，尤其是朴美跟她讲的那些曾经，每一段、每一句都如芒刺在背，之所以没能真正地扎到她，不是因为她们之间的距离，而是丁植珈对她的态度。

因为自己随时随地都可以和丁植珈通话，而朴美却不一定能。

不在乎天长地久，只在乎曾经拥有，那是不得已才为之的庸人废话，她才不相信。

好歹，她和丁植珈还在相爱，这是可以战胜朴美的全部力量和法宝。

"谢什么，都是女人！"她笑着拉了拉朴美的手，算是道别。

"爱情，之所以美丽，是因为它的转瞬即逝，就像夜空里不断绽放的那些烟花，无论你看到还是没看到！"转身离开时，她这样对朴美说，她发现，朴美听得似懂非懂，而她自己，也不知道说得对还是不对。

走在那条已经熟悉得不能再熟悉的归途，一家一家店铺走过去，像途经那些曾经的故事，留下痕迹之时，又让种种遗憾掠过心头，完全可以想象，每一个与丁植珈有关或无关的细节，都在这样一个时刻，以一种温暖的感觉，慢慢地涌上心头。

在朴美的注视当中，她连头都没回，想着这样一个重情又不敢用情的女人，她内心里不知该是敬佩还是该同情，甚至是悲悯。

还是不爱！

她一脚踢开步道砖上的石子，像失忆了一段感情，像忘记了一个故事，更像战胜了一个天然的杀手。她有了一种凯旋般的悸动，而全然忘却了自己所要完成的那些倾诉。

她拿出了电话，快速地拨通了丁植珈的电话号码。

"我在忙，一会儿给你打过去！"丁植珈的声音很小，像贼一样，好像在参加什么会议。

忙吧，凡夫俗子。

居然还有人爱！

居然还不止一个。

这样想着，她一连踢飞了好几个石子，终于在听到一声声的叫骂后才大梦初醒般地迅速逃离。

二十

回到家,一切都更加淡然萧索了刚刚的那些兴致和趣味,不仅仅是丁植珈送她的那些东西,包括丁植珈留给她的美好记忆都在与丁植珈短暂的通话结束后黯然失色到没有了价值。

这是何等的不公。

想一个男人,口不对心的言辞和行动诡异的态度,纵使有什么充足理由可以证明他的无辜,都无法弥补来自一个女人的真情怪怨,可是,那个可以给她解决问题的丁植珈却在开会。

她觉得,她有必要将丁植珈忘掉,这样一个不将自己的故事说完整的男人,注定是内心里也不一定完整的人,而这样的人,会或多或少地存有心理缺陷。可是,晚饭后,她的电话响了,看着无比熟悉的来电号码,她想放弃,只是最终,她没能战胜自己。

"你们见面了吗?"丁植珈的声音有些急促,仿佛这样的问话已经让他等待了许久。原来,男人也关注她们女人之间的事,这有些怪异,尤其是像丁植珈那样的人,仿佛,原有的大度和大气都在那一瞬变为虚无,她突然想明确地知道丁植珈的思维是怎样跳跃徜徉在她们两个都与他有关的女人之间,尽管这是无法实现的奢望,但她还是不由自主地那么想。

"当然见了。"她不能隐瞒也不想隐瞒。

"怎么样?"丁植珈急问,像追寻一个必须了然的答案。

"等跟你见了面再告诉你,因为,我不想在电话里说。"她的妒忌在这时候变成一种固执和任性。她觉得,很多话是电话里无法传递的,比如,自己的表情还有丁植珈的态度,在电话里,只能凭借彼此的语气来判断,而那种判断和实际会有差距,那种差距,哪怕是微微蹙起的眉头,都会影响到最终的评判结果。

"好吧,那就等我回去!"丁植珈的声音显得有些无奈,但又不无坚定,这样的结果,让她内心里立刻升涌起一股压抑和挣扎——并没有完全跟自己实话实说的压抑,更没有完全对自己敞开心扉的挣扎。或许,丁植珈是有意将他和朴美的故事不说完整的,他想给自己留面子,希望在自己的面前保有他并没有多少含金量的自尊,或许,丁植珈根本就没想让自己更清楚地了解他。

她有些生气,她不再将那张可以知晓丁植珈行踪的地图当作宝物,随意地将之扔到公司的更衣箱里,顺手扔到鞋架底层的小抽屉中,或是干脆在等车之时,当成一张不可信任的广告单给夹在椅子的缝隙中,似乎任何一个不易被想起来或不易被发觉的地方都可以将那张地图给封存掉,可结果却总是不尽如人意,怎么藏起来她会怎样及时地翻找出来。踌躇和迟疑之间,总有一种迫不及待的感觉让她知道,什么样的做法和想法都是徒劳无用的,而每次见到那张地图时,失而复得的感动就像失散多年的父母与子女终于相见的那一刻,温情驱散了矜持,退缩让她变得越来越没有主见,而在一次次地和丁植珈通电话时,她很想告诉丁植珈以后不要再打电话了,因为,她真无法在这样的情感漩涡里生存甚至是呼吸。可是,那样的话,仅仅在她的心底打着几个转儿便消失了。

没人能代替丁植珈。

丁植珈就是她的整个世界。

二十一

她只好忘掉朴美,像丁植珈那样,将曾经的那段情感给完全彻底地连根拔掉。尽管这不是她作为女人的强项,但岁月久远的故事,过去了就该永远地过去,即便陈康烂谷子地给再一次翻腾出来,也没什么新鲜感。

时代,每一时每一刻都在变迁,而女人忘掉女人,总比女人忘掉男人要来得容易,而她的生活,渐渐地在进入另一种常规状态,上班、下班、归家、离家，只是生活比原有的那些时日更增添了许多浓重的色彩。闲暇无聊时，她可以给丁植珈打去电话，问一些自己想知道或知道了也没什么必要再问的问题，好像这样一来，生活就变得容易很多，情有所依代替了忧愁烦闷，倾诉和探寻变为生活中不可或缺的重要内容。而丈夫也仿佛在那一夜酒醉之后，从容了许多也宽容了许多，不计较也开始健忘直至健朗，只是，他们之间谁的电话在响铃和通话结束的那段时间里，都会在彼此内心无形地打出一个又一个的结，并疑虑越来越多地都纠结在那个结里，以自问自答的形式为开始，再以自言自语的形式为结束。

一种被重新排列组合后的生活，以一种新的形式，成为她的生活，是不同于以往的生活。

二十二

丁植珈打来电话说他租了一辆自行车，好时常跻身于山水之间，蓝天之下，领略古木参天的长长弯路，让不经意出现在视线里的河流及浮桥成为一道道带着山光水色的梦幻，她的脑海里，被这样的述说勾勒出一幅又一幅图面，有如张爱玲笔下的那个韵味绵绵的男人季泽，在女人长久的注视中，让长衫随意地搭落到手臂上，并从弄堂往外走时，兜一阵晴天里的暖风，让自己的纺绸裤子里像哪都钻了一群白鸽似的飘飘地拍着翅膀。

这样的男人！

她只管不出声地笑，因为，她的爱恋又一次地在那种相望中生发到极致——爱情，或许就是这样，将心里可以装得下的那个人，想象成最亲最美也是最可爱的人，无论他的一颦一笑是带有怎样无法改变的缺陷，都可以将那种缺陷看成是一种毫无缺憾的完美，而那个完美的人，就成了心中割舍不下也放弃不了的影子，走哪跟随到哪，一刻不离，也不可能离开。

是命中注定的感觉。

"昨天中午，我看到一只长着长角的天牛，黑色的，后背和触角上都有白色的花纹，像京戏里的武生，你一定想象不到，看着它从树干爬到树枝再从树枝爬回树干竟用了我十多分钟的时间，你说，天牛是不是也会思考问题，不然，它怎么不继续向树顶爬而是爬回来了呢，一定是因为它发现我在关注它。"丁植珈在电话的另一端孩童般地无比快乐和喜悦。

"思考问题？天牛也会思考问题？"她觉得丁植珈没返老却还童了，人该思考的问题几千年过去了有的还没寻到准确答案。

一只天牛！

"是的，如果我和它可以进行交流，它一定会告诉我它在想什么，或许，我们还真能谈得来！"丁植珈的声音突然激越兴奋到有些颤抖，好像那只天牛就爬行在他的眼前。她笑得不知该如何面对，再不是那个跟她谈论红酒特点和喝法的豁达男人，也不是跟她朗咏莎士比亚及伍尔芙的智慧男人，更不是小心翼翼地探寻她和朴美见面细节的那个精致男人，在一种快乐面前，那样的忘乎所以，只是，那个依然还在爱着他的朴美，是不是也会在这一刻里如他那般地快乐。

她这才发现，自己并没有忘记朴美，而丁植珈却显然已经忘得一干二净。

"还有，昨天晚上我去泸沽湖的山上时，看到萤火虫了！"丁植珈的声音依然不失快乐和愉悦，仿佛，他所有的快乐和愉悦都来自动物而不是来自倾诉，这让她心生莫名的妒忌。

妒忌天牛也妒忌萤火虫。

"是吗？"她的声音不愠不火。

"但这里的萤火虫要比我们在湖边看到的还要大，我当时要是有瓶子，一定抓几只，然后，放在没有灯的房间里，肯定好看。"还没等丁植珈说完，她立刻惊异地问道："你想靠它们照亮？"她想起了自己和丁植珈去湖边时自己在萤火虫弱小的光亮中那种欢快的兴奋和怡然。

"仅仅是那么想而已，不可能那么做，我可不想自私到谋害生命！"丁植珈暗涩了自己的声音，让她听了非常不安，挂断电话，她竟睡不着了。一闭上眼睛，萤火虫就在她的脑海中飞来飞去，一睁开眼睛，又什么都没，她只好起来，吃，好像是唯一解决失眠的好办法。

丈夫在客厅里看着球赛，她的身影在丈夫的专注中仿若无物一般。她什么都没说，只是将一盘洗好的水果放到沙发前的茶几上。丈夫看了她一眼，既没有表现出对她的感激之意，也分不清是不是对此举极其冷漠。她拿了一个梨，抖着上面的水珠，像抖掉他们之间的那些不愉快。回到床上，一边吃梨，一边想着跟这个房子这个家以及这场婚姻有着间接关联的丁植珈。

有人说，早晨醒来第一个想到的那个人，就是自己最爱的人，那么晚上没睡觉之前想到的那个人是不是也是自己最爱的人呢？在自己的生命中，怎么就那么巧地遇到了丁植珈，如果自己遇到的不是丁植珈而是丁植珈以外的任何一人，是不是也会是现在的结果？这让她又一次地想到了他们相识的最初，彼此之间既不是一见如故也不是一见倾心，都是落魄之人的穷途末路，以至于对方是谁都显得微不足道也不重要，但也就因为是那样的起始原因，才让她悚然地拿得起也可以放得下。只是后来，念着那样一种刻骨铭心，想着那样的一个人，就是自己生命在那样一个明了的夜里，用那样一种形式的抗争所换就的惨烈。成为一种符号和一种印记，让她不能不珍惜也不可能不珍视。

人生，真是个好难过的过程，是活生生的现实，颠覆了她所有的希望，而这时，丈夫接到一个电话，肆无忌惮的调侃，让她认可了这样一种必须面对的生活状态，都彼此彼此，谁也不亏欠谁，谁也不必觉得比谁更委屈，这样一想，她倒睡着了。

二十三

丁植珈终于快回来了，不是他所说的那个预定的时间。不仅提前了，还提前了许多，是她晚上因为睡不着而去街上闲逛的时候接到的消息，想着自己又可以与丁植珈近在咫尺，慌乱的心情竟然无以言表。她越来越发现，自己不是第三者，而是第四者，不想破坏对方的家庭和婚姻，不以金钱交易为条件，不需要责任，也不愿意给对方造成麻烦，唯用精神上的享乐和肉体上的享受作为减压释怀的生存手段。

只是有一点她还不能完全确定，即便这样，为什么还要将自己拖拽到那个感情的漩涡里呢？

牵扯到更多的人和更多的事，她奈何不了自己。

偏偏朴美在这个时候给她发来一则短信：他说你跟他一样是会写文章的人我才见的你，没想到，你们都是骗子！

骗子？稀奇！

她被朴美这个短信给弄懵了，她真想立即告诉朴美，丁植珈确实是骗子，因为丁植珈只告诉自己是朴美拒绝了他，而没有说出那个十年约定能够产生的真正原因，但她并不因此而怪罪丁植珈，这是善意的谎言，而自己，也是真诚的，只是不想伤害朴美罢了。但是，朴美又怎么能够懂得并理解呢？

你为什么用这种方式对待我？又是朴美发来的短信，看着闪亮在手机里不一会儿就暗淡下来的那些文字，她立刻回复：

不是对待，是接受。

她的电话响了，刺耳的声音让她知道，她即将面临的将是一场什么样的唇舌之战。

"你有什么资格接受？"朴美的声音不是愤怒的咆哮而是几近于哽咽。她知道了，那个伤痛欲绝的朴美，并没有短信文字中所表现的那般生冷。

"因为，我和你的曾经一样！"她不想再欺骗，面对朴美她需要的是更加真实的过去、真实的现在还有真实的将来，即使她没有乞求什么，她的内心，也一直有着这样的声音在指使着她。

不伤害自己也不伤害别人，虽然她已经在不经意间触碰到了朴美心灵的伤痛,但谁又能说,永远不被企及就不会疼痛。

该来的自然会来。

电话被朴美挂断了。

她的眼泪,快速地溢满眼眶,但只一瞬便完全流了出来。黑夜,像要将她完全吞噬一般地将黑压压的无边恐怖完全展示给她。她有些纳闷,认识丁植珈的夜晚都没让她有一丝的恐惧,面对这样一个只有一句话的电话,却让自己如此脆弱不堪。

她加快了脚步,以最快的速度回家。她相信,在这个时候,任何一个人影,都可以让她的想象插上无形的翅膀,并在黑夜中向更黑暗辽远的地方无止境地翱翔。

你知道吗?你和我一样,都爱上了这同一个男人,虽然没在同一时间,但却在不知不觉中一路同行,而这样一条路上,是容不下多余的任何一人,哪怕仅仅是象征符号的一个影子。她的胜利迅速化为一种怜悯,她突然希望自己能和朴美成为朋友,与朴美在同一种情感里体味同一样的爱情。

尽管她明明知道那有多么的不可能。

她隐隐地感觉到,丁植珈不会属于任何人。丁植珈只属于他自己,这世上没人能看懂丁植珈,而自己,不过是与他擦肩而过的一个过客。

她后悔没有跟朴美说出这些,同时,她又庆幸自己没能将这样的想法给说出来。

二十四

她终于见到丁植珈了,是在她和朴美见面的那家韩式风格的餐厅。

"你在想什么?"许久,丁植珈才打破了沉寂。她这才发现,分别后再次相见的彼此,连最初沿袭下来的见面方式都给打乱了。

"我在想,一种情感是怎样地进入人的灵魂再怎样的从那个人的灵魂中逃走。"她说的时候,看着她和朴美曾经对桌而坐的那个位置,时不时在她的视线中闪现,就像朴美的影子。

"什么意思?"丁植珈问。

"当然是爱和不爱了!"她直截了当地回答。

丁植珈没言语,她不知道,那一刻,丁植珈是否也想到了朴美。

"我一直在想,爱一个人需要代价,不爱一个人也同样需要代价。因为,建立一种感情需要过程,放弃一段感情也同样需要过程。"她的情绪变成了一种思考,她所要做和可以做的,只是向丁植珈汇报思想。

丁植珈依然没有言语,他一定在想,自己面前的这个女人,不过是一个多月的时间没见,怎么就如此疏离陌生了呢?

"我理解了你当初为什么要做出那样的选择!"她不自觉地将手放到桌子上,好像自己非常孤单非常需要抚慰,其实不是。

"她并不可爱,虽然她的人跟她的名字很般配。"她定定地看着丁植珈,明察秋毫地注视着丁植珈最细微的表情。她发现,丁植珈听完她说的话,有些不自然地动了一下身子,不是掩盖,是惊怯,或许,他没想到她能这样评价朴美。

"不过,在我理解了你的同时,也同样理解了我的丈夫。"她第一次在丁植珈的面前提到与自己婚姻有关的丈夫。她发现,丁植珈的手有些抖,但这次不是惊怯而是惊悸。

"因为,我并没完全把我好的一面展示给我丈夫,甚至——!"她不说了,因为,她想说的是,如果我像待你那样待他,或许,我的生活就不会是现在这个样子。但她没说,因为,她怎样做与丁植珈没关,那是她个人问题。

"因为,在她面前我不是真实的!"她还是没有管住自己的嘴。

"为什么?"丁植珈不理解。

"因为,认识的时候根本不懂,而懂了又不想运用,结果,就是现在这个样子。"她不再说了。

她不知道自己应该再说些什么。她觉得从认识丁植珈的那天起,她就穿越了一个既不属于她也不只属于丁植珈的世界,那是他们共同拥有的世界。那世界，和她每天都能见到的世界不一样，那里，只有他们两个人，但如果未来的某一天，再多出一个人或再少一个人那个世界就会不复存在。

她害怕会有那么一天，但只要一想到朴美，她就知道，一定会有那一天。因为，现实里的爱情都会变得越来越实际，这让她对这次见面，缺失了从未有过的兴致。她无法放任自己，就像在一片莽莽的荒原上，她的不安和她的心安理得都在丁植珈或犹豫或踌躇之间，一点一点地散尽，像爱上一个人的情感，匆匆地来，又匆匆地去。

她觉得，她的生活，又陷入了一种僵局。

二十五

她约了小倪。

"咱俩在外过夜怎么样？"这样问的时候，她没像小倪当初问她时的那般带有诡异的神情，毕竟，已经成为过往的曾经，一切都已了然，不用神神秘秘也不必遮遮掩掩。

"可以呀！"小倪同意了。

她们没像第一次那样，走在大街上，看着行人、建筑、天空，一切都从容、洒脱得有些逍遥自在。尽管还是旧地重游，此情此景却已经不是此番心情了。她们依然是先去喝酒，点各自爱吃的饭菜，并在几近推心置腹的状态下，一次次世俗又无奈地将自己真正的情感退缩到完全逃离。

在那棵大树下，她们不再感慨，而是有所感悟，感悟人生那些无法逃避的必然，感悟生命本身所天然自带的种种本性，将原来的天真幼稚逐渐演变成现在的先知先觉，一次性地完成从成长到成熟的跨越。她不再思考如何倾诉，而是避而不谈自己的情感，仿佛，在这世间，一切都是那么的微不足道更是那么的不可取。

她们没去洗浴中心，而是去了咖啡屋，在昏暗的灯光下，在时尚先锋的杂志堆中,在咖啡袅袅的焦香里,她的思绪及她的思维都在一种游移不定中带着惴惴不安的惶恐。

"怎么样?"小倪问。

"什么怎么样?"她不知道小倪问的是什么,但又仿佛心照不宣地早就明白。

"有没有让你动心的男人啊?"她没回答,她不想说有也不想说没有。

"知道你即便是有也断然不肯说出来!我最了解你!"她听了,不动声色地笑了笑。

"首先,他得是一张白纸,即便他早就被别人乱涂乱画得一团糟,但感觉起来仍然要像一张白纸,只有那样,你才可以在那张白纸上,画最新最美的图画,写最新最美的文字,记下最有意义也最有价值的精彩人生,但这仅仅是一种感觉。"小倪说的时候,像开导人生的导师一般。

她急忙问如何解释。

"实际是不可能的啊!"小倪现出一脸的悲观情绪。她明白了,小倪是通过切身的体验才得出如此高论,不然,她不会那么神情专注。

她不得不承认,人这一生,真正纯真的表白不可能有第二次。

"人不能太苛求,尤其是情感。"小倪说这些话时,是认真的也是严肃的,她笑笑,说声明白,便不再说话了。

她怎能不懂呢,眼下的自己,就被那些乱涂乱画的痕迹所困扰,并企图将那些已经涂画出来的痕迹给擦拭掉。虽然这想法是徒劳的,不起任何作用,但她内心里,确实有一股矛盾的冲突在始终纠缠着她。

"然后,你要懂得,无论和什么样的男人交往,都不能留下痕迹,更不要睡出感情!"她愣住了,正在端着的咖啡杯僵在手里。小倪不是有先知先觉的本事,不然,为什么每说出一句话都切中她的要害一般。难道,她和丁植珈之间,还有什么既定的法则可以遵循不成?

她实在无法接受小倪这让她无法面对的成熟,她不知道成熟到极致是不是就物极必反地意味着不成熟,只是她的无知让她不得不表现出不爱听也不屑于听的神态,但实际上,她真想知道答案。

"否则,上了贼船之后不翻船也得让你晕船!"这回,是她不得不承认小倪的话了。

她看着小倪愣愣地思忖,难道,小倪在个人情感上也遇到了问题?她又产生了一种要说出秘密的冲动,但那股冲动随即被小倪的话给打住了。

"这是游戏规则,你或许还不知道,那种能把秘密带进棺材里的人,才是最高雅也最难得的人。因为,流言和满城风雨是脏水、是刀子、更是瘟疫。"她明白了,小倪的生活已经彻底地被改变了,只是这种改变自己没有觉察出来或已经感知出来了,但始终不愿意去真正面对。

"这样吧,这回让我给你说个顺口溜!"她正了正自己的嗓音,不无悠闲地说道:"不经常跟领导吃饭,升官也是可能的事!"

"那还用说!"小倪现出不屑一顾的样子。

"不经常跟大款吃饭,发财也是可能的事!"她继续说。

"也对!"小倪点头应诺。

"不经常跟老婆吃饭,厌倦也是迟早的事!"这回,小倪笑了,说这句改得好。她佯装生气地瞪了小倪一眼,心里不得不佩服自己的发明。

"还有,近点,这句不能让别人听见!"她模仿着小倪当初的样子故弄着玄虚。

"不经常跟异性吃饭,上床也是迟早的事!"小倪听了用愣愣的眼神看着她,然后,许久才说:"可真有你的!比我说的还经典!"

她这才明白,爱情虽然让女人欲罢不能,婚姻却能使女人脱胎换骨。

第五章　麻木也是一种高贵

一

他们又延续了以往见面时的那些程序，喝酒、做爱、闲聊。在充满温情的氛围里享受人生，只是这次又多了一些以往很少涉及的话题，比如，我们之间到底是什么关系，虽然他们都早已心知肚明，还是希望通过做作的懵懂无知给双方开出合情合理的借口；还有，我们之间的这种关系和别人的这种关系有什么不同，答案是根本没什么不同，但他们希望想方设法地找出更好的理由好让彼此都心安理得。

再有，这种关系究竟有没有未来，明知道不一定能有，还固执地虚立了一个近乎荒唐的假设。

她突然觉得一向真心实意地追求的这种情感，又要被生活的常态给蹉跎成不可否认的司空见惯。

再不能像当初那般的魂绕梦牵，也不是一开始的一日不见如隔三秋，一切都了如指掌到没有任何好奇和新意。

她产生了一个怪异的想法，要放弃眼前和今后，让一切都停留在之前的那些所有。如果那样，越来越模糊不清的故事或许还能刻骨铭心，只是眼前，她看了看丁植珈。

"我们分手吧！"她的手指在丁植珈的肩膀上轻轻滑过，怯懦的声音像无形的丝线，带着完全可以感受到的震颤，只在空气中抖了一下便消失了。

丁植珈猛地坐起身子并一把抓住她的手，然后，表情肃然地看着她。

"你不了解我！尽管我不否认你确实喜欢我！"她说。她想说"爱"，但这个时候，她觉得，"喜欢"比"爱"更合适。

丁植珈没言语。

"我是个非常挑剔的女人,尤其对待情感,容不得半点瑕疵,所以,我们还是分手吧!这样,那些曾经的故事就能尽善尽美地保留,真的,趁现在还没忘,一切都还来得及。"说这些话时,她不由自主地想起了自己的婚姻,她好像终于懂得,最初的那些美丽是怎样被时光磨蚀掉了光彩,即便所有的情感都用爱情来做底色,收藏到最后,也都不会现出最初的模样。

她有些怕,怕她和丁植珈的故事也有那样的结局,但她不想说出来也不敢说。她怕丁植珈说她不会经营感情,她想在他们的感情淡泊之前,为自己留下既高贵又可怜的自尊。

"我们再也回不去了。"她觉得自己已经伤感到异常。她看到,窗帘将通往外面的世界完全彻底阻隔了,被抛弃的孤单感觉,一点一点地在她的周身传漾开来。她又归复于从前那般,没有知己,没有朋友,也没有爱人。

空气凝重到几乎让她窒息。

她看了看自己的手,依然在丁植珈的手里被紧紧地攥握着。她无奈地将头慢慢地靠向丁植珈的胸口,希望丁植珈能把一种力量传递给她。可是,除了可以听到丁植珈微弱的喘息声,她什么都听不到。

生命是如此的脆弱,像一只溺水多时的幼小生命,奄奄一息中,还藏存着即将放弃的那点希望,久违的悲壮袭上她的心头。

怎么又这样了呢?

她开始怀疑自己是不是有病,因为,司法意义上的"外遇"是必须有实践行为,而医学意义上的"外遇"却属于"神经"病学的范畴。她不知道她和丁植珈之间的关系到底有多少属于前者,又有多少属于后者,她只是觉得,道德两个字,在她的生活中已经越来越失去了原有的价值和意义。这从一开始就显得有些先天不足的自我约束,越来越被动到软弱甚至是完全丧失了功能。

她的欲念,已经有恃无恐到无所不能。

她看清了自己，同时，她也看到，她的手，在丁植珈的手心儿里，像丁植珈眼前裸露着的她的身体，战栗着所有的不安，无处躲藏也躲藏不了，她觉得丁植珈手里攥着的不仅仅是她现在的一切，还有她未知的一切。

"人越来越禽兽不如了！"像自言自语，又像了却了一桩心事，她庆幸自己终于可以坦然地说出这句一直蛰伏在灵魂深处的声音，而丁植珈也跟她一样，在这种迟疑又无法遏止的交往中，失去了原本的理智和理性，没有责任感，也没有自尊，什么都无所顾忌，在失去自我的同时也迷失了自己。

她觉得她和丁植珈都很可怜。

丁植珈像感知到了她的想法似的将她搂在怀里。她知道，同样在感情世界里摸爬滚打的丁植珈，也跟自己一样在不停地思考，思考他们的过去，思考他们的现在，也思考他们的将来。

"禽兽还能认真地表达自己的真情实感，可人却不能，每个人都想更好地掩饰，将最真实的自己给隐藏起来，结果，没把自己藏好却掉进了深渊。"顿了一下，她又继续补充道："我不想那样！"

说完最后那个字，她似乎拥有了一种力量，她将手慢慢地从丁植珈的手里挣脱出来，但只一瞬，又被丁植珈给抓了回去。

"那你怎么办？"半晌，丁植珈才呢喃了一句。

"什么怎么办？"她不明白了，他们之间从未谈婚论嫁，也一向回避责任二字。

"你的婚姻！"丁植珈沉稳地补充了一句。

"婚姻？我的婚姻？"她顺嘴低语，她知道自己的婚姻早就形同虚设且名存实亡，既是没有围墙的围城，也是脚下穿着的鞋子，可问题是，城墙倒了可以重建，鞋子也不可能永远只穿一双。

她看了看丁植珈，觉得自己是在做错事，可是，说出去的话是泼出去的水，她觉得自己很无辜。

"你的婚姻是有问题的！"丁植珈的声音不大却充满了亲情般的

关怀。这让她无比羞愧,怎么可以如此伤害一个对自己如此关心的男人呢?但不过几秒钟的时间,她又突然反驳起丁植珈:"没有问题的婚姻这世上还有吗?"

丁植珈没言语,只是显得很心疼地将自己的脸轻轻地贴到她的脸上。她不再敢看丁植珈一眼,她知道自己不该说那些话,但这时,她很怕丁植珈,哪怕是来自丁植珈最微不足道的关怀都是她所不希望得到的,不是她不需要,而是丁植珈的关怀只能让她毫无选择地退缩。

她无法忘记,每次分手后的那种怅然若失,把她整个人都掏空了一般,那是让她无法承受的灾难。她会在任何时候的任何状态下,自然而然地心神不宁地将祈盼和希冀托付给仿佛是无数个的下一次,而下一次到来时,依然无法避免地要伤感、要难过,就像眼前这般。

她想结束,因为,在无法左右别人的无奈里,最无法左右的其实是她自己。

她无法再继续忍受下去。

"那你想怎样?"丁植珈用手拍了一下她的膝盖骨,像无意间把她所有不着边际的欲望给彻底泯灭了一样。

她没言语,不知道自己要怎样,也无法回答。

下雨了,凛冽的风带着雨点儿唰唰滴落的声音疾速地敲打着玻璃窗,并丝丝入扣地将一种匆促难耐带到她早习惯的静谧中。这让她非常不安,仿佛她刚刚说过的那些话和着雨点再次地回旋到他们所在的旅馆房间。

"实际上,你是在逃避!"丁植珈又用手揉了揉她的膝盖,仿佛是他的无意之举造成了这个显得有些无聊且又荒唐的结局。

她看了看丁植珈想说你说的没错,我是在逃避,可是,这样的情感,我不逃避还能做什么,可她说出的话却完全是另一番情景。

"不,我不是在逃避,我是在寻找!"她的态度很坚决也很生硬。

她发现丁植珈看她的眼神比任何时候都要陌生,她想起了他们相识的最初,在那种暗夜苍茫的境遇里,他们内心里最真实的声音,不是寻找又是什么？

丁植珈在寻找她曾经的爱情，她在寻找已经丢失的情感，只是命运跟他们开了一个不大不小的玩笑，让他们在那样一个境遇里，意外地相遇相识。可到头来，他们依然在寻找，不停地寻找，仿佛，他们不过是彼此擦肩而过的过客，点点头、握握手、拥抱一下，然后，各自踏上属于自己的征程，而过程本身，不过是一个错觉，他们自以为找到了，其实并没有找到。

外面的雨又停了，安静的空旷里，他们的鼻息声，被无限地扩大，生命是这般无奈地延续着："你看到的我不是完全真实的我，真的！尽管你喜欢我，但你并不了解我。"

她又将话题回到最初的那个点上，她不知道自己为什么总要怎样，好像什么东西都虚无缥缈地高高在上，寻不着，又若隐若现，她无法做到熟视无睹。

"那么，真实的你是什么样子呢？"丁植珈自顾自地笑起来。看着丁植珈的笑容，她觉得丁植珈似乎更可怜了。

那应该是自嘲似的笑容吧，因为，她也常在那种笑容里了然自己的缺憾，没有得到的一切和无法得到的一切，即便已经拥有很多，还是觉得不够，没有止境的求索欲望，在一次次的满足或相对满足的过程中，不是安稳了，而是更加不安分。无法把握的情感，来去匆匆，在懵懂之间，像吃了一顿又一顿的精神快餐，她已经学会并适应迅速地将那种过程给演变为一种习惯。

人的复杂，或许就在于此吧。

她定定地看着丁植珈，想完全彻底看清两个依偎在一起的灵魂。

"你说吧。"她低喃了一句，她想流泪，可她不想那样，因为，她知道，她怎样的软弱都抵挡不了天生自带的那种刚强，即便真流泪了，也是一种假象。

她只能让自己暂时退缩到最无欲无求的境地。

"什么都不要再说了，每个人都这样。"丁植珈的声音极其平和地打破了沉寂，即便窗外的雨声又开始肆虐。

她的想法，仿佛在丁植珈的声音里，得到了凝练和洗涤，或许，丁植珈早就懂得，只是没说。毕竟，丁植珈是比自己还善于保护自己、包装自己甚至是掩饰自己的人。

她觉得丁植珈并不像最初看到时的那般俊美了，疲惫倦怠的神情里，早就没有了最初的豪迈和热情，哪怕是骨子里透露出来的些许善良，也仿佛有一层光晕，浮华且虚无。

这样的人很可恨，不真实也不诚实，虽然一切并没让她难堪到厌烦，但这样的人到处都有，极力地掩饰自己、装扮自己，不脱俗也不大度，计较个人得失的同时，也失去了最起码的人道。

但她一点都不恨丁植珈，她知道，这种坚守，是可以让自己很好地生存下去的原则和全部理由。

都是不得已。

她穿上了衣服，像套上质地优良的一层伪装，但只有她自己知道，那些潮水般依然暗涌在内心的意念，依然挣扎着。

雨渐渐地停了，不知不觉中明亮起来的光束在窗外像射灯似的将虚掩的窗帘照得斑斑驳驳，冷眼看去，像是一个刚刚拿出晾晒的旧被单，恍然乍现的锦上添花非常强烈地与周遭的黯沉晦浊地对比着、抗衡着。

她的想法，像石沉大海，又像澹月生烟，瞬间便被裹带走了，是在她将衣服完全穿好的那一刻。

二

她和丁植珈分手了，不是她提出的那种，而是一如以往的分手道别。

依然是在那个火车站，依然是离别在即的割舍分离，只是这次，少了往昔的浪漫和牵肠挂肚，剩下那些仿若亲情又根本不是亲情的牵扯几乎淡泊得可有可无，微妙且明显的感觉让她再次认清了自己。

那些可以将整个人焚烧或给完全毁灭的感觉，如一杯冲淡的茶，没有滋味也不值得品饮。

她很难过，不是因为离别，而是离别时的这种感觉，即便火车没来或是火车来了又开走了都会将她的心给毫不留情地带走的那种牵挂，真的是再也找不回来了，一切都在不知不觉中变异成她最不愿意面对的生活常态，在熟悉或不熟悉之间，让她不得不面临取舍。

劈头盖脸，又强制生硬，很多旧事，不是卷土重来，而是随风而去，看着丁植珈坐在车窗里时不时地将头转向窗外似笑非笑地看着她，仿佛在完成必修的功课。她笑了，不自然也不是发自内心。丁植珈见了，急忙将手贴到窗玻璃上，轻轻地拍打几下，她看到，在这样一幅画面里，道德在不断地被破坏，又不断地被重建，并在她的矛盾重重中，被动且狼狈不堪地如一只苍蝇，飞来飞去，飞走又飞回，仿佛那叫道德的城堡，在外力和内里的双面夹击中，被摧残得体无完肤。

她忽然觉得女人在确定自己的婚姻时，确实盲从，感觉上，好像是在确定自己的爱情，实际上，却是在选择一种生存的方式，但随之而来的，不是在那样的情感中延续那种爱，而是在那样的生存方式中，不得不学会坚守，而坚守的责任和义务，从被发明的那天起，就仿佛动用了最不能打动人心的美丽辞藻，想很好地约束又无能为力，仿佛什么事，只要一跟责任和义务扯上边，就变得异常乏味。

她想冲破，但冲破之后，又总是惴惴不安。

她觉得，她比丁植珈还虚伪，尽管某些时候确实很真实。

"还不如不见！"她自言自语地嘟哝道。

很快，丁植珈的身影像光照下的一个小小物件，在她的眼前"倏"的一下便随着火车的提速顷刻间消失了。

她冲着丁植珈消失的方向使劲儿地摆了摆手，有气无力又有些无可奈何，她第一次感觉到，从前的一切，都在她这一招一式中变得更加遥不可及。

爱或不爱，都不能说明什么。

三

她离开了火车站,像谢幕后的蹩脚演员,一种漫无目的的茫然渐渐在她心里滋生,如夏天快速生长起来的荒草,满目绿意中带着无尽的苍凉。生活,又陷入了茫然无措的境地,没有方向,也没有既定的目标,失去了原本的意义和价值,这让她成了真正意义上的无产阶级。

爱情!再不是什么神圣到让她无法触摸也触摸不了的东西了。

爱情!早在一路昏花的破碎中由令她顶礼膜拜变幻到不得不漠然藐视,好像生为它,死为它,却生生死死都不知它。

人就是爱自己折腾自己,像怪物一样,成长到懂得哀伤,像踏上一次别有洞天的人生旅行,乐此不疲却又常常痛不欲生,只是在旅途上,忘记了自己不过是个观光宇宙的游客。

不懂得享受过程,总爱固执地探寻结果,而结果,是最后的死亡。她本能地沿着回家的那条路,走走停停、停停走走,她的身旁,是一棵又一棵的金丝垂柳,所有的枝叶,像没有主心骨又各自刚强独立的生灵,在一阵紧似一阵的冷风过后,决然无情地甩下一地黄叶,细细长长地打着卷儿,像被吸干了所有的脉象并无法在世间存留片刻般地比她的心情还落寞。

"当记者的人就是让人琢磨不透!"末了,她不得不把一切结果都归结到丁植珈的身上。

当初,就是在这样一条道路上,怀着"夜遇"后的种种惊喜和顾虑,曾看花开,观草绿,并在那样一种适得其所中,让自己俨然成为一朵花,一片绿,可怎么两个季节不到的时间就如此木然了?不是因为爱情才让人类有别于其他动物的吗,但如果每个人的爱情最终的结局都要变得如此面目全非,那每个身在其中的人类成员,还像不像个真正的人呢?

禽兽不如,怎么会说出那样的话!

她顺脚踢飞了一个石子,然后,蹲下身子,看到一只黑灰色的爬虫，毫不躲避地从她的脚边快速逃离。她想席地而坐，但却发现满眼满际都没有可以让她落脚停歇的地方，原来，这是一条只能让人行走却不能让人停留的道路。偶尔走过的人，在雨后那抹游丝般的温暖中，或关注、或根本没有感觉地从她的身边匆匆走过。

她的存在仿佛成为路边的一个物件。

女人，再不是谈性色变得高洁到一尘不染，坚贞不渝也再不是被动谈情的代名词。女人，无论从外表装束还是房中的喁喁私语，都在巨大的社会变革洪流中，永远有别于从前。或许，是因为从前那个时代没有互联网，没有如此快捷的现代通讯，更没有 PhotoImpact（影像编辑软件）的整合工具，也没有谷歌和百度的搜索引擎，维多利亚时代的鸡脯说辞再怎么合情合理也无法生存到物竞天择的后来。而男人，让自己喜欢的女人得到幸福也不再是什么棘手难办的事，但要让那个女人一辈子幸福就不那么简单了。毕竟，在这样一个物欲横流，欲望也在不断横飞的世界里，女人的需求也越来越多。

她背对着行人，看着那些被她捧到手心儿里的柳叶继续想，为什么那些需求会多到让原本柔弱的女人不知什么是适可而止，为什么那些需要会不断地花样翻新并让男人触目惊心，让女人自己也无法解释。

她张开手指，看着那些叶子一点一点地散落到脚下，看着周遭那些被雨水浸润过的地面，带着早就不再氤热的潮气，在并不明朗的光线里，袅袅地升腾，如一种语言，在光影闪动之间，让她明了自己，原来，就是在那样一种状态中，由自乐到自恋，再到将自己完全给封闭起来，不让外人随意走进自己的世界，即便有丁植珈那样的男子突然闯入，也要时刻保留那么一块只属于自己的地方。

"都是我不好！"她微微地笑起来，觉得自己就是那个无法满足的女子，但不过是那么一瞬，她又释然了，因为，手机正用一种她十分熟悉的声音在告知她，丁植珈发来了一则短信。

希望我们都在这个善变的世界里，很好地保持自我，既有我们的昨天，也有我们的今天，更有我们的明天。

希望如此。

她立即回复了丁植珈，尽管她知道那愿望不会成为可能，但那样的愿望，只要曾经拥有也就足够了，人不能要求过多，尤其是女人，只是，她有些后悔，为什么是"希望"而不是"肯定"呢？如果每个人都只怀抱希望，不去将愿望付诸行动，那么，希望怎么能够成为现实。

她不愿意再想下去了，因为，彳亍犹疑之间，她的家竟在她不经意的偶然远眺中清晰明了在她的视线里。

四

家，那个她不得不回去的地方。

她这才发现，她的鞋、她的裤腿、她的手心儿里，到处都湿漉漉的，沾满了泥水。

五

做好晚饭，她却一口都不想吃，看到丈夫的烟盒散落在桌角，像用情不一的随便女子，抽烟的欲望竟代替了她的食欲。

她将烟盒拿到手里，轻轻地抖出一支，慢慢地伸出食指和中指，她这才发现，陌生又有些悚怯的感觉绝不是面对一个随便女子那么简单，苍白而整洁的色彩里，暗存着随时准备献身的精灵。

她急忙跑回自己的房间，将门轻轻关上。

或许，抽烟可以解决问题。

她将烟点燃了。

在随之而来的烟雾里，她的视线渐渐模糊起来，曾经的这个家，并不是眼前的这般模样，墙壁，是那样的雪白，壁灯，是那样的富于个性，日子，是那般的温润灿烂到蓬勃且富有朝气。只是不知不觉中，一切都被彻底改变了。

恍然间，房门被一次又一次地撞开，突然闯进的她和丈夫嘻嘻哈哈，没有节制也毫无止境地或沉浸在因为空调的意外打折而带来的由衷喜悦或因为兴奋于股票的突然上涨而得到的那份飞来横财，如今，那一切，都在灯影的后面，隐藏着，销蚀着。

她狠狠地吸一口烟，意味深长的烟雾，带着闯入式的陌生，侵入她的气管和她的肺。她想起了朴美，那个丁植珈曾经爱过的女人，那无论什么时候都不可能不让她妒忌的初恋故事，总在她不愉快或不开心的时候如鲠在喉。仿佛，那被夹在指间的烟就是横在他们之间的那堵墙，她不明白为什么自己会突然间产生抽烟这连做梦都没曾想过的怪异想法，但即便是想了，也不一定要付诸行动，可忽明忽暗的烟头无时无刻不在闪动着让她心悸的光亮。仿佛，每一次明暗的交合都在一会儿坚定一会儿又被彻底撼动的情感盟誓中，让她更加盲从。

一切都无法挽回了。

曾经的朴美就是这个样子出现在自己的面前，不优雅也不干练。特意掩饰的笨拙里，将朴美和丁植珈分手后的种种凄恻完全暴露出来，并让她在失望和窃喜的混杂感觉里，本能地失去了那份倾诉的热情。

希望掩饰，却更加赤裸了自己。

她觉得，她变成了朴美。

"不改变自己就无法改变别人。"想着当时对朴美说过的那句话，竟在此时完好又意外地用到了自己的身上，她不禁又猛地深吸一口，像狠命抓住某种可以存留的瞬间，然后，在那种烟气浓重的氛围里迅速冲破桎梏的藩篱并让自己的思维在近于被摧残后的狼狈中获得新生。

灵魂被悬置起来了。

身边的世界也隐退了。

任何细微的声音都变得异常遥远，仿佛她也悄然离开了这个世界。

原来，烟是可以拯救灵魂的好东西，在偌大的空间里，仿佛她正站在城市的中央，眼看着那些烟雾在自己的四周越散越稀薄，直至将眼前的一切都变为一片混沌的泥沼。

怎么就这样了呢？

她颓然地坐到地板上，让头倚靠着床头柜的边沿，看着天空的颜色，想着已经回到那个遥远城市的丁植珈，看着脚边用来放烟灰的格子纸，恍惚间有了一种沦落风尘的感觉。或许，每一次都这样，偷情过后，努力地让自己的周遭都变得安然，守着不复存在的一切，让灵魂孤独地打转，抓握不着，又时时刻刻可以感觉到。

她的心情更加沉重无比了，仿佛从来没有发生过任何，而丁植珈，不过是记忆中的一个标识，没有色彩，也没有具体的影像，一切都在淡然中失去了一开始确实出现过的激越。

世界，瞬间就变得如此空空荡荡，哪怕是一叶扁舟的拥有都成为一种无法触及的奢望，来不由自主，去也身不由己，随波逐流且不得不随遇而安，木然到天塌下来也不想计较，承受着自己并不认可的一切，完全与内心割裂，无论是一城之隔的丁植珈，还是同在一个屋檐下的"亲密"丈夫，都让她彻底地失去了一种叫安全的概念。

她实在搞不明白，什么时候开始，男人的爱情变得如此稀世珍宝地难以索求，又是从什么时候开始，女人必须要用男人的爱情来填补内心的虚空。

她猛地掐掉手里的烟，像告别了以往所有似的猛地站起身，并从书柜中翻出那本《墙上的斑点》，然后，再从烟盒中重新抖出一支烟，并快速且已经有些熟练地将烟点燃。

"只有一件事可以让灵魂完整！"她冲着扉页上的那句话轻轻地呼出一口烟，然后，将鼻子凑到纸页上仔细地闻了闻，烟草的味道很快就弥散在纸页的字里行间。仿佛，还和着丁植珈的声声朗读，在余韵缭绕的感觉里，被一点一点地清晰，再被一点一点地淡忘。

整个人都被吞噬了一般，在烟雾里，不仅仅是被这个世界，也是被她可以预知的那个世界。

她看到，落地镜中的自己，一袭紫衣，在书的后面，冷艳而寂寥，松散的领口，V字形的开衩处，断断续续地折现着绲边细牙，像残败不堪的点点坠饰，在有些模糊的影像中飘曳、倦怠着。

夜色，带着从不迟疑的脚步准时到来了，一阵紧跟一阵的冷风不断地从开着的窗口吹进房间，她不得不将窗子关上。顷刻间，嘈杂声和冷寂的感觉立刻被隔绝在窗外。

她想起了和丁植珈在一起的那夜，丁植珈第一次将她抱到旅馆的那张大床上，让她还没有完全泯灭的情欲像春天复苏的草芽，迅速而疯狂地生长。撕心裂肺的速度，让她认不清原来的自己，但现在，她依然认不清。

她看到，她身后的红色靠垫和床罩，像盛开的牡丹花丛，将她整个人给装饰成一瓣开败后的紫色花片，懒散着所有的神态，再也打不起精神的样子，不是因为堕落就是因为沦落风尘，她顺了顺自己的头发，或许，只有在这个时候，女人才会现出顾盼左右或欲说还休的儿女风情。

做爱后的满足，不可名状的伤感，或潜藏，或张扬，好像一切都不是出于己愿。如今，她的视线里又多了一层围绕周遭的烟雾，将她的疲惫给完全彻底地打造到极致。

她使劲儿地将烟灰磕落到格子纸上，想着曾经不是因为羞惭而死亡的过去，更不是因为被拯救而复活了的现在，依然在获得重生的假象中，羞惭着、苦痛着。

"都是骗人的东西！"她给出了一个并不合理的解释。然后，放下手里的书，拿起笔，将丁植珈的名字写在还有一大截没有燃到的烟柱上，每一笔一划都写得异常认真，仿佛，写的过程，就是她评判丁植珈的过程。

这时，门被推开了，是她的丈夫，带着她从未见过的惊讶神态，嗅觉异常灵敏地将整个房间仔细地扫视了一回。

"你在干什么？"她听到了丈夫的疑问，而她的手和她的整个人，都在这样一种状态中僵住了。

她想说话，却什么都说不出来。

她一动不动地盯看着丈夫的眼色,夹着烟的手指僵得几乎断绝了血脉,她不知道该怎么跟丈夫解释这不可思议的举动。

　　尤其是烟卷上那个正在一点一点地被燃烧着的名字,如果这个时候她还是个活人,那么,她敢保证,只有她眼珠里的视神经还有那么一丝生命迹象。因为,就在她突然转动了一下眼珠之后,她看到,门被关上了,寂寥而空洞的回音,让她无法验证刚刚的一切是真还是假。

　　这样的家和这样的关系!

　　她又狠狠地掐掉了手里的烟,丁植珈的名字并没在焚烧中被彻底葬送,她又点燃了一支。

　　她觉得她的贪念里,有着太多无法承载的重负、越来越敏感的神经将她无法团圆的残梦一股脑地冷漠在这让她时时都感到窒息的环境中。

　　她希望《夜遇》的故事,再在她的生命中重演,但男主人公不要是丁植珈。

六

　　门又开了,是她的丈夫,将一盒没有启过封的烟轻轻地放到她的眼前,红艳的底色上,烫金的字体,带着已经不能成为新奇的温情,把一种陌生的关怀呈现在她的眼前。她看了看丈夫的表情,仿佛不是在做一件事,而是在举行一种仪式。

　　她一动没动,突然想起了她曾跟丁植珈说过的那句话:如果我对我的丈夫也像对你一样。

　　她冲着那盒烟点了点头。

　　如果,一盒烟可以代替一生的爱情,她愿意不惜一切代价去拥有,如果一盒烟就是她一生的幸福,她可以舍弃生命,可惜,这烟来得实在容易。

　　她张了张嘴,什么都没说,眼看着丈夫的背影又一次地消失在她的视线里。

烟雾在火光中继续升腾起来,她想起来了,第一次给丈夫过生日时,她也如此这般地给丈夫送过烟,只是那时,丈夫还不怎么抽烟。

"要抽就抽这样的烟,男人嘛!"她的洒脱,只一眨眼的工夫,就沧海桑田到自己的生命里。

"婚姻像星月,爱情如云烟。"拿着那盒丈夫刚刚送来的烟,她将李白的"王侯像星月,宾客如云烟"的诗句给进行了本质意义上的篡改。

都是离人生最近也是最远的物象,自己骗自己才对。

她决定,将烟一直抽下去。

房间里,第一次有了肆无忌惮的惬意,身陷其中,一任自己漫天漂泊的感觉天马行空地什么都不在乎,什么都不可能在乎,什么都不想,什么都不可能想地只一味在烟雾弥漫中品味另一种生活。

"你就好好地抽吧,自己堕落自己!"不知过了多久,她又看到,丈夫冷不丁地推开门,将这句话抛扔给她,然后,转身离开了。

是的,自己堕落自己,如果抽烟是自己堕落自己,那么,到外面寻找感情的归属,就不只是堕落自己也是带着他人一起堕落。

她冲着门的方向使劲儿地吐了一口烟。

七

午夜时分,她不想再抽了,她疲倦了,也厌倦了,那盒被她抽了一大半的烟,带着要被她永远珍藏的敬畏之心,快速地被她安放到书柜的最上角。她决定再也不吸烟了,因为,房间里的烟雾,早就让她像朴美那样不停地咳嗽起来,空空如也地带着来自胸腔的回音,像真正的幽灵在午夜里呜咽。

门又被推开了,是丈夫。

她刚要说话,电话却响了。

她和丈夫都怔住了,因为,陌生的电话号码,让她不置可否,更何况,在这样的子夜。

一个女人的声音，在电话被拨通的那一刻，清晰而完整地传过来："你无须知道我是谁，但你不用猜都知道我是谁！"

她下意识地看了丈夫一眼，她相信，此时就站在自己身边的丈夫一定也听得清楚，她不置可否地对着墙壁"哼"笑一声，仿佛是对那个声音的一种回答。

不打自招的巧合，这才是世上最不能预料的灾祸。

她看了丈夫一眼，冲着电话丝毫不客气地回道："你想说什么就请说吧！我在听！"

她想，这样的电话即便是打错了也定然是有备而来，可对方却"啪"的一声将电话挂断了。

她仿佛听到，那依然回旋的幽幽之声，在夜色最深的那抹沉迷里，每一字和每一句都经过了飞跃千山万水的深思熟虑。

丈夫什么都没说地离开了，但旋即又折返身来冲着她大吼道："没想到你还真这样了！"

"我不这样还能怎样？"她也顿时变得怒气冲天。

她听到，她的声音，带着她最不愿意听到的余音，在她的耳边，久久地盘旋。

她立即将窗子完全打开，她要让夜风将整个房间填充到有如楼外那般的清冷，被烟雾铸就起来的沉迷顷刻间便消失了。

是谁打的这个电话？

理直气壮又不容自己说话。

她有些迷惑。

但她不能再用抽烟来解决问题了。

八

三分钟后，她收到了一条短信：别跟她一样。

是丁植珈发来的。

她明白了，那女人是丁植珈的妻子。她立刻将那盒刚刚收起来的烟拿了出来，她仿佛看到，已经到家的丁植珈，不经意间的疏忽被妻子发现了已经发展为事实的隐私。这突如其来的秘密，一定让那个无法掌控自己的女人，在半夜三更之时，神经错乱到无法自控。

一切都跟种子发芽一样，开花结果是一种必然。

她又一次将自己笼罩在一片烟雾之中。

九

月色，如水如丝地洒进房间，书柜、床头、光盘、壁灯，一切与她人生有关的印记都在那些光线里，电影镜头般一个跟着一个或快或缓慢地一一闪过。

她突然萌生一个比抽烟还让她无法理解的念头，去丁植珈生活的那个城市，到市中心，在小巷里，去人多嘈杂的街头，想着丁植珈怎样在那样一片天空下长大，带着怎样一路走来的悲伤和欢乐。

这样一想，她竟飘飘然地有些心满意足。

十

第二天，临近中午时分，火车，载着她又一次向那个让她感到神秘莫测的城市，不断地深入。

看着起伏绵延的山脉，链条般地在她的眼中带着青黄相接的色彩，不停地闪现着离情和近乎舍本逐末的卑微，像必定发生的那些分别，让她不得不认可一个人的力量抑或是情感，哪怕自己误以为震天撼地，也不过是微乎其微的声音而已，那声音，在这世间，即便将自己的命运给演练到痛不欲生，也不会有人知晓。纵然有那么一天，自己承受不住而忘乎所以地对人讲说出来，也不一定成为对秘密的真实破解。

谁会相信别人的故事。

她的思绪，又一次在车轮快速运转的过程中，如漫天的飞花，在人性的种种状态里一次次地飞翔，又一次次地回落，直到完全将真正的自我给剖白到完全袒露才不得不放手。

她的思想在或盲从或固执的专注中，获得了无奈又伤感的超脱，纵然怎样都是活着，为什么不顺遂己愿呢？可是，她无法让自己在那种状态中获得更自然的变通。

天边，再不是那趟夜行时所看到的星光月色。空茫的辽远中，灿烂，不过是平铺直叙的单调，爱情也不能成为人生的全部，人人都在寻求爱意的路途上行走奔波，身不由己又无力面对。

想男人和女人相知相遇一场，不过是将男人的豁达和大度，英雄本色地表演到极致，女人也将无师自通的儿女情长给演绎到风情万种，但这不过是过程当中的一个又一个片段，到头来，物是人非的男人不再怜香惜玉，女人也绝望悲戚到没有任何自信。

她觉得，任何一个过分热衷外表到几近于精致的女人，骨子里收获最多的，绝对是男人的玩世不恭和自私，因为，她就曾在这样一种嬗变中，追求过那种外在的充实。

人，真可怜。

尤其是女人。

她环顾了一眼坐在她身边的那些跟她一样精致的女人，不知道她们都有着什么样的人生故事。

不会比我好到哪去。

不知不觉中，她睡着了。

十一

车站，和她第一次见到的有些不一样，人头攒动之间，所有的气息都不合于她的心境，疏离感，让她在恍然之间明了了自己所踏上的这块土地是多么的陌生。

陌生的天空和陌生的大地，陌生的人流和陌生的声音，陌生的心境和陌生的心态，她觉得，她又一次走向了刑场。

如果这个时候丁植珈将电话打过来，她一定会毫不犹豫地告诉他，她离他有多近。可是，她旋即又打消了这个意念，不请自来的投怀送抱，不是她的一贯所为，不想倾诉交流的沉疴自若，才是一向坚守的行为准则。她不愿意看到丁植珈的惊愕、丁植珈的虚饰、丁植珈的应承，那些，在不远的日后，或许都可以成为她不堪重负的拖累，不心甘情愿的想望，不在意料之中的意外，一切都是她不想得到的。

即便一切可以重演，也不再是原汁原味。

即便一切真的可以重演，她也不愿让自己的经历再重蹈覆辙。

十二

她独自去了湖边，山林的枯败萧瑟、水光的清冷寂然，让她知道，这个决定有多么的任性和荒唐。人际稀少的旷野里，她的身影和她的思绪，将她心里的那个世界给填满。她仿佛看到，曾经春光乍现的那些情思，还游离在这不知情的某处空间，并和着泥土的气息和已经退无声息的季节，让她不得不知道，可以回忆或是回想的，不过是生命中那些不为人知的些许碎片。

捡拾不起，也拼接不了。

完整的东西不过是一种假象，真正的支离破碎才是人间事实。

她真正地后悔起来，在单位或是在家里的任何一个地方都可以思考的问题，却要舍近求远。

笨！

她长长地叹出一口气。

远远的，她看到，那天晚上始终藏存在暗色中的落叶松林，一脉连着一脉，像离群索居的绿嶂。她仿佛看到，跟在丁植珈的身后，深一脚浅一脚地跟随的自己，快乐闪亮的心情犹如萤火虫的光亮，云卷云舒之间，她和丁植珈的影子，仿佛被横在对面的山坡给撕裂成若干个碎片，很快又被阳光给挡住的那些阴影，又迅速成为一个个碧翠的色块，或许，这就是人生，在日复一日的累叠中，很快将一切给淡泊成渐行渐远的旧梦。

永恒！

不过是人类人为创造出的一种痴心妄想，永远都如春秋大梦般地不可能成为现实。尤其是人的情感，但凡可以永恒，人的心灵就不会如此脆弱，这样一想，她竟有些愤愤不平。

她站起身，抖落掉身上的浮尘。

就让一切随风而去吧。

她将衣领由前至后地给顺立起来，并慢慢地走向她和丁植珈一同走过的那条弯路上。

四周一片寂静，知了的叫声和飞鸟的影子成了她最亲和的同类，芒草的满目疮痍替代了那夜月光下的银白花穗，树干和树影的重叠交错，替代了丁植珈如花摇曳的背影，那些渐渐清晰起来的话语，那些越来越明了的湖边景致，水影浮光般地在她的脑海中掠来掠去、飘来飘去。

她又沉迷到自制的圈套里了。

喜欢独自面对自己，放心地跟自己的灵魂交谈，仿佛，只有在这样的时刻里，她才能敞开心扉。

她向湖面投了几粒石子，不是"扑"的一声落进水里，就是投得很远很远，但每一次的感觉，都是没什么声息，仿佛她扔出去的不是石子而是她的心情。

她无奈地将自己的身体陷到蜘蛛纵横的丝网和草堆中央，看天空：白云翻转，如一座座被粉刷一新的旧式城堡，静静地体会新旧抗衡的搏杀和争斗，而平静的水面，辽远且空茫地让她的灵魂，或在静谧的安详中溺水而死，或忘乎所以地绝尘而去。而她，不再悲天抢地般地恸哭，而是情愿心甘地让自己成为一具躯壳。

这感觉好，这感觉远胜于两个人在一起。

原来，独处也是一种享受。

她的目的，仿佛已经达到了。

十三

不知过了多久，她的电话响了，是丁植珈打来的，就在她的心情达到最安宁的那个时刻。

抓着那个阵阵作响的手机，她的心，被突如其来的声音给搅扰得又如一路走来时的那般混沌。

她决定不接这个电话了。

她不想在刚刚分手后的第二天，再繁复那些既定的程序。

她够了。

她不感兴趣了。

不仅仅是因为丁植珈的妻子打来的那个电话，也不是因为手机里依然响唱着的彩铃声音。她觉得，一种悄然而起的力量，正在她灵魂深处，构建着一个新的基点。

那个点上，没有丁植珈也没有她的丈夫，只有她自己。

"狗男女！"她突然站起身，在彩铃戛然结束的那一刻。

她决定离开，立刻离开，今生再也不要来。

十四

坐在车里，在湖边弯出的那段公路上，看着渐渐成为倒影的山体，她将离开时确定的那个信念给诀别在坚毅中。

或许，这才是活着的感觉。

顺遂己愿，也不影响他人，什么样的事情都是自己为自己做主，什么样的感情也都是自己给自己找归宿，并把与他人隔绝的热情完全到足可以将精神家园进行一次彻彻底底的绿化。

不梦寐以求也是一种向往。

可是,当她的双脚一落到市中心的那段繁华路段,物是人非的燥热,人来人往的嘈杂,立即让她萌生了想家的念头。

她想起了丈夫。

曾经,他们之间也是开诚布公的,丈夫拿她当知己红颜,她也真诚地向丈夫袒露心扉。他们之间,大到青春萌动时的真实想法,小到邻家哥哥和妹妹的俏皮玩笑,仿佛,每一桩每一件都可以让他们心领神会到不谋而合。

那个时候,天很蓝,日子也很红火,为了一罐零钱,因为日积月累的积攒而变得越发沉重,他们会不由自主地因此而举杯庆祝,为着那份小小的收获而欣喜,仿佛,未来所有的希望,都在那样一种零碎的财富面前,脱胎换骨为香车豪宅。

她笑了,原来,自己也曾经富有过。

只是和丁植珈的关系让她无法面对所有。

她只身走进一座九层高的商厦,顺着接连不断的旋转电梯拾级而上,她要让自己在琳琅满目之间流连现代气息的那种富足。

家电、服装、金银首饰、生活用品,曾经,她也那样夫唱妇随地热爱过生活,柴米油盐地精打细算过,家用支出和种种进项,哪怕打死一只飞进卧室的蚊子也会让她大动干戈地扑东击西,即便不慎将漂亮的杯子碰掉在地砖上,得来的也是朗朗的叫笑声,这不是一种美好吗?怎么竟可以忘得一干二净。

罪过!

她又走进另一座商厦。

这次,她没上电梯,而是顺着一个又一个隔厅,沿着顺时针的方向,巡展般地成为看客。

她的思维猛然跳跃到丁植珈的身上,这个完全又完整的新形象,不得不让她的记忆,将还没有远去的那些故事给一段一段地沉落下去。

忘却，不过是一种想念，事实，永远让人猝不及防。

她的眼光，慢慢地隐退到她的思绪里。她来到大街上，看那些到处都是打扮入时的男人和女人，看那些完美到极致的各种各样建筑。天空，被幢幢高楼遮挡得破碎散乱，地面，被一双双鞋底无情地践踏，活着，抑或是死亡，对这世界，都是另一种意义上的贡献吧。

她想，喜怒哀乐、苦痛愁烦，像炒股入市般地买进卖出，将自己拖累到无力苍老，将激情化为无奈伤感。

这就是一个人活着的方式。

她买了名字叫《流泪》的蜡塑雕像，在一个独立的柜台前，一个正在破旧的自行车旁脱裙子的女子，将头深深地埋进裙衣领口的那一瞬间。

"怎么起了这么个名字。"她问，看着标签上的那两个字，她在想象这个作品的作者。

卖货的人听了立刻解释说那女人在脱裙子的时候不知道为什么竟突然哭了，因为怕别人看到，便把那个动作给迟缓到那种固定的姿态。

这解释不确实，媚俗是逃脱不掉的理由。

交钱的时候，她对卖主说："其实，我并不是因为真喜欢才买它，我是因为必须在这个城市买点什么。"

说完，拿着那个《流泪》离开了，因为，她说话的时候，眼泪也在自己的眼圈里打转，她甚至有些恨那个卖货的男子，怎么可以一眼看穿买主的心思。

不人道。

这样的男人，如果被某个女人爱着，一定也是痛不欲生。

十五

她发觉，不知不觉间，她已经走到了那个她曾经去过的地方，竹青色的房顶，探出来的阁楼，似曾相识的感觉都将与眼前有关的点点滴滴抛掷给她。

想起来了，丁植珈的家就在附近，那些高大的洋槐，那些驼色和青白色相间的墙体，那个她曾忐忑不安地进犯过的房间，镶着老鹰翅膀的打火机、丁植珈亲自熬制的咖啡、画着小鱼和浮萍图案的圆盘，以及黛蓝色的丝绒睡衣，尤其是那个有着全家人幸福笑容的相框。

她又一次体验到了那种无法解脱的罪责。

她有些后悔，后悔自己跟丈夫之间不能包容和迁就的固执，同在一个屋檐下却不能更好地珍惜，总是抱怨和计较，总是怕自己得的少失的多，到头来，得的没少，失的也不多，而少的，只是自己的欲求不再强烈，多的，竟是自己的欲望已经没有止境。

她看了看手里的《流泪》女子，想究竟是怎样的人将这样一个情感瞬间给敏锐地捕捉到了手里，那脱裙子的女子在流泪的刹那，还不忘将虚饰的表象展示给他人，那么自己呢，自己跟那个《流泪》女子又有什么区别。

只懂得将自己的苦痛更好地藏匿在一条裙子的空间里，却不经意间将不易外露的私处毫不保留地展示给他人。

这是世上何等不能用语言来演说的哀痛，动作和行动所表达的，更是惨不忍睹的一种悲辛。

她将《流泪》放到石凳下的边沿里角，她不想要那个每看一眼都能让她的想法产生悲观感觉的物件，有些东西，拥有的时间越长，越是对自己的折磨。

她觉得她有必要将那个东西丢弃在那个城市里。

十六

一辆黑色轿车，在她的视线中，慢慢地停靠，在她的右前方，车门被打开的那一瞬，一个让她熟悉的背影向车的尾部走去。

只见那个男人将车的后备厢给"呼"的一下打开，然后，弯下腰，将花花绿绿的袋子一一拿出来，再然后，递给他身边的那个女人。

她怔住了，不敢相信自己的眼睛，因为，那个男人不是别人，正是丁植珈。两个小时前还给她打过电话的丁植珈，她没敢接听也不敢再多想任何的那个丁植珈，这个时候竟像什么都没发生过似的跟那个一定是他妻子的女人在一起。

那个女人。

她躲到了树干的后面。

如果立刻逃离，会不会被发现，如果就这样不错眼珠地盯视着眼前的一切对自己会是一种什么样的伤害？

她发现，她抱着树干的姿势，跟抱着丁植珈时一模一样。

她立刻把手松开了。

当那个女人将头转向她这一边不过是不经意地一瞥时，她看清了，是相框中那个笑容灿烂的女人。那个女人，绝对不会知道她刚刚视线中闪过的那个身影曾经侵占过她的地盘和领地；那个女人，也不会知道那个同为女儿身的身影与她共同分享过她丈夫丁植珈的身体；那个女人，更不会知道刚刚递给她兜子的丈夫就在两个多小时前，还给那个身影打过电话，她同样也不可能知道她身边的丈夫内心里究竟在思虑着什么、遗憾着什么。

这才是活生生的女人的悲哀。

在这世上最近的距离里接受着最远的长度。

一切，都要由旁观者一一点破。

他们之间的真相。

他们之间的真实。

瞬间，她和丁植珈的那些所谓灵肉结合，被思绪中的种种意象以及那个叫丁植珈妻子的女人，给搅扰成淫秽不堪的画面。

一个连接一个，一幅跟随着一幅。

不断重叠、不断更新。

直至她再也不敢睁开眼睛看到任何。

鬼才真正地相信。

如果，那些确实龌龊不堪的画面可以美其名曰为爱情，她宁愿不打自招地供认，那才是世上最不人道的男女合谋，既是骗局，也是明目张胆的偷窃。

或许，离开，才是明智的选择。

她立刻转身向着火车站的方向快速飞奔。

十七

这样的地方，永远都不要再来。

等车的时候，她一遍一遍地告诫自己。

十八

"我一想你就不可能早回来。"刚一推开门，丈夫就迎了出来，她立刻逃脱了丈夫的视线。因为。她觉得，或许，丈夫已经知道了她的行踪。

她无话可说，她觉得在将近一天的时间里，她早就自说自话到了精疲力竭的程度。

她径直走进自己的房间，像被恶意胁迫下侥幸逃脱的幸运儿。

她曾经无数次地设想过这种结局，只是没有想到，这样的时刻真正到来时，她不但没有痛不欲生，反倒获得了某种解脱般的轻松自在，甚至是一种惬意，或许，在不得不放弃的无奈里，所有的理由都能找到自圆其说的借口。

自己堕落自己，她想起了头一天丈夫对自己说过的那些话，她不满地乜斜了跟在身后的丈夫一眼，她觉得，如果女人抽烟就叫堕落，那么，丈夫浑身的酒气也该叫堕落。

只是她不想揭穿。

她准备去夜店喝酒，尽管头一天的这个时候，她将自己锁定在烟雾缭绕之中并没让她觉得有什么不好，但这个时候，她再也不想用那样的重复形式来演绎自己的人生了。她觉得，烟，只能让她在孤单的意义上越陷越深，相比之下，她更喜欢用酒精的方式来麻醉自己。

临走时，丈夫跟了出来，丈夫说你先等一下，她回头看了丈夫一眼，有心喊丈夫与自己同行，但又想，在这样的时刻里，庆贺也好，自责也罢，都是自己的事。

"给！"丈夫将一件没有打开包装的衣服送到她的手里。

她怔住了，这是哪个时辰的哪个太阳，昨天是烟，今天又改换成衣服。

她惊异地看着手里的东西，有些不明白，什么时候，丈夫如此地温柔和善过，又什么时候，丈夫如此地关注过自己。

她随手将衣服扔到鞋架上，说了声"谢谢"便扬长而去。

十九

路上，再不是夜凉如水的清爽，冷风习习让她有些后悔这个似乎又近于荒唐的决定，但是，她不肯轻易地回头。她讨厌那种将自己置身于黑暗之中才能完全面对自己的夜晚，她更讨厌即便跟丈夫仅仅是一墙之隔也远在天边的感觉。仿佛，很久都没有如此过了，不是因为难过才离开家，而是因为心有所依的复杂和毅然决然的窃喜掺杂到一起，只想找个僻静所在，更好地打理那本不必要也没必要留守的情感经文，明明知道自己是在做无用功，又偏偏管束不了自己，她不知道这样的女人在这世上究竟有多少，但她完全可以了然这种人，绝对是因为约束不了别人才无法掌控自己的。

酒店依然一如既往一个紧挨着一个，喝酒举杯的也依然一如以往那般地大多是男人，偶尔掺杂其间的女人，或小鸟依人，或风骚轻佻，或如她一样地看上去好像心不在焉其实内心里却最最无法铺陈那些简单的需求。

她不知道什么地方才是她这种人的好去处，她只知道，这个时候，只有这种状态才是她应该保有的状态，

一个人就是一个完整的世界。

独立，也只能独立。

男人寂寞的时候要找女人陪伴，那么，自己呢，还找男人吗？连丁植珈那样的男人都让自己觉得不可信赖，那么，这世上还有没有可以信赖的人呢？

她找不到正确的答案，仿佛，在大街上漫无目的的行走才是最好也是最恰当的归宿。

星星，在若隐若现的霓虹光彩中，闪着萤火般的光亮，偶尔，飞机，比荧光亮出许多地在笔直的航线上，载着夜里远行的男男女女，只一瞬，便凄迷在那些光亮的更深处，像孤独的修女，在一片星星点点中，固执地鄙视着凡尘的用情不一，稍不留神，便作别消失得无影无踪。

原来，人和人的心思不同，脚步也是那般地不同，像转瞬即逝的节奏只在一念之间便重打鼓另开张为一种别样光景。

一天之内，奔波往来于两个城市，在摇摆不定的情感里，像弱小的爬虫，诚惶诚恐到极弱又返璞归真地虎视眈眈到极强。

女人，从拥有了生命的那一天起就该是个生猛刚直的动物吧，跟男人一样地敢于拼争天下，即便不在外表，也一定藏存于内心，不然，繁衍生息到今日的女人，不会将风采和风韵保持到如此完好的状态。

或许，是因为承受了太多的苦难。

她想起了小倪。

"你在干吗？请你喝酒怎样？"在一家名为"吃客"的酒店里，靠在那个倚窗的长椅上，她在给小倪打着电话。或许，这个时候应该跟小倪在一起，说说有心无意的古老话题，缓解心理上的巨大压力，即便不经意透露了某些秘密，也早成明日黄花般地与己无关，她才不在乎任何。

可是，电话始终无法接通，她这才想起来，上午请假离开时，小倪说她换了新的电话号码。

该死！只能孤身一人了，看着桌上那几个对等排列的酒杯和盘碟，她又想起了从前的自己，那个时候的自己就是这个样子，但那个时候，骨子里希望的是有个陌生的异性在自己的身边，哪怕是无法看穿的魔鬼，也会在自己可以变通的眼神里，成为一个好男人。

或许，就是因为这样，才得以认识丁植珈。

"害我，想让我找不着你是不是？"十多分钟后，她突然想起小倪跟她说话时好像将她新的电话号码给传了过来，她立刻不由得孩子般地兴奋起来。可是，电话被接通的那一刻，她心里又升涌起一股无名的怨气和怒气，总是天公不作美，虽有惊无险，还是让她异常后怕。她怕自己的孤单没人理会，她怕这又一个漫漫长夜无法让她挨到天亮，她更怕这世上没有一人可以值得倾诉的那种凄惨。

人真的不能离开同类。

她把两个酒杯擦了又擦，生怕上面哪怕是一点点的渍痕影响到她和小倪见面喝酒的兴致。

"我正要找你呢！"小倪没像她那样抱怨，小倪的声音比她还兴奋。几乎要失控的声音，在她将杯子擦完后还在她的耳边萦绕。

笨蛋！

她几乎笑出了声。

"请你喝酒，你不是向我保证过随叫随到嘛！"尽管她的热情和要求不可能被小倪拒绝，可她还是有些怯怕，这个时候，唯一可以或是可能与自己在一起的人，也只有小倪了。

尽管，小倪与她真正的内心依然相距得很远，但她相信，那已经是世上最近的距离了，即便是身体与身体的距离，也很难得。

至于"贴心"是跟"永恒"一样的概念，都是人的主观臆想。

不过是虚无缥缈的美好愿望罢了。

"为我干杯！"放下电话，她兴奋地将桌上的空杯猛地拿起来，然后，冲着自己自豪地举了一下，仿佛，她已经彻底地理解了人们为什么喜欢聚众、喜欢豪饮，喜欢在那种不能自控的欢愉中忘情地表达，深藏不露的形式对谁来说都是一种折磨。

二十

"喝啤酒吧，只有啤酒才是生活。"小倪还没等坐下，便经验十足地好像她不是从家里出来，而是从酒场上归来。

她不禁偷笑起来，如果啤酒是生活，那么红酒就该是爱情吧，白酒呢？她眨了眨眼睛，为自己的想法感到有些不可思议。

"怎么？又心情不好了？"小倪的话还没等落音，她立刻瞪起了眼睛。

"得，不是你心情不好，是我的心情欠佳！"小倪没补充完，便将自己的酒杯倒满，然后，一边喝一边继续察看她的表情。

"好好喝，别总是看我！"她向小倪做了个将酒喝了的手势，然后，把自己的酒一饮而尽。

她觉得，她有必要快速地将酒喝到肚子里，她太需要酒精这种东西了，但凡人无法解决的事情，酒精都可以恰到好处地给处理并完善，不过是用麻醉的形式，但她喜欢这种形式。

"别这样啊，我还有话要问呢！"小倪突然放下杯子，略有所思地将自己的酒杯顿了一下。她发现小倪头上那个镶嵌了太多亮钻的发夹在吸顶灯的照射下极其耀眼，冷眼扫视过去，像夜空中突然播撒下来的一堆星星。

"如果有一个比你还优秀的女人突然出现在你们的生活当中，你要怎么处理？"小倪下意识地摸了摸那个发光的发夹，并将"你们"两字说得格外厚重。

"这问题不在我！你这样的人，居然会问我这样的问题。"她冷漠地回答，她不喜欢小倪的这个假设，跟真事儿似的，让她听了不舒服。

"那在于谁？"小倪猛地喝了一口酒，然后，半张着嘴，有些迟钝痴呆的样子，好像她说出一加一等于三都会成为一种智慧。

"在于那个女人哪！"她笑着喝了一口酒。

"为什么？"平时又精又灵的小倪，这会儿不知怎么搞的，就像小学都没念到毕业似的。

"不要概念不清好不好，如果是我的事儿那叫红杏出墙，如果是那个女人的事儿，那叫第三者插足，再说，都什么年代了还问我这么幼稚的问题。"她看了一眼窗外，黑漆漆的，什么都看不着，只有她和小倪的身影清晰地映在玻璃上。

女人，看上去很美！

玻璃上，她和小倪的身影，像一幅色彩浓重的西洋油画。

"懂了？"她觉得，才没有几天的时间，她的智商或叫情商就已经远远地超越了小倪。看来，男人，确实是可以给女人提供更多成长机会的智者，尽管在那样的成长过程中，女人避免不了地要受到伤害，但吃亏才可以长见识，老人说的没错。而眼前，很多事，还无法用吃亏或是占便宜去评价。

"我根本没懂。"小倪闭上了嘴。

她看着小倪，突然可怜起小倪来，这种从骨子里往外渗透的优越感，仿佛自己成了那个没有鞋子穿的人，正在抱怨之间，突然发现身边还有个没有脚的人。

"这些事，你不用考虑什么防范措施，没用，主动权永远掌握在外人手里，你能得到什么结果根本不在于你，你的明白？"她将自己杯子里的酒干了，仿佛，她早已经是过来人一般。

"你没发烧吧。"小倪将胳膊伸了过来。

"你才发烧呢！"她对小倪的举动非常不满。

"可是……"小倪顿住不说了。

她没言语，她看到，小倪现出异常安静仿佛不再祈求什么的样子，她不禁仔细打量起小倪来，白皙的皮肤上可以看到薄薄的粉底，绛紫色的唇膏在灯光下闪着炫媚的光彩，仔细看，可以发现小倪眼神中游离不定的那种惶恐，圆圆的眼睛，不像她以往熟悉的那般明亮。

她有些不明白，性格确实开朗的小倪，某些时候看上去却有一种一点都不快乐的感觉。小倪的这种表情，让她觉得指不定什么时候，就会从小倪的生活中发生一种意料之中的意外。

"对了，你怎么把电话号码给换了？"她想说一个性情专一的人是不会轻易将电话号码给换掉的，但她没说，因为，她也曾经有过那样的想法，而且，还不止一次。

"不用说了，我知道是怎么回事了。"曾经，她也想让这世上的任何人都找不到自己，虽然仅仅是针对自己的丈夫，但后来她又想明白了，只要自己不能在这个地球上消失，换掉号码也无济于事。

"你知道什么呀，有些事不是你想象中的那么简单，跟你说你也不懂，总之，原来的那个号码必须换掉。"小倪向她扬了扬手，仿佛她是个没有长大的孩子。

"不就为了让人找不到你嘛！"她立刻显得有些漫不经心地说道。小倪听了却猛地一拍桌子道："算你聪明，就这个意思。"

她不想再说什么了，她觉得，但凡小倪这样开朗乐观的人，都在做着这样绝情之事，想必，那份决绝早在换号码之前就地动山摇了。看来，自己和小倪之间，很难说谁更成熟谁更世俗，都是对这个世界进行不得已的了解，只不过，了解了也跟没了解一样没什么区别。

"不过，很多事和某些人，你只能躲得了初一但你绝对躲不过十五。"她乜斜了小倪一眼。

"那有啥，躲一天算一天呗。"小倪说完，突然又补充了一句："也不完全是这个意思，怎么活都是活，赶着瞎折腾呗，这样时间能过得快一点。"

她仿佛受到了某种感染，说了句："人活着一点意思都没有。"便把自己的第二杯酒给全喝了。

酒精迅速通遍她的全身，将她还存留的那点故事给彻底挤碎了。

"可不是，但也不能就此不活了，连部主任那样精明的人都一天到晚是事儿呢。"小倪突然想起了什么似的向她摆了摆手。她明白了，自己这一半天没在班上，想必又发生了什么事情。

"快说！"她用脚尖儿踢了小倪一下。

"他家后院起火了，他老婆寻死上吊地不想活呢！"小倪说的时候，将自己的两只手，横在脖颈前，左右相向着横了一下。

"我就说像他那样的人不可能没事儿。"小倪又补充了一句。

她听了，竟"哼"的一声自顾自地笑起来，她想起了部主任向她们女同胞大谈特谈"女人法宝"时的那份激昂和豪迈，或许，是因为没人向他灌输"男人法宝"而让他无从知道如何正确地使用女人。

"还是不想死。"她想起了丁植珈的妻子，也想起了从前的自己，但凡一个女人想死就能死掉，这世界就只能剩下男人了，可问题是，女人喊死叫冤的目的不是真的要死，不过是想死，离真死还差十万八千里，这如项庄舞剑意在沛公，女人以死捍卫的，不仅仅是自己的尊严，更是自己的爱情。

根本就是一种不起任何作用的挣扎。

她将手机关掉了，她怕丁植珈的妻子像昨天晚上那样将电话打来，如果那样，她会被小倪抓着现形。

"不过，有些事也用不着害怕，但凡生活中出现个什么女人之类的事也不见得就是黑云压城，现在的女人，都很聪明，谁愿意付出无谓的代价，自己的命比爱情值钱多了。"说完，她像瞬间决定了某种生活方向似的向小倪继续表白道："我决定，从明天开始，只关心粮食和蔬菜！"

小倪听了，愣愣地看着她，像看一个陌生人。她想起了小倪曾经旗手似的将那些时尚的东西语录般地为她一样一样地灌输，到头来，七零八碎的让她听着十分有道理但仔细一品味却是万事不通的小聪明和小把戏。

"面朝大海、春暖花开不可以吗？"她一边说一边端起酒杯向小倪态度谦和地举了举,像盟约发誓,又像孤芳自赏。她突然觉得,人生的很多事,虽然有些猝不及防,但如果事先可以预见,什么事或是人都不可能像想象中的那般循规蹈矩,不过是探险过后又不愿意承担后果的草率和轻狂,跃跃欲试的祈盼里,有着太多的无知和好奇,知晓了这个道理,便不会过多地奢望,哪怕是最简单的结果,也可以得到最大限度的满足,这是人生必经的过程。

她为自己这重大发现而兴奋不已。

"来,喝酒!"她向小倪举了举酒杯,她发现,一向都是小倪打前阵的指哪跟哪,这回,却来了个一百八十度的大转弯。

或许,长大和成熟,并不和年龄成正比,有些时候,更取决于自身所受到的伤害程度。

小倪笑了,仿佛在她的倡议中得到了最最满意的答案。她却没有笑,她觉得自己的身体出现了从未有过的度量,像吸纳了百川似的可以迅速将酒精给进行分解。

她突然想到,女人笨就笨在总是愿意相信男人许下的那些铮铮誓言,女人应该明白,从最初的听说到最后能够得到的结果,根本就是风马牛不相及的不相干。但大多数的人,更愿意用心去描画那样一个盼望中的完美结果,以为瓜熟蒂落是一种必然。殊不知,花开之后会因为种种预料不到的意外而得不到预期的结果,而誓言的具体兑现,不过是结果中的一种而不是唯一的一种。

或许是"食客"的酒杯太小了。

和小倪分手后,回家的路上,在路灯下,她自言自语地看着自己的身影在柔弱的光亮下随风飘忽,像麦田里的稻草人,偶尔会呈波浪涌动的衣袖和裤腿,在她的视线中,抖抖颤颤地将一种变幻莫测给丝丝入扣到她的心头。她将手机重新开机,没发现任何信息,那些可以听到丁植珈说话声音的阿拉伯数字,再也不温馨更不隽永地生冷在夜色里,闪着浑浊而绝情的光。

又是一个不尽如人意的日子。

她仿佛看到，自己的灵魂慢慢地游离出身体，很快躲到那些不易被发觉的角落，然后，静静地察看着她在暗夜中的弱小无依，披散一头碎发，一袭睡衣般地散淡在月色中，慵懒无助的神态，又回到那些晦暗的红木排门前，低眉顺眼在寂寥的男子身边，如纸偶、更如幽魂。

刚刚获得新生的自己又一次地死掉了。

她这才感觉到了酒精的作用。

二十一

回到家，躺在床上，感觉上，又回到了生日那天的状态里。如路边的紫草，如一粒尘埃，卑微且孤单。想到头一天的这个时候，烟雾缭绕中的自己所获得的那种解脱，不过一天的时间，带着酒气，高傲无比地叫嚣，这世界，真是不让人好好地活了。

她起身将所有与丁植珈有关的东西通通丢进纸箱。

或许，这世界，能让人刻骨铭心的不只有幸福，更有伤痛，而她的伤痛，多半是自找自寻的无奈。

二十二

六点三十分，闹钟的铃声之后她不得已地睁开了眼睛。阳光，丝线般地透过玻璃窗，照到她的绒毯上，米白色的浣熊图案在那些光线的照射下，被分离成不规则的碎块。她努力地模糊着那些渐渐清醒的思维，不愿在这个时刻想起任何。因为，有那么一段时间，这个时候，都是她用来想念丁植珈的专属。但是，现在的她不想再以那样的方式生活了，她要将那些影像或是形象从记忆中彻底抹掉，让自己最大限度和可能地不与旧事相遇，毕竟，新的一天，可以拥有的东西仍然会有，而爱情，不过是生活中的一部分而不是全部。

她终于懂得并开始用行动来弥补从前的无知了。

床边，是那件丈夫送她的衣服，她明明记得头一天临走时给随手丢到了鞋架上，但是，她将衣服慢慢地搂到怀里。如果，生日那天，丈夫肯把这件衣服送给自己，或许，自己不会投怀送抱地去认识丁植珈。

她突然发觉，在自己的内心里，更在乎的仍然是丈夫。

她把衣服从包装袋里拿出来，想仔细地看看这个不明由头的礼物。

"送给你的，也不知道合不合身！"丈夫突然推开门，态度温和地对她说。

她立刻放下衣服，觉得丈夫很反常，而且，丈夫身上也穿着一件新衣服，是跟丁植珈曾经穿过的一件T恤一模一样，连色彩都是一样的。

"你怎么买了这么一件衣服？"她急忙坐起身，觉得如果不是自己还有些睡意蒙眬，就必定是头昏眼花了。

"不行吗！"丈夫的声音带着不知缘由的生硬。

她不自觉地撇了一下嘴。

怎么不行，丁植珈穿得，丈夫也一样穿得。

她穿上了那件衣服，没有梳头洗脸的神情里，显得有些灰头土脸，但也不乏喜气洋洋，大红的圆圈与黑棕的底色在偶尔现出的白色方块里，优雅着显得过于张扬的热情。她决定穿那件衣服上班，小倪看到了她，像头一天晚上什么都没发生过似的从她的身边匆匆走过。部主任更是精神抖擞地不是主动为大伙签单子就是归拢小组成员没完没了地进行毫无必要的讨论。

外强中干！

一路货色！

看着窗外秋风已经在落叶飘零中肆虐到猖狂，漫天飞舞的尘土，让人觉得，这世界仿佛做着某种不得不妥协的退让，她想，或许，这就是人生的真相，将一切都安排得跟想象中的有所不同，如一片让人转向的哗然，又像一场说散就散的盛宴，虽然曾经相聚的很近，但在悲伤面前，人人更想守护的，只有自己。

她仿佛受到了冷落和委屈，说不定什么时候就会放下手里的活支起手肘看着侧面的墙壁发呆。

天空、文件、同事跟眼前永远没有结束的公务，通通变为没有生命也没有寿命的符号，让她置身于一片繁杂之中，沦落为一架机器。

没有血脉更没有脉搏。

她觉得自己被彻底地异化了。

二十三

"从明天开始，只关心粮食和蔬菜！"快下班的时候，她想起了头一天晚上的那些盟誓，抱着重整旗鼓的态度买菜做饭。她想以一种不同于以往的行动，来回报丈夫的那件衣服，并在自己不动声色的观察中，窥视丈夫的真正动机和目的。

"你——"吃饭的时候，有好几次她都想自然而然地跟丈夫说说有关衣服的事，但好几次的结果都是欲言又止。

因为一件衣服，让丈夫觉得自己感激涕零，这不公平。

她看着丈夫的嘴角，怕自己谢过之后，会在那微微翘起的自豪里丢失自己的尊严。她觉得，但凡一个女人修炼到可以冷眼旁观自己的情感，会在无形当中让自己变得很高尚。

可是，她又怕失去这个可以用来沟通或是交流的好机会，毕竟，一件衣服就是一座桥梁，一盒烟或一句话更是可以成为他们情感大厦的地基和腰墙。丈夫说的没错，在连外遇都需要仔细经营的年代里，夫妻的感情更需要时不时地添砖加瓦，只可惜，丈夫说这番话时，不一定是出于真心。

"我要出门，就三天！"还是丈夫先说在前。

她放下了筷子，不再盘算给丈夫夹菜或是跟丈夫说话来进行所谓的沟通或交流，她甚至有些怀疑，当初的自己，怎么就能从丈夫那一眨不眨地看着自己的眼睛里，看出所谓的脉脉温情。

看来，当初的判断有多么的不准确。

她知道丈夫给自己买衣服的真正动机和目的了，因为要出门，因为要离开家，因为要完成早有预谋的那些计划。来拿烟搪塞，来送衣服敷衍，只为宣布这一决定的时刻取得自己最大限度的谅解和理解，而且，能以这样的形式告知的本身也是天大的恩赐。

她没言语。

她发现丈夫的眼神不像以前那般明亮清澈了，浑浊的乌沉，让她仅凭感觉就可以判断出，丈夫或许也如她一样，正在情感的浩劫中承受着煎熬。

女人应该懂得宽容。

她像早就知道了似的继续吃饭，她准备用自己的意志和到处都在流行的这种情感瘟疫抗衡，用自己蒙羞的耻辱获得他人的暂时安生。

这才是最好的结果。

她心安理得地冲丈夫点了点头，然后，也眼睛一眨不眨地开始在内心里盘算属于自己的计划。

或许，可以很好地利用这个机会。

二十四

丈夫走了，吃完饭不到半个小时，在接到一个根本就是预知的电话后，带着她可以感觉到的那么一点点不舍和必须离开的坚决，像她偶尔面对丁植珈时的那般，不仅是鸡肋的舍弃和留存，更是内敛的自省和外溢张扬中的谁胜谁负。

当然，情感必然会战胜理智。

丈夫走了。

她也获得了某种相应的自由，这自由让她不得不想起那个刚刚被彻底删除在记忆中的丁植珈。

她脱下那件新衣服并一点一点地将其展平，然后，慢慢地给叠齐整，像进行某种告别，更像将一个并不称心如意的故事给彻底隐藏。

她不能再穿这件衣服了，不是不愿意而是再也不能。

这样的东西，看着一次，就是面对一次有失体面的上当和受骗。

她把那件衣服放到柜子隔板的最下层，看着连折边都没露出一点的角落，想着今生或许都不会翻动的那个地方，竟心甘情愿于自己人为地将那个触手可及的地方设为永恒的死角，一种不经意就现出些许的快意，让她知道，放弃一件衣服就跟放弃一段感情一样。

一切都不是想象中的那般复杂，没什么了不起的。

她重重地关上了柜门。

刚刚现出一点温情的婚姻，顷刻间就变回中世纪的阴森古堡，纵使里面还有活人，也同样是死气沉沉。

看着柜门，她觉得从来没有体验到的遗憾就像细小的爬虫，只一会儿的工夫便爬满了她的全身。

她不想在遗憾中过日子。

有没有必要让丁植珈来自己的世界看看呢？就像当初丁植珈给自己打电话时所说的那样："她出门了，今晚不在家，我想让你过来。"

她猛然感到兴高采烈的心情异样激动起来，仿佛，灯光都在她的想法出现之后变得更加明亮了。她急忙将那个纸箱翻出来，把丁植珈送给她的东西一样一样地归回原位，然后，在余韵缭绕的恍惚里，让这个灵光闪现的念头，猛烈地招摇在自己的欲念里。

或许，这是个大好时机，让彼此在这种相同的意念中更深切地了解对方，将当初的怯懦和不安，用等同的形式给彻底消除。私会，再不是比当初冒险还让她惊悸的难事，仿佛，她更习惯于这种方式，将还没泯灭的情感给小心翼翼在无法光明正大的谨慎里，膨胀本身所必须圈定的是让她一想起来就要窒息的那种感觉。

被一个男人真正爱着的感觉。

可是，很快，她又改变了主意，她太了解自己了，她怕弄不好，会对自己造成更大的心理重负。因为，她已经习惯于用道德指数来衡量她和丁植珈之间的任何微小细节，尽管她明明知道衡量那些问题的尺度早已是道德本身所无能为力的事情，但她还是有些盲从地认为，道德观念可以解决实际问题。

道德！

她拿起了电话，仿佛电话就是道德的符号和实质。

多么被动的道德，总是在人的意念中被推来挪去，很多时候，她觉得道德像旧时的小脚女人，只会慢慢腾腾地犹抱琵琶半遮面。

也难怪，道德要求所有的男人都只爱自己的老婆。

那可能吗？

道德为什么就不与时俱进呢？她仿佛听到了所有的男人齐声呐喊的声音，而女人，也在这样的呐喊声里，变得激越亢奋，或干脆就又麻木痴呆了，而无论谁有多么的亢奋激越或是痴呆麻木，都阻止不了花开，也阻挡不了花落。

她又打开了柜门，将那件衣服重新拿出来，并穿到身上，或许，自己应该在这种意念的余韵里，好好地遵从妇道。只是，生活在这样一个比以往任何时代都更加丰裕的物质世界里，人们在更加匆忙也是更加失落的状态里，面对现实和接受现实已经成为一种不得不具备的能力。

适者生存。

她又脱掉了衣服，并重新将它展平折叠，像重新进行某种道义上的道别，并将与之有关的所有进行彻底的埋葬。然后，小心翼翼地将那件衣服安放到原来的位置，或许，今生再也不会翻动它了。

面对那个死角，她呆然得像面对一具死尸，她发现，自己光滑的皮肤在柜门的暗处正蛰伏着某些不安分的愿望。

和某人在一起，听从上帝的派遣和旨意，完成男人和女人的宿命。

她拨通了那个可以听到丁植珈声音的电话号码，可是，电话却无法接通，她立刻给丁植珈发了一条信息，她无法不让自己和那个生命完成某种必然的关联。既然命运已经这样安排，延续一下前行的路途又有什么不可以呢？

至于那个无法自控的女人，她管不了那么多了。

但凡一个丈夫都不关注的妻子，又让别人怎么心生爱怜之心呢？何况自己的地位和位置。

可是，依然和那个电话的结果一样，发送成功的提示始终不能显现，她有些气馁，她似乎明白冥冥之中的刻意安排，可越是这样，她越是觉得，丁植珈就是她的整个世界。

她必须继续付出自己的努力。

二十五

"刚才和朋友在一起，没接到你的电话，刚看到你的信息，什么事？"终于，丁植珈的声音温和地从电话的另一端传来，那声音成为黑暗中最亮丽的风景。

她即刻清醒异常。

"他出门了，要三天后才能回来。"她的声音清脆悦耳，像春天流淌的山泉，她突然想模仿丁植珈当初跟她说过的那句话：你能过来吗？

可是，她的嘴被缝合了一般。

"哦！"许久，她才听到丁植珈的沉吟声，既是略有所思又是有些迟疑的让她无法琢磨，这让她不知如何是好。

"我这个人有很多缺点！"她突然有些生丁植珈的气，并看了一眼窗外漆黑的夜色继续说道："我觉得我有必要告诉你一声，尽管这话没什么意义，但我还是想告诉你。"

"我当你要说什么呢，时间不早了，早点睡吧！"丁植珈有事还要忙的态度准确无误地通过他的语气给完全地表达过来。

再晚，他丁植珈不也是没睡，她应了一声便挂断了电话。

男人都一样，需要的时候，推三阻四，不需要的时候，死缠烂打，黑暗中，她什么都不愿意再想又好像什么都必须想地思绪万千却总捋不出头绪。没办法，只好打开灯，坐到写字台前，准备将这一通烦乱无序的心思给白纸黑字地写出来，可是，三张纸都被她揉捏成了团，也没写出像样的文字。

这世界，根本就没什么可写。

她只好再次将那本《墙上的斑点》拿到手里，准备一夜不睡地将那些文字一遍又一遍地进行重温，可是，无法聚集的注意力总是让他将书拿起、放下，放下又拿起。

"喂，是我！"她终于又拿起了电话。她觉得，在她的意念或是感觉中，丁植珈总是无时无刻不在向她进行着某种带着诱惑性的召唤。

电话打通的那一刻，她发现丁植珈也没睡。

"怎么回事？"她弄不明白了，难道丁植珈也与自己一样在这样的暗夜沉沉中，跟自己无法入眠的意识在做伴？

"你在干什么？"她继续问。

"看书！"丁植珈的回答并没有被她打扰到的意思，相反，倒有几分乐意和喜悦。

"为什么？"她问。

"跟你一样。"丁植珈的声音差点将她手里的电话抖掉。仿佛，丁植珈可以穿堂入室般地审视她的一举一动，或许，她不由自主地向四周环顾了一下，或许，是自己误解了这个世界的同时也误解了丁植珈。

他在怪怨着自己？

那一刻，所有的坚韧和隐忍都土崩瓦解了。

"你为什么要那么优秀呢？"她重重地叹息了一回。她突然觉得，这世上最懂自己也最理解自己的只有丁植珈了。可自己，竟做过那样的事，在丁植珈生活的那个城市，拒绝接听他的电话，难道，这就是人们所说的情感泛滥，在钢筋水泥的坚固中，将自己的情感放任到最自私且又最贪婪的状态。

道德，她不得不在这个时候对道德进行一次最完全也是最彻底的背叛。

"你过来怎样？"她到底还是把这句话说了出来。

那一瞬，她想起了少小时母亲的谆谆教诲，想起了自己曾经遵从的那些行为准则,但那一切的一切,都在她的声音里绝尘而去。

原来,变化的不只是这个世界,更是自己。

她长长地"呼"出一口气,并在这样一种长叹里,对一切不再抱有希望,包括她刚刚说出的那句话。

"真的!终于听到你说这句话了,等着,我这就过去!"她听到了丁植珈异常兴奋的声音,之后,便是挂机后的忙音。

二十六

"我已经上车了,但不是火车,是汽车。"二十分钟后,她在电话里听到了丁植珈的声音,幽幽的,带着不可遏止的悻然。她有些不知所措,她匆忙扫视了一眼房间,还好,一切都令她满意。只是……她急忙穿上衣服,以最快的速度跑到大街上。

她要给丁植珈买一件礼物,她想以此来纪念这样一个不同寻常的夜晚。她要用一种像模像样的形式,来对丁植珈进行某种说不清的报答。她更要用那个未知的物件来为这样的会面做出一个对自己也是对丁植珈都超乎寻常的评价。因为,她在丁植珈这意外决定的行程里,得到了一种意想不到的收获,尽管这收获仅仅来源于她的想法和做法,但她希望如此顺由心意地为自己做点事,在善待自己的知足和满足中带着不为此行留有任何遗憾的快乐。

一路走下去,很多商铺和店面都大门紧闭,像良家妇女的安分守己,摒弃了白日所有的喧嚣和繁华。热闹,真正地成为一种奢求,行色匆匆的人,几乎没有一个如她那般兴高采烈,仿佛,成全了这样的一件事,也就成全了她自己的人生,她的哀伤都在这个左顾右盼的时刻里被抛掷得无影无踪。

她买了一条皮带,虽然精挑细选也不一定能让丁植珈满意,但她看到那条皮带的第一眼时,就已经为着那样的决定而心动不已。

紫檀色的木质包装盒,在灯光下鼓动着晶莹剔透的光彩,一圈一圈缠绕的皮带，像墨色的陀螺，规整而纹理分明，很难想象，这样的东西，用在丁植珈的身上，可以将她的欲念给无止境地延伸，直到她的想象都无法到达的那些地方。

一条皮带的责任。

她为自己的选择而快乐无比。

她完全可以想象，这个有着银白色环扣的皮带会将她的期待怎样地随同丁植珈的身心云游四海，远行八方，并在每时每刻的不离不弃中，品味一种纯粹自然的本色。

含而不露，却是完全彻底的贴身跟随。

她看着那条皮带笑了，想着礼物就是将这样一种微妙的心意，尽善尽美地传达并保留，且借助后天寄予的厚望，让魅力无限的过程远远地超过最初的期许。

而那样一个过程就是结局。

她仿佛看到丁植珈欣悦怡然地接过那条皮带，行将踏上路途的从容，生活的开端，或许就在那些不幸来临之后。

她倒感激起自己的丈夫来。

二十七

回家的路上，抱着那个紫檀色的盒子，她的快乐埋葬了她曾经的忧伤。

月色，在她的快步疾走中，袒露着并不柔和的光辉，路灯，成为最神圣的使者，在她的身前身后，将她的身影变换得一会儿长一会儿短。

她觉得自己很富有。

虽然仅仅是对一个男人的暂时拥有。

二十八

她快速跑回家，努力为丁植珈的即将到来做好一切准备。那些她曾心爱过现在依然爱着的各种宝贝，当然，还有丁植珈爱喝的红酒，都成为这个好日子的超级信使。

二十九

丁植珈终于出现在那条通往街心的弯路上，并按着她所指引的方向一路急行。还是那袭米灰色的薄料风衣，还是在路灯下就明晰着的五官依旧那般的俊美而棱角分明。

她的心狂跳不止。

那个扔不掉初恋故事的男人，那个在失魂落魄的夜里偶遇了失张失智的女子后便顺其自然到随波逐流并不再坚守情感堡垒的半路逃兵。

她的爱意，在这个时刻成为一道彩虹，烂漫着所有的温情和色彩，将丁植珈完美到最标致的状态。

她没有想到，本来以为就此终止的故事又有了可观可看的下文。她不知道这样的冒险在自己的生活中又要以什么样的方式收场，想着这样的暗夜沉沉中，那个离自己越来越近的男人与自己曾经有过怎样缠绵的肌肤之亲，温情暗涌的感觉立刻电流般地袭遍她的全身。这不能不说是奇迹，素昧平生的原本互不相识，却能达到至亲至爱的默契，即便有了不得已的隔阂，再次相见，依然是那般的喜爱。

她向着丁植珈走来的方向轻轻地摆了摆手，也不管丁植珈是否看见，只想将自己所有的不知所措都尽情挥舞到窗外那片灰暗之中。她彻底地明了了自己的人生，从认识丁植珈的那一刻，就完成了跨进式的超越，理直气壮又不避讳任何，不得不将背叛进行到底，不得不将冒险演练到极致，不得不将内心的挣扎舞弄到翻江倒海。

她将头和身体完全贴靠到墙壁上,希望自己可以在这突如其来的惊悸中得到最快速的平复,在这夜深人静之时,她希望属于她和丁植珈的世界,如春暖花开、如夏雨打荷,不温情隽永也要空灵幽怨到含情脉脉。她这才发现,外遇的本质或许正在于此,不能等同于婚姻,也无法同等于婚姻,既是婚姻的天敌也是婚姻的杀手,可即便这样,她也愿意将自己完全局限在盲从的昏聩中。

三十

"给,送你的礼物。"门被她拉开的那一瞬,还没等丁植珈拥她入怀,她便将那个紫檀木盒横在了他们之间。丁植珈根本没有任何觉察地将食指竖在她的唇边,她这才发现,门没关上。

"小笨蛋!"丁植珈接过那个木盒,嗔怪了她一句便转身去关门。

看着丁植珈的背影,她又想起头一天这个时候跟小倪在"食客"里说起的那些铮铮誓言。可明天到来之时,她却将那些誓言给损毁到零落成尘。

她认为自己也是骗子。

不只是对小倪。

更是对整个世界。

她不想原谅自己,但不是在这个时候,或许,此时此刻的丈夫比自己还不如。

和某个女人或是某些个人在一起,共同品尝蓄意谋划成功后的种种喜悦,都是同等意义上的欺骗。

谁也不比谁好到哪。

她释然了。

三十一

"瞧，你送我的光盘、枕头、书，还有大头贴！"她将丁植珈迅速让进自己的房间，并将所有与丁植珈有关的物件都一一陈列在他的面前。

"我以为你不理我了呢。"丁植珈拿起那张光盘，像做了亏心事，她听了，则轻轻叹口气，她当然没忘丁植珈的妻子半夜三更给她打来的那个电话。但是，这样的时刻，她不想让那种不愉快来搅扰她的心情，甚至，她有一种感觉，无论那电话给自己带来怎样的不开心，她都获得了另外一种意义上的补偿。毕竟，面对丁植珈，她确实可以在这样的时刻以一个胜利者的姿态去面对他的妻子。或许，是那通不礼貌的电话，只是，她不知道这个世界上那个可以用同样姿态来面对自己的女人在哪里。

"我要让这个礼物一直跟着你，从我见到你的这个时刻开始。"她将丁植珈裤子上的那个皮带慢慢地从腰间取下来。然后，看着丁植珈听她说话时眼里所流露出来的那些最最微小的变化。

"它，可以代替我的双臂搂着你，也可以成为我的身体缠着你，更是我的心在跟着你！"她的声音很轻，轻到只有他们俩才可以听见。

她把自己的双臂环到丁植珈的腰间，让这突如其来的贴心，快速地安然在恒久的温馨里。她有些后悔为什么不说每时每刻跟着你，如果那样，她的所作所为就不只是将背叛进行到底那么简单了，彻头彻尾的众叛亲离才是。

一个地地道道的坏女人。

这样一想，她倒心生几分窃喜，什么时候，好女人不是生存在坏女人的阴影里，坏女人，打碎了好女人的梦想，虽然是那些坏女人成全了那些男人的梦想，但哪个男人能认可那些女人的"坏"？

她为自己能"坏"而感到庆幸。

"昨天晚上，我梦到你了。"丁植珈使劲儿地抓住她的手，好像大老远地跑来，只为抓着她的手。

"梦到我在做什么？"她挣脱了丁植珈的束缚，突然觉得有些厌恶丁植珈的纠缠。好像每一次的相见虽然有着形式上的不尽相同，但本质和意义上却绝对没有任何区别，一切都从一开始的如梦似幻，演变为一成不变的程序，倾诉、拥吻、做爱、离别，除了这些，好像就没有其他事情可做。

她怏怏地走到窗前，轻轻地掀开窗帘的一角，发现夜色比丁植珈来的时候更迷离晦涩，似乎还有一丝雾气在路基下慢慢升腾。路灯，带着一圈又一圈的光晕，像水中的波纹，空泛着环形的虚影，她更希望，她和丁植珈之间，可以像夫妻那般地去买菜，在讨价还价的同时，体会各自的小聪明和大智慧。然后，一起下厨烧饭，一起料理家务，一起打点将来。

"以后，不会再有那样的事情发生了。"丁植珈从她的身后轻轻地拥住她，显然，丁植珈曲解了她的意思。

她突然回过头，发现丁植珈不像刚认识的时候那样，皮肤的光泽和原来的神采似乎在明亮的灯光下被消减了许多。

她将头贴到了丁植珈的胸口，有些心疼，想这样一个男人，在不为人知的生存境遇里独自一人地拼争，没人相依也没人相伴，即便自己和他之间还有着无法割舍的情结，可时时准备抽身远离的态度，根本就没把责任和自己与之相连。

她从丁植珈的表情里窥到了自己的罪恶，是对于情感不忠实也不坚定的罪恶。

她想起了朴美，那个也在为着这个男人心存爱恋的弱小女子，在尘埃无法落定的自怨自艾中，消耗颓毁着根本就是微不足道的隐秘恋情，不为人知，又想公之于众。

实在是笨！

没那个勇气也没那个胆量，不会善待自己更在蚀毁着他人的希望。

她竟替丁植珈鸣起不平来。

仿佛，丁植珈是个受害者。

"你还想她吗？"她将她的手按照以往那样，透过丁植珈的衣领，一点一点地伏进他的胸前。丁植珈的身体被夜晚的寒凉早就浸透，让她想用自己所有的温情将其温暖。可是，她的话，又是一股冷风般地围着他们两人不停地开始打转。

许久，丁植珈才问："想谁？"

"还能有谁，跟我生活在同一个城市里的那个人呀。"她发现，她并没在内心里完全告别丁植珈，一切不过是假象，因为不能天长日久地相守，因为不能时刻不离地相依，是与命运抗争不过的那种脆弱。

她了解自己。

"我开始抽烟了。"她的声音仅够丁植珈听到。

丁植珈没有说话，而是亲了亲她的额头，像父亲疼爱女儿那般，她的眼泪即刻流了出来，仿佛，被浓烟呛到了似的。

"因为她也抽烟。"这更小的声音让她在丁植珈的面前完全失去了自己。好像，让丁植珈来，只为着说这些，她不知道为什么见到丁植珈的那一刻，就任由着自己不能将一切顺理成章为自然而然。

世界，就在那样一种僵持中渐渐地空茫、退离，像落潮，偌大的空间里，哪怕轻轻呼出一口气，都会成就一种心事重重的叹息。

不应该是这个样子的，更不应该是这样一个结果的。

"你很累吧。"她看了看床上那个熏香枕头。

或许，这就是激情渐渐消失后不可避免要出现的淡漠，一切都不再急于求成，哪怕是盼望中的激越，都在这个难得的时刻，让人无法抵挡它的来势汹汹，就像当初无法抵挡住的那些魅惑。

一切都与想象差之千里。

他们分手才仅仅三天。

她窥到了他们之间真正意义上的分手，即便不离别在即，也是诀别前的最后媾和。尽管曾经的见证都在他们的身边余韵未散，尽管他们之间依然可以谈笑风生地转过尴尬。她轻轻地摸了摸丁植珈的额头,宽宽的,或许,男人的辛苦里,更多地包含着的是对这个世界本质意义上的认同,像探险者的雄略和威武,从上道的那个时候开始,就为着一个从一而终的方向。

一个人的心里为什么不可以同时容纳两个人呢,既符合根深蒂固的法律认同,又可以逾越道德标准的种种束缚。她想起了丈夫,这个时候丈夫会躺在什么样的床上呢,是不是也像自己这样,身边躺着另外一个人。

她不自觉地亲了丁植珈一下,然后,让自己不得不继续在那种状态中,时而清醒、时而糊涂。

当然,还有那个每次相见都必须保留的过程——做爱。

三十二

夜晚,很快在他们的固定程序中迈着不紧不慢的脚步将他们的生命又载出一程,虽然只是一夜的时间。

碧翠,或是静爽,在这样的季节里,早已成为记忆中的过去式,肃杀和清寒,残忍地与秋天最后那抹弄姿摇曳的金黄冷寂地对峙。如白驹过隙,只一眨眼的工夫,这世界,就又是一番景象。

天大亮了,丁植珈依然在熟睡。

男人!

看着那些光线散落在丁植珈的脸上和肩上,她觉得,男人确实是个可爱又可恨的动物,就因为丁植珈,她几乎一夜没睡安稳,各种各样随时有可能出现的状况,走马灯似的在她脑海中不断地盘旋涌现。女人的胆量,或许,就在这样一种忐忑惊悸中被逐渐地膨胀,直到真正地冲破原有的防线。

无法无天,再也不是什么空穴来风,她也有了归属于自己的人生传奇。

或许，围城就是在这样的一次次众叛亲离的过程中，成为一个实实在在的空城，再由空城一点一点地坍塌为一座废墟。

她不由得轻笑了一声，觉得人生不仅仅是不可思议，更觉得很多事，都是让人在恍然如梦的过程中，知道什么是已经成为既定的那种事实。

无法更改，也更改不了，由一个人的事实，演变为一个社会的事实，由一个人的故事，演变为整个社会的故事，而外遇本身，再也不是什么道听途说的子虚乌有，外遇，完完全全地走进了自己的生活。

一个被对方打错的电话，在接听和被误认的过程里，一个十分有可能发生的故事，便开始了最初的抛锚；电梯里或是楼道中，不尴不尬的谦和与礼让，或许，就成就了一次相见恨晚的情感远航，太多的机遇和太多的机缘，成就了人们太多的遐思和臆想，或许，这就是人性本质里最无法剔除的本色，喜新厌旧又朝三暮四。

女人跟在男人的后面，亦步亦趋，甚至更加有恃无恐到肆无忌惮。

三十三

丁植珈醒了。

他慢慢睁开的双眼，像第一次看到这个世界，带着惊喜和惊奇，让她有一种要为之献身的冲动。

母爱，或许，就是在这样的时刻里，得到了最最本色的升华。

"今天我不去上班了，请假在家，陪你，就像现在这样。"她终于明白，人们为什么要将这种节外生枝的情感说成是人生里的所得和所获。因为，她分明看到，丁植珈温顺着所有的柔情，慢慢地将头埋进她心胸的那一刻是带着怎样的柔弱和安详。她突然有一种不可名状的感动，这美丽的光华，或许，就会成为他们生活在一起的最后时光。

"我给你做饭、我陪你说话、我听你唱歌、我让你给我讲故事，当然，我还必须跟你做爱……"她一样一样地跟丁植珈说着，她必须说清的她所有的想做和想为。她要学会珍惜,她已经懂得珍惜现在才会拥有未来,虽然那个未来是不为人知的未来,但那是可以让她的生活和生命得以滋润和滋养的未来。她摸着丁植珈的脸颊,在那光滑的温润里,她要将她的柔情给予最大限度的放飞和张扬。她觉得,她的情感抑或是情欲从没有像这个早晨这般易于冲动,暴雨疾风似的风卷残云,连魔鬼上身的游戏都不得不退让三分。

外遇,再不是什么个体现象,而是不触也发的动感神经。而太多的人,成了其中的一分子,她觉得,她越来越像一位心理医师,不仅设身处地地探寻,还总爱明察秋毫地将她的视线逐步扩展放大到方方面面,乃至于形形色色。这无不让她深刻地明白一个不得不认可的道理,那就是,外遇,再不像有人说的那般,如深秋的枯黄落叶,是情绪低沉时轻轻掠过的丝丝惆怅。

外遇,某些时候,更是一种必然的需要。

她很佩服自己的胆量当然也包括自己的想象。

"可是,我今天有一个很重要的采访,万一你丈夫……"丁植珈笑了。他摸着她的乳房,像偷吃过很多次的小孩儿,怯懦中存有几分不甘。

"那有什么,没什么万一。"她又想起了那些可依可傍的证据,她的胆量,在这时,成为一道任谁都无法逾越的屏障,挡住的,是来自家庭和婚姻的所有矛戟。

"可我必须得走!"丁植珈突然将她压到身子底下并用轻柔的声音让她在艰于喘息中,一字一句地听到,那不能辩驳也无法反抗的结果,就像她的丈夫告诉她,要出门,要离开三天。

是的,很重要,或许,这就是男人,随便找个什么理由,就可以完成他必须完成的事业,就像他要她的时候,也可以随便找出可以说服她的理由。

"也好,我请假也相当不容易!"她给自己及时落下一个台阶,并让自己优雅从容地从那台阶上一步一步地走下来,但是,她很想对丁植珈说如果这个时候,留你的不是我而是朴美你会怎样。

答案一定会不言而喻。

她觉得自己越来越神经质了,无端地猜测、无端地怀疑,甚至,还无端地联系,将不一定关联在一起的事实编排出合理的因果关系。

她彻底地放任了自己的想法,只在一瞬之间,只是那条自设的退路,有如自渎般的伤害,没人看见,却成为一种彻骨的疼痛。

她把丁植珈的衣服一件一件地穿上,然后,看着丁植珈像孩子似的将头又一次埋进她的怀里,那微微卷曲的头发,黑黑亮亮,将丁植珈的懒散和他对即将投身的所谓事业的热情,游丝呓语般地展露给她。

她很后悔她的那些想法,一切,都不过是假象,不过是人性里最无耻也并不遥远的真实给神化到了不可触摸的神圣地位。爱情抑或是真性情,不过是自欺欺人的猎奇心理在招摇撞骗,因为,一切都在平和中变得越来越接近可有可无。没谁会像她那样,落魄在惊魂未定的惶恐中,遭遇这场离奇的情感纠葛,并自愿地将这段可以束之高阁的隐私无限扩大,让全部思想缠绕并维系在眼前这个依然陌生的男子身上。

这是个错误。

她必须放弃。

她环顾了一眼自己的家,雪白的墙壁没有因为这一夜的偷情而染上任何污浊的气息,床,依然那般安静。仿佛,经历过什么样的风花雪月和疯浪癫狂都会坚守自己的沉稳并永远守口如瓶。因为,丈夫回来后依然可以毫无觉察地躺上去,而自己,依然可以在日后的安然中将这个夜晚扼杀在淡泊无觉的忘却中。生活,绝不会因为这一夜闪过的情景而有什么更改和改变,每天必须亲历亲为的喜怒哀乐,依然会准时上演,在床上,或不在床上,而太阳,在那样的日子里,依然会不停地升起、落下。

她鬼使神差地将那件已经被收藏过两次的衣服又拿了出来。

"瞧,我丈夫刚买给我的,就在前天。"她扭动着腰身,天真烂漫地将那件衣服套在身上，无比兴奋和激越的表情，既像献媚又像在勾引，只是她说出来的话，与她的动作极不搭调。

"前天？"丁植珈问。

"是的！是前天！"她突然想起，前天，在湖边，她拒绝接听过丁植珈的电话，她即刻收敛了自己所有的热情和笑容。

"那你说，你是不是很爱到我们这个城市来。"她晃动了一下自己的头，她突然觉得，丁植珈是在利用她。

利用她的感情、利用她的无助、利用她的没有经验和缺乏胆识。当然，在这样一个利用过程中丁植珈也得到了一种本质意义上的缓解和释放。

缓释他戛然而止的初恋誓言，缓释他从一开始就有无数问题存在的婚姻和爱情。

她不想得到答案了，她知道，即便是有了答案，对她来说也不能成其为答案。

三十四

丁植珈离开了，顺着来时的路，在清冽的晨光中，步履从容，只是那份从容里，有几分她完全可以看得出来的无奈，仿佛备受摧残的灵魂在一夜的疲惫之后更加落魄和落寞。

过去的那夜，非但不美，反而成为一个沉重的镣铐。

三十五

十多分钟后，她也走到了那条路上，踏着没留下一点痕迹的青石板，看满际满眼喧嚣的车水马龙。走出家门的人们，迈着快捷如风的步子，行色匆匆之中，仿佛从来都像这个早晨这般无欲无求，或许，只一夜的安顿之后便得到了预想中的心满意足。

她停下脚步,木然地看着一个又一个在她视线中出现又消失的人影,想着他们在刚刚过去的那个夜里,是怎样度过的。

"我要休假了,跟老公出去旅游。"刚到班上,还没等她换好衣服,小倪就像一只发情的母猴突然窜到她的眼前。

她没言语,只用眼睛的余光乜斜了小倪一眼。

"又犯病了,我在跟你打招呼呢!"小倪鬼魂显身似的向她抖了抖自己脖子上的那条白金项链。

"你瞧!这是我老公给我买的!"小倪的话音还没落,就将头伸到她的面前,一股人工合成的香精味道,立刻劈头盖脸地向她扑来。

"别用那么香的东西,俗!"她冷冷地说了一句便转身离开了。

她觉得有些对不起小倪,不分享快乐还泼冷水。

"真是你丈夫给你买的?"她突然一个急转身,把正在低头摆弄项链的小倪吓了一跳。

"不是我丈夫买的还能是你丈夫买的啊!"小倪嘟着嘴走开了。

看着小倪依然无法掩饰的那份兴高采烈,她知道,小倪的话,或许是真的。

她有些后悔,为什么不把丈夫给自己买的那件衣服穿来呢,可是,穿来又能怎样,跟小倪比较哪一句是真哪一句是假。

口是心非!

都在撒谎!

整整一天,那几个字,反反复复地在她的意念中交替出现,有的时候,好像是对小倪的评价,但很多时候又让她觉得是对丁植珈的判断。

这才是最真实的生活。

末了,她自己对自己说。

看着窗外,指不定什么时候就会飘落下来的树叶,她不得不这样想,因为,中午,丈夫突然给她打电话,说他已经回家了。

三十六

"我给你买的衣服你怎么不穿?"晚上,她刚一走进家门,丈夫就突如其来地问了一句,她想解释,又觉得无法解释,因为,什么样的理由,都是话没到嘴边就被噎了回去。她看着丈夫的脸,像突然闯入繁华都市的外来者,想审时度势却无从下手。

"给,我又给你买了一条裙子,我觉得你还是穿裙子好看。"她看了看丈夫,又看了看那裙子,觉得无论是丈夫还是那条裙子,都让自己陌生异常。

她甚至有些不相信,在这世上,眼前的这个人和那个新的物件,与自己的距离如此之远,远到无法用尺度去衡量。因为,他们之间的疏离感,胜于丁植珈还没有完全消散的气息。

她实在不了解眼前的丈夫,说必须离开三天,却一天不到就神出鬼没地回来了,仿佛,他的回来,不是必须,而是不得已。

尤其是那条裙子,即便带着她完全可以认可的色彩和款式,也无法成全她生活中的爱美和对美的所有感受与奢求。

或许,冰冻三尺的婚姻仍可以融化在四季的轮回里,可是,她不相信破镜真的能够重圆,不过是一种不现实的向往而已,被重新粘贴的破镜上一道道无法遮掩的裂纹会有多么难看。

那样的镜子,即便是重圆了,也不会照出什么美丽的容颜。

她不会轻易上当。

三十七

她收下了那条裙子。

她说了声"谢谢"。

她做了饭菜,干了家务,她被动地让丈夫任意地亲热和围攻,仿佛,什么都不曾发生也不可能发生似的,将一切演练到最自然的状态。

她觉得她已经成长为一个出色的演员。

可是，一切收场之后，站到窗前，想着这个时候不知道在干着什么也不知道会在想着什么的丁植珈，她又觉得，丁植珈没走。

她环顾了一下房间里的每个角落，一种可以驻留永久的气息，在雪白的墙壁上，在米色的水曲柳地板上，在木质家具的纹理中，更在她和丈夫刚刚躺过的那张大床上。

也许，一切还需要等待。

也许，一切都可以很好地挽回，让旧的情感演变为一种新意，让新的故事不断轮回在旧事的繁复里。

"你怎么突然改变了主意，你怎么突然之间对我这么好！"她突然想对丈夫这么说，但在几次的冲动产生并要行动的那一刻她又及时地制止了自己。

因为，丈夫房间的门，已经安静得仿佛从来不曾打开过。

她冷冷地看着那扇门，在想，一扇门挡住的不仅仅是一个房间，更是那房间外面的世界。

有她心里的世界，也有她梦中的世界。

第六章　有多少旧爱可以重来

一

她穿上了那条丈夫送给她的裙子，藏蓝的色彩里透着几丝若隐若现的银红，低开的圆领处内置着一个她并不喜欢的割绒衬领，细碎的花边像合欢树的叶子，这种创意虽然很时尚，但一点都不适合她。而且，无论什么时候，只要她一看到这意义不明的裙子，心里就有怪怪的感觉，仿佛，这是一件被某个女人所拒绝的东西，又好像是被某个女人所亲自选中的。反正，这裙子一定与另一个女人有关，她一向相信自己的直觉。

"你怎么选了这么一条裙子？"好几次，她面丈夫的目光都想用这句话来试探究竟，但每一次，她都靠着坚不可摧的毅力将这个一直挥之不去的疑问给自消自灭在萌芽意念里。她知道，她要表达的那些话外音一旦被破解，对谁都是一种伤害。

生活早就教会她如何小心翼翼了，她只能等待时机。

二

"你别再穿这条裙子了。"终于，在那个凛冽得确实让她觉得冷的周五清晨，丈夫突然在她即将走出家门时冷不丁地对她说。

她回身看了一眼丈夫，什么都没说，她更关注的是那些还没被丈夫说出口的话。

"天太冷了，今天有雪！"丈夫说完，便不再看她了。那份漠然的表情里，好像是不得已才将这个信息通告给她，至于她怎样对待，完全是她个人的事。

她淡然地回了一句我不怕冷便走出家门。

这不伦不类的裙子！

她下意识地摸了摸领口，想着丈夫送这裙子时的那种游离的眼神，明了了自己在那一刻已经受到的伤害，真是愚蠢，总希望丈夫给出十分明确的答复，就像骗子对被骗的人所说的那样："没错，是我骗的你！"

她不禁"哼"笑一声，后悔为什么不听丈夫的话将这条裙子给换掉，可是，明明知道了答案，为什么还希望得到确切的答复呢？难道一切真的都不仅仅是一条裙子那么简单吗，就像自己，也同样利用丈夫离家的那个夜晚在自己的家里与丁植珈私会。

或许是自己把简单问题给复杂化了，她这才发现，寒风瑟瑟的周遭，确实没有穿裙子的女人。

怪不得小倪都在说自己不正常。

她把裙子外面的风衣扣一一解开，然后，将左右衣襟给抓握到各自不同的方向，让自己的身体在紧紧地被裹住的感觉里继续体会那些越来越怪异的想法。或许，心里热的时候身体就不感到冷，不然，不可能在如此长的时间里只穿这么一条裙子，好歹，它也可以向周遭证明丈夫对自己的关爱，可问题是这裙子并不保暖。

她这才发觉，已经有将近半个月的时间没和丁植珈通话了，好像原来就不那么坚定的情绪在季节的变化里也发生了某种不得已的转移，或许，潜意识里，把丈夫送的裙子当成了救命稻草。

她这才明了，自己已经完全生活在两个男人之间了。

丈夫不在家的时候，她想得更多做得也更多的是怎样和丁植珈幽会，仿佛，丈夫成为横陈在他们之间的一道铁索，即便某些地方生了锈，也不影响其自身的功能。只是，她觉得自己在丈夫的面前很可怜，只凭一条裙子的代价，这说明在她的内心，依然在乎丈夫对她的态度，即便是一条来历不明的裙子。

她倒有些说不清这究竟是自己的幸还是不幸了。

这世界，好像人人都在偷吃禁果，不愿意被周遭发现的同时又希望有人可以分享自己的那些所谓快乐。仿佛，人类情感的路线，从祖先那里，就遵循着这样一个固定的模式，没谁能改变它，也没谁愿意改变它。

她习惯性地踢飞一个石子，并在脚尖确实有痛感的状态下，惊异地发现鞋尖儿上竟沾着一层厚厚的灰泥，还有一个细小的草棍儿，很像她半死不活的思维，轻轻一抖，那草棍儿便重新落回地上。

这到处都是砖瓦水泥的地方，这些东西还真是少见。

她拿出电话，想起从自己夜不归宿的那天开始，就没正式跟母亲通过电话。她觉得母亲似乎更可怜，遇到自己这种活得不开心就用不见踪影来摧残父母的孩子，她感到内疚和不安。

或许，真的是被那场意外循来的情爱给冲昏了头，就像从前那样，以为这世上只有爱情才是最宝贵的，甚至，很多时候，还误以为爱情是人生的全部。可问题是，听到母亲的说话声，她的头或许会更晕。因为，母亲只会给她灌输做女人的应该和种种不应该，母亲虽然没错，可母亲的教诲让她吃尽了苦头，不过，她明白，那是因为母亲的忠言与现实脱节造成的。

母亲不懂，她懂。

电话接通的那一刻她听到接电话的不是母亲而是父亲，和父亲还能说啥，她急忙说句我拨错号码了我在急着找朋友我还有事便将电话给快速挂断了。

她的眼泪快要流出来了，她不是不想跟父亲说，而是害怕来自父亲的一点点责备和责难。尽管父亲什么都不知道，但感觉上，她认为父亲一定全都知道了，因为，她越来越觉得，那场《夜遇》实际上就是真正意义上的《外遇》，她觉得命运之神，又一次把她急需倾诉的权利给剥夺了，总在她最想倾诉的时候让她不是没有机会就是有了机会也失去勇气。

这世界，怎么一眨眼的工夫又回复到原来的样子了，让她孤单得像立于无人之岛,这种感觉早就让她痛心彻骨,不用想都知道是什么感觉,那些确实存在的美丽曾经呢,怎么这么快就烟云消散地了无痕迹了?

难道,性爱的结合也抵不住这马上就要断掉的缕缕情丝,无论梦着或是醒着都无法超越的坚强壁垒怎么连道听途说的故事都不如了。那么信誓旦旦的决心和那么真诚的相互坦诚,那么美好的白天相思和夜晚的相爱,只顷刻间就让一切情感都变得轻于鸿毛。

她想不通。

"喂,是我!"她拨通了丁植珈的电话,是在她刚刚看到公司大楼的那一刻,她好像无法忍受那即将开始的繁杂工作,琐碎且无聊,每一桩和每一件都透着无情的生冷,像她的婚姻,又是她所有的生活。

"什么事?"接到电话的丁植珈很兴奋,显然,这个电话给丁植珈带去了一份意想不到的惊喜。她有些不自然地笑了笑,觉得自己确实滑稽,在和丈夫分手不到二十分钟的时间里,就在想着丁植珈,这糟糕透顶的矛盾重重,让她想将电话给无端地挂掉。因为,一切都那么乏善可陈,即便电话的另一头确实有一种声音可以让她温暖,但眼前近于麻木的感觉依然那么固执地张狂着。

她又看不清自己了。

别的女人是不是也如此呢?穿越于从未如此生机勃勃地展露个人秉性的男人世界,不是带着最初的好奇和羞涩,也不再保有女人所必有的娇柔和温婉,只想自己的整个身心,都在麻木的状态中,无法完成的使命,尽管她没有穿越,而仅仅在尝试,但感觉上似乎一模一样。

"没什么事,就是想给你打个电话。"她故意将语气放松到最自然的状态,她实在不愿意让丁植珈觉得她离不开他。虽然在某些时候没有丁植珈她确实感到没法活,可问题是,她已经从那个情感旋涡中爬出来了,她不能再没心没肺地让自己跳回去,虽然她是在打电话,但这绝对不同于从前,她相信自己的感觉,不过是因为闲聊至极,和真正的那种想念有着本质上的区别和差别。

丁植珈笑起来,爽朗的声音,带着她熟悉的音质和音色,兴奋中的激情盎然和着周遭低沉的嘈杂声，汇成了一种喧嚣又狂傲的有色音符，明亮且带着无法阻挡的穿透力。

那音符深深地刺激了她，尽管她知道这样的电话或许又会成全他们的意外相见，但此时此刻，她却觉得那笑声是对她人格的不尊重。

"笑啥，值得笑吗？"不过是一个电话而已，她有些愠怒。她不喜欢丁植珈用这种方式来对待她，好像她是个不可救药的弱者，急需丁植珈用情感施舍来拯救她。虽然她知道这或许就是最好的回应方式，而她，也确实需要，但她无法认可，她觉得自己在情场的旋回中越来越神经质。

"怎么不值得，这说明你还想着我！"丁植珈的声音依然爽朗，仿佛他的情绪在这个突然而至的电话面前获得了阳光般的滋养。

"就说这些吧，我到班上了。"她快速地挂断了电话，尽管丁植珈的热情曾有那么一瞬也深深地感染了她，但她不想再听到丁植珈的笑声和说话声，她觉得，那些声音，无论从什么意义上讲，都是对她的嘲弄也是对她的嘲讽。

嘲弄她无法像丁植珈那般洒脱，对什么事都能拿得起也能放得下；嘲讽她不能像丁植珈那般幸运地将个人的情感给玩弄于自己和他人的股掌之间。仿佛，都有不为人知的苦痛，却因为各自的功力不同，抵御和消解的本领也有天大的差别，而她，无论怎样努力，都无法企及也不可能企及。

他丁植珈哪来的那般造化，可以化腐朽为神奇，能将外遇舞弄到如此简单。

她当然妒忌。

她痛恨这种人，却又摆脱不了这种人。

三

她决定给朴美打电话，尽管她已经进了公司大楼，但她决定爬楼梯,她想在有限的时间和空间里,再为自己做点无用功。这缘于丁植珈,也缘于她自己,或许,这个时候,朴美比丁植珈更具某种说不清的吸引力。

"喂!最近怎么样?一直没跟你联系!"还没等朴美反应过来,她的怪异想法便一反常态地发挥出来,她清清楚楚地听到自己的声音几乎跟丁植珈一样地显得兴高采烈。

"哦!"对方略有所思地感叹一声,突然明白什么似的让她即刻知晓,或许,朴美已经知道了她的真实身份,一个以善者自居的真正情敌。

她后悔起来,不该打这个电话,即便对方不知道,也不该再将这危险的游戏继续下去,这才是真正意义上的荒唐,自投罗网还不自知,可她不能就此止步。她内心深处确实有想跟朴美进行说不清的交流,或许,只有在那样的境遇里她才可以看到真正的自己。

"喂,有什么重要的事吗?"听到了重要两个字她还真有心挂断电话,因为,这让她觉得自己打的这个电话很多余。可是,就在她准备按键的那一刻,听到朴美突然大声地说道:"我正要找你呢!"

"什么事?"她很关切。

"今天晚上不知道你有没有时间,我想跟你说说丁植珈的事。"电话里,朴美的声音仿佛蓄谋了很久之后终于有机会向她一吐为快。

"没问题!"她快速地回应了一句。

她停住了脚步,觉得身后有人,可是,回过头去,什么人都没有,她突然觉得自己又成了一个身份不明的人,不一定志趣相投但绝对是取向一致的两个女人,想着法地往一块凑合,难不成朴美也要从自己的身上找出可以共通的那种共识。

为着同一个男人。

她看着雪白的墙壁,看着自己的身影,慵懒地散映在斜角的灰暗里,像猥琐的贼。

四

她不得不为这场会面做精心的准备,既有内在的,也有外表的。

午休时,她去女饰店买了一条黑色的装饰项链,合金胶石的材质,尽显着维多利亚时代的复古风情,流苏式的细小蕾丝,刚好可以感觉到女性所特有的脉脉温情。虽然仅仅是女人之间的会面,她还是显得有些忧心忡忡,毕竟,稍不留神就会泄露马脚或是秘密,这人为添加的饰物似乎可以帮她抵消几分怯懦,而那个无法避开的男人丁植珈,一定会将看似相同实际根本不可能相同的话题给一一显露出来,这无疑是更具挑战的冒险。

她想起了第一次决定去见丁植珈时不停思索的这个词,嫁给丈夫时,她在冒险,但她并没有及时意识到,去另一座城市见丁植珈是冒险,但她无法抵挡诱惑和冲动,眼下,同样也在冒险,却让她现出从未有过的热情,仿佛,这样的冒险,比获得爱情更让她期待。

她笑着戴上那条颈链,觉得不冒险的人生或许不存在,因为,只有通过冒险,才能让人更好地生存,当然,也是另一种意义上的征服,通过冒险,可以获得新的生存方式,虽然到头来不一定是自己所要的那种,甚至,还不如从前,但谁又能轻言放弃,哪怕有一线希望,就像眼前的自己,无疑是另一种形式的挣扎,只是,生活不是在这种努力中变得越来越简单而是越变越复杂。

尽管如此她也不能躲避,从前,她的心思和意念里只在丈夫一个人,尽管很凄苦也很孤单,但她不自责,也没有犯罪的心理。可现在不同,现在,她完全生活在两个男人之间,而这两个男人,随时都可以出现在她的生活中,如此起彼伏的物体或是影子,并在或明或暗的交替衔接中时不时地产生着某些必然的关联,而她的个性和人格,总在这种交替衔接中不断地被泯灭再不断地被坚强,如同在高大和弱小中经过风雨侵袭后的困兽,坚强和脆弱都集于一身。

即便如此,她也不愿意将这后来的一切给抹杀掉。

她彻底清楚了自己遭遇的是什么,自己承受的是什么,自己所忍受的又是什么。

男人,这可以让女人活色生香的世间生灵!

男人,这可以让女人寂寥沉沉的高级动物!

她想恨却恨不起来,想爱又不能完全投入。

虽然她总是觉得自己在情感的荒漠里早就所剩无几,还是忍不住要感激那些已经拥有的,那些或许还能拥有的,生命,不正是因为拥有了那些才让生活充满了希望吗?她看着那条颈链的影像在镜子里和她的视线做着亲和友善的对接,竟有一丝感动和感激,这世界,如果没有了这些精巧的东西,心灵的死角又要用什么来填充呢?

可是,虽然物欲确实可以填充心灵的虚空,而且,它远比人情来得更快捷,但它仅可以填充一时。她又下意识地摸了摸那条颈链,凉凉的。

丁植珈一定不会想到,在太阳即将落山的时候,这世界的某个角落,有两个都与他有过某种牵绊的女人,会在属于他的围城之外,谈说品评与他有关的种种情思。

这是何等的幸运,高兴不高兴都只为他一人,这又是何等的不幸,因为,他丁植珈无从知道这一景象会在何时何地发生,即便有一天他知道了,也早是明日黄花温馨不再。

哦!男人。

她有些怜悯起这世间的所有女子,当然包括她自己。

她又产生了物欲满足后随之而来的那种慌恐,怕自己无论怎样都无法获得真正意义上的满足,怕时光在那样一种满足中被身不由己地一一错过,因为,每一分一秒都在不停地成为过去。

既有她的过去,也有别人的过去。

五

　　下午,在心绪不宁的状态中她艰难地度时光,精神不能完全集中还总想入非非,矛盾重重中,不断地掩盖那些不能光明正大的过往曾经,又急于展现那些越来越清晰的细枝末节,结果,头脑的想象力大大超越于身体的感知能力。甚至,她明明看到小倪神情沮丧地急需得到她的同情,也毫无感觉地只当没看见。

　　她没心思管小倪的事,只能自顾自地将自己的故事从头到尾地想过一遍又一遍,但每一遍她都没有捋出任何头绪,仿佛,什么样的问题和答案在这个时候都有着无法弥补的缺陷。

　　病态的春梦和常态的现实,在她的思维里不断地往来穿梭,公务和私事死死地搅缠在一起,直到将她累到不行。

　　"我不能去旅游了。"当她站到窗前向天空眺望实际是在熬靠时间的那一瞬,小倪突然跟到她的身后,声音轻得像秋天最后那只蚊子的声音,有气无力。

　　"你那些事!"她连头都没回地不置可否,说实话,她根本不关心小倪是不是要跟她丈夫出去旅游还是跟别的什么男人去偷情,她只关心晚上的自己,应该用什么样的姿态来面对朴美。这绝不同于第一次跟朴美见面,那时,无论发生什么事自己都有可以逃脱的借口和理由,这次却不同,这次的朴美,即便不是有备而来也是成竹在胸。毕竟,面对丁植珈,她朴美更有说话的权利,尽管她们都在用自己的身心来分享着同一个男人,但这不仅仅是谁先谁后的问题也不是什么先入为主的问题,自己和丁植珈的关系,任何一个破绽都会成为让自己无地自容的耻辱。

　　她只能不停地告诫自己,要慎重,不能掉以轻心,在跟丁植珈同样有着某种牵连的朴美面前,自己不能马虎大意。

　　那个要命的仓皇出逃之夜,那些和丁植珈发生过的一切,还有丁植珈给她讲的关于十年前的那个朴美,她真希望自己的手里能够拥有一把刻掉记忆的刀,如果可以将朴美在丁植珈的记忆里给彻底铲除更好。

他们的故事为什么要发生在十年前呢,如果是现在,一切或许就会如手机里的那些信息,只要轻轻地按动一下删除键,就可以将所有的故事在这世上给彻底地销毁,即便现在的爱情早就习惯来去匆匆,但年代久远的情感,也一样会入乡随俗。

"你一点都不关心我。"小倪抱怨一句便走开了,她瞥了小倪的背影一眼,觉得小倪在某些时候也同样缺乏人情味,很自私地不看别人只想着自己,仿佛,只有她自己生活在水深火热中。

六

没等下班,她就开始为晚上的会面做起准备,早早地躲到洗手间的角落,眼看着厚厚的粉底很虚伪又缺乏踏实感的扑在她脸上,无形中又增添了她的心悸,尤其是那些亮灰色的眼影粉,在昏暗的光线里,有一种被生活困扰和煎熬的感觉。她只好重新洗了脸,将所有的脂粉清洗得干干净净,然后,只涂一层薄薄的奶液,虽然看上去皮肤现出一些异样的光,但感觉上,比原来要自然很多。

这样好,这样可以诋毁对方的心理防线,这样就说明自己不是有备而来而是随性而为。她暗自庆幸自己的决定,因为,一旦自己浓妆艳抹地出场,朴美肯定会认为自己为这场会面确实经过了一番精心的准备。那样,她的自尊会在朴美的眼里大打折扣,虽然在朴美的面前因为丁植珈让她依然占据着无法说得清的优势。但在内心里,她更希望自己能够处于绝对意义上的上风,虽然只要自己还没放弃,女为悦己者容就不能不坚守,但这种坚守,更多的不只体现在外表,更应该反映在内心,尤其在情敌面前。她突然觉得,但凡一个不只在家里相夫教子的女人,适当懂点兵法也不无益处。

一切打点停当,她的心畅然了许多,下班时,在电梯口等候时,小倪煞有介事地用指尖碰了碰她。

"你就没发现我有什么不正常的地方吗?"小倪的声音很小。

她当然明白小倪的用意,但这个时候,她即便纵有万千颗同情心,也不敢拿自己的事开玩笑。

"我没发现你,倒是觉得我自己有些不正常。"她贴着小倪的耳根轻轻地低语了一句。

电梯门开了,她们都犹豫了一瞬,结果谁都没进去。

"你不正常?"小倪的眼睛瞪得大大的,一副天真无邪又不谙世事的样子。

"知道天气预报有雪,可我还在穿裙子!你难道没注意到吗?"她用手指了指风衣的底摆,那些裙角像飘带一样地悠晃着。

"那有啥呀,千金难买愿意,可我不能去旅游了,你说闹不闹心!"小倪的声音因为夸张而有些颤抖,沮丧、崩溃到不行的样子让她有些怕,不是怕小倪缠着她,而是怕小倪的伤感情绪影响到她本来就不太坚定的信念。

"今天我确实有事,以后再聊。"刚一走出电梯,她就像被风刮走了似的连头都没敢回地很快消失在骤然而起的冷风中。

这世界,什么样的生活都可能看不到希望。

快速行走的时候,她突然这样想,但不过是一瞬间的闪念,因为,很快,她就被这样一种即将到来的会面兴奋怡然到飘飘然。毕竟,跟朴美见面好像比跟小倪闲聊更让她满怀欢喜,仿佛,她的生活,不是为着丁植珈那样的男人,而是为着更好地打理自己的心情。

和一个有着同样心情和故事的女人,在对或不对,在美或不美,在见得人或见不得人的凡尘琐事中,期待一种莫名的结果或是一种未知的结局。

只要觉着有事可做。

看着身边行色匆匆的人群,她想,这或许才是生命中唯一可以获得尊重的理由。

七

在那家名为"伊人百合"的酒家,她看到了早于她先到场的朴美,在过道西角的那个方桌旁,那位虽然只见过一面但一生都不可能忘掉的女人,正用静守一隅的冷寂,让她只看一眼便生出几分怜悯和疼惜。都是女人,为着无法永远拥有的真爱而苦痛,在这样的场合,成全这不得已的相见,这是何等惨烈的人生。她突然觉得自己很对不住朴美,可是,让她立刻从朴美和丁植珈看不见却仍可以感觉到的情感中退却,她才不。

她冲着已经发现她的朴美点了点头。

她看清了,扇形的木窗在朴美的身后,像画框般地将朴美的身形完整地镶镂在里面,不经意地看上去,人和背影都显得异常幽暗迷蒙,仿佛一幅刚刚完成的水墨重彩还湿氲未干,尤其是朴美的头发,一定是用了过多的弹力素或是啫喱水,油光光亮闪闪的。

她笑了笑,既是笑自己的此举,也是笑朴美一改原来憔悴且无精打采的落魄。这确实是个飞速变革的时代,才多长时间不见,朴美就改天换地为另一番模样与光景。

"我们能达成共识可真是件了不起的事。"她极力掩饰着自己的不安并在内心不停地回想那些可以让自己在朴美面前趾高气扬的优势,只是还没等她落座,那些优势就快速地转移到了朴美的身上。

她不太相信又不能否认。

她觉得自己有些紧张。

"丁植珈那个人!"这时,只有主动谈论丁植珈才能让她获得克敌制胜的法宝。

"先不提他,你看,我给你带来了什么。"朴美从随身携带的黑包里拎出一个红色的精致包装盒,然后,一层一层地打开,里面竟是一瓶酒,沙滩黄色的液体,不用喝,看着都能想象出酒香。

"别以为我自己带酒就占了便宜,我得额外交费!"朴美很亲和也很亲近的样子,仿佛她们之间早就有了如胶似漆的关系。

"哦!"她扫了一眼酒瓶,见上面没有一个中国字。

"是我老公从法国带回来的,据说很好喝,我特意拿来让你尝尝。"她听了,一边不动声色地看着朴美,一边觉得这世界变化的同时,人是变得最快的动物,几天不见,要不刮目相看,就只能说明自己的记忆出了问题。

她又笑了笑,为这份意外感到几分欣然,毕竟,这本身也是一种尊重,更重要的是她可以借助于酒水的力量,更直接更贴切地说说心里的那些欲念,哪怕是刀刃上的行走。

或许,这就是一个男人的力量,在一个女人内心深处所投掷下的那些情殇,无时无刻不在作祟。她看到,朴美开始给她倒酒,动作虽然不娴熟,但却用心极致。端坐在朴美的对面,她心里有些虚空,因为,看着朴美的手指纤巧地抓捏着杯沿,很像邻家女子坐看云起的那份悠闲散漫,她不得不利用这个间歇侧耳细听音箱里传出的幽幽之声,既用来掩饰自己的无聊,又可以让自己看上去若无其事,可是,她的神经始终处于极其敏感的状态。

曾经的朴美在自己的面前确实是弱者,但这会儿,弱者正不容她忽视地强大起来,虽然仅仅是以一瓶酒的力量,但要真的把朴美当成敌人也不行。因为,在未知的时日里,指不定什么时候又会有什么劲敌突然闯到自己或是她们俩的面前,防不胜防地让她们被动到措手不及。谁又能说,在这样一个日新月异的社会变迁中,人心的浮躁只能存留在某个人的意识形态里,即便是少数的特殊性也同样会星星之火可以燎原。而眼前,这一切的操纵者不是别人,正是那个她深深爱过的男人丁植珈,正用另一种方式伤害着她。

朴美出国的老公,朴美油光发亮的头发,朴美全神贯注倒酒的姿态。

她才不相信这一套,生活中太多的虚假她早就了然。

她故作镇静地看了一眼窗外,夜色在夜幕降临的空洞中缺乏很多必要的忍耐，仿佛不加快速度也会被淘汰一般。想着那些与自己有关或无关的一切，她突然觉得人生不该活得如此复杂，这样一想，她即刻转变了态度，端起酒杯，品闻了一下酒香。

"确实是好酒！"她装着很老到，也很懂行的样子，因为，那酒香，即便她不懂得酒，也同样闻得出绵长悠远中的那份突如其来。

"这酒肯定好喝。"朴美对她的赞扬显得有些心满意足。

她看着酒杯里的酒，却无论如何无法忘怀当初的那个朴美是怎样在她的面前失魂落魄。那时，朴美面前的她，心胸是如何狂妄地被丁植珈那个男人给鼓胀得志得意满，但这会儿，也同样端起酒杯的朴美仿佛获得了某种同样的首肯，春风得意——她不得不做出如此的评价。

"你老公经常出国？"这样问过之后，她后悔得恨不能给自己一巴掌，出国或经常出国又有什么可大惊小怪，又不是去了月球。

她放下杯子，觉得再香甜的酒，如果没有好的心情，也同样会失去品评的兴致和兴趣。

"他一年必须出去两趟，但每次都是不同的地方。"朴美的声音很轻柔也很随意，像拉家常，完全和她第一次见到的那个朴美判若两人。

懂得用看家的本领来跟我过招了。

她轻轻地"哦"了一声，算是对朴美的应答。

"今天早晨，我还跟丁植珈通过电话呢。"她即刻转移了话题既算一种反击也算一种挑衅。她知道，对待朴美，唯有丁植珈才是最好的利器。

果然，这招很受用，朴美默不作声了。

空气凝住了一般，幽幽的音乐早被西部摇滚替代，周遭所有的人形都在那种破碎又急促的声音里，成为落地的纸片一般，不安分又十分无奈地在她的视觉范围内一动不动。

她静静地看着朴美，简约的毛衫因为搭配了一条薄绒披肩，显得很时尚也尽显着女人的本色，星座耳钉在灯光下，一如蓝色的冰凌，星星点点地闪着怪异鬼魅的光彩。或许，当初的朴美就是这样给丁植珈留下了深刻的印象，男人，总是被一种后天修饰的假象所蒙蔽，她突然对丁植珈的判断能力开始有某种说不清的动摇。

"没想到，你的可塑性还真强！"她尽量减轻自己说话时的语气，以免伤害到朴美，尽管她明知这样，但这话不说，着实让她憋得慌。

"你不是说过吗，不改变自己就无法改变别人，我也一直在想，我确实需要改变，原来那样活着的确不行。"朴美很认真也很真诚，完全一副感激的心态，这让她异常不安起来。她真的觉得对不住朴美，原本是句口无遮拦的话，不过是为着同一个男人所进行的明争暗斗，却让朴美最大可能地改变着，这不公平，也不应该。

高低输赢！

谁主胜负！

她仿佛觉得她们之间，无论谁占上风都有些不值得。

她的思维在这一瞬产生了前所未有的飞跃或叫超越。

外遇，这人类新情感的泛滥成灾不就像红绿灯全部坏掉的十字路口，拥挤和瘫痪绝对是一种必然。可问题是，红绿灯修好之后，拥挤和瘫痪也同样会是一种必然，因为，人们已经习惯于在那短暂的不遵守规则的状态里，随心所欲。

在她看来，外遇，也是迫不得已的产物。

这产物，不能简单地赞同或是草率地指责，因为，太多的人，在那种跃跃欲试或深陷其中的过程里，受到了最残酷的锻炼也是最无情的考验。

或许，这就是人类的聪明所在，适时地为自己的自私寻找冠冕堂皇的出口，虽然这根本不是解决问题的唯一方式，但是，这样一个可以逃避的所在，是人心最不愿意绕行的通道。

她觉得有必要将她们的会面引向正题。

"这说明你确实还在爱他！"说这话时，她内心的疼痛和挣扎虽然张狂到几近让她站起身来逃离。她还是努力地克制自己让自己在这样一种从容的假象里练就出一种新的本领，宽容、包容，不仅仅是为着她所要达到的那个终极目标。因为,那个目标里究竟有什么连她自己都说不清,仿佛,她什么都想要,实际上,她又什么都不需要。

朴美没有言语。

她端起了酒杯,或许,喝酒真的是最好的方式,所有的问题和答案都在酒的清冽里,无情却又有情。

"你从未想过我和丁植珈的关系吗?"酒精在她的体内迅速循环成一股无法回转的激流。只是,这敏感的话,不说,她怕失去机会,说了,她觉得也同样不失为一种机会。

但凡因为一种爱让她的自私带着本能的张狂,且不可遏止地在情敌面前完完全全地显露,定然是因为她绝对厌恶了围城里的循规蹈矩,因为,那种人为的规范,让她受到了捆绑式的伤害。

她必须挣脱,尽管那种伤害完全让她熟视无睹到自欺欺人,但用来作为武器,她希望那种突兀间的唐突可以让她获得某种满足。

像朴美那样,用自己的老公做挡箭牌,只是她用的不是自己的老公,而是情人。

是丁植珈。

虽然这丁植珈跟她丈夫一样,都是作废的通行证,但人们更愿意相信虚假的,因为真实的东西实在难得。

朴美看着她,不动声色。

女人确实是弱者,但那是在男人面前,在女人面前,女人的弱无论什么时候都是绵里藏针。

就像此时此刻。

就像她们彼此。

她有些后悔。

她也有些后怕。

"想过!"朴美的声音低低的,终于越过那瓶酒,越过那些大大小小的白色瓷盘以及她一点都不感兴趣的菜肴。

她垂了垂眼眸,下意识地用自己的左手摸了摸自己的右手,手指冰凉冰凉的，仿佛只有一丝血脉在垂死地挣狞着。

"但是，即便你们之间是那种关系也没什么，我只是觉得。"朴美顿住不说了，但在朴美还没说完之时，她已经警觉地端起酒杯，她有些弄不明白，朴美如此清醒的意识里怎么可以将自己给容纳得了，而且，还要如此盛情相待。

她放下杯子，突然有些无所适从。

"因为，你是离他最近的人。"她听了，猛地恍然大悟般轻"哼"一声，天大的笑话，离丁植珈最近的应该是他的妻子。

她不禁笑了。

这世界确实颠倒让人不得不学着逆向思维了，或许，这样的意识谁都清楚且明白，可问题是，她离丁植珈一点儿都不近。仿佛，从真正意义上跟丁植珈在一起的那个开始就没有近过，即便在此时此刻，仍然在一点一点地远离，虽然这是个秘密，但谁的秘密不是在内心里最清楚最明了的那部分。

"你们见面了？"这样问完，她决定尽快与朴美分手，因为，无论朴美怎样回答，在她，答案都已经了然。

这世界，和她想象中的几乎完全一样，人管束不了他人的同时也约束不了自己，奔忙劳碌仿佛一生都在索爱，甚至，还束之高阁地将之定位为精神盛宴，拿孤独当借口，靠不知足做理由。再不是解决温饱就快乐满足的年代了，人人要求质量，仿佛在精神盛宴面前，人们更关注的是比物欲还要精益求精的人生态度。

找吧，看都能找到什么样的情感彼岸。

她对一切突然失去了全部信心，连渴望得到的意念都不再拥有一般。

"希望你们能友好地相处，因为，这世上的任何情感都是值得珍惜的，不要随意错过，宁可充当一个过客也不要委屈了自己。"分手时，她煞有介事地对朴美说出了这番话，仿佛，她和丁植珈之间从来没有任何关系。

朴美握了握她的手，很贴心的样子，有些楚楚动人又显得期期艾艾。她目不转睛地看着朴美想,等着再哭一回吧,比十年前的教训还要惨烈,以为没有得到的就是世上最好的,殊不知,得不到,就永远是最好,得到了,却不一定好。

她扶了一下朴美的腰,纤细又不失性感,这应该是一场最无聊也是最无意义的见面吧。

路灯下,看着朴美钻进出租车的刹那,她觉得,女人最华丽又最高贵的美其实早在嫁人之前就芳容展尽地所剩无几了,而余下的,不过是云烟一样的缤纷和烂漫。

怎样的留意都不过是转瞬即逝,刹那间的芳华又怎么能够抓握得住。

真爱,不会无数次地重复。

她冲着出租车里的朴美挥了挥手。

原来,女人的刚强,都要借助于男人。

或被伤害。

或被宠爱。

自己虽还没被伤害,但也远离了被宠爱。

或许,只有在自己的家里,才是最让自己拥有安全感的地方吧。这时,她竟异常地开始想家,在寒风瑟瑟的初冬季节,在那条依然固执在身上的裙子里,她的冷寂和不安,一如她离家出走的那个夏夜。

八

我想你。

看着出租车很快消失在她的视线中,她竟鬼使神差地给丁植珈发了一条只有三个字的短信。

虽然只有三个字,但它和早上那通电话有什么区别,看来,她又开始管不住自己了。

丁植珈没有回应。

她孤独地站在路边,看着自己的身影在路灯下形单影只地在夜风里摇摇晃晃,想着那个出逃的晚上,自己就是沿着与这条路线相反的方向,一步一步地走到火车站。

然后,认识了丁植珈。

再然后,认识了那个刚刚离开的朴美。

这世界,总在让人最需要看清它庐山真面目的时候,变得闪闪烁烁。

九

刚刚打开家门,就看到丈夫将身体蜷缩在沙发里正倦意朦胧地看着电视,无神又迷蒙的状态跟病态的狮子似的。电视里,女歌星甜美的歌喉和姣好的面容在强光的照射下夸张着被过分修饰的五官,她没敢打招呼,她怕自己的情绪控制不住地或张扬或要发泄。

"我求你别再穿这条裙子了,你真不觉得冷吗?"丈夫有些不耐烦地看着她。

"又没下雪!"不知为什么,她的心虚在这样的时刻竟变成一种理直气壮,仿佛丈夫越关注她的裙子,她就越是反感,她越来越觉得,丈夫总用裙子来做试金石。

"我承认,天气预报也有不准的时候,可你为什么就盯上这条裙子了?"丈夫突然咄咄逼人的语气,仿佛,她不立刻将裙子从身上给扒下来,丈夫就会不依不饶。

"实话告诉你,我并不是因为真喜欢这条裙子才天天穿它,你一定不知道你送我的这条裙子正好在时间上晚了整整一个季节,如果你能跟我说清楚是为什么,我可以永远不穿。"她还是没有说出她内心里的真正疑惑,尽管她喝了很多酒。

"你这个人,有爱心,但有些时候,你真的缺乏爱的能力,不仅仅体现在我的身上,在别人那儿也是一样!"她不得不立刻补充了这句之后转身进了自己的房间。

生活的美好！

她纳闷，她怎么就总是有眼无珠地看不到呢，如果生活不美好，那么，这一句话又是怎么来的呢。

丈夫影子般地跟进了房间。

"就因为晚了一个季节你就跟我生了这么大的气？"丈夫小心翼翼地问，仿佛，声音大一点点，都会让她因为生气而不回答。

"不是我生气，而是别人生气了，更重要的是你不该把它送给我，你应该顺手丢在垃圾箱里或是随便扔到马路上。如今这样的结果你知道是什么吗？你又多伤害了一个人，是我，是你的妻子！"她的愤怒终于爆发了。

我也是有夫之妇，想起朴美跟她说起她丈夫时的那种高傲，她显得气急败坏。

她脱下了那条裙子，看着镜子里的自己，因为脱裙子的时候没注意，头发乱得像蓬草，脸色也因为只有一层薄薄的奶液而显得冷寂阴森，相信任何一个男人，都不会在这样的时刻，爱上她这样的女人。

她顺了顺头发，看着胸衣将她的乳房勾勒得曲线流转，急忙更正了自己的表情以便让自己获得最大限度的恢复。

"明白了吧。"她不怀好意地乜斜了丈夫一眼，发现丈夫低眉顺眼的已经变成一头病入膏肓的狮子了。

"你是怎么知道的！"半晌，丈夫终于半张了嘴巴，啜嚅着低沉的声音把他的疑虑完全说出来，几乎惊呆的表情里，完全是涉世不深的少年模样。

她不再说话了，她说不出自己是怎么知道的，应该是女人的直觉，让她无论什么时候都对这条裙子充满敌意。但是，越是如此，她就越是好战分子般地只想与这条裙子的秘密周旋，或许，冥冥之中，她知道这条裙子在丈夫的眼里占据着什么样的位置。

这说明丈夫在另一个女人那里弄巧成拙地丢了面子也失去了尊严。

"可惜了，这么金贵的裙子，我都纳闷你是怎么背着我给献出去的，虽然拿回来给我说明你心里还有我,但这种有……"她突然顿住不说了,因为,说话时,一眼掠过她视线的是丁植珈买给她的那张光盘,此时,那轮海水依托下的朗月,正如当初第一眼见到时的那般,柔顺素然、纯净柔美。

说别人是禽兽,到头来,自己也沦为了禽兽。

她觉得自己失去了抱怨的资格。

"再遇到这样的事你要学得聪明点儿,把它丢了,千万不要舍不得,因为,什么样的情感都是要付出代价的。"她尽量让自己的声音平和到最自然的状态。毕竟,男人是没有长大的孩子,跟自己一样,都是在生命的路途上成长着、行进着,不能过分苛求。

"我们重新开始吧。"丈夫突然从她的身后搂住了她。

她早有防备似的反抗了一下。

但直觉告诉她,不能逃离,就必须安分守己。

她不由自主地抓住了丈夫的手。

十

很久以来,她还是第一次很配合地拥吻了丈夫,虽然没有太多的感觉,但在内心里,似乎要对一种真诚做出某种必要的回应。好歹,那条裙子已经成为一面镜子,将丈夫的愧疚照耀得七零八碎,这足够让她欣悦怡然到可以暂时忘记丁植珈。

人心不能太贪,哪怕是悔过自新的愧疚也同样值得尊重。

她终于知道自己内心的需要了。

睡觉时和丈夫躺在一个被子里,虽然让她觉得有些别扭,但感觉上,肌肤之亲总能适时地战胜那些残存体内的疏离感,越来越亲密的热情,让她知道,距离,确实是两性之间绝对不容忽视的东西。

"如果人生不那么漫长,谁的爱情都能完美。"几乎在半夜时分,丈夫突然梦醒般地抓着她的手臂低喃起来。

那时,她还没睡,她在想,今后的自己该如何做人,或是如何做一个女人,相夫教子、出得厅堂也入得厨房,为婚姻的重建和对外的斩断情缘,种种,让她思前虑后。

"你应该说谁都无法忍受一辈子只和一个人生活的日子,这才符合人性的真实本质,只是这个时代,对女人的要求实在是太高。"她的声音不大,却铿锵有力,丈夫被她的声音给惊醒了。

"我说什么了?"她发现,丈夫从未如此地惊悸过,很可爱也有些可恨,明知故问且真的有些做作。

"我不怪你,真的,因为我也爱过别人。"黑暗中,丈夫突然因为她的话一跃而起,并将一条腿横跨到她的身上,仿佛,要动用武力来胁迫她。

"不是真的,我也是刚刚梦到的。"她即刻改变了口气,丈夫却不依不饶地半信半疑。

"没骗你,真的!"她的谎言和她撒谎的本事在那一刻得到了最完美也是最到位的演练。

"梦到的也不行!"丈夫的霸气不但没有惹到她,反倒让她觉着有几分庆幸,什么时候,丈夫如此地在乎过自己。她觉得,这是个必须抓住的机会:"那你告诉我,在那裙子之前你买的那件衣服是怎么回事,因为,你已经很久不给我买东西了。"她的声音越来越小,她希望从丈夫的嘴里能够听到那些她所要听到的,哪怕是谎言,她愿意在那样的回答里上当受骗。

"我就是觉得有些对不起你!"丈夫紧紧地搂住她。

她的身体,在黑暗中,被一种力量所控制。她看到,月光穿越了房间的寂寥,直白白地将一种惨淡的色彩照射到丈夫的脸上,而丈夫越来越暗弱的眼神,在那种光亮里,给了她毋庸置疑的信息。

丈夫说的都是真话。

人确实是一种非常怪异的动物,很多时候,明明知道那些困扰自己的情绪根本无法排解,却能在偶尔的达观状态中既不沉迷于过去,也不逃避现实，仿佛自己天生就是哲人或是一个智者。

此时此刻，她就是这样。

她摸了摸丈夫的头，然后，轻轻地将丈夫压在自己身上的那条腿挪开，一句又一句地重复连她自己都听不清的低喃："知道就好，知道就好！"

被子上的花团锦簇，在月光下，在她的声音里，突然清清亮亮的如瓷器的反光，若隐若现中突然断流的溪水般猛地落入山涧。

一片有形有影的飞花。

我们这一代人，幸就幸在这飞速变革的时代，该享用的和该受用的都源源不断地涌来，花样翻新的更替往往在一夜之间便改头换面到标新立异，以前没有想到的和没有看到的，甚至连听都没有听到的都一样一样地走进日常生活，并在目不暇接的色彩纷呈中，欲望跟随着创造力不断地推陈出新，旧的思想和旧的观念以及旧的东西都快速地跟随着时代的脉搏后面，或粉饰或变异，而情感的更迭和判断的改变更使自己和周遭都在几近于盲从中失去了自我。但是，所有的这些幸，又仿佛成为所有不幸的根源。

她的思想抑或是她的思绪，在丈夫的身上一点一点地划过，像那些溪水，又像一条又一条在水里闪光的鱼。

背道而驰！

我们都在背道而驰！

她发现，她的心思，完全通过她的肌肤向他进行了某种完整的转达。

生命中无数个环节里，谁又真的能够知道下一个轮回究竟会发生在谁的身上，不可能知道，她像刚刚认识丈夫似的，在月光下，看着丈夫身上的每一处肌肤，像第一次看到的时候那样，充满神秘和不自觉的幻象，并很快在丈夫的要求中达成前所未有的默契。

这让她非常意外。

她突然惊觉，丈夫的身体好像从未如此这般地极具表现力和张力，而她的承受能力也从未如此这般地充满了韧性。夜晚，在他们深情隽永的和谐中仿佛获得了比白天还要美艳很多的色彩，一切缤纷的火花都随着他们彼此的感觉，铺天盖地且一泻千里。

一个美丽的夜晚，在她所有的记忆中，成全了一次亚当和夏娃的结合。

十一

当丈夫的鼾声真正响起的那一刻，她觉得，上帝创造的美好，其实是拥有之后的那种回味。

只是在那种回味中总有另一个男人出现。

那人叫丁植珈，与此同时，丁植珈还带着一个女人。

那女人叫朴美。

十二

"你要是总像昨天晚上那样就好了。"清晨，刚刚睁开眼睛，想着似梦似醒的那些，听到丈夫几乎无法抑制的倾诉，她眨了眨眼睛，觉得自己还没有完全醒来。

"昨天晚上我怎么了？"她的意识在慢慢地回溯中不停地徜徉。昨天晚上，下班后去见了朴美，昨天晚上，酒醉后的自己明确地听到丈夫口里说出的那些真话，昨天晚上，倾情投入地和丈夫亲吻、做爱，好像要忘记过去的一切，醒来，才知道，什么都没有忘记。

"昨天晚上我都干了什么这会儿记不得了。"她有意地这么说完，顺势起身抓起自己的衣服，仿佛怕偷情被发现一般。

"现在的女人！"丈夫不置可否地笑笑。

她也笑了。

回归也好，投降也罢，都是对生命的尊重和选择，她不准备计较。

观念，根本跑不过人体细胞的新陈代谢和喜新厌旧。

谁都可以原谅。

无论什么事情。

十三

"其实，我有能力让你快乐！"离家时，丈夫突然冲她说了这么一句话，她看了看自己的衣服，知道丈夫有意在暗示她不再穿那条裙子的宽容。她想说即便你不提醒我也不能再穿了，因为，那是另一个女人应该受用的东西，只不过阴差阳错到了我的身上，可她什么都没说。

为什么要想方设法地知道真相呢，如果真相是无法让人忍受的，那么，在有限的生命中，不知道才最好。

她看了看窗外，洋洋洒洒的雪花已经漫天飞舞起来，又是一个熟悉又有些陌生的季节终于序曲般地拉开了帷幕。

冬天里的第一场雪。

她的心，陡然而起一种悸动。昨天晚上，仿佛，很久很久以前，和丈夫之间确实情投意合过，但记忆和感觉里，那些竟是那么的遥远，是酒精让她产生了一种接近病态的顺从和亢奋，就在这个黎明到来之前的那个夜晚，仿佛，丈夫刚刚说过的那些话，依然旋回在她的耳边，久久无法散退。

"我也有能让你快乐的能力！"她决定忘记所有，快速地将丈夫刚刚说过的话又清晰地回复给他。

她觉得，自己不过是个也同样没有长大的孩子，一切都要学习，学习面对这个世界，面对自己。

她不是不喜欢男欢女爱，也不是不愿意跟丈夫缠绵，她只是还没养成习惯，长时间的疏离感，让她在丈夫的面前犹如陌生人，而丁植珈，时时刻刻在她的脑海里，堤防着她和丈夫之间的种种情欲。

她觉得清醒了许多,在和丈夫吻别的那一刻,她发现,她的衣领开口处因为丈夫那个亲昵的动作给拽扯得几乎斜横在左肩上。

她正了正衣领,头一次觉得在这样的时刻里有一种不愿意离家的感觉,但不仅仅是因为丈夫,更是一种温馨。

十四

昨晚没看到你的短信,其实,我也想你,只是……

丁植珈发来了短信,在她刚刚因为工作不得不将一切都忘记的时候。

只是。

只是因为缺乏了再见的冲动,只是因为见了面也无济于事的无奈,只是任自己怎么努力也无法填补各自心灵空白的那种笨拙,更只是,即便是外遇也同样有开场,有过程,有结尾。

像一部舞台剧,更像一场电影。

她没回信息,她觉得,那些美好,正在他们彼此淡然的态度里一点一点地销蚀着色彩,完整的要变得不完整,完美的也要变得不完美,就像她的婚姻,都在不知不觉中,如历史悄然退却的脚步,让你无法听到,但却可以感觉到。

十五

"今天陪我怎样!"下班时,刚刚离开电梯间,小倪突然把手搭在她的耳朵边轻声地对她说。

她看了小倪一眼没有言语,说实话,整整一白天她都在躲着小倪,并不是因为她缺乏同情心,而是她自己也需要同情。但是,她又不想得到任何来自外界那种解决不了问题的同情,而小倪对她说话的时候,她正想着怎样回家怎样做晚饭怎样跟丈夫说话怎样将一种似乎还没有结束的温情怎么给继续演绎下去。

"别一点阶级感情都没有,见死不救啊!"小倪死死地将她的手臂箍住,然后,一出公司的大门便将她掠向与家相反的方向。

她有心把自己必须回家的想法对小倪说一说,但她知道,这个时候,任何实话都可以成为小倪不能相信的谎言。

"那我给老公打个电话,请个假。"不知为什么,她竟将这生疏了将近两个季节的语言顷刻间给一吐为快为一种要求。

小倪听了,先是愣怔一下,然后,突然变得兴高采烈地说给你三十分钟的时间,说够、说烦,说到电话忙音。

她真给丈夫打了电话,当着小倪的面,电话里,丈夫的声音比她还焦急:"我这边有点事,得晚回去,实在对不起!"

她看了看小倪,满心欢喜又觉得有天大的遗憾,但见四处望天的小倪根本没觉察出任何只等她把电话打完便将她给劫持走的样子,她觉得幸好丈夫也有事,不然,她真想丢下小倪谎称自己还有事,然后即刻逃之夭夭。

"我也有点事,我争取快去快回!"她的声音很轻柔,轻柔得让她自己都有些瞧不起自己。

什么时候这样婆婆妈妈的了,就因为知道了那条裙子的真相,就因为自己及时将个人隐私给隐藏在一句即将产生破绽的那一瞬,还是因为内心里和丁植珈已经出现不欢而散的那种端倪。说不清,反正,她的态度和心态都显得出奇地好,好到想唱歌,想跳舞,甚至还想抽烟喝酒。

"走吧,陪你,好好地陪你!"挽起小倪的手臂,她的心情现出从未有过的舒爽。

十六

"今天我领你去个好地方。"她听了想跟小倪说跟着你我可没怎学好,但又觉得那样的话即便是在开玩笑也不好给直白地说出来。

刚刚拐过街口,迎面巨型的招牌让她知道,小倪说的那个好地方就是她们已经看到的"啤酒屋"。

巨型的啤酒瓶雕塑,人类文明的发祥地一般,将天河之水的啤酒,倾流到蓝白相间的花槽里,啤酒花在喧嚣的人群中,灿若繁星一般,一个小男孩儿,搂着花槽的圆柱,正在玩藏猫猫。

她看了一眼小倪,小倪根本没事儿似的在望天。她顿时有了一种被欺骗的感觉,虽然她知道小倪不可能骗她。

"我当什么了不得的地方呢,只有啤酒才是生活?你的哲学!"她揶揄了小倪一句。

"当然了。"小倪推开"啤酒屋"的大门,快步疾走的样子仿佛要将自己立即置身于那种真正的啤酒生活中。

"就知道这点事。"她冲着小倪的背影没有任何恶意地嘟哝一句。

她想起了那次,因为她们彼此都难过而在一起喝酒的情形,她再掩饰也无法遮掩的状态让她很尴尬,但那种状态又不可思议地让她很痴迷。想这人世间,难得有一个距离自己很近的人,可以认真地倾听自己的心音,哪怕只是一点一滴,就已经足够了。她还是觉得,在这些事上,不能有太多的奢望,友情和爱情同样都是这世间不可多得的奢侈品。

"我可是学好了,只关心粮食和蔬菜。"想起那次在一起时的最后那个话题,她觉得自己有必要在这样一个时刻重申一下自己的态度,尽管生活和她的愿望并没有完全符合她的内心要求,但她还是怀抱希望。

"瞧,好看吧,第一眼看到时,我就喜欢上了这个地方。"小倪并没有回答她,而是向着她们的右前方随意地指了一下。顺着小倪手指的方向,她看到,一幅立式屏风上,姿态优雅的一位风韵女子,正仰躺在一把明黄色的藤椅上,手中一把折扇,耳旁一对酒樽,梨木条案上还散放着一个椭圆形的青花瓷壶,下角里还有一对柱形的石雕。

好一幅柔美的现代侍女图。

她真是喜欢得不得了，她想，但凡她一介女子都百看不厌，相信男人看了，更是心醉神迷。

"这就是你说的好地方，酒色生香，举杯齐眉。"她不知道应该用什么样的语言来表述这样一种际遇，只是她的话还没落音，小倪立刻回道："这才哪到哪呀，你看那边。"

好家伙，一个巨型的酒桶，房子般地从楼梯处直直地横陈出来，仿佛，在这样一个国度里，酒成了世界的主宰。

"想喝酒了吧。"小倪回身冲她笑了笑。

"什么世道啊，女人也来这种地方。"她用手指顶了一下小倪的腰。

"男女都一样嘛，你又不是三寸金莲的小脚女人，怎么还封建起来了。"小倪回身不认识似的看了她一眼。

"是一样。"她不再作声了，因为，她发现，周遭的酒桌上，男人的身影比比皆是，而女人夹杂其间，虽有，也不多见。

"越来越不像了，这地方选的不怎么合格。"她嘟哝着，觉得小倪义无反顾的样子有些反常。

十七

"小倪，你知道吗，当我总想将一个又一个物件占为己有的时候，我知道，我完了。"当她们两个一杯啤酒下肚之后，她开始说话了。

"但好歹你还没用价格去衡量那些东西的价值，这说明你还有救！"小倪的话像没经过大脑一样地顺嘴说出来。

可即便如此，她听着，也觉得很顺耳，只是，她的思维让她不得不认可自己的无奈。她了解自己，但凡物欲可以填充精神上的寂寥，相信她有十套衣服就可以知足，但现实是，无论什么，仅仅在得到的那一瞬，心中确实存有几分欣喜，但好像一转身的工夫，被填补的空白立刻就又成为一个缺口了。

即便是那么优秀的丁植珈也无济于事。

"没救了,真的,因为,无论什么东西我都想要最好的,包括男人!"她的话刚一说出口,立刻被自己的直言坦露给惊呆了,什么时候,如此大胆妄为到无所顾忌了。

如此直抒胸臆的后果会不堪设想。

她偷瞄了小倪一眼,有些奇怪小倪并不像她想象中的那么吃惊。

她下意识地用手捂了捂嘴。

"喝多了。"她说。

"你以为就你这样,所有的人都这样,你不过是个后来者!"小倪不屑地说出让她更加吃惊的话。

后来者,她看着小倪,觉得小倪很伟大,但这种伟大,并不是完全意义上的伟大,毕竟,有些人,心胸里确实透着一股人性里最朴实无华的光辉,但这跟说真话还是道谎言没有什么太大的关系,只是,这话的另一个层面会让她显得有些尴尬,自己的大惊小怪在小倪那,不过是小菜一碟。

最初,自己有很多事都愿意从小倪那里寻到答案。那个时候,她觉得什么事,只要经过小倪的分析和判断,都能得到她希望得到的结果。只是后来,她的私情,让她不得不在小倪的面前避讳种种,这让她无形当中在心理上与小倪保持了一定距离,或许,是因为自己那种突然间的跨越,才觉得这世界瞬间就发生了翻天覆地的变化,只是到头来再一细看,这世界,原本就没怎么变化。

一切还是老样子。

"你说,外遇应该受到指责还是应该得到赞同。"小倪突然一改常态地转移了话题,这让她猝不及防,又无话可说。

"这又有什么可回答不了的,你就说你倾向于哪一方吧。"小倪定定地看着她,仿佛她不说出个答案,就无法离开。

"我觉得倾向于任何一方都是不成熟的表现。"小倪听了她的话,差点"哧"出声来。

"你可真能小题大做,这有什么成熟不成熟的,把道理说明白了,不就成了。"她笑了,原来,小倪让她说出其中的道理,可她觉得她说不出什么道理,如果把她的看法也说成是道理,她觉得,这世上任何的道理都应该是她和小倪都不愿意遵守的所谓传统和那些规矩。

"爱说不说,没人逼你!"小倪嘟哝着起身去了卫生间。看着小倪的背影,她想,如果将外遇放到历史的长河中去审视,外遇本身,应该是心灵开放的最好佐证,这是人类文明进步的一个表现,它的实质应该是对婚姻质量的调整,既是及时的调整,也是很必要的调整。毕竟,人生苦短,幸福又总是那么可望而不可即,但外遇,又是极易招惹魔鬼上身的感情游戏,让人深陷其中且无法自拔,这样一想,她倒不敢较真了。

她把酒杯旋到手心儿里,觉得如果那杯子是被称为外遇的东西,那么,她的手就应该是婚姻。外遇永远会与婚姻并存,即便不能并存,也是一个无法躲避的影子。毕竟,它们之间有一个被固定了的模式,哪怕换一种手势,那种关系仍然没被破坏。

外遇,既可以破坏原有的情感,又可以优化人的情感。

她的答案终于出来了,人性化的自我调整,或许就是用外遇这种方式给最完好地体现出来。所以,才人人前赴后继,人人都有秘密,又人人都藏不住秘密地将人类的情感演练到前无古人,后不知有没有来者的地步。

她自斟自饮了一回,在小倪没有回来的当口,将自己的想象给无边无际到更远的边界,几近于疯狂的扩展之后,再将欲望给回复到最初的起点,反反复复的来来去去,并于猛然之间,成就那一个"斑点"的心事,再将那种心事变成一种理念,在无人陪伴的独处过程里,或翱翔、或低迷。

成全还是成就,都是自己的事。

十八

"一会儿咱们的队伍就要扩大了。"小倪一边甩着手里的水珠一边有些兴奋地对她说。

"什么意思?"她觉得小倪不像喝多的样子。

"我们伟大的部主任,用不了十分钟就会过来。"小倪的话还没说完,她立刻急了,部主任怎么会来,这样的时候,她只希望跟小倪在一起,重要的是,她还有话要说呢。

"你说,他打电话让我明天交报表,我说交不了,因为这会儿跟你在一起喝酒,他说,只要让他参加这个酒局,报表可以后天或大后天交,要我说,工作不是其一,他闹心才是真的。"小倪说完,更使劲儿地甩了几下手,好像被甩出去的不是水珠,而是部主任的那些纠缠。

"真的,相信我的判断。"小倪正了正自己的衣襟,一边坐下一边不无遗憾地继续说道:"虽说有他在场咱们说话不方便,但有他在,热闹。"

她没言语,她能理解部主任的苦衷,也知道小倪的善意,但脸面和自尊,是这世界最难求的东西。

她不能再说话了。

十九

"你说你一个大男人,不好好地在家陪老婆,跟我们这些下属混!"还没等部主任坐稳小倪就开始调侃。

"怎么?是不是看我处在精神危机之中就要对我进行道德绑架?"部主任的眼睛瞪得像晚秋的两粒水葡萄。

"谁敢绑架你呀,别看我们坐在这像没事人似的,其实我们也都在水深火热之中呢。"小倪的话刚说完,立刻觉得有些不妥地更正道:"不是水深火热是着急上火。"

"你们着什么急上什么火呀？讽刺我是不是？"部主任的眼睛依然水汪汪的，看上去，像要掉泪。

"您老人家别激动，我们不是为别的，是为了你明天和后天的工作，再说了，我们都是有同情心的人。"小倪急忙打圆场，只是话越说越不靠谱。

部主任也不在意地笑笑说："我觉得你们俩不应该那么对我！"

"不过，你们下班不回家，到这里来喝酒不好，不有那么一句话嘛，要想抓住老公的心，就要管好老公的胃。"部主任煞有介事地对她俩说。

小倪立刻反驳："你这是什么过时的论调，还以为是民以食为天的年代呀！质量！懂不懂？离男人心最近的可不只有一个胃，再说，外面的世界多精彩呀，谁会天天急着回家去吃老婆做的那碗饭。"部主任听了，连连打住道："别再含沙射影了，要我说你们女同胞，不管老公的胃也可以，但不能不瘦身吧，不能不学开车上网吧，当然了，你们还应该适当地学学怎么和别的女人抢男人，不然，我不说了。"小倪知道部主任没来之前就已经喝得差不多了，但也不无认真地说道："您老人家不要再说了，你们男人喜欢冒险不假，但不要也扯着我们女人跟着，我们一个个可是落后分子。"

部主任听了，立刻瞪圆了眼睛道："冒险，难道你们女人就不喜欢？不要忘了，跟在男人后面寻刺激的可全都是你们女人！"

她和小倪都不再言语了。

许久，小倪端起酒杯勉强地说了句有道理，便号召大伙把自己杯子里的酒给喝了。或许，在每个人的思维里，都在思索着这并不新鲜但一定是深刻的课题。或许，女人跟男人一样，都在一种时尚的面前不可能永远做到无动于衷。只是，这世界，无论是男人还是女人，都无法阻挡本性里的好奇心，但凡怎样都是活一辈子，谁又能眼睁睁地看着世界的色彩纷呈而不探看个究竟。

只是她已经不想再穿梭于各种不稳定的情感之中了，那不仅仅是冒险更是对自己的残害。

她觉得自己包括部主任还有小倪都很可怜，努力地活着的同时，又仿佛总是没有自己想要的结果。她想起了"看上去很美"的那句话，或许，谁都觉得自己的日子不如意，或许，谁都是生活在幸福之中，只是那幸福，早已让人身在其中而失去了感知的能力。

她看了看周遭，发现推杯换盏的女人不知什么时候竟然增加了许多，或矜持的，或大声吵嚷的，或举杯豪饮的，女人，再不是足不出户，再不是笑不露齿，再不是什么场合都拘谨羞涩的只想逃离，女人在打造这个社会的同时也同样在打造着自己。

无论是形象还是内在，无论是生活还是情感。

问题是，她自己是个什么样的女人，或她自己能成为什么样的女人。

她表现出了有些不礼貌的倦意，不仅仅是对这种相聚的倦怠，更有神情上的怠惰，不再愿意多说话，也不再愿意参与其中，仿佛不管说出什么话题，都与她无关。

末了，确实越喝越多的部主任说这世界是经济腾飞和精神亢奋并存，经济危机和精神危机同在的世界，要想活得没烦恼，只好先把自己给灌倒。

她这才发现，部主任已经醉得一塌糊涂了。

她和小倪费力地把部主任送回家，不是真正意义上的送回家，不过是让部主任在迷迷糊糊的状态下说出他家的准确住址，然后，相当于不欢而散地分了手。尤其是她跟小倪说完再见后，她的情绪低落到了极限，尽管，她对回家和丈夫恢复关系还抱有一丝希望，但结果，她似乎已经知道了，因为，什么都是暂时的，无论是好的情感还是不好的心情。

二十

回到家，稀里糊涂地躺到床上，想着小倪跟她分手时说的那句低头要有勇气,抬头还要有底气的话,觉得人生还真有点像啤酒,喝着有点苦,但又不可能永远那么苦,可是,喝到不觉得苦的时候,离喝醉也就不远了。

这生活!

她觉得,对自己再不要像以前那样较真了,一定要学会宽容,不仅宽容别人,也宽容自己,既要学会糊涂,也要学着自欺欺人,适当的时候不妨用一用阿Q精神,这心态并不是说明自己懦弱到退步,反而应该说是一种进步或是成熟,既是对自私行为的张扬和延伸,也是对个性品质的尊重和礼让。

她觉得自己越来越有哲学家的大度和风范了,居然将这样一个老掉牙的概念给翻腾出来,但不这样又能怎样呢?丈夫已经先于自己回家了,醉得几乎不省人事,但看那种状态,即便没有喝多,也如从前一般地警醒着,可即便是那样,丈夫也没跟她打声招呼。她知道,头一天的那种结果,在她,不仅是靠着酒精的激化,在丈夫,更是一种不得已才为之的失落。

或许,只有夜半归家的人,才知道自己真正所要寻求的方向。

可笑的是,他们之间,一天之内就将所有的归属很弹性也很规律地进行了一次自然而然地复位。

或许,婚姻的状态,不是靠着外力的制约,而是依仗着自身的内力来协调,就像一个爱上某人的人,最终结果并不完全取决于自己,也取决于对方的态度。

可是,她不愿意在这样一个生存共享的空间里,或低头、或抬头。

她需要一种平等,也希望得到一种平等。

二十一

"昨天我回来晚了。"第二天一早,她主动打破沉寂,是在丈夫走出房间的那一瞬。当时,她在刷牙,牙膏在她的嘴里,阻碍了她的发音。

丈夫看了看她没有言语。

她明白了，丈夫是在跟她计较，计较她比丈夫回的晚，计较她没遵守妇德地不是下班买菜做饭而是跟着别人去喝酒，或许，在丈夫的眼里，自己也是个不合格的女人。

"我在跟你说话，我说我昨天回来晚了。"她径直跟进了卫生间，顿时，在丈夫回过头来的那一刻，从他们各自身上所散发出来的酒气，不期而遇地相撞到一起。

这是一个发展中的国家，这是一个地大物博资源雄厚的国家，这是一个人才济济万象更新的国家。自己，不过是生活在一个并不奢华壮阔的空间里，所有的喜怒哀乐和欢乐苦痛都成不了声音，哪怕是呻吟之声都抵不上，可她还是觉得有话要说。

"我不是有意晚回家的，我也不是不愿意回家，我是因为确实有事被同事给绑架了你知道不知道？"她的声音越来越大，说到最后，不是坦诚的愧疚，反而变成理直气壮的指责。

丈夫看着她，眼神愣愣的，好像不明白她在说什么。

"我想得好好的，下班回家买你爱吃的东西，做你爱吃的饭菜，主动跟你亲热，被动地原谅你过去的所有，可是，小倪她，我真的不是故意的。"她的语气跟随着她的怨怨将她的声音，字字句句打到了卫生间的瓷砖上，带着铮铮不息的回响，让她不得不停下来。

丈夫依然在愣愣地看着她。

"你可以冷落我，但你不能漠视我，因为我是你的妻子。"不知为什么，她又想起朴美在她面前，趾高气扬地说起那个出国的丈夫时不可一世的高傲神态。说实话，她不服，不服不是因为她的丈夫比朴美的丈夫逊色多少，而是，她也有条件更有资格以同样的态度以牙还牙。可是，她的利器，在朴美的面前只有丁植珈，她不愿意那样。

她突然意识到，自己的生活，有很多时候是在回避，更是在躲避，同时也是在极力地逃避。她从来没有主动地去解决问题，甚至，想解决问题的意识都不曾存在过，可是，就在这样一个星期日的早晨，在这样一个酒气混杂的空间里,她突然想到另一种生存方式。

既是地久天长的方式,又是相濡以沫的方式。

"你怎么了?"很快提上裤子的丈夫看陌生人一样地看着她,仿佛彼此并不认识。

她的眼泪哗哗地流下来。

太阳总会准时升起,灰暗的天幕总要及时降落,而过去的永远都不会再回来了,无论是美好还是不美好。她突然为那些逝去的时光而心疼得要命,她猛然之间知道并明白自己,原来,竟是如此地在乎眼前这个叫她丈夫的人。最初,她想跟他相亲相爱地过一辈子,最初,她想包容他所有的缺点只看他的好而绝不看他的不好,最初,很多最初的想法,海水涨潮般地在她的记忆深处汹涌漫涨上来,像她的眼泪,带着固执又无法阻挡的清冽。

她觉得,她应该找个无人的角落,或大哭一场,或将目光重新投向现实,生活必须有个新的开始。

"我并没有说你什么。"丈夫的声音轻轻的,带着她意想不到的惧怯。

"你没生我的气?"她抬起头,看着满是惊异神色的丈夫的脸,觉得自己很不可思议,不知道丈夫的隐私时,气愤和恼怒总在房间的各个角落里萦绕,甚至,那些怨怒,在她的心头,时不时地就要集结成一个又一个死团,无法消解也不可能消解。

可现在。

"你回来的时候我知道,可因为我喝多了,怕你生气就没过去找你。"丈夫的胸怀,突然博大温暖地将她的身体给完全包容起来。

她立刻觉得自己弱小的如一个刚刚出生的婴儿。

她不再说话了,她在想,原来,语言确实是个可以用来交流的工具,自说自话的回答,再怎么合情合理也总是不尽如人意。

二十二

"我们将过去都一笔勾销怎样,一切都从今天开始!从现在开始!"说这话时,她觉得,无论从自己的内心还是自己的意念,都在实话实说。

那些节外生枝的恋情,仿佛是从来不曾有过的过眼烟云,尽管那些往事确实不失美好,但那不过是一时之需,就像饿了要找吃食,冷了要寻求温暖。而她也突然间有了一种从未有过的感觉或叫感悟,那就是,外遇并不可怕,即便有过崩盘一般的身心出轨也没什么,重要的是,在这样一个过程里,可以将自己的内疚和自责,更好地用于对婚姻的补偿,把那些本质意义上的亏欠,升华为一种因祸得福的必然。

肉体上的背叛不过是观念上的改变。

精神上的出轨也不过是信念上的动摇。

谁都想拥有一尘不染的生活,但那不过是意念中的美丽幻想,因为,生活是残酷的。

她认真地察看起眼前的丈夫,这是一个越来越成熟稳健的男人。虽然头发再不像原来那般浓密,牙齿也不像刚刚认识时的那般洁白,而且,还养成了晚睡晚起的坏毛病,平时,不喜欢喝白开水却偏偏喜欢喝咖啡,抽烟一定要抽好烟,喝起酒来却什么样的都行,跟这样的男人在一起,有时很费神经,但其幽默和风趣,却能在最有限的时间里,让生疏于他的人很快缩短彼此间的距离。

这样的男人,不愁没有女人喜欢,尤其是丈夫眼神里的那种茫然和浑浊,总能让你在匆匆一瞥间,感觉到他内心蕴涵着的巨大能量,而只有天天跟他生活在一起的人才知晓,他愿意表达的语言是多么的弥足珍贵。

"我也有很多缺点,真的,有一些我虽然知道了,但还有一些我根本不知道,知道的那些,我会尽力修正,不知道的那些,如果你不喜欢，你可以告诉我，我可以一样一样地改。"她的内心和她的声音，仿佛头一次在丈夫的面前得到了最完美的结合，不做作，也很坦诚，带着让她自己陌生让她丈夫也很陌生的真实，在那个休息日的清晨，在雪花飞舞的一片苍茫中，得到了实质性的宣泄和张扬。

结果，她并没有失掉尊严，相反，倒得到了比尊严还宝贵的东西。因为，丈夫一直拥搂着她，紧紧地，仿佛一松手，她就会变成蝴蝶飞掉。

她感到了久违的温暖，既是丈夫怀抱的温暖，更是冬日里不易获得的温暖，既有来自内心深处的渴求，更有来自丈夫的理解和包容。

"其实，否定了外遇的合理性也就是否定了我们自己。"那一刻，她还想继续说，纵使原来的你有过很多过错，我也不会再去计较，但是，她没敢说，不是没有勇气，而是不想伤害丈夫，无论是自尊还是身心。

"我也这样想过。"显然，丈夫非常高兴。

光线，透过玻璃窗，在他们身后、身旁，以及其他房间的不同方向，交错着投向不同的角落，他们的家，仿佛成了天堂。

丈夫因为那些过失被妻子轻而易举地给销毁而自乐无比，而她，之所以不再计较，是因为，在那样的过程中，她深切地懂得，或许，出轨也是一种进步。

可以想象，心痛难耐又无从诉说的丈夫，将那样一种心灵的积垢陈腐于心灵的结果会是什么样子，发泄的渠道尽管无法让她从本质上进行谅解，但她能够真正地理解。

人是脆弱的。

人心不可能永远坚强。

人的生命和生活不可能按着心想事成的笔直轨迹一路前行，事与愿违也是一个他们必须承受的结果。

"我们还没长大成人，我们还在成长。"她像个哲人似的，说到认真之处，还略有所思地希望自己说的话可以有凭有据。

"但要是说得好做得不好呢？"丈夫突然有些惧怕似的问她。

"不可能，除非，我们自己不想好。"她的态度异常严肃并坚决。

因为，她想到了那些距离自己并不久远的曾经，如果不是小心翼翼地呵护，相信不是她记忆中的那个结局，甚至，连一开始都应该是另一种版本。

"有道理，我知道了，只是我也够了，真的，那些女人！"她听了，定定地看着丈夫，想着自己终于从丈夫的嘴里听到了这句真话。

"我也是这么想的，只是那些……"她想说那些男人，但她的生活里没有那些只有那个，但仅此而已她也不想说出来，这并不是因为她不诚实，而是因为，这些真相，丑陋之处完全可以再次伤害到她自己，而美好更是一种射向他们婚姻的利剑。

她超越了自己，但结果是让她在成全了自己的同时也毁掉了自己。和丁植珈的关系，虽然让她推开过一扇窗，可她也同时关闭了自己婚姻的大门。

现在，她想关上那扇窗。

同时，也想推开那道门。

只是，很庆幸，她的丈夫依然在那扇门里站立，和她一样，一脸的风尘和疲惫。

谁都需要呵护，无论有什么样的过错。

她笑笑，不是对丈夫也不是对自己，而是对突然茅塞顿开的想法，而那些想法，如同不完美的生灵，突然间扑闪着翅膀飞向那片完美的天空，一会儿穿越河床里低回的叶茎，一会儿又展翅翱翔于浩瀚天宇，并在天水之间的静霭中，旋迂着不归的身影。

二十三

她去了市场，是和丈夫一起去的，在他们温存的余韵还没完全消失的时候。她觉得，与其将自己的思维和情感维系在家庭外部，还不如认真地审视一下自己每天必须回归的这个场所。她突然觉得，自己这一介并不极其关注国家经济政治的弱小女子，只一心一意关注自己的情感家园就可以了,却不知,这沧海一粟的点点滴滴,正在社会的巨大洪流中风雨飘摇着,既同呼吸也同命运。

原来,都是处在同一个生存的空间。

偌大的世界,只有家才是栖身之地,从情感的漩涡中挣扎出来她才发现,自己依然与周遭有着无法分割的筋骨血脉,都是同一片阳光下的绿草地,都在同一片晴空的照耀下,如果将情感的寄托重新审视安放,或许,自己的生活还真的有救。

这样想着,她和丈夫手拉着手地通过了十字路口的斑马线。

"以后注意点,斑马线也不安全,很多行人就是因为放心这些线条才死在这里的。"她听了,突然停住脚步,是在刚刚踏上的人行道上,看着冷风中显得有些红晕的丈夫的脸膛。她很想说,是的,放心是死亡的最大敌人,不与时俱进的放心,不无缘由的放心,就应该是死路一条。

爱情如此,婚姻也是如此。

但她没有说,她怕丈夫说她含沙射影,或许,这是个男人比女人更缺乏安全感的年代。男人要成为国家的栋梁,男人要成为可以让女人倚靠的脊梁,男人的身上有着太多的责任和使命,这需要何等的勇气和气量,而男人本身又在时代洪流面前有着太多的说不清和不能说。这让男人也在勇往直前的过程中,不得不停下来,思考抑或是思索。

而女人,至少还有另一条通道可以将自己的所需完全物化在男人身上,用男人的肩膀、用男人的房子、用男人的存款和用男人的爱情来完整自己,即便偶尔在自己丈夫的身上得不到,也不再需要时刻顾及从一而终的封建束缚。

对女人来说,很多事,比以往任何时候或许都来得更加简单。

对男人来说,很多事,比以往任何时候或许都要来得更复杂。

她看了丈夫一眼,觉得更多的错,或许缘于自己。

"你很受看!"丈夫使劲儿地抓了抓她的手。

原来,宽容是一种美德,学会宽容也是一门学问。

二十四

那天晚上,他们同餐同寝。

那天夜里,他们同梦同眠。

二十五

春天,一定还如去年的那般模样吧,迈着急切的脚步,虽姗姗来迟却也不乏久违的温和。

站在窗前,看着屋顶上、地上若隐若现的残雪,尽管冬天才来,她竟开始盼望着春天。

因为,只有春天,她的故事里才没有丁植珈,更因为,只有春天,她的故事里才除了丈夫以外而没有任何一个男人。

她开始怀念春天。

她开始渴盼春天。

她希望在春天的季节里,不仅仅收获她的爱情更要重新耕耘她的爱情。

像春种实际是在秋收。

"你在想什么?"她听到了丈夫的声音。

"什么都没想。"她听到了自己的回答。

"我知道你在想什么。"丈夫又说。

"知道了还要问。"她觉得丈夫有趣,没话找话,还总是极力地讨好她,仿佛,她的谅解可以让丈夫用一生的付出来报答。

而她,早在这样一个过程中,知道自己要的,不过是一个可以依偎的胸怀,一个可以依靠的肩膀,一个可以相爱的男人。

曾经,她用道德的标准去衡量并约束丈夫;曾经,她用爱情的得失去判断自己的取舍;曾经,她用男人的关爱去衡量自己生活的质量,现在,她不再那么草率也不再那么轻率,她知道了什么才是大度为怀,什么才是真正的拥有，更知道什么样的生活才是自己能要的生活。

她转身看了看丈夫，依旧俊朗的脸，在并不明亮的晨光中泛着可以显见的光泽，只是心灵，丈夫的心灵，再也不能回复到从前的一尘不染，也包括丈夫面前的自己。但是，她并不为此难过，她已经懂得，夫妻，不仅仅是对男欢女爱的相互吸引，也不仅仅是夫唱妇和的如影相随，更多的是平和单调的生活中能够相互扶持、相互体谅。

丈夫说的没错，在连外遇都需要经营的时代，怎么可以如此疏忽曾经视为珍宝的婚姻。

虽然她懂得的有些晚，但只要懂得。

二十六

"怎么又下雪了！"想到白天必须参加的那场婚礼，站到窗前的她，觉得人生真有轮回，那种情形，不过是在不同的人身上循环着同一种感觉。

"你怎么不再经营你的那些爱情了。"见丈夫来到她的身边，与她同样的姿态和心态在用几乎类似的感同身受思索着她的想法，她没有丝毫恶意地对丈夫说。

"其实，我不怕找不到爱情，但我怕失去你！"丈夫的声音，过了很久才幽幽地传来。

她相信。

因为，她也同样怕失去丈夫。

她笑了，没有一丝嘲讽的意味，因为，她想起自己结婚的那天，也很天真幼稚地以为拥有了婚姻就拥有了一切。那个时候，她以为婚姻是将爱情延伸到无限远的唯一方式，尽管后来的失望并不亚于最初的希望，她仍然不后悔。

但凡懂得什么样的爱情都需要经营，她还有什么可抱怨的，或许，就是因为如此，婚姻才被人类文明庄严地载入了爱情法典。相信第一个想到用婚姻维系爱情的人和第一对拥有婚姻的人，都同马上就要步入婚姻殿堂的那对新人一样，怀着同样的希冀和梦想。

希望将爱情给演练到白头偕老。

希望将誓言给演绎到海枯石烂。

这样一想，她倒不觉得外面的寒冷有多么难耐了。

二十七

婚礼，这人间最奢侈豪华的情感盛宴，到处都张灯结彩充满喜气和喧闹，美好的气息从所有的角落扑飞而来，在寒风料峭的季节里，如春风夏雨，尽管雪花依旧飞舞不停。

看着新娘穿着一袭乳白色的婚纱，美丽冻人的娇羞面容如一朵盛开的玫瑰，所有的人都似乎忘记了室外的寒冷，婚礼，真的是对爱情所做出的最完美也是最完整的诠释，或许，爱情的归宿和价值都体现在这一纸婚约的限定中，永远生发着诱人的魅力。

她为自己依然拥有着婚姻而庆幸。

二十八

"喏！"一支烟突然递到她的眼前，是在婚礼进行到一多半儿的时候，带着一股她并不陌生的气息，从她的耳侧横陈过来。她愣了一下，她觉得那烟像是一个入侵的敌人带着莫名的友善。

认错人了，这是她的第一反应，因为，没人知道她曾经抽过烟，除非她的丈夫。

"是我！"显然不是认错了人。

循着声音，却见一袭黑衣女子站在她的身后，几经定神才让她将那人给认出来。

是朴美。

"我不会抽烟。"她的头摇得跟拨浪鼓似的,尽管她抽过烟,但她觉得在那样的时刻里,有必要向朴美隐瞒,因为朴美对女人抽烟的理解会让她的自尊荡然无存,虽然那理解是那么的正确。

"那就喝一杯吧!"她举了举自己手里的酒杯,顺手又给朴美倒了一杯,尽管她知道朴美不善于喝酒。

"喝就喝!"朴美的态度让她异常吃惊,百灵又变成了凤凰,她不能不重新审视。

"你好漂亮!"说完,她才想起自己不是用美而是用漂亮来评价朴美,或许,直觉来得更准确。

朴美将她倒的酒,权当一杯凉白开喝个一干二净。她愣怔地看着简直不敢相信,女人最怕的应该就是来自女人的那种咄咄逼人的气势吧。

不服输也不想服输,即便付出代价。

她不知道该说什么才好。

"谢谢你!"朴美放下杯子的那一瞬,突然微笑着对她说。

谢我?

什么意思?

挖苦?

还是?

但见朴美确实微蹙的眉头,并不是不能忍耐,而是一副高傲不羁的姿态,她明白了朴美的意思。

她没说话,看着久经酒场一般的朴美她想,再不是那个沉郁寡愁的女子了,再不是一提到丁植珈就低眉紧蹙的满面羞容了,洒脱又干练的风韵,仿佛世间最受女人妒忌的月貌花容。她想到最初丁植珈向她述说的那个美丽女子,或许,在男人的眼里,最初的美丽确实可以完好地保存到最后,只是最后,她不愿意再往最后去想。

"客气什么。"她倒不知该说些什么了,似乎在朴美的面前,无论说什么都跟没说一样。

朴美礼貌且优雅地冲着她和其他的人点了点头走了,朴美临走前告诉她说她不是参加婚礼而是参加葬礼的,走过路过时看到了她,觉得很亲切就跑过来了。

朴美还说,她过来不仅仅是要跟她喝酒而是真的从内心里感激她。

看着朴美消失的那个方向,她反复地思索着朴美的谢谢和感激。

什么意思?

是朴美不在乎丁植珈了?

如果她不在乎丁植珈了还跑到我面前装什么英雄?如果不是那样,那只能说明一件事,她的怒气已经升腾为一种冲动。

他们终于和好如初了!

如十年之前。

"喂,是我!"很久、很久,她突然想到了这个方式,尽管她已经很久没和丁植珈通电话了,甚至,从最后一次见面后就再也没想过今生还能有什么联系,但这会儿,她无法让自己冷静下来。

"我看到朴美了,刚刚我们还在一起。"她尽量把说话的语气放缓到最平和的状态,可她的真实意念还是不多不少地给流露出来。

"哦!"丁植珈只有这么一个感叹之后便没有再说话。

她懂了,朴美已经在离开她之后先于她把电话打了过去。

"谢谢你!"一段双方都能预料到的沉默之后,丁植珈的声音立刻让她想起,刚刚朴美也对她说起的这么一句,敢情,他们确实都在真心实意地感激着自己。

这真是一个荒唐又荒谬的故事。

她终于知道自己在丁植珈和朴美之间扮演了一个什么样的角色。

她关掉了电话。

原来,女人的敌人不是男人,而是女人。

他们断掉的情感终于被完好地续接上了,而架起那座桥梁的不是别人,正是她自己。

这无法用文字来书写的故事,让她又一次地想到她和丁植珈之间的一切、一切。

她看了看新娘和新郎，幸福而欢愉的笑容时刻洋溢在脸上，或许，这世界根本没有天堂，都是自认为自己在哪，天堂就在哪。

她有些泄气了，不是因为成全了丁植珈和朴美的爱情，而是自己在这样一个过程中所扮演的那个角色。相信，眼前的结局确实是个最好的结局，因为，她已经淡出的心态一直在证明不想用她的生活或是她的未来做抵押，她觉得输不起，可正是这让她泄气的力量又给了她一种冲动，好像她的灵魂离开某地之后又迅速地到达了某地，像故地重游又像幻梦一场。

外遇再不是个人的问题。

这该死的社会潮流。

她想起了最后那次和丁植珈的会面。

"你不用着急，我还得洗个热水澡。"已经入住到宾馆的丁植珈仿佛在向服务员交代一件并不重要的事，而她也在这样的要求中变得无动于衷。

她确实不急，甚至还有些后悔为什么要接这个电话，只是，她为自己还能拥有这样一份情感依托感到几分庆幸，好歹，有这样一个想着自己的人说明自己还不孤单。可这想法，仅仅在去宾馆的途中就一点一点地变异为越涌越凶的哀愁，因为，这样一个越来越无法把握的男人，让她无法靠近。

或许，是因为自己过于贪婪，既贪婪一种不可能的永恒，又贪婪一种极致的圆满。可是，没有贪欲的人生又会是什么样子，她当然不知道，而丁植珈并没有想象中的那样，一见面就急于亲热，或即便没及时亲热也要想着用什么样的方式进行补偿。

丁植珈在看球赛，而她，仿佛是在丁植珈看得最投入的时刻出现。

"等等，我正看到最关键的地方！等我一会儿！"丁植珈紧紧抓握着遥控器，仿佛电视里的球赛与他的生命有关。

她没言语，她只是习惯性地扫视了一眼房间，说实话，对这样一种温馨的环境，因为丁植珈的态度，她再也不可能顶礼膜拜到充满敬意，甚至，她都能够感觉得到，这偌大的空间里，有着太多的龌龊不是被一些又一些离开又来到的男男女女给携带走而是有意地丢扔在这里，这让她异常的不舒服，虽然满眼满际都是一尘不染的整洁。

她重重地叹口气，这或许是他们之间最后意义上的媾和，她这样想。

"你瞧，这场球赛，从一开始就有缺陷，中场不活还缺乏核心，尤其是后援那块儿，怎么能忽视呢，实在是冒险！"丁植珈一边看她一边看电视一边发表着议论，仿佛，电视台重播，他依然会全神贯注地来一回目中无人的大观看。

她轻轻地坐下了，不是在丁植珈的身边，也不是床的某一处，是背离电视和床都有一定距离的那把扶手椅里。

"还好吧？"她权当自己处于礼貌但完全有可能是废话地问候了一句，看着随口应和了一声的丁植珈，她在想，或许，有一天，他们也会吵架，也会生气，也会计较到谁都不愿意理谁，而一日不见如隔三秋的那种感觉会连记忆都成全不了地无法找寻。真是滑稽，这是怎样的一个男人呢，大老远地跑来，仅仅是为了洗个热水澡，仅仅是为了看一场球赛，仅仅是希望她能将这一切用眼睛给真实地记录下来。

这时，她倒宁愿他们的关系被无奈地公开，她想让所有的人都知道他们是在这样一个场所里进行的某种并不是事实的勾当，因为，他们什么都没做。

她这才明白，人们用眼睛看到的所谓真相，往往与实际的故事并不一定相符，很多时候，人们看到的，仅仅是假象。

二十九

他们终于开始了闲聊，在球赛结束之后，是真正意义上的那种闲极无聊时的交谈而不是交流。丁植珈说他的工作越来越没意义也越来越没价值，丁植珈说他最初的理想和许多设想都和现实他看到的如何不一样："或许，我也是因为过于挑剔。"

丁植珈的语言是坦诚的,态度却明显地带着敷衍和应付,这让她不得不伤感,为着这不疼不痒的情感,亲密在一起的两个人就像由于某种不得已的原因不得不开始疏离。

她必须忘掉这所谓的恋情,这是一种没必要再进行维系的所谓情感。

她慢慢地踱到窗前,轻轻地将厚重的锦帘掀开一个豁口,看着不知不觉中已经灰黑下来的天色,觉得人在自然的面前依然那么脆弱,总是不知身在何处,总是找不到心灵的依托。

她回头看了看丁植珈,和她刚刚见到时一样,爽朗的外表依然无法看清真正的索求。

她不禁想到了朴美。

或许,丁植珈已经找到了目标。

或许,丁植珈从没停止过寻找。

她真的没有想到,那个时候,她就预感到了今天的结果。

"谢谢你,认识你我很高兴。"她还想多说一些带有温情的话语,但是,因为她看到丁植珈的表情也如她一样,都在自然而然的退缩过程中丝毫没有想过用什么方式和方法将这行将熄灭的情感给重新点燃。

"我也谢谢你,你确实给了我很多。"丁植珈的话也很坦诚,仿佛在做着非常必要的答谢。

他们第一次在只属于他们两个人的空间里,没有亲密地拥吻,也没有温情地做爱,只淡然如水地如老朋友那样,说说话,看看对方。

仅此而已。

他们平和地分了手,不是在火车站,也不是在客运站,是在丁植珈的车门旁边:"我送你。"

丁植珈打开车门的时候示意她跟着上车。

她摆了摆手意思是丁植珈可以将车开走了,她不是不愿意坐车,而是不愿意重复令他们双方都尴尬的别离。

无论结果如何,她还是愿意心存美好,哪怕有眼前的这些不美好。

或许,丁植珈也满怀希望;或许,丁植珈也不知道他们之间会是今天这样的结果。

回家的路上,看着相向行驶的车流,冷暖着不能相融的色调,在鳞次栉比的楼群之间,生生不息着奇异的光影,想着丁植珈的车在那样一片洪流里只一瞬便奔向遥远,她的心不禁难以抑制地产生了一种疼痛。

如果知道相爱的结果注定是分离,她宁可不爱;如果知道相识的结果注定要像现在这样必须努力忘记彼此,她宁可一生都不知道对方。部主任说的没错,没有永远的朋友,只有永远的利益,或许,在记忆中,他们永远都是朋友,但在各自情感的利益面前,他们不得不如此,仿佛,他们各自都不再需要对方,也不可能需要对方,或许有那么一天,他们还会需要彼此,但这丰富多彩的世界,会把他们各自的所需,及时地给予。

谁是谁的谁,已经不再重要。

她必须回到婚姻的壁垒中,向现实低头,虽然没人强迫她,但婚姻确实是现实生活中唯一能让她认可的招牌,毕竟,在物欲横流的现实里,真正的精神已经被越来越丰厚的物质所替代。人们每天面对的,除了那些应接不暇的物质还是物质,仿佛,只有不停地对物质进行占有,才能让自己成为强者,而道德,不只藏在一座座拔地而起的高楼大厦里,也不只铺在一条条通途坦荡的大路上,道德在她的心里,失去过,也回来过。

相信朴美但凡有能力,就该在十年前把她真正的魅力发挥出来。

道德的力量!

她只能相信这些了。

她清空了电话里与丁植珈有关的所有信息,从前的那些,她不愿意再保留,哪怕有些不舍,因为她总觉得有些欺骗成分在里面,或许也不是。她相信她的过去,绝不是为了成全丁植珈和朴美的爱情才会拥有,因为她还没有那么伟大,她觉得,唯有不爱,才能狠下心来,毕竟,删掉一个人的所有信息就相当于斩断一根可以相系相连的情丝,虽然这还不能等同于最后的结果和结局,但这是过程中不可缺少的重要环节。

聪明女人，也该有大丈夫一样的胸怀，能屈能伸，即便放心不下，也要懂得适时放手，或许，自己一向是幸福的，只是被幸福麻痹的连感知的能力都没有了。

这说明，什么样的情感都不可能永恒，外遇也不例外。

她彻底地释怀了。

朴美没错，朴美也需要来自心灵上的安慰和表达，只是自己和朴美不小心地渡到了同一条船上。

不是同行，而是一个先前一个在后。

三十

离开婚宴，站到酒店的大门口，看着与室内截然不同的景致，一任冷风吹着她的脸，她觉得自己长大了。在一场外遇的过程中，更在一次次的冷落之后，看着那些无法在风中落定的细碎纸屑，在呼啸旋转的风口里，不停地旋舞翻飞，带着偶尔现出的浑浊色彩，像某些人和某一些人，在你人生固定的那个圈子里，眼睁睁地看着旧的消失，新的出现。

男人终究离不开女人。

女人也同样离不开男人。

她向天空看了一眼，明晃晃的太阳泛着冬日很少见到的强光，悍然着亘古不变的姿态，几朵浮云惨淡地在它的周遭飘浮着、涌动着，并让她的视线，在这样一种凝视中，不得不将空茫转向更远方。那里，没有阳光也没有云朵，只有一种令她熟悉的色彩，单调且灰白，没有任何变化也不可能有变化。

平淡没什么不好，虽然这样无奈地认可有对自己实施冷暴力的嫌疑，但只有这样，才能让她的忍耐和迁就，沉郁在日积月累的平和中，旧时代的人管它叫煎熬，现在的人管它叫适应。

她有必要让自己学会适应，也应该让自己学着适应，游戏一样的爱情，她不想再要，尽管她明明知道谁都在那样的游戏规则里倾情又倾心地投入，但在巨大的社会洪流面前，这多元化的周遭，谁又能真正地抵挡住接连不断的诱惑，连陌生人在一起做爱都已经不受道德的约束，情感的终极又怎么能成为两性完美的结合。

　　不能。

　　绝不可能。

　　在那样的情感游戏里，能够满足的，或许，永远都是身体的需要，就像丰厚的物质所带给人们的那样，而心灵的空白，即便是再高贵再优秀再让自己心仪或心动的异性或许都无法填补，因为，人人需要和渴求的都是身心的全部满足，当然，既是不断的满足，也是永远不能停止的满足。

　　这要求符合人的本性，又相悖于真切的现实。

　　人生，只有自己才是自己的救世主。

关于电影《夜遇》

关于《夜遇》，我写了三篇文章。

第一篇文章《关于"夜遇"》完成后，依然有意犹未尽的感觉，我只好继续写《纸上谈兵的那场外遇》和《纸上流动的意识》。但我从没想过，在不断续写的文章里，会有一篇与《夜遇》电影有关的文字。因为，无论是从起笔的初始，还是到落笔的最后，我心里念的、想的，都是怎样把这无中生有的故事给描摹的更真实，更有教义。

当我写下这篇文章的标题时，我终于明白，同样一个故事，确实可以用不同的方式表达。小说也好，散文也罢，抑或是电影剧本，所需展现到位的，不过是从未改变的初心和用心。既是对文字，也是对人生。

去年九月的一天上午，在医院牙科的走廊里，坐在蓝色的候诊椅上，看着窗外细雨绵绵，"开心"地等待拔牙时，习惯性地拿出手机，"心情大好"地在一个"影视精英⑦号群"里，发了一则"我有影视剧本有需要请联系"的文字通告。在扎麻药、拔牙、听医嘱、归家等一系列繁杂之后，在手机微信里，我见到了导演周建兵发来的要看剧本的信息。

这种情况如果在以往，我会告知对方不能看剧本，因为，单凭一个要看的想法，能给的，也不过是伏笔和副线都没明确给出的故事梗概。只是当时的我，一反常态地将《夜遇》的剧本、人物小传和故事梗概一一传给了周建兵。此举，既让周建兵成了《夜遇》剧本的第一位读者，也用后来的事实证明了冥冥之中的天意和缘分不仅仅是传说。

我之所以如此，或许是因为终于拔掉了困扰我将近一个月之久，吃了很多药都不见任何效果的病牙；或许是因为在拔牙之前的一天两夜里，我家已年老体衰的狗宝卡卡突然间得了脑炎，不吃不喝的疼痛，让我每天不得不到了夜半之时，还唯恐它的叫声影响了左邻右舍的睡眠,抱着它,在极其安静的夜里,心疼且手足无措地穿行过往于客厅与卧室之间。一边在万籁俱寂的黑暗中体悟牙疾带给我的无奈无可,一边在极度悲悯的哀叹中,痛惜狗宝暮年垂老的行将离去。待到卡卡终于在药效的作用下能够安稳沉睡后,我决定,一刻都不能等地去医院。我要找医生好好地看看我的病牙。

拍片之后,医生说:"做个小手术,把牙龈上的包给切掉,把牙拔掉就好了。"来不及思索为什么不早早地到医院求医,却相信药物的疗效而让我承担了太多的身心重负。一切,都在医生简单随意的告知中,使我的内心充满了无限欢喜。与周建兵加了微信好友后,通过电话,有了合作的最初雏形。虽然在那之后,一位仅仅是晚了一步的朋友也跟着索要《夜遇》的电影剧本。

"真是遗憾,那个剧本已经给出去了。"我说。

"这么快?"那位仅仅是晚了一步的朋友不无惊讶地问。

"是的。"我回答。

虽然合作的合同还没签,但世上谁又抵得过天时地利人和呢?那不只是人与人之间的天南地北,更有天意自有安排的不能不遵从。

只是这一切怎么看都有些简单,简单到单凭一些对话,甚至牵涉到双方都没有加进更多注解就拍板定案的"草率"。但实际上,《夜遇》从小说在网上发表到与导演周建兵结缘,一共用了整整九年的时间。

九年,是可以让吴京从首次拍摄《狼牙》亏损 1800 万到《战狼 2》因突破票房五十亿而跻身全球票房百强的漫长岁月;九年,是可以让刚入学的儿童,经过义务教育而成长为跻身于中考的莘莘学子。在这九年的时间里,无论我在写作的路上走出多远,《夜遇》始终带着它特有的妖冶和魅惑,在我的生活中时隐时现。

2012 年的初春,在我的新浪博客里,收到一个纸条。是来自资深编剧,家居河北邯郸的张良老师。张良老师说看到我小说《夜遇》的最后一章"有多少旧爱可以重来"时,决定教我写剧本。

"把《夜遇》改写成电影剧本吧！"经历一番是否不再写小说而就此踏上一条一旦开始便没有结束的下定决心后，我很认真也多少有些忐忑地对张良老师说。

"不写电影剧本，用你的两部长篇小说，改写出一部四十集的电视连续剧的剧本。"那一刻，面对张良老师不可逆转的坦言坚拒，我虽然不失望但以我对剧本的懵懂认知，《夜遇》无论如何都不能用来改写电视剧的剧本，因为，《夜遇》小说虽长达二十万字，但小说里，只有相爱又必须分离的两个人。

我开始了编剧生涯，用了整整十一个月的时间，攻下了有如四十座城堡的电视连续剧的所有剧本文档。当最后一个句号被我敲打出来后，感觉上，就像从一脉空旷的田野里终于寻到了开满鲜花的路途，我长长松了一口气。想着何时可以摘得胜利果实时，恩师张良的猝然离世，让我突然之间，便站到了不知何去何从的十字路口，一时间，我看不清红绿灯的或明或暗，也无法辨别哪里是可以前行的方向及目标。退回从前也不是不可以，只是，再让我投身于小说文字的汪洋里，再如从前那般的随心所欲，不仅是时间的问题，也是难以成行的不太可能。

这时，我想到了我的小说《夜遇》，想到了那位夜半之时，身着一袭睡裙，在抱怨声中离家的幽怨女子。虽然她在选择死亡还是堕落时有幸地避开了死亡，却并非真正意义上的沉迷于堕落。她不过是暂时迷失了方向，有如失意后的记忆恢复，她很快就在道德回归的过程中找到了最真实的自己。这时的《夜遇》小说于我，无异于含苞待放的花朵和层叠飘漾的祥云，在我举目无措时，被我及时所见，且不可能不见。

我决定将《夜遇》小说改写成电影剧本，可动笔时才发现，电影剧本与电视剧的剧本有着很大的不同。电视剧里的一集，到了电影中，或许会变成略略闪过的几个镜头，而电影中的某一幕到了电视剧的剧本里，却完全可以将其延伸扩展为三、四、五、六集。好在，好莱坞编剧教父的《遇见罗伯特·麦基 2011—2012》和悉德·菲尔德的《电影剧本写作基础》《电影编剧创作指南》以及《电影剧作问题攻略》等，

——成了我的指导教师。

　　那些教科书，夹杂在各种不同的书籍中，不是被我放到几案上，就是装进我随身携带的拎包里。在大师的谆谆教诲中，在整整一年的时间里，我一边体悟故事和台词之间的孰轻孰重，一边了然了写作这件事，不仅仅是笔者内心生发出的由衷慨叹，更是倾诉者和藏匿故事的人们，在灵魂共舞时所释放出的神秘信号。这信号，既是个人的，也是大众的。

　　《夜遇》的电影剧本，在理论与实践相结合的历练碰撞中，一点一点地出落为谁家儿女初长成。这"初长成"的剧本，有着好莱坞剧本的标准格式，既有审美效果，又可以秒看。尤其是角色名字加粗后的一目了然，让传统的剧本写作方式，显得杂乱且不科学。我知道，我终于完成了将美好愿望给付诸文字的梦想之旅。也真正了然了我的文字，已由原来写小说时的那种媚人、哄人，还要稳住了人的小心翼翼，彻底演变成时刻有可能被矛盾所激化、被冲突所左右，且行动性语言在时间和空间上都高度集中的电影剧本。毕竟，一百二十分钟可以看完一场的电影，再用一百二十分钟的时间去看同名小说，其结果，只能是走马观花。而周建兵对《夜遇》剧本的赏识，又将这场文字的演练，给落实到花落谁家的尘埃落定。

　　初识周建兵时，从网上获知，是中国内地导演，编剧，制片人。第一次在他朋友圈里见到与电影《夜遇》有关的信息是，在他去年初冬时朋友圈里发的一则——由我编剧，由他执导的电影《夜遇》正在筹拍的消息。之后印象深刻的是他今年年初的朋友圈里，一幅"不忘初心方得始终"的文图上附注的那些文字——你敢在我身上赌，我会拼命让你赢。这无疑是在成就事业前用以心换心，你真我更真的铮铮誓言来表达即将扬帆远航的信心和决心。这样的人，必定是成熟、稳健并能成就大事之人。

　　2017年8月10日，在江苏省宿迁市广播电视总台演播大厅举办的电影《夜遇》开机仪式，完全证实了导演周建兵的能力和实力。开机仪式上，光彩照人的演职人员阵容中，随处可见的美女帅哥，处处呈现着青春永驻的时光不老。完全可以想象，唯美画面和倾情投入的演绎，会让《夜遇》这个早已拥有众多读者的情感故事会怎样的锦上添花。与众演职人员加了微信好友后，在给男主人公、丁植珈的扮演者霍赞臣回复朋友圈的随拍美照时，我说，帅得简直好像不用期待看电影了似的。

这样一部电影，已不仅仅是有所期待那么简单了，完全可以预想的结果，应该是成竹在胸的必然。只是，从开机当天就进入紧张拍摄的导演周建兵，朋友圈始终静如止水般地悄无声息。我想，这样一部与之息息相关的电影，不张扬和低调，或许是提高工作质量和提高效率的最好做法吧。而周建兵本人，也确实是一位不随便承诺，不随意聊天的人。就像他在朋友圈的照片附言时标注的那样——欲思其利，必虑其害，欲思其成，必虑其败。

成功永远都不会轻而易举。万事，有远虑才不会有近忧。一直在通向成功之路上奔跑着的人，怎会有闲暇因为停下来而耽误了既定的行程？如此竞争激烈的时代洪流中，高枕无忧，只适合那些终日如行眠立盹却不自知而因此陷入危如朝露的养心又养身之人。

永远不会忘记，当 2000 年的钟声敲响时，一向不喜欢熬夜的我，在新千年终于到来的那一刻，对着夜空绽放的烟花许下了恒久心愿——开始写作，无论成败，无论何种结果。如此，是因为我深知，"一生只做一件事——吹喇叭。"这句电影《海上钢琴师》中的画外音，早已在不知不觉中，成为我只能前行且回头无岸的航标灯及座右铭。

踏上征程后，我日复一日、年复一年地徜徉邀游在文山字海里，一边在心甘情愿的独守寂寞中，修炼不念及日夜耕耘是否能换来花开花落的心态平和，一边只赏心悦目于新天新地而从不抱怨也从不奢求计较的唯愿水到渠成。

当然，自设困境的前路漫漫中，总不乏温暖的朋友心，及时又适时地给予我关照与关怀。某天，我有幸被剧作家袁永阳拉进他的编剧导演群,正欣然接受这可以栖息共勉的美居时,一位叫戚七奇的编剧朋友在加了我的好友后,即刻将我拉进他的华语影业编剧群。一时间,目不暇接的人才济济中,你来我往,好不热闹。影视大家庭里,我虽然仅仅是一个刚刚入内的新人,但是,谈笑风生中,仿佛,我已在这样一片天地间,乐不思蜀地安然了许久。见大多数群主要求进群的新人尽快规范自己的群名片,想到每天都与剧本打交道的我,编剧两字,无疑是我最好的选择。只是,这总要改来改去的昵称,让我决定,走哪带哪好了。可是,我万万没有想到,这让我每天都为之不停奋斗的称谓,居然使某些人无法忍受,直到忍无可忍的那一刻。

某天,某个并不熟识的微信"好友"给我发来一则信息说:我奉劝你一句,最好把你名字前面的编剧两字给拿掉,否则,让人觉得你太高调……

看着字字清晰的赤裸直白,我不禁想,这大千世界,"编剧"两字并不稀罕,尤其比比皆是的编剧们在众群中有进有出的令人眼花缭乱,冠到我的名头上,完全可以对得起我对着电脑没日没夜的敲敲打打,怎就如此灼伤了某人的双眼?更重要的是,冠名编剧还是其他,也完全属于我的人生我做主。即便在百度百科里,也不过是寥寥几个字的解释。

编剧——是剧本的作者。

这简单得不能再简单的解释,足以说明,连百度都懒得为之费口舌的称谓,是因为,只有成就突出的职业编剧才会被称为剧作家。而编剧,不过是初写剧本时的一个实践者,一个探路人。这只能说明,某人被打败的,不是他"热情洋溢"中的天真与无邪,而是他理直气壮中的无知及无法被认同的"自命不凡"。

给这种穷极无聊之辈回复一个字都是多余,面对这样的奉劝,我想,不过是我前进路上又出现的一个拦路虎罢了。从我跨界书写的文字转换初始到眼下的依然在路上,早已出现的连我自己都忘记了是多少个的,让我就此罢手放弃免得将来后悔的"好心人"里,某人出现的似乎有些太晚。因为,就在我无力前行的初始,就已有人不惜以自己的亲身经历，用自己都不愿面对的惨状告知我，前路有多么多么的险恶，继续前行会有多么多么地艰难。

见我对其好言相劝不但无动于衷且依然我行我素不予理睬，某人竟摆出我不拿掉"编剧"两字，就会因其无法承受漫漫长夜中的辗转难眠而准备死给我看的架势，一而再，再而三地视我朋友圈的各种图文为扎心的刺，毁脑的虫，捅心的刀。只要一见到我朋友圈里有动态，必要捕风捉影地循着几近疯狂的臆想，水鬼魔影般地冒将出来，或揶揄、或骚扰、或挖苦、或嘲讽。即便在其发来各种古怪信息前，我已通过朋友圈发过诸如电影《夜遇》选角开始的链接网址，依然无法更改某人对我名字前编剧两字不肯轻易罢手也不能轻易退后的虎视眈眈和不依不饶。直到我发了即将出版小说《夜遇》的封面、书脊和封底后，依旧不是笃信我漫长人生旅程中的无尽付出终于有了回报，而是急奔省城最具权威的图书馆里，查遍所有与《夜遇》有关的书籍，通过已经成为陌生人的尴尬传递，说我朋友圈里发的小说封面、书脊和封底跟我本人一毛钱关系都没有。

至此，我完全清晰地了然，在我，无论怎样的梦已成真，依然无法停止我早已习惯成自然的一路向前的脚步和行程。在他人，哪怕我有点点滴滴的成绩和进步，都会成为其自身无法躲避也无法逾越的浩劫或叫一场灾难。虽然是仅仅两个字的力量，也如此地让一个恨字完全代替覆盖了之前的所有嫉妒和羡慕。

这样的某人，我可以理解。谁愿意他山之石攻的不是自己那块"玉"，而是他山之旁的更高山巅？但我无法原谅这世间，总有那么一些人，在他人的成绩面前，无视他人拼尽全力的付出，只愚蠢地关注自己内心的煎熬和挣扎，且一味孤芳自赏地认为自己不但无所不能，还稳坐高端地藐看着下里巴人。殊不知，此举此行，充其量也不过是坐在晦暗狭小的天井里自我觉着有几分阴凉罢了。

即便如此，我仍心存感激，毕竟，友人与贵人的扶助和支持虽永远功不可没，小人与恶煞的无礼放肆却更能坚定我越来越从容的前行步伐。任何人的成功,虽离不开自身的努力,但谁又能说,来自外界的外力不是一种适时又给力的助推和支持?永远不能!

偶有空闲,我会到周建兵拉我进去的电影"夜遇"主创团队群里,静看演职人员或忙或闲或聊或思考。说到电影《夜遇》是否能再延续下去的话题时,女主人公苏紫的扮演者王艺霖,总会机智又幽默地创意出很多既合情合理又超出意料的具有颠覆性的种种假设。

与电影《夜遇》中胡社的扮演者在谈到我在写的剧本《夜遇3》时,大力提议说,要不要考虑写一部有关同性恋的题材?全国跑演出,见到太多了。最初的当事者,都是传统的恋爱观,同性之间存在的,不过是比较深厚的友情,久了才发现,真正爱的不一定是生活中的他或她,而是经常陪在自己身边的同性朋友。

将友情转化为爱情的同性相恋,当然可以考虑。我说,很多年前我就写过一部描写女同的中篇小说,写剧本时,将性别改一下就可以了。

对于相爱这件情事,我想,无论同性还是异性,人与人之间所能感受和感知的,不过是日久天长的情感依恋。而一个人,终其一生,如果没有对维系情感动力的深度认知和体悟,便无法理解《断背山》所诠释的同性之爱为何那般地打动人心。因为,无论谁和谁相爱,都不仅仅是爱与被爱,而是爱的本身。是对美好的另一方不知不觉中的意欲占有,也是被美好的另一方包围簇拥中的极度忘我。

很快,两个男人和一个女人之间的情感纠葛,在我的脑海中,时而模糊时而清晰地沿着一条不被俗世认可的主线,与副线和辅线时而盘旋迂回,时而扶摇直上。有羁绊,更有无所畏惧。这源于世间的万事万物,总会在越想挣脱藩篱的桎梏时越被拴捆得结实且牢固。无法左右也无力剥离。所谓的听天由命或命该如此,说的就是这番情形吧。

即便拿出各种理由和借口挣脱,也不过是无法付之行动的徒劳。从而,世间又多了一个完全虚构,却根植于生活本身,且可以任由他人评头品足的情爱故事。由此想到,我之所以在《夜遇》电影的合作刚有些眉目的初始之时，便一气呵成了被称之为《夜遇2》的《艳遇》，不过是因为与导演周建兵说到电影《夜遇》的某些合作事宜时，周建兵说出的那句"把一做好"。

那一刻，故事结构和表达意向都与《夜遇》相似的《夜遇2》，几乎瞬间就有了轮廓，我当即建立了电影《夜遇》的系列文档，仿佛，所有的故事，都像前生就有着某种约定似的，在等待和垫伏中，适时地苏醒。

想到《夜遇》系列中的《艳遇》《相遇》和《奇遇》，为何不将《夜遇5》的名字给定位成"知遇"呢？我当即在朋友圈的信息评论中坦言留印了我的想法——《夜遇5》就叫《知遇》了。同性恋题材的，好好写一部爱与被爱的电影剧本。朋友见了，即刻通过评语来警示我，别把同性恋写成人类未来恋爱的大趋势。

怎么会呢，从我自己这个角度，就不太可能。想写，也是因为尝试心理和自我挑战的意念驱使。我即刻回复朋友——放心吧，这个世界不是我们想象的那样，也不会成为我写出来的那样。

回答完朋友，我不禁又想，如此敏感的题材，待完成后，即便有幸有导演和制片人能够认同，怎奈有国情的制约，即便在层层送审时处处小心留意也无法过关那又如何是好？岂不又是白写？那就退而求其次地改动其中一人的性别吧。毕竟，笔下的文字，无论怎样书写，都是想让人们在面对情感危机时，找到一个恰到好处的出口。作为编剧，如果不能把剧本的戏剧性建立在社会冲突之上，即便写尽千千万万，又如何？不过是无端消耗他人的宝贵时间罢了。

与电影《夜遇》的男主人公丁植珈的扮演者霍赞臣谈起《夜遇》时，霍赞臣说他听说《夜遇2》里的人物不是丁植珈了。我说是的，之后的《夜遇》系列是人物设置及风格都很相近的作品，每个故事都相对独立又有所关联。霍赞臣说："其实，连续下去会更好，因为，看过一的观众，会有一个熟悉度，像郭敬明的《小时代》电影。包括吴京的《战狼1》和《战狼2》，都是以男主人公为主线，展开一系列的事件与人物关系。"

我说:"如果有市场,就续写有丁植珈的《夜遇》。"并说出我对丁植珈这个人物的人生际遇所做出的种种戏剧性的假设。霍赞臣不无担忧地说:那样,会不会影响丁植珈的形象?他在第一部里是那么的正直!

隔着两部手机之间的山高路远及水阔天长,我窃笑的无以言回。虽然我是编剧,但是,连游走于三个女人之间的丁植珈都在这样说,我只能佩服霍赞臣的入戏,不只在《夜遇》之内,更在《夜遇》之外。这样的过程,无疑是美好而愉悦的,也是令人难忘的。

想来,人生际遇总会如此,在你经历了曲曲折折、看透了是是非非,蓦然回首的那一刻,将一切过往尽收眼底。由此而明白,人世间能为自己的孤陋寡闻和无知买单的,除了自己永远不会有他人。由此又懂得,无论何时何地,都不能轻信那句——生活不是单行线,一条路走不通时你可以拐弯的所谓警句箴言。因为,世上的路纵有千条万条,你拐到哪一条路上都会是人山人海。你只有在一条路上永不停歇地走下去,才会与蝇争血的吵嚷和无止境的喧嚣渐行渐远到彻底远离,才能看到人迹罕至处的美轮美奂。

电影《夜遇》终于在无论是制片人、导演、演员,抑或是幕后的工作人员的相互配合、互相协作中,按部就班地有了一个非常好的开始。只是开机后的第二天清晨,醒来,通过主创群和朋友圈,知道了第一天晚上电影《夜遇》摄制组拍戏到凌晨两点,且在第二天早上的通告中又标明九点半继续拍摄。瞬间,从内心深处暗涌升腾出由衷的感激与敬佩,并决定在即将出版的散文集里加写这篇在写文章,既用来感谢给过我无私鼓励和帮助的人,也用来感恩与电影《夜遇》有关的知遇之缘。

想到一篇完成在很多年的文章《喜欢韩剧》,急急地翻找出来,打开,逐行逐句地查看,见到这样一段文字——常常是因为那些精致唯美的画面,哪怕是一方铁丝网或一块护堤围栏,都会让你在观赏之余,不得不惊叹摄影师那双明察秋毫又善于发现的眼睛。即便是一把雨伞、一枚戒指、一束花朵或是一件微不足道的小小饰物,也常常让你感觉到制作合力中的刻意用心。

正在拍的电影《夜遇》又与之有什么差异呢？从开机时五光十色的电视台演播大厅，到苏宁广场的夜戏、碧桂园的样板间、柏翠酒行的红酒、安静在雨天的项王故里、金钱豹 CLUB 的不眠夜，到昨晚和今晨都在取景拍戏的雪枫公园，所有的镜头里，都在一个又一个唯美画面中，有了一个完全可以预见的好结果。

在我写下这些文字时，在晨曦透过窗玻璃在我的键盘上泛散着来自东方的鱼肚白中，通过手机的微信朋友圈，见到被演职人员一再转发的各种视频和照片里，或站在树上，或投身在水中，或躺在岸边的地砖上，或为继续拍戏做着各种准备的演职人员，几乎一夜没睡的忙碌着的身影。我即刻到朋友圈发了这样一段附有九张工作照的图文——为了在新书里加一篇写到七千字还没写到最后一个句号的文章，我也是拼了。但看电影《夜遇》的演职人员，拍完夜戏又继续起早拍日出……上天只眷顾为梦想而努力拼搏的人！喝，喝，我继续喝咖啡。

有朋友见了，回评论说，咖啡也不能多喝！是的，我不多喝，但是，比起演职人员的辛苦，即便我多喝了咖啡，多写了文字又算得了什么呢？

到百度搜索"导演周建兵"的词条，见众多相关搜索中，有一篇《中国内地青年导演周建兵——专访》的报道。打开链接，看到这样一段醒目又寓意深刻的文字——每个人都充分保证其他人的工作空间，在完成了自己的任务后以余力继续协助别人。电影就该是这样的团队创作，绝不是一个导演的独角戏，剧组里每个工作人员都在为这个片子添砖加瓦，它不属于某个人，它属于每一个人。

有这样的导演，何愁拍不出好看的电影？

有这样的导演及这样一个众人拾柴火焰高的创作团队，电影《夜遇》不仅仅是好看，更有这篇无论怎样书写都不完但却很完美的文字。

注：电影《夜遇》已制作完成，且更名为《蓦然回首》，近期于爱奇艺独家上线。